ro
ro
ro

Shelly King hat ihre Heimat in den Südstaaten verlassen und ist rechtzeitig zum Internet-Boom ins Silicon Valley gezogen. Dort arbeitet sie in der Social-Media-Abteilung einer größeren Softwarefirma. Ihre Geschichten wurden bereits in mehreren Zeitschriften veröffentlicht. Sie lebt zusammen mit ihrem Ehemann in den Santa Cruz Mountains. «Mr. Lawrence, mein Fahrrad und ich» ist ihr erster Roman.

«So gut, dass einem ganz schwindelig wird.» (literaturmarkt.info)

«Kings charmantes Debüt wird Buchliebhaber tief berühren.» (Booklist)

«Die Leser werden losrennen, um mal wieder einen Nachmittag in ihrer eigenen Lieblingsbuchhandlung zu verbringen.» (Romantic Times Magazine)

Shelly King

Mr. Lawrence, mein Fahrrad und ich

Roman

Aus dem Englischen
von Judith Schwaab

Rowohlt Taschenbuch Verlag

Die Originalausgabe erschien 2014 unter dem Titel
«The Moment of Everything» bei Grand Central Publishing,
Hachette Book Group, New York.

Redaktion Regina Carstensen

Veröffentlicht im Rowohlt Taschenbuch Verlag,
Reinbek bei Hamburg, September 2016

Zitatnachweise siehe Seite 335
Umschlaggestaltung any.way, Barbara Hanke / Cordula Schmidt
Umschlagabbildungen thinkstockphotos.de
Satz aus der Caslon 540 PostScript, InDesign
Gesamtherstellung CPI books GmbH, Leck, Germany
ISBN 978 3 499 26908 0

Für Mama,
die immer sagte, dass ich schreiben soll

Wo ist die menschliche Natur
schwächer als in einem Buchladen?

HENRY WARD BEECHER

Denn Connie hatte sich auf den Standpunkt der
Jungen gestellt: was der Augenblick gab, war alles.
Und die Augenblicke folgten aufeinander, ohne
notwendig zueinander zu gehören.

D. H. LAWRENCE,

LADY CHATTERLEY

Erstes Kapitel

Dich für mich unverzichtbar machen

Die Liebe findet für uns das, von dem wir gar nicht wussten, dass wir es uns wünschen.

HENRY

Bücher verändern das Leben eines Menschen nicht, zumindest nicht, wie man im Allgemeinen glaubt. *Auf Messers Schneide* zu lesen, während man Erster Klasse zum Meditieren in ein Luxushotel fliegt, oder *Himmel über der Wüste*, wenn man frisch geschieden den Spuren des Schnees am Kilimandscharo folgt, bringt auch nicht mehr Erleuchtung, als sich in Disneylands rotierenden Teetassen ein Schleudertrauma zu holen. Tut mir furchtbar leid, aber so ist es. Und die gebrauchten Bücher hier im Dragonfly sind nicht von mehr Weisheit durchdrungen als die nagelneuen drüben bei Apollo Books & Music. Unsere Bücher sind einfach nur billiger und ramponierter. Doch die Leute kommen immer noch. Sie fragen mich nach einem wundersamen Elixier aus Papier und Wörtern, das ihre Enttäuschungen lindern und ihre erloschenen Leidenschaften zu neuem Leben erwecken könnte. Sie kommen, weil sie glauben, ein Buch habe mein Leben verändert. Keiner von ihnen begreift, dass es nicht das Buch war, das dies bewirkt hat.

Im Rückblick fällt es mir schwer, den Moment dingfest zu machen, an dem alles begann. Ich könnte zum Beispiel sagen, es war an dem Tag, als ich bei ArGoNet gefeuert wurde, an dem Tag, als ich Hugo zum allerersten Mal traf, oder sogar noch weiter zurück, als ich von South Carolina nach Silicon Valley zog. Doch vermutlich nahm in Wirklichkeit alles seinen Lauf an jenem Freitagnachmittag, als Hugo und ich auf diesen beiden ungefederten Sesseln auf dem knirschenden Holzpodest im Schaufenster von Dragonfly Used Books an der Castro Street in Mountain View saßen, dem Herzen von Silicon Valley. Die Passanten, allesamt in gebügelten Hemden mit den baumelnden Firmenausweisen von Google, Yahoo! oder Intuit, sahen Hugo, einen Mann mittleren Alters mit schütterem Haar und einem langen Pferdeschwanz, der ein eselsohriges Exemplar des ersten Waverley-Romans von Sir Walter Scott las, und daneben mich, eine arbeitslose Frau von vierunddreißig, deren Haare dringend eine Farbauffrischung brauchten, im löchrigen Rush-T-Shirt ihres Ex und einer Jeans, die aufgrund angefressener Frustpfunde aus allen Nähten zu platzen drohte. Es war ein sonderbarer Platz, denn man saß wie auf dem Präsentierteller. Doch es war auch der einzige Platz im Dragonfly, an dem es überhaupt möglich war, ein paar Sessel aufzustellen. Überall sonst gab es nämlich nur eins: Bücher, Bücher und nochmals Bücher.

Der Sommer des Jahres 2009 in Silicon Valley war ganz anders als der im Jahr 2001, als stöhnende Zombies von toten Dotcom-Firmen die Straßen überfluteten. Dieses Mal machten die Firmen nicht mehr dicht. Sie setzten einfach nur die Hälfte ihrer Mitarbeiter auf die Straße und nahmen sie gegen ihren Willen von der Gehaltsliste, um ihnen die Chance zu geben, sich «neuen Herausforderungen» zu widmen. Ich versteckte mich im Dragonfly Used

Books, um historische Liebesromane in mich reinzufressen und auf das nächste große Ding zu warten. Nichts, was ich nicht schon mal erlebt hätte.

Doch es war mittlerweile sechs Monate her, seit ArGoNet Software meinen Job nach Indien ausgelagert hatte. Ich konnte mir keine Pediküre und kein Restaurantessen mehr leisten und hatte schließlich sogar meinen Kabelanschluss kündigen müssen. Hugo sagte, ich hätte meine Lauscher auf das Universum ausgerichtet, damit es mir neue Abenteuer verhieße. Meine Mutter fand, ich ließe mich gehen.

Gerade las ich *Nacht der Sterne*, einen der Romane, die ich aus den Stapeln des Dragonfly gefischt hatte. Es hatte auch so herrliche Schmöker wie *Ruf des Begehrens*, *Geliebter Schurke* sowie *Der Verrat der Piratenkönigin* gegeben. Nein, für mich bitte keine frechen Frauenromane mit Cocktails und High Heels. Ich wollte verwegene Mannsbilder mit muskelbepackten Brustkörben und Vollweiber mit gesprengten Miedern. Offenbar war ich in dieser Hinsicht einfach altmodisch.

Als ich an diesem Tag in den Laden gekommen war, hatte ich also *Nacht der Sterne* aus der Grabbelkiste neben der Kasse gezogen. *Liebe und Abenteuer, 2 $ die Tüte*, stand auf einem Schild daneben. Auf dem Cover war eine atemberaubende rothaarige Schönheit abgebildet, deren wogender Busen schier über den Ausschnitt ihres elisabethanischen Gewandes quoll. Ein Mann mit nacktem Oberkörper und einer Bon-Jovi-Föhnfrisur im Stil der Achtziger stand im Hintergrund und betrachtete sie bedrohlich. Oder war es eher leidenschaftlich? Manchmal konnte man das einfach nicht sagen.

Natürlich las ich auch andere Bücher. Genauer gesagt,

jede Menge Bücher aus jedem anderen erdenklichen Genre. Doch ich liebte Beißerbücher, diese Schmöker mit den hingegossenen Vollblutfrauen auf dem Cover, über deren schneeweißen Hals sich immer ein herb männlicher Held mit perfekten Beißerchen beugt. Es ist einfach etwas Tröstliches an der Tatsache, dass man die ganze Geschichte bereits aus dem Bild auf dem Einband erschließen kann. Zuerst gibt es immer eine politische Intrige, die Held und Heldin auf tragische Weise voneinander fernhält, gefolgt von allerlei Gewissenskonflikten, verhärteten Herzen und möglicherweise einer zwangsweisen Verlobung der Dame mit einem zwar betuchten, aber körperlich wie moralisch abstoßenden Freier. Es kommt zu verschiedenen emotional aufgeladenen, jedoch letztlich unerfüllten Begegnungen, bis die Liebenden schließlich während eines heftigen Gewittersturms wahlweise in einer Höhle, einer Scheune oder einem alten Schäferwagen festsitzen, und da sind sie dann endlich – ausgebeulte Reithosen, vorwitzige Brustwarzen und das gute alte Gerammel, das so alt ist wie die Liebe selbst. Es ist nicht gerade Shakespeare, aber mit Sicherheit ein probateres Mittel, einen Nachmittag totzuschlagen, als ein Besuch auf LinkedIn.

Ich war gerade bei einem kriegsentscheidenden Duell angelangt, als ich die Besitzerin des Kartenladens um die Ecke vor dem Schaufenster des Dragonfly stehen bleiben sah. Sie strahlte Hugo an und klopfte an die Scheibe, doch er rührte sich nicht. Erst als ich ihn anstupste, blickte er auf, sah die Kartenlady, lächelte und hauchte ihr einen Kuss zu.

«Weiß sie eigentlich, dass es für die Immobilienmaklerin, die vorhin hier war, *chez Hugo* heute Abend Tintenfisch gibt?», fragte ich ihn.

«Maggie, wenn du erst mal so alt bist wie ich, wirst du feststellen, dass es manchmal befreiend sein kann, wenn man nichts weiß», sagte er und wandte sich wieder den Dramen Sir Walter Scotts zu, einer Schwarte, die er auf dem weichen Wulst oberhalb seines Gürtels balancierte, welchen er nach einem Dim-Sum-Mittagessen geöffnet hatte. Ich hatte Hugo nie in einem anderen Outfit gesehen als in Jeans und abgetragenen Baumwollhemden mit aufgerollten Ärmeln. Er war Ende fünfzig und sah mit seiner schwarzgerandeten Brille wie der Leiter eines entlegenen Internats aus, in das die Kinder in englischen Romanen verfrachtet werden. Mr. Chips in Birkenstock.

Ich wandte mich wieder *Nacht der Sterne* zu. Das Dragonfly war für mich als Beißerbücher-Junkie ein wahres Eldorado. Ich fand diese Bücher überall. Eingeklemmt zwischen einem Reparaturhandbuch für Oldtimer und einer Einführung in tantrischen Sex. Unter der Ladentheke, gleich neben dem Zettelkasten, in dem Hugo die Rechnungen der Bücher aufbewahrte, die Kunden in Zahlung gaben. In den Überresten eines Taschenbücherturms, den Grendel, der Hauskater des Dragonfly, zum Einsturz gebracht hatte, weil er sich nicht mehr so gewandt wie früher zwischen den Regalen hindurchmanövrierte. Die Bücherstapel des Dragonfly waren wie ein verwinkeltes Labyrinth aus Wänden, die sich nach hinten immer weiter verengten, wie die Windungen der Muscheln, die ich als Kind an den Stränden Carolinas so gern gesammelt hatte. Im Allgemeinen war es viel einfacher, das zu nehmen, was man fand, als nach etwas Bestimmtem zu suchen.

Beißerbücher verschlang ich etwa zwei bis drei pro Tag. Auf der allerletzten, halbleeren Seite anzukommen, schenkte mir genau den Flash, der für jeden Programmierer von Videogames der Heilige Gral ist, so wie wenn man bei Guitar Hero «Sudden Death» schafft oder bei FarmVille die Erdbeerkuh gewinnt. «Endlich», sagt der Junkie in dir, «ich hab's geschafft. Jetzt kann ich aufhören und meine Zeit mit dem Kampf gegen den Hunger in der Welt verbringen.» Doch genau das tut man nicht. Es gibt nämlich noch viel mehr virtuelle Gitarren, auf denen man spielen, und noch viel mehr neonfarbene Hühnerställe, die man gewinnen, oder, wie in meinem Fall, Freibeuter, von denen man träumen kann. Im Vergleich dazu ist die reale Welt einfach läppisch.

Meinen letzten Freund hatte meine Sucht in den Wahnsinn getrieben. Für Bryan, einen iOS-Programmierer, der einen Barcode-Scanner entwickelt hatte, mit dem man die Nährwertangaben verschiedener Fertigprodukte abrufen konnte und den er an verschiedene Diät-Apps verscherbelt hatte, brauchte die Menschheit Beißerbücher ebenso dringend wie ein Kolibri eine PlayStation. «Erfolg muss für dich sein wie Zähneputzen», pflegte er zu mir zu sagen. «Dein neuer Job ist es, dir einen zu suchen.» Darauf konnte ich ihm wohl kaum erwidern, dass ich im Dragonfly ebendiesen *neuen Job* schwänzte, weshalb ich es besser gleich ließ. Meistens vögelten wir dann. Es ist schier unmöglich für einen Mann, sich genügend auf die Herausarbeitung von Schwächen in deinem Zeitmanagement zu konzentrieren, wenn du gerade mit ihm poppst. Wir waren zwei Jahre zusammen, ehe er nach Austin zog, ohne es auch nur ein einziges Mal zur Sprache zu bringen, dass ich ihn begleiten könnte. Er war ein netter Kerl. Es sind immer nette Kerle. Aber niemand kommt nach Silicon Valley, um sich zu verlieben.

Ich war gerade wieder mit meinem Duell beschäftigt, als ich spürte, wie jemand von hinten gegen meinen Stuhl trat. Als ich mich umdrehte, begegnete ich dem finsteren Blick von Jason, dessen Babylon-5-T-Shirt sich um seine streichholzdünnen Oberarme bauschte, während er einen Finger als Lesezeichen in ein Taschenbuch vom Format eines Heuballens gelegt hatte, auf dessen Cover sich futuristische Ritter einen erbitterten Kampf lieferten. Er selbst wirkte farblos – dunkles, strohiges Haar und eine Haut so bleich wie der Bauch eines Welses –, und sein Kopf sah aus, als hätte er längere Zeit in einem Schraubstock gesteckt. Knappe eins fünfundfünfzig groß, immer leicht humpelnd und mit Gliedmaßen, die in seltsamen Winkeln von seinem Körper abstanden, wirkte er wie jemand, der unter die Räder eines durchgehenden Pferdewagens mit Doppelgespann geraten war.

«Fertig?», fragte Jason.

«Was denn?»

«Mit dem Sessel. Bist du mit dem Sessel fertig?» Er zog jedes Wort extra in die Länge, um keinen Zweifel daran zu lassen, für wie dämlich er mich hielt. Es gab nur zwei Sessel im Dragonfly: das erbsengrüne Relikt mit dem durchgescheuerten Bezug an den Armlehnen, auf dem ich saß, und sein Gegenstück, Hugos blauen Schwingsessel, dessen Füllung sich seit einiger Zeit in alle Winde verstreute und zum festen Bestandteil des Teppichs geworden war.

«Noch drei Seiten in diesem Kapitel.» Ich wandte mich wieder meinem Duell zu.

Jason kam um den Sitzplatz herum und hing lauernd über mir wie ein gotischer Wasserspeier.

«Du hockst schon den ganzen Tag hier.»

Ich sah an ihm vorbei in Richtung Hugo, der immer noch voller Konzentration in sein Buch stierte und so tat, als wären wir nicht im selben Raum.

«Ich bin Kundin», sagte ich zu Jason.

«Schwachsinn. Um Kunde zu sein, muss man etwas kaufen.»

Da hatte er nicht vollkommen unrecht. Hugo ließ mich in der Tat den ganzen Tag im Dragonfly herumsitzen, ohne jemals zu erwarten, dass ich etwas kaufte. Als mein Vermieter in der kleinen Doppelhaushälfte ein paar Blocks vom Dragonfly entfernt, wo wir beide wohnten, hatte er berechtigten Grund zur Sorge, dass ich meine Jobsuche meiner Liebe zum Kitschroman geopfert hatte. Mit der Lektüre von Schmonzetten kann man keine Miete zahlen. Doch Hugo sagte nie etwas. All das konnte sich jedoch nach dem Ersten des nächsten Monats ändern, wenn ich meine letzten Ersparnisse aufgebraucht hatte und sich die bescheidene Zahlung des Arbeitslosengeldes durch den bankrotten Staat Kalifornien wieder einmal verzögerte.

«Ich bin gleich fertig», sagte ich zu Jason und wandte mich erneut dem Duell zu, dem ich, sozusagen als nicht zahlende Sekundantin, beiwohnte.

Jason riss mir die *Nacht der Sterne* aus der Hand, stapfte zur Ladentheke hinüber und hielt den Schinken einer Kundin hin, die gerade in der *2-Dollar-die-Tüte*-Kiste mit den Beißerbüchern wühlte.

«Haben Sie den schon, Gloria?», fragte er sie.

Gloria presste ihre frisch ergatterte Beute an die Katzenapplikation auf ihrem Sweatshirt und las den Klappentext meines Buchs durch.

Ich sprang von meinem Platz auf und schwang mich

über das Geländer wie Captain Blood auf einem Masttopp.

«Das wollen Sie bestimmt nicht lesen», sage ich und landete direkt vor Gloria. «Ganz im Ernst: Die Heldin hat Pickel, und der Held ist ein Zwerg. Der Schurke ist eigentlich ein ganz netter Kerl, höchstens ein bisschen schrullig. Liest sich nicht besonders gut. Kommen Sie, ich suche Ihnen was anderes heraus über einen griesgrämigen irischen Rebellen, der versucht, den Mord an seinem Vater zu rächen und zugleich den Verführungskünsten der schönen Tochter seines Erzfeindes zu widerstehen.»

Sie blinzelte mich an, während Jason an mir vorbeirauschte und sich blitzschnell in meinen Sessel fallen ließ. Als ich mich wieder Gloria zuwandte, sah ich, wie sie *Nacht der Sterne* gerade in einem Jutebeutel verstaute, der bereits vor mehreren anderen Büchern überquoll. Sie zählte zwei Dollar in kleinen Münzen auf die Theke und stapfte durch die Tür hinaus auf die Castro Street.

Hugo hievte sich aus seinem Sessel, klopfte mir auf die Schulter, als wollte er sagen: Hab Geduld, das Universum wird's schon richten, und ging zum Tresen, um Glorias Judaslohn in die Kasse zu schieben. Ich angelte mir *Teuflisches Herz* aus der Grabbelkiste und huschte wie ein Eichhörnchen mit seiner Beute zu dem frei gewordenen Platz.

Ich war etwa fünfzig Seiten von *Teuflisches Herz* weit gekommen, als mein iPhone den Klingelton «Der Jüngste Tag ist da! Tut Buße, o ihr Sünder!» zu schreien begann. Ich holte das Handy aus meiner Tasche und erblickte Dizzys Bild auf dem Display. Über seinem Foto leuchtete das Wort «Gott». Ich musste endlich daran denken, mein Handy mit einem Passwort zu sichern, wenn Dizzy in der Nähe war.

«Ich sag jetzt mal nichts», meinte Hugo. Nachdem er seines Sitzplatzes verlustig gegangen war, hatte er damit begonnen, eine Kiste mit Thrillern zu durchforsten, die am Morgen ein Kunde in Kommission gegeben hatte.

«Wenn du mir sagst, du sagst jetzt mal nichts über die Tatsache, dass meine Gespräche am Handy von der Regierung abgehört werden, ist das auch nicht anders, als würdest du was sagen.» Ich drückte Dizzy weg, damit er mir eine Nachricht hinterlassen konnte.

«Eigentlich», sagte Hugo, «wollte ich dich eher auf Hirnkrebs hinweisen.»

«Der Jüngste Tag ist da! Tut Buße, o ihr Sünder!», kreischte es erneut aus dem Handy. Dizzy wollte sich also nicht abwimmeln lassen. Jason zeigte mit dem Finger auf ein Schild, das er höchstpersönlich geschrieben und über der Ladentheke aufgehängt hatte:

EURE HANDYS SIND TEUFELSZEUG
UND WERDEN EUCH DAS HIRN AUFFRESSEN!
SCHALTET SIE AUS UND LEST LIEBER BÜCHER!

Unter diese Zeilen hatte Hugo in fetter Schrift hinzugefügt:

NAMASTE – EURE FREUNDE VOM DRAGONFLY
IN LIEBE UND FRIEDEN

Ich ging nach draußen auf den Gehsteig und machte ein finsteres Gesicht, bevor ich das Gespräch annahm.

«Du bist hoffentlich zu Hause, ja? Auf Jobsuche?», fragte Dizzy.

Ich musste mich mit einem Satz vor einem Skateboarder in Sicherheit bringen, der auf Cuppa Joe zusteuerte. Dort angekommen, direkt nebenan, nahm er das Skateboard in die Hand und gesellte sich zu den Horden der Übermäßig Tätowierten & Gepiercten, die die Außentische des Cafés bevölkerten.

«Yep», sagte ich. «Hocke die ganze Zeit an der Kiste.»

«Lügnerin!»

«Controlfreak!»

Dizzy war mein bester Freund. Wir waren in den Sümpfen von South Carolina aufgewachsen. Er war der jüngste von fünf Brüdern, das schwule Mathegenie aus den Lenden eines Schweinebauern. Ich war Einzelkind, die pausbäckige, sommersprossige Tochter einer Schönheitskönigin. Wir mussten uns einfach zusammentun.

«Laut Foursquare hast du vor zwei Stunden bei Dragonfly eingecheckt. Seit wann leitest du den Laden?», fragte er. «Schau mal über die Straße, meine Süße!»

Ich blickte zu dem Café direkt vor Apollo Books & Music hinüber, in dem Dizzy saß, das Handy ans Ohr gedrückt, in der anderen Hand ein Weinglas, mit dem er mir zuprostete. Mit seiner zotteligen Mähne und dem taillenlosen Körperbau sah er aus wie ein Hydrant. Er war etwas kleiner als ich mit meinen eins achtundsechzig, wobei er nicht dazu zu bewegen war, zu sagen, um wie viel. Heute trug er Cargo-Shorts – die ihm bei seinen Stummelbeinen bis auf die Wade hingen – und ein Red-Elvises-T-Shirt. Er zeigte auf ein hohes Glas mit einem kaffeehaltigen Getränk, das auf dem radkappengroßen Tisch vor ihm stand.

«Das ist hoffentlich eine Latte macchiato mit dreifachem Espresso», sagte ich zuversichtlich.

«Mit extra viel Schaum», schnurrte er ins Telefon.

Ich wartete auf eine Lücke im langsam dahinfließenden Verkehr auf der Castro Street und huschte dann schnell zu ihm hinüber. Jahrelang hatte dieser mit mexikanischen Fliesen ausgelegte Vorplatz zu einem stillgelegten Kino geführt, aber jetzt war hier das obligatorische Café untergebracht, das zu jeder Filiale einer großen Buchhandelskette gehört. In der Stadt war die Besorgnis zunächst ziemlich groß gewesen, als Apollo einen Buchladen in dem leer stehenden Theater aufmachen wollte, doch die Unkenrufe waren rasch verstummt. Apollo hatte mit seinen breiten, grell leuchtenden Gängen und den in identischen Polohemden steckenden Mitarbeitern, die den Käufer nach einem kurzen Blick in den Computer zu seinem Buch geleiteten wie ein livrierter Diener im Märchen, alle überzeugt. Hugo war felsenfest davon überzeugt, zu Apollo in Konkurrenz zu stehen. Aber ich fragte mich, ob dort auch nur einer wusste, dass Hugos Geschäft überhaupt existierte. Das Dragonfly machte keine Werbung, es besaß keine Displays, und auch das Ladenschild war kaum der Rede wert. Eigentlich hätte man es mit Fug und Recht ebenso gut als einen Riesenhaufen Bücher plus Registrierkasse bezeichnen können. Dennoch war Hugo der festen Überzeugung, auf der guten Seite im Kampf um die Seele der Buchkäufer zu stehen, die aber keine Ahnung davon hatten, dass sie überhaupt in Gefahr waren. Und so betraten wir Bewohner des Dragonfly nur in äußersten Notfällen das Apollo, zum Beispiel, wenn im Dragonfly das Klo verstopft war oder ein guter Freund einen zu aufgeschäumter Milch mit Kaffee einlud. Doch ich musste zugeben, dass ich gegenüber den Lockungen Apollos nicht gänzlich immun war. Für mich hatten die schicken Tüten und Henkelbecher mit dem aufgedruckten Logo des Ladens den tröstlichen Charme des Vertrauten, weil sie sich nahtlos in meine Sammlung von Klamotten mit den Logos der Software-Firmen einfügten, bei denen ich gearbeitet hatte, Firmen, die Produkte verscherbelten, die es gar nicht gab, an Menschen, die gar nicht das Geld hatten, um sie zu kaufen.

«Ich war so intensiv mit der Jobsuche beschäftigt, dass ich eine Pause brauchte», sagte ich und boxte Dizzy liebevoll auf den Arm. Dizzy arbeitete mehr als achtzig Stunden in der Woche. Seine Hobbys waren die Entwicklung von Open-Source-Software, die Inbetriebnahme seines Autos mit Frittierfett sowie die Unterstützung einer Gruppe von brasilianischen Astronomiestudenten, die glaubten, einen Kometen entdeckt zu haben. Für Dizzy war Zeit eine Einheit, die dazu da war, vernünftig investiert zu werden. Sie nicht effizient zu nutzen, ergab für ihn als Software-Ingenieur, dessen Job es war, Dinge schneller zu machen und dafür weniger Ressourcen zu brauchen, keinen besonderen Sinn.

«Aber heute Morgen hast du gesucht, oder? Hast du gesehen, dass Martin Wong auf LinkedIn eine Empfehlung für dich abgegeben hat? Der hat gerade bei WebEx angedockt.»

Das hatte ich nicht gesehen, weil ich zu sehr mit dem erotischen Geplänkel von drallen Mädels mit gut bestückten Burschen beschäftigt gewesen war. Und was hatte eigentlich Martin, ein Firmenvertreter von ArGoNet, mit dem ich im vergangenen Jahr etwa zwei Sekunden zusammengearbeitet hatte, über mich zu sagen?

Während ich die LinkedIn-App auf meinem Handy anklickte, griff Dizzy in eine Stofftasche mit dem Apollo-Logo, in dem seine neuesten Erwerbungen steckten: mehrere Computerhandbücher mit Bleistiftzeichnungen von Tieren auf dem Cover, ein Elchbaby für HTML 5 und ein Fuchs für iOS. Außerdem war da auch noch *Der Zweite Weltkrieg. Die komplette Geschichte in Bildern.* Einmal hatte Dizzy auf einer Konferenz von ArGoNet die ersten zwanzig Filmminuten von *Der Soldat James Ryan* gezeigt, um die Firmentruppen auf den Kampf einzuschwören. «Brückenköpfe!», schrie er. «Wir brauchen Brückenköpfe!» Alle hatten den Kopf zwischen die Knie gelegt, um nicht kotzen zu müssen. Dizzy sagte, es sei die beste Vierteljahreskonferenz gewesen, die sie jemals gehabt hätten.

Das Buch, das er jetzt jedoch aus der Tasche zog, war ein Roman – ein Paperback mit einem Cover in Erdtönen, harten Kanten und einem festen Rücken. Ich konnte es sogar von meinem Platz aus riechen – den würzig-borkigen Geruch frisch geschnittenen Papiers. Meine Fingerspitzen fingen an zu prickeln, wenn ich an den jungfräulich unberührten Einband dachte. Es war ein schmales, zartes Ding, wie ein frisch geschlüpftes Küken. Ganz anders als seine Artgenossen im Dragonfly hatte dieses Buch noch nichts erlebt und war weder in enge Handtaschen gestopft, mit Frühstückskaffee bekleckert oder von spitzen Welpenzähnen angekaut worden. Es handelte sich um eine Ausgabe von *Lady Chatterley*.

«Das hast du gelesen, oder?», fragte Dizzy. «Die lassen dich doch bestimmt keinen Abschluss in englischer Literatur machen, wenn du D.H. Lawrence nicht gelesen hast?»

«Ja, hab ich gelesen. Proseminar erstes Semester. Du warst übrigens im selben Kurs.»

«Ach, wer merkt sich denn so was? Aber egal, ich hab gute Nachrichten. Wir kriegen noch mal eine kleine Finanzspritze von Wander Fish. Du erinnerst dich doch an Avi Narayan?»

«Klar.» In Wirklichkeit stand ich gerade auf dem Schlauch, aber es war leichter, so zu tun als ob.

«Die hat doch diese Lesegruppe und möchte, dass wir beide beitreten», sagte Dizzy und hielt eine weitere druckfrische Version des Buchs hoch. «Wir sollen alle die gleiche Ausgabe lesen.»

«Ich gehe in keine Lesegruppe. Meine Mutter ist in so einem Kaffeekränzchen.»

«Ja, in demselben wie meine. Aber in *diese* Gruppe gehen wir. Sie heißt ‹Lesben mit Anspruch› oder so ähnlich.»

«Wir sind keine Lesben, Kumpel.»

«Ich schreibe denen gerade die URL für ihren Blog.»

Verdammt. Der Leseclub meiner Mutter konnte sich noch nicht einmal darauf einigen, wie viel Zucker in den Eistee gehört, und diese Gruppe hatte sogar einen Blog? Ich klickte auf den Link, den mir Dizzy als SMS geschickt hatte. «Silicon Valley Buchclub – Leserinnen mit Anspruch», abgekürzt SVBC-LMA. Die Damen hatten also sogar ein Logo.

«Ähm, Dizzy, du bist keine Leserin.»

«Ja, weiß ich. Die expandieren und haben den Namen noch nicht abgeändert. Ich bin der erste Typ.»

«Die fangen mit dir an?»

«Ja, kannst du dir das vorstellen? Ich bin Avis letzte Hoffnung. Heute war ich bei ihr im Büro, und da hat sie diese Ausgabe von *Lady Chatterley* auf ihrem Schreibtisch liegen und fängt an, über die Lesegruppe zu reden, und dass gerade zwei von den Mädels ausgestiegen und sie folglich nur noch achtzehn seien. Jedenfalls sage ich, dass ich dabei bin, und dann erinnere ich sie an dich. Dass du dieses Eins-a-Literaturstudium hingelegt hättest, und sie solle dich doch mal zu diesem Spaß einladen. Nächste Sitzung ist bei Avi oben in Woodside. Wahrscheinlich müssen wir einen Sherpa anheuern, um dahin zu kommen. Die treffen sich einmal im Monat. Lesen tun sie bloß altes Zeug. Nur tote Dichter.»

«Tote?»

«Ja, das ist eine der Voraussetzungen. Und natürlich ist alles nur vom Feinsten.»

«Warum sollte ich so was machen wollen?»

«Weil ich noch keinen Bock habe, das sinkende Schiff zu verlassen, Mags. Mit der neuen Finanzspritze haben wir bei ArGoNet endlich eine Chance. Und Avi sitzt jetzt im Aufsichtsrat. Sie kann dich wieder reinbringen.»

Das Ganze hatten wir schon zur Genüge durchgekaut, ich und Dizzy, seit dem Tag vor zehn Jahren, als wir beide unsere Doktorarbeiten sausen ließen und mit seinem 86er-CRX von der Columbia nach Palo Alto unterwegs waren. Man schrieb die späten Neunziger, Dizzy wollte seine Scheibe vom großen Internet-Kuchen abhaben, bevor er aufgefuttert war, und ich wollte bei Dizzy sein. Und so hatten wir beide unsere funkelnagelneuen Universitätsabschlüsse genommen – er seinen in Informatik, ich meinen in Bibliothekswissenschaft – und waren nach Silicon Valley gefahren. Ich hatte vor, zu kellnern und mich dabei nach einem Bibliotheksjob umzuschauen, doch Dizzy brachte mich in seiner ersten Start-up-Firma in der Verwaltung unter, mit einem lächerlich hohen Gehalt, etwa doppelt so viel, wie ich als Bibliothekarin verdient hätte. Bei Start-up-Firmen macht man nie nur einen Job, und ehe ich mich's versah, saß ich einem Kunden gegenüber und wurde ihm als Leiterin der Dienstleistungsabteilung vorgestellt. Ich war keine Programmiererin, doch ich verstand etwas davon, wie sich Informationen zusammenfügen – und was man machen muss, damit es perfekt aussieht. Die Informatiker liebten mich, weil ich sie gut dastehen ließ. Die Vorstandsetage liebte mich, weil ich es schaffte, den technischen Talk so klingen zu lassen wie den *Kleinen Kuschelhasen*. Ich fühlte mich wie ein Waisenknabe aus dem Comic, der gerade erst erfahren hat, dass all seine Unzulänglichkeiten in Wirklichkeit Ausdruck seiner magischen Kräfte sind und in der Hall of Justice ein Ehrenplatz für ihn reserviert ist. Dann platzte die große Blase, und Flugzeuge flogen in Türme. Mir wurde der Boden unter den Füßen weggezogen. Dizzy und ich waren angeschlagen, konnten uns jedoch mehrere Jahre mit diversen Jobs bei den Firmen über Wasser halten, die immer noch einstellten. Dann kam die nächste Welle, und die hieß Soziale Medien. Auf einmal gab es wieder Risikokapital, überall im Valley wurden neue Firmen gegründet, und die Halbinsel von San Francisco leuchtete und blinkte abermals wie ein Flipperautomat. Bei einem Treffen für junge Firmengründer hatte Dizzy ein paar Business Angels kennengelernt und brachte die Idee für ArGoNet an den Mann.

Man kann sich ArGoNet als eine Mischung aus Facebook, Twitter und einem Firmenintranet vorstellen. Die Idee war, ein abgeschlossenes, gehostetes Umfeld zu schaffen, in dem die Mitarbeiter sich miteinander vernetzen konnten – und dafür stellte die Firma für jedermann die interne Kommunikation zur Verfügung, geschützt und sicher vor der äußeren Welt. Dizzy und ich hatten alles zu Geld gemacht, was nur ging, hatten als CEO einen BWLer mit Stanford-Abschluss angeheuert und dann direkt über einem chinesischen Reisebüro, einen Katzensprung von der Castro Street entfernt, ein gut fünfzig Quadratmeter großes, fensterloses Zimmer angemietet. Vier Jahre später, nach sechshundert Einstellungen, drei neuen CEOs und fünf Runden Entlassungen hatte der Aufsichtsrat beschlossen, meinen Job nach Indien auszusourcen. Im Fernsehen sieht eine Kündigung immer so aus, dass jemand unter Tränen seinen Kollegen um den Hals fällt und dann mit einem Pappkarton voller Habseligkeiten, aus dem meistens eine mickrige Pflanze herausschaut, nach Hause geht. In der schnöden Wirklichkeit hingegen kommst du eines Morgens ins Büro, findest auf dem Schreibtisch einen Scheck über zwei Wochen Gehalt vor, auf dem auch noch dein Name falsch geschrieben ist, und musst dich an der Tür von einem Sicherheitsmenschen filzen lassen.

«Meinst du das ernst, dass du mich wieder reinbringen willst?»

«War Erwin Rommel nun der Wüstenfuchs oder nicht?»

Ich hatte keine Ahnung, nahm aber an, dass die richtige Antwort ein «Ja» gewesen wäre, denn Dizzy schaute mich nicht an. Das bedeutete normalerweise, dass er es ernst meinte. Und dass er sich Sorgen machte. Wir schipperten in unbekannten Gewässern. Bei ArGoNet hatten wir immer gewusst, was zu tun war, mit wem wir uns zusammensetzen und mit wem wir reden mussten, wenn wir etwas brauchten. Den Code, den Dizzy und sein Team geschrieben hatten, kannte ich in- und auswendig, als wäre es ein Buch, das ich so oft gelesen hatte, dass es sich immer von selbst aufschlug, wenn ich es auf den Tisch legte. Ich begriff die Logik und die Unlogik dieses Codes, kannte all die Haken, die er manchmal schlug und die mich ebenso frustrierten wie amüsierten, kannte die kleinen Workarounds, die ihn Dinge tun ließen, von denen nicht einmal Dizzy etwas wusste.

«Du kannst das», sagte Dizzy. «Ist doch ganz einfach. Du ziehst dir was Hübsches an, sagst was ganz Schlaues. Und dann – *Bäm!* – stehst du wieder auf der Matte, meine Süße.»

«Wann trifft sich denn dieses Kaffeekränzchen?»

«Morgen Nachmittag.»

Ich spendierte ihm eine Runde Schimpfwörter.

«Das wird schon», sagte Dizzy. «Du kannst doch einer Tapete das Blumenmuster abschwatzen, wenn du willst.»

Ich stellte mir meine Ausgabe von *Nacht der Sterne* vor, wie sie bei Gloria auf dem Tisch lag, wahrscheinlich neben einer Tüte mit zuckerfreien Keksen und der neuesten Ausgabe einer Illustrierten, dazu Radiogedudel im Hintergrund. Vielleicht hatte ich ja doch den Anschluss an die Literatur verloren.

«Sag, wolltest du denn nicht gestern mit diesem Apple-Hardware-Entwickler nach Napa fahren?»

«Nee, wir haben uns vorgestern Abend in diesem Sushi-Laden in Cupertino getrennt. Hast du denn nicht meine Kritik auf Yelp gelesen?»

Kritiken zu schreiben, war für Dizzy ein Ersatz fürs Tagebuch. Er gab zu allem seinen Senf ab – Filme, Restaurants, Zeugs, das er bei Amazon gekauft hatte. Und Dizzy sagte nicht nur seine Meinung zu den Dingen, die er prüfte und begutachtete, sondern schilderte lang und breit, was denn genau in dem getesteten Restaurant oder mit dem gekauften Gegenstand passiert war, warum und mit wem. Früher hatte ich Dizzys Besprechungen geliebt. Manchmal schrieb ich auch einen Kommentar dazu, in dem ich so tat, als würde ich ihn nicht kennen, und komplett anderer Meinung war als er. Dann verstiegen wir uns und bekamen richtig Stress, der schließlich dazu führte, dass wir von der Website ausgeschlossen wurden, wie zwei Kids, die sich beim Autoscooter-Fahren absichtlich gerammt haben. In letzter Zeit hatte ich mir seine Rezensionen jedoch nicht mehr angeschaut. Es machte einfach keinen Spaß, wenn man sich all die Dinge, über die er schrieb, nicht mehr leisten konnte.

Dizzy kippte seinen Wein hinunter und verzog dabei das Gesicht, als würde ihm etwas weh tun. Danach hielt er sich das Glas vor die Augen und überprüfte seine Leere. «Bärenpisse», sagte er. Schließlich legte er die Hand um meinen Kopf und küsste mich auf den Scheitel. «Ich muss los. Ich bin mit den Code-Kollegen auf ein paar Drinks im Finnegans Wake verabredet. Kommst du mit? Geht alles auf mich.»

Es ging immer alles auf Dizzy. Das war seine herausragende Leistung als Chef.

Beim Finnegans Wake handelte es sich um ein pseudo-irisches Pub, dessen Gäste eingefleischte Fans von Science-Fiction-Büchern und -Serien waren. Früher war ich mit den Kumpels aus der Firma nach einem Vierzehnstundentag gern ins FW auf einen Drink gegangen. Wir aßen frittierte Jalapeños, tranken Guinness und warfen uns gegenseitig Zitate aus *Real Genius* an den Kopf, bis der Morgen graute. Dann torkelte ich die paar Blocks bis nach Hause, schlief ein paar Stunden, stand auf, und das Ganze ging wieder von vorne los. Das war mein kleiner Triumph, meine Belohnung dafür, dass ich tobende Kunden in flauschige weiche Kaninchen verwandelt hatte. Letztes Jahr um diese Zeit war ich diejenige gewesen, die alle einlud, auch diejenige, mit der alle reden wollten. Heute Abend jedoch wäre ich bloß die arbeitslose Freundin des Chefs.

«Hausaufgaben», sagte ich und hielt *Lady Chatterley* in die Höhe. Und so verließ er mich, ließ mich ganz allein zurück, mit nichts als dreihundert Seiten viktorianischer Literatur, die zwischen mir und meiner nächsten lukrativen Stelle standen.

«Ich sehe, du hast ein neues Buch», sage Hugo, als ich ins Dragonfly zurückkehrte, um meine Sachen zu holen.

«Raste nicht gleich aus. Ich kann es dir erklären.» Während ich *Lady Chatterley* in meinem Lederrucksack mit dem ArGoNet-Logo verstaute und den Reißverschluss zumachte, erzählte ich Hugo von der Lesegruppe. Zum Spaß landeten aber auch noch *Sturmfahrt der Leidenschaft*, *Geliebter Schurke* und *Tochter der Highlands* im Rucksack.

«Ich bin mir sicher, dass sich hier auch eine Ausgabe von *Lady Chatterley* findet», sagte Hugo und eilte in Richtung Lager. «Ich meine, erst kürzlich irgendwo eine gesehen zu haben.»

Im Dragonfly war es so aufgeräumt wie auf einem Campingplatz nach einem Wirbelsturm. Wenn ich darauf warten wollte, bis er das Buch gefunden hatte, an das er sich zu erinnern glaubte, konnte das die ganze Nacht dauern.

«Ich glaube, da war eins in der Abteilung *Sport und Gymnastik*!», rief ihm Jason hinterher.

Eine Dame, die an dem Tisch mit den Bildbänden

stand, schaute ihn finster an und legte den Zeigefinger an die Lippen.

«Was denn?», motzte Jason. «Das hier ist ein Buchladen, keine Bibliothek!»

«Hugo!», rief ich. «Ich glaube, wir sollen alle die gleiche Ausgabe lesen.»

«Faschistenpack!», hörte ich ihn schimpfen, als ich hinausging.

Wenn man sich die Halbinsel von San Francisco als Hand vorstellt, dann liegt Frisco an der Spitze des Mittelfingers und San José am Handgelenk. Mountain View befindet sich mitten auf der Handfläche. Im Gegensatz zu San Francisco gab es bei uns aber keine Hipster mit Hornbrillen und Rollkragenpullovern, die in umfunktionierten Lagerhallen Codes schrieben. Und obwohl Google persönlich bei uns ansässig war, klang eine Adresse in Mountain View bei weitem nicht so schick wie eine in Palo Alto oder Menlo Park. Würde man in Silicon Valley mit Teppichen oder Papierfabriken Kohle machen, dann wohnten in Mountain View die Fließbandarbeiter und ihre Vorarbeiter. Nur dass die Vierzig-Quadratmeter-Häuschen aus den Fünfzigern Solar-Paneele und Fußbodenheizungen hatten und nicht unter einer Million Dollar zu haben waren.

Trotz der hohen Lebenshaltungskosten liebte ich viele Dinge an Mountain View, so wie die altmodischen, schmiedeeisernen Laternen in den Straßen. Bis auf die Tatsache, dass sie mit Strom betrieben wurden, sahen sie aus wie aus einem Dickens-Roman und erlaubten es mir, auf meinem Nachhauseweg zu lesen. Normalerweise schaffte ich zwischen sieben und acht Seiten, bis ich vom

Dragonfly bei mir war, zwei weniger, wenn ich auf einen Savage Hammerhead Mocha zu Cuppa Joe ging, und drei mehr, sollte ich mir eine Portion Mu-Shu-Schweinefleisch beim China-Imbiss holen. Und der Spaziergang nach Hause bedeutete ruhige und ungestörte Lesezeit, weil ich nicht mit Jason um einen Sessel kämpfen musste. Die einzigen Geräusche, die man an der baumbestandenen Straße hörte, kamen von den Familien, die mit den letzten Tätigkeiten des Abends beschäftigt waren: Geschirrklappern beim Abwasch, ein paar falsche Töne auf dem Klavier beim hundertsten Probedurchlauf des Flohwalzers oder das unverwechselbare Giggeln eines Kleinkindes, das durchgekitzelt wurde.

Ich hatte den größten Teil der vergangenen drei Stunden bei Cuppa Joe mit dem Vorhaben zugebracht, *Lady Chatterley* zu erobern. Davor wollte ich bloß das Kapitel von einer meiner eingepackten Romanzen zu Ende lesen, *Sturmfahrt der Leidenschaft*, dann würde ich endlich damit anfangen. Doch als ich das Cuppa Joe verließ, war ich mit *Sturmfahrt der Leidenschaft* fertig und hatte bereits sechzig Seiten von *Geliebter Schurke* in Angriff genommen. Diesmal würde Lady Chatterley also unberührt nach Hause gehen.

Mit der Zwanzig-Dollar-Note, die mich durch das Wochenende bringen sollte, machte ich einen kurzen Zwischenstopp in einem Asia-Laden und kaufte mir ein paar Instantnudelsuppen und einen Lottoschein. Vor hier aus waren es nur noch ein paar Kreuzungen bis zu der Doppelhaushälfte, die ich mir mit Hugo teilte. Im Garten roch es nach frisch Gegrilltem, und mein Magen knurrte. Offenbar hatte sich Hugos kulinarisches Rendezvous in eine Party verwandelt. Hinter dem Haus waren Gelächter und die flinken Gitarrenakkorde eines Fleetwood-Mac-Songs zu hören.

Ich stapfte die vier Stufen zu der überdachten Veranda hoch, die Hugos und meine Wohnung miteinander verband, und sah, dass meine Fliegengittertür offen stand. Zwischen ihr und meiner Haustür befand sich auf dem Boden ein mit Alufolie bedeckter Pappteller, daran klebte ein Zettel.

SPARGEL IN SAN-DANIELE-SCHINKEN.
UND ICH HAB DAS BUCH FÜR DICH GEFUNDEN.
KOMM RÜBER ZUR PARTY.
DEIN HUGO

Noch einmal schaute ich mir die dunkle Ecke hinter der Fliegengittertür an, dieses Mal aber genauer. Tatsächlich lehnte da etwas, das man als Buch bezeichnen konnte. Doch es sah ganz anders aus als das, was Dizzy mir gegeben hatte. Das hier kam mir vor, als wäre es dem Büchertod schon mehrmals von der Schippe gesprungen. Am Rücken fehlte der Einband, sodass man die mit Leim verklebten Bögen sah. Der Einband selbst bestand aus speckigem Stoff, der an den Kanten zerschlissen und von der Sonne ausgeblichen und gewellt war. Die vergilbten Seiten knirschten, als ich darin blätterte, als wollten sie sich darüber beklagen, dass jemand sie in ihrem miserablen Zustand in Bewegung setzte. Es war das bibliophile Gegenstück zu dem rostigen Rambler Baujahr 62, den Dizzy auf der Highschool gefahren und den zu besteigen ich mich geweigert hatte, weil ich um mein Leben fürchtete. Es wäre keine Überraschung für mich gewesen, hätte auch dieses Prachtexemplar der Buchdruckerkunst

Wolken schwarzer Auspuffgase ausgespuckt. Ich nahm das arme Ding mit nach drinnen. Hätte ich über heiße Milch und ein Gästebett verfügt, würde es das bei mir bekommen.

Meine Wohnung war keineswegs die spiegelbildliche Entsprechung von Hugos Zwei-Zimmer-Palast nebenan, sondern eine Art Auswuchs desselben. Als hätte der Architekt die Spendierhosen angehabt und einen Frühstückstresen springen lassen, der die Andeutung einer Küche von einem Wohnzimmer trennte, das gerade groß genug war für ein Zweisitzer-Sofa, einen Papasan-Sessel, einen 47-Zoll-Bildschirm sowie die fünf Ikea-Bücherregale, die eine Chronik meines Lebens darstellten. *Der große Gatsby*, der eine explodierende Dr-Pepper-Flasche überlebt hatte. Die Ausgabe von *Stolz und Vorurteil*, die sich von einer Arschbombe in einen Tümpel nie ganz erholt hatte. Und das einzige Buch, das mir meine Mutter jemals geschenkt hatte: eine bebilderte Ausgabe von Hans Christian Andersens Märchen, die mit der kleinen Meerjungfrau vorne drauf, die Seiten braun und mürbe vom vielen Blättern.

Ich liebte dieses Buch und seine schrecklichen Geschichten. Einen ganzen Sommer lang hatte ich mir wieder und wieder diese Schauerstorys zu Gemüte geführt. Während meine Freunde ihre kindlichen Phantasien bei *Dracula*, *Frankenstein* oder *Sweet Valley High* auslebten, tauchte ich genüsslich in diese Märchenwelt ein, in der es Schicksalsschläge hagelte und niemals ein Happy End gab. Wie bei der kleinen Meerjungfrau, die ihre Stimme für Beine eintauschte und auf der Türschwelle des Prinzen schlief, in den sie sich verliebt hatte. Jeder ihrer Schritte fühlte sich an, als würde ihr mit Messern in die Füße gestochen, und doch tanzte sie für ihn, wann immer er es sich wünschte. Schließlich hatte er eine andere geheiratet, und die kleine Jungfrau hatte sich ins Meer gestürzt und war ertrunken. Meine Mutter liebte den Disney-Film mit den singenden Krebsen und den tanzenden Fischen, doch ich hatte mein Herz sogleich an die kleine Meerjungfrau aus dem Buch verloren.

Immer hatte ich mir gewünscht, ein Mädchen zu sein, dem seine Mutter Bücher schenkte. Ich stellte mir vor, wie sie mir über den Kopf strich und mir einen Blankoscheck in die Hand drückte, damit ich bei *Weekly Reader* in der Schule nach Herzenslust bestellen konnte. Ich sah sie vor mir, die Bücherregale in meinem Zimmer, die vom Boden bis zur Decke reichten und aus allen Nähten platzten, dazu eine Leiter auf Rollen, auf der ich hin und her fahren und mir genau die Zauberwelt aussuchen konnte, nach der mir an diesem Tag der Sinn stand. Tatsächlich gab es in unserem Haus Bücher in Hülle und Fülle: unberührte Harvard-Klassiker, von Hawthornes Geschichten bis hin zu Hemingways *Fiesta*, die wie Centurionen über das Wohnzimmer meiner Mutter wachten. Die Bildbände – meistens zusammengetragene Fotos von Ehrfurcht erweckenden Landschaften aus den Südstaaten oder von Fußballhelden aus South Carolina – waren immer penibel abgestaubt und frei von Fingerabdrücken. In der Küche prangten Mamas Kochbücher, noch immer in dem makellosen Zustand, den sie hatten, als sie im Paket von *Southern Living* eingetroffen waren, ihrer Lifestyle-Bibel für die Südstaaten. Dafür gab es weder *Wolfsblut* noch *Die Schatzinsel* oder *Der König von Narnia*. Die fand ich von ganz allein in der öffentlichen Bibliothek.

Als ich acht wurde, hatte meine Mutter mit blankem Entsetzen reagiert, als ich ihr sagte, ich wolle Bibliothekarin werden. Ich wusste, sie sah mich als Matrone mit Gesundheitsschuhen und Dutt vor sich, die den lieben langen Tag zwischen staubigen Bücherregalen umherhuschte und Bibliotheksbesucher verächtlich und mit säuerlicher Miene auf versäumte Leihfristen hinwies. Es war zwecklos, sie davon zu überzeugen, dass ihre Vision nichts mit dem Traumberuf zu tun hatte, den ich mir ausgesucht hatte. Die Bibliothekare, die ich kannte, waren Superhelden der Datenverarbeitung. So wie die Entdeckungsreisenden der Alten Welt schipperten sie auf den unerforschten Ozeanen der Information herum und zeichneten Karten, damit sich jeder, der sie in Händen hielt, zurechtfand. Und sie waren die Hüter von Dingen, die bei anderen Menschen in Vergessenheit gerieten, sie archivierten die Zufälligkeiten des Lebens und setzten sie wie ein Puzzle zusammen.

Auf der Highschool hatte ich begonnen, ehrenamtlich bei der Bibliothek unserer Stadt zu arbeiten, die in einem kleinen gelben Gebäude gleich am Marktplatz untergebracht war. Das Haus meiner Eltern bestand aus endlos vielen stillen Räumen, in denen sich ein Einzelkind wie ich verstecken konnte, doch die Stille, die in der Bibliothek herrschte, war eine, die vor Leben pulsierte, denn sie war voller Menschen auf der Suche nach dem, was sie sich vorstellten. Und ich konnte ihnen dabei helfen, es zu finden. Ich schob Rollwagen voller Bücher, deren Räder unter der schweren Last quietschten, an Regalen vorbei. Ich stempelte kleine linierte Karten mit dem Ausgabe- und dem Rückgabedatum und schob sie danach wieder in die im hinteren Buchdeckel angebrachte Tasche. Und war meine Schicht vorüber, blieb ich oft noch da, setzte mich auf einen Tritthocker ganz hinten in der Sachbuchabteilung und las die Bücher, die meine Mutter mir nie erlaubt hätte, mit nach Hause zu nehmen – Judy Blumes *Geschichte einer ersten Liebe*, Toni Morrisons *Solomons Lied* und tonnenweise historische Liebesromane mit windgeföhnten Haarmähnen und verführerischen Miedern auf dem Einband.

Als Studentin an der Universität von South Carolina hatte ich von Bibliothekaren gelernt, wie man in Erfahrung bringt, was die Leute sich wünschen, und wie man sie zu dem hinführt, was sie brauchen. Und so kam es, dass ich all die Fähigkeiten, die ich benötigte, um bei einer frisch gegründeten Internet-Firma zu landen – zum Beispiel wie man ein Content Management System aufbaute und Schnittstellen schuf, die es am Laufen hielt –, in einer Bibliothek gelernt hatte. Ich begriff, dass jede Informationsmenge einem Muster folgt, das einem roten Faden gleicht. Man muss nur daran ziehen – und alles passt. «Erkenntnis erlegt ein Muster auf und verfälscht», schrieb T.S. Eliot in einem seiner *Vier Quartette*. «Denn das Muster wird mit jedem Augenblick anders.»

In der College-Bibliothek leistete ich ebenfalls meine Dienste, in der Schicht von acht bis Mitternacht, indem ich mich zähneknirschend dem Klassifizierungsdiktat der Library of Congress beugte. Es war eine überaus meditative Tätigkeit, an den Buchrücken vorbeizugehen und genau den richtigen Platz für ein Werk zu finden. Und jede Nacht, wenn ich hier meinen Rollwagen an den Regalen vorbeischob, um die Bücher nach der Rückgabe wieder an Ort und Stelle zu bringen, stolperte ich über ein Pärchen, das auf die eine oder andere Weise mitten in der Bibliothek seiner Liebe frönte. Manchmal saßen da nur zwei an eine Wand gelehnt und kuschelten sich aneinander, um gemeinsam zu lesen oder ein Nickerchen zu machen, doch gelegentlich hörte ich auch, irgendwo auf der anderen Seite der Regale, das leidenschaftlich-gehetzte Stöhnen, das nur Paare aufbringen, die über kein Zimmer verfügen, in dem sie ungestört sind. Nachts waren die Regale wie der Zauberwald im *Sommernachtstraum*, und jeder dunkle Winkel war von Torheiten und Turteln erfüllt.

Ich legte Hugos *Lady Chatterley* auf den Frühstückstresen und schlug das Buch auf der Titelseite auf. Ganz oben hatte jemand handschriftlich ein Datum eingetragen: *April 1961*. Dann wanderte mein Blick langsam über die restliche Seite und blieb bei dem hängen, was hier eigentlich fehl am Platze war: Die gesamte Seite war wie eine Patchwork-Decke mit handschriftlichen Notizen bedeckt.

Ich knipste die Lampe über dem Tresen an und schaute mir das Gekrakel genauer an. Es sah aus wie die Handschrift eines Mannes, eine Mischung aus Schreibschrift und Druckbuchstaben, nüchtern, aber nicht ohne Schwung und Eleganz. Der Querstrich bei den kleinen *ts* war kühn und kraftvoll, und auf dem kleinen *i* prangte statt einem Punkt ein kurzer, schräger Strich, der aussah wie die Flamme einer Kerze.

Die Liebe findet für uns das, von dem wir gar nicht wussten, dass wir es uns wünschen.

Und darunter stand, in einer anderen Handschrift, mit ausladenden, schnörkeligen Buchstaben, fließend und feminin, einer Schrift, bei der ich sofort an grünes Gras im Sommer und wirbelnde Röcke denken musste:

Und ich habe dich hier gefunden.

Ich hob das Buch hoch, packte fest zu, damit es nicht auseinanderfiel, doch offenbar übertrieb ich dabei, denn die Seiten lösten sich und fielen wild durcheinander auf den Tresen. Während ich sie zu einem Stapel zusammenschob, kam mir der Gedanke, wie gern ich Hugo hatte. Ich fand es hinreißend, dass er dachte, ich könne ein solches Buch zu der morgigen Sitzung der Lesegruppe mitnehmen. Das wiederum erinnerte mich an meine Großtante Trudy, die immer eine halbe Grapefruit in ihrer Handtasche mit sich herumschleppte und nie begriff, warum man sie nicht mit ihr teilen wollte.

Ich kaute meine in Schinken eingewickelten Spargelhäppchen, ließ mich in dem muschelförmigen Papasan-Sessel am Fenster nieder und klappte mit einem leisen Knacken des Buchrückens die makellose Ausgabe von *Lady Chatterley* auf, die Dizzy mir gegeben hatte. Ich war bereit. Das würde ein Mordsspaß werden. Weil ich *wollte*, dass es ein Spaß wurde. Ich schlug das Buch auf der schneeweißen, lupenreinen und unbeschriebenen Titelseite auf, doch mein Blick wanderte wieder zu dem Papierstapel auf meinem Frühstückstresen zurück.

Die Liebe findet für uns das, von dem wir gar nicht wussten, dass wir es uns wünschen.

Wieder wandte ich mich der Ausgabe in meinen Händen zu. Kapitel 1, Seite 1. Ich zwang mich zur Konzentration. Ich würde dieses Buch heute Nacht lesen, und morgen, in diesem Bücherkränzchen, würde ich den Damen zeigen, wo der Hammer hängt. Bloß dass ich bereits auf Seite 2 das unwiderstehliche Verlangen nach einer Diet Coke und dem Schatz eines Freibeuters verspürte …

Als ich ein paar Minuten später am Tresen an einem Reiscracker mit Käsegeschmack knabberte, wanderte mein Blick erneut zu den flatternden Überresten von Hugos Buch. Fast jede Seite war am Rand mit den Handschriften von der Titelseite vollgeschrieben, stets im Wechsel, was fast wie ein Tattoo aussah. Ich hielt das Buch ins Licht der Lampe. Gleich auf Seite 1 stand Folgendes:

Hallo? Ich heiße Henry. Wer ist da?

Hallo, Henry, ich bin's, Catherine.

Catherine, danke fürs Schreiben. Ich werde immer neugieriger.
Henry

Geht mir ebenso. Warum Lady Chatterley*? Und warum hast du begonnen, in dieses Buch zu schreiben?*
Catherine

Ich weiß auch nicht so genau. Ich sah einfach dieses arme, zerlesene Buch und hatte vermutlich Mitleid mit ihm. Ich dachte, es könnte mir Gesellschaft leisten. Ich habe den Roman immer gemocht. Wusstest du, dass er ursprünglich mal Zärtlichkeit *hieß? Ich liebe die Sanftheit, mit der sie sich lieben. Besonders in Mellors' Brief am Ende. «Wenn ich schlafen könnte mit meinen Armen um Dich, könnte die Tinte im Faß bleiben.»*
Henry

Da saß ich nun – kurz davor, mir den Schatz des Freibeuters zu Gemüte zu führen – und fragte mich, was in aller drei Teufels Namen hier los war. Ich nahm mir wahllos eine weitere Seite vom Stapel. Seite 156.

Catherine,
du verfolgst mich, du führst mich in Versuchung, bringst meine Sinne zum Prickeln. Ich möchte dich einatmen und in meiner Lunge mit mir herumtragen, möchte dich für mich unverzichtbar machen. Ich möchte, dass du weißt, wie es sich anfühlt, wenn ich dich berühre, und wie meine Stimme klingt, wenn ich deinen Namen sage.
Henry

Mittlerweile lagen die losen Blätter überall in meiner Küche verstreut. Von all den Fragen, die in meinem Kopf summten wie ein Bienenschwarm, war das diejenige, die ich am lautesten hörte: Was um alles in der Welt war zwischen *danke fürs Schreiben* und *möchte dich für mich unverzichtbar machen* passiert?

Ich versuchte weitere Nachrichten zu finden, indem ich von hinten nach vorne blätterte. Seite 389 – nichts. Seite 335 – Fehlanzeige. Auch vor und nach Seite 280 entdeckte ich keine weiteren Hinweise für eine fortgesetzte Korrespondenz. Doch dann landete ich auf der Seite 249.

Sonntag ist der erste Sommertag. Treffen wir uns im Pioneer Park am Brunnen, zwölf Uhr mittags.
Henry

In diesem Moment kam ich mir vor wie jemand, der von einer Reise zurückkehrt und feststellt, dass er einen fremden Koffer vom Gepäckband geholt hat. Rasch ging ich die vorderen Seiten durch. Einzelne Worte stachen aus Henrys und Catherines Geschriebenem hervor, Worte, wie ich sie in den Büchern aus dem Dragonfly gelesen hatte. *Versuchung*, *Prickeln*, *Zärtlichkeit*. Es waren Wörter aus Büchern, keine realen Wörter, die von realen Menschen benutzt wurden, nicht mehr. Sie waren dafür gemacht, mit Tinte und Feder auf Pergament geschrieben, dann unter Siegeln verschlossen und bei Nacht und Nebel in wildem Galopp zu ihrem Empfänger gebracht zu werden. Und doch standen sie hier, schnörkelige Buchstaben, mit Kuli an den Rand von *Lady Chatterley* geschrieben.

Ich sammelte die wild im Raum verstreuten Blätter ein und brachte sie behutsam an ihren Platz zurück. Um wen auch immer es sich bei Henry und Catherine handelte, bei mir waren sie in guten Händen. Ich weiß nicht, wie lange ich dazu brauchte, die Seiten wieder in die richtige Ordnung zu bringen, ich erinnere mich nur noch, wie die Partygeräusche aus Hugos Wohnung durch das geschlossene Fenster zu mir herüberdrangen und ich mich bemühte, sie zu ignorieren, als wäre es das Stöhnen eines Pärchens im Zimmer nebenan.

Zweites Kapitel

Die Silbernadel

Dies ist ein Buch über Leidenschaft. Sie häutet sich.
Sie wird durch Begierde wiedergeboren.
CATHERINE

Gott sei Dank gab es den Mann von UPS. Hätte er nicht bei mir geklingelt, würde ich immer noch schlafen. Als das Läuten mich aus dem Schlaf riss, hing ich zwischen Sofa und Fußboden und hatte eine lose Buchseite im Gesicht kleben. Ich kroch zur Tür, unterschrieb auf dem Pad, den mir der Typ hinhielt, mit «John Lennon» und hielt ihm die Tür auf, als er die Sendung hereinkarrte. Dann schaute ich auf die Uhr. Das Treffen des SVBC-LMA fing in einer Stunde an. Dizzy konnte jede Minute da sein, um mich abzuholen. Ich hüpfte unter die Dusche und lief dann zu meinem Kleiderschrank. Entweder ich machte auf Business und zog das Kostüm an, das eine Verkäuferin bei Nordstrom für mich ausgesucht hatte, oder ich entschied mich für die Jeans-und-T-Shirt-Variante des typischen Googlers. Letztere machte das Rennen, und ich schlüpfte rasch in eine Jeans und ein T-Shirt mit der Aufschrift *Schrödingers Katze ist tot* vornedrauf und *Schrödingers Katze ist nicht tot* hintendrauf. Bestimmt würde auch Dizzy in seinen üblichen Cargohosen und T-Shirt erscheinen. Wir waren einfach Computerfreaks. Daran ließ man am besten von Anfang an keinen Zweifel.

Gerade hörte ich, wie Dizzys mit Biodiesel betriebenes

Cabrio vor der Tür hielt, als mein Handy klingelte. Meine Mutter.

«Hast du das Paket erhalten, das ich dir geschickt habe?», fragte sie. «In der Sendungsverfolgung von UPS habe ich gesehen, dass es ausgeliefert wurde. Wie findest du es?»

Es hatte momentan keinen Sinn, das Ding aufzumachen. Ich wusste, was es war. Irgendein Möbelstück. Es gab kein Problem auf der Welt, von dem meine Mutter nicht glaubte, es ließe sich mit einer Tiffany-Lampe lösen. Bevor ich nach Kalifornien gezogen war, hatte ich keine eigene Wohnung gehabt, die sie neu einrichten konnte. Dafür hatte es ihr damals nichts ausgemacht, über dreißig Meilen zu meinem College-Apartment zu fahren, eine meiner Zimmergenossinnen zu becircen, damit die sie reinließ, und meine T-Shirts und zerrissenen Jeans gegen Leinenröcke und Kaschmirpullover auszutauschen. Jetzt, wo ich dreitausend Meilen weit weg war, konnte sie mir nur Sachen schicken, und diesmal waren Möbel ihr Mittel der Wahl. Wuchtiges, klobiges Zeug, für das man sich den Arsch aufreißen musste, um es wieder loszuwerden. Als ich noch arbeitete, hatte ich die Nummer der Heilsarmee als Kurzwahl gespeichert und ließ sie postwendend den Küchenwagen mit Marmorplatte, die Schwingsessel aus Leder und die barocke Konsole, die selbst Marie Antoinette zu protzig gefunden hätte, abholen. In letzter Zeit war ich dazu übergegangen, den Plunder in Zahlung zu geben, und hatte dank Mamas Großzügigkeit immerhin die Internet-Rechnung der letzten Monate blechen können.

«Ich kann jetzt nicht reden», sagte ich. «Bin gerade auf dem Weg in eine Sitzung.»

«Du kannst nicht auf dem Weg in eine Sitzung sein. Du bist arbeitslos.»

In der Welt, in der ich aufgewachsen war, wurden nur Leute von zweifelhaftem Ruf gefeuert. Als ich meinen Eltern von meiner Kündigung erzählt hatte, bestanden sie darauf, dass ich auf der Stelle nach Hause kommen und die Schande meiner Erwerbslosigkeit unter ihrer sorgfältigen Beobachtung absitzen sollte. Wäre ich nur wieder zu Hause, würde heiraten und Kinder zur Welt bringen, würde Gott schon für alles andere sorgen. Es hatte eine Zeit gegeben, in der ich genau das Gleiche auch von ArGoNet gedacht hatte: Wenn ich nur alles tat, was man von mir verlangte, würde ArGoNet mir eine aussichtsreiche und sichere Zukunft bescheren. Doch ganz egal, wie viel ich arbeitete oder wie gut ich war – am Ende hatte es keine Rolle gespielt. Es ging um die Kosten, und die waren eben deutlich geringer, wenn man die Arbeit nach Indien auslagerte. Für das Meer ist es nicht wichtig, wen es schluckt. Ob Engel oder Sünder, den Fluten ist das gleichgültig.

«Mama, das kann ich dir gerade nicht erklären, aber ich muss los. Es ist wichtig.»

«Wichtiger als deine Familie? Na gut, dann geh zu deiner Sitzung. Dein Vater und ich könnten bei uns auf der Straße nach Hilton Head überfahren werden, aber was kümmert es dich?»

Meine Eltern hatten eine Woche nach ihrem Abschluss an der Uni geheiratet. Mein Vater war ein ausgezeichneter Leichtathlet gewesen, meine Mutter Kandidatin für die Wahl der Miss South Carolina. Auf den Bildern aus dem frühen gemeinsamen Leben trugen sie ein Permanentlächeln zur Schau und verströmten die Unbeschwertheit zweier Menschen, deren Malen-nach-Zahlen-Leben von denen finanziert wurde, die sie großgezogen hatten. Man stellte keine Fragen. Ihnen war gar nicht bekannt, dass es überhaupt Fragen gab, die man stellen konnte. Ich wusste genau, wie ihr Samstag bisher verlaufen war. Daddy war – was er schon getan hatte, bevor ich geboren wurde – mit den Kumpels aus seiner Studentenverbindung frühstücken gewesen und dann nach Hause zurückgekehrt, wo meine Mutter bereits in einem sorbetfarbenen Golf-Outfit mitsamt gleichfarbigen Söckchen und Sonnenvisier auf ihn wartete. Ihre Golftaschen würden am Treppengeländer im Foyer lehnen, und sie würde auf der geschwungenen Eichentreppe sitzen, die Hände um ihre makellos glatten Knie gelegt, und auf ihren Göttergatten warten. Als ich noch ein Kind war, hatten sie in der Nähe Golf gespielt und für den Freitag- und Samstagnachmittag einen Babysitter genommen, der bis zum Abend blieb, damit sie noch in den Club gehen konnten. Kaum war ich jedoch halbwegs flügge und in der Lage gewesen, unbeaufsichtigt allein zu bleiben, hatten meine Eltern, erneut von jeglichem Klotz am Bein befreit, die aufregende Welt der Golf Resorts unsicher gemacht. Diese Plätze waren für meine Eltern ihr ganz persönlicher Freizeitpark, ein Land, in dem man Primärfarben und ein Parfüm trug, das nach frisch gemähtem Gras roch. Ich war mir gar nicht sicher, ob meine Mutter Golf überhaupt mochte. Daddy jedoch war ein fanatischer Anhänger des Greens, und das war es, was für sie zählte.

«Okay, Mama, dann mach ich es halt auf.»

Mit einem Küchenmesser schlitzte ich den Karton oben auf und zog einen Beistelltisch aus Eiche im Missionsstil heraus, eine überraschend bescheidene Wahl für eine Frau, die ausgestopfte Erpel an der Küchenwand hängen hatte.

«Hast du die Karte geöffnet?», fragte sie. «Mach die Karte auf, solange ich am Telefon bin.»

«Ich sehe keine Karte.»

«Die ist in der Schublade. Warum schaust du eigentlich nie in Sachen rein?»

Draußen drückte Dizzy mehrmals auf die Hupe, während ich die Schublade aufzog und darin das Briefpapier meiner Mutter erkannte, das mit ihrer Lieblingsblume, kleinen Lilien, geschmückt war. «Für einen Neuanfang», hatte sie auf den Umschlag geschrieben.

Meine Mutter war eine schöne Frau, die sich immer bemühte, ihre Umgebung ebenso schön zu machen, wie sie selbst es war. Doch mit nichts schien ihr das so zu gelingen wie mit ihrer Handschrift. Ihre Buchstaben sahen so aus, als hätten sie so lange mit dicken Wörterbüchern auf dem Kopf den geraden Gang geübt, bis ihre Haltung perfekt war. Ihre Os waren nie zu dick und ihre Is nie zu schlank. Es war die Handschrift einer Frau, die nie daran gezweifelt hatte, wohin sie gehörte, und beim Aufwachen am Morgen immer wusste, was der neue Tag für sie bereithielt.

Mein Herz machte einen Satz, als ich die Grußkarte öffnete und darin einen Scheck über 10000 Dollar vorfand. Ich starrte auf die vier wunderschönen Nullen, die an ihrer oberen Rundung durch einen Kringel miteinander verbunden waren und aussahen wie geklöppelt. Endlich half mir meine Mutter auf eine Weise, die wirklich hilfreich war.

«Mama, ich weiß gar nicht, was ich sagen soll.»

«Na ja, wir haben beschlossen, dir dein Erbe schon vorzeitig auszuzahlen.»

Was sie da sagte, holte mich gleich wieder auf den Boden der Tatsachen zurück. Auf einmal sahen die schönen Nullen ziemlich winzig aus. Meine Eltern schwammen in Geld. Folglich kam das hier praktisch einer Enterbung gleich.

«Na ja, natürlich ist das nicht alles, was du erhältst», erwiderte sie mein Schweigen. «Nur eine kleine Summe für deinen Umzug nach Hause.»

Da hatten wir den Salat.

«Ich bin glücklich hier», sagte ich und hörte, dass Dizzy wieder auf die Hupe drückte. Ich griff nach meiner Tasche und lief hinaus, meine Mutter immer noch am Ohr.

«Du weißt doch gar nicht, wie es ist, glücklich zu sein. Du bist arbeitslos und unverheiratet. Du hast es mit diesem Kalifornien-Dings probiert, und das hat nicht funktioniert, was ich dir, wie ich mich zu erinnern glaube, schon gesagt habe, bevor du all die Mühe auf dich genommen hast, da runterzuziehen. Es ist höchste Zeit, Margaret Victoria. Zeit, nach Hause zu kommen.»

Während ich mich neben Dizzy auf den Beifahrersitz gleiten ließ, dachte ich an das Haus meiner Eltern. Es war eine große Villa im Kolonialstil in der Nähe eines Platzes in der Innenstadt, erbaut von meinem Urururgroßvater nach dem Sezessionskrieg, von Geldern, die er den *carpetbaggers*, den Glücksrittern aus den siegreichen Nordstaaten, abgeluchst hatte. Ich hatte mich in dem Haus immer am liebsten in irgendwelchen Ecken verkrochen, weil es in meinen Augen mit jeder Pore das unendliche Eheglück meiner Eltern atmete und keinen Raum mehr für mich ließ. In meiner Vorstellung duftete es unentwegt nach der Fliederseife meiner Mutter. Sie wartete stets bis eine Stunde vor der Heimkehr meines Vaters, um zu baden und damit den Geruch eines Tages abzuwaschen, den sie in seiner Abwesenheit hatte verbringen müssen. Ihre Sehnsucht nach ihm machte mir Angst. Unser Heim war ihr nicht genug. Ich war ihr nicht genug. Hätte ich jemals meinen Vater verloren, wäre ich zur Waise geworden.

«Weißt du, was dein Onkel Jamie kürzlich zu mir gesagt hat?», fuhr meine Mutter fort. «Er fragte mich, ob du eins von diesen komischen Mädchen bist. Und dann sagt er, für ihn sei das in Ordnung, weil er deinen ‹alternativen Lebensstil› akzeptiert. Und das ausgerechnet am Zwiebelstand auf dem Bauernmarkt. Ich kann kein homosexuelles Kind haben, Margaret Victoria. Bei Dizzy ist das was anderes. Seine Mutter hat noch vier weitere Söhne. Aber ich nicht. Ich hab bloß dich, und wenn du homosexuell bist … Na ja, das ist einfach zu viel verlangt.»

Ich schaute zu Dizzy hinüber und dachte daran zurück, wie ich meiner Mutter gesagt hatte, dass er schwul sei. Man musste es ihr zugutehalten, dass sie nie ein böses Wort über ihn verloren oder ihn irgendwie anders behandelt hatte, wahrscheinlich, weil sie weiterhin fest damit rechnete, er würde irgendwann noch die Kurve kriegen und sich nach ihren Vorstellungen richten, so wie sie das auch von jedem anderen erwartete. Doch jedes Mal, wenn sie ihn traf, konnte ich ihr ansehen, wie sehr sie sich bemühte, ihn mit allem, was sie sagte oder tat, zu behandeln, als käme er aus einem fremden Land. Es war gar nicht die Tatsache, dass Dizzy schwul war, die sie störte. Sie fand es schlicht und ergreifend unpraktisch.

«Es liegt daran, dass wir dir erlaubt haben, viel zu viel zu lesen, stimmt's?», sagte sie. «Ich hätte es nie zulassen dürfen, dass du aus der Tennismannschaft ausscheidest. Wenn du mehr Sonne abgekriegt hättest, stünde es anders um dich.»

«Mama, ich bin keine Lesbe.»

Dizzy prustete einen Mundvoll Kaffee auf sein Lenkrad.

«Dann komm endlich heim und heirate wie jede anständige Frau», sagte Mama. «Bill Cumberland hat sich gerade scheiden lassen.»

«Er ist so alt wie Daddy.»

«Er ist alleinstehend.»

«Ich hab mein Leben hier.»

«Und? Hast du einen Mann? Hast du eine Familie?»

Wieder antwortete ich mit Schweigen. Eine Ehe war für mich immer ebenso weit weg gewesen wie die fünf Kilo, von denen alle behaupten, sie würden sie gerne abnehmen.

«Margaret Victoria, bitte erkläre mir doch mal, was das alles soll. Du bist jetzt schon zehn Jahre da drüben. *Zehn Jahre.* Und du hast es weder zu Reichtum gebracht noch zu einem wohlhabenden Ehemann. Kürzlich habe ich bei Oprah gesehen, in Silicon Valley soll es so viele alleinstehende Männer geben, dass sie San José in ‹Mann José› umgetauft haben. Offenbar kann man keine drei Schritte gehen, ohne über einen Single zu stolpern. Wenn man diese Mengenverhältnisse in Betracht zieht, frage ich mich, was eigentlich mit dir los ist, Margaret Victoria.»

Ich hätte ihr von meinem letzten Blind Date erzählen können, das der Typ zweimal aus Jobgründen absagte, um mich dann zu einem Fallschirmsprung einzuladen, weil er irgendwo im Internet gelesen hatte, wenn man bei einem Date etwas physisch Aufregendes mache, komme es zur

Ausschüttung von Pheromonen, die wiederum bindungsfördernd seien. Ich bin mir sicher, dass er ein interessanter Typ war, aber ich war zu sehr damit beschäftigt, mir nach all der physischen Aufregung die Seele aus dem Leib zu kotzen, um auf das zu achten, was er sagte.

«Die Chancen stehen gut, Mama. Nur weiß ich nicht genau, wo.»

«Was hat es dann für einen Sinn, noch da drüben zu bleiben?»

Ich schaute zu Dizzy hinüber, der seinen Kaffee ausgetrunken und die Hände auf dem Lenkrad liegen hatte und mit den Daumen den Takt zu einem Lied mitklopfte, das er nur in seinem Kopf hörte. Am liebsten hätte ich ihr gesagt, dass ich wegen meines Freundes hierhergekommen war und dass Dizzy und seine Familie zu meiner geworden waren, weil ich gemerkt hatte, dass ich selbst keine hatte. Ich war in Kalifornien, um mir etwas zu beweisen, doch ich hatte bislang noch nicht herausgefunden, was genau das war.

«Danke für den Tisch», sagte ich. «Aber ich kann ihn nicht annehmen, und das Geld auch nicht.»

«Du willst also verhungern, nur um mich zu ärgern? Bei Mercedes stellen sie Sekretärinnen ein. Männer mögen Sekretärinnen. Du könntest bei uns wohnen und jeden Tag in den Betrieb fahren.»

«Ich behalte weder den Scheck noch den Tisch.»

«Den Tisch musst du behalten. Er hat deiner Großmutter gehört.»

Ich schaute auf die Rechnung, die am Kuvert meiner Mutter hing. «Das ist ein Ausstellungsstück von Pottery Barn.»

«Spiel hier nicht die Klugscheißerin.»

Doch als ich den Scheck zerriss, fühlte ich mich alles andere als klug.

Im Blog von SVBC-LMA hatte gestanden, dass das Juni-Treffen in Avi Narayans Haus in Woodside abgehalten würde. Außerdem wurden die Mitglieder gebeten, der Gastgeberin jegliche Einschränkungen in ihrem Speiseplan mitzuteilen, ob sie nun Allergien, religiösen beziehungsweise politischen Überzeugungen oder Diätvorhaben geschuldet waren. (In einigen Posts wurde über die Trauben gemeckert, die es beim letzten Treffen gegeben hatte und die nicht nach den Richtlinien der kalifornischen Pflückergewerkschaft gelesen worden waren.) Im Blog gab es auch Zitate aus einer Biographie von D. H. Lawrence, Links zu literaturwissenschaftlichen Abhandlungen bei Amazon sowie als PDF-Datei den Aufsatz über *Lady Chatterley*, den die Tochter eines Clubmitglieds für ihr Seminar über Geschlecht und Sozialordnung an der Smith verfasst hatte. Eine mit Clipart angefertigte Graphik, auf der ein zeigender Finger mit einem Faden umwickelt war, wies die Mitglieder darauf hin, doch bitte «unseren lokalen Buchhandel» zu unterstützen und die Penguin-Classics-Ausgabe des Buchs bei Apollo Books & Music zu erwerben, wo die Lesegruppe Prozente bekam.

«Manchmal denke ich, wir betreiben mehr Aufwand mit dem Blog und den Häppchen als mit der eigentlichen Lektüre», sagte Avi, deren britischer Akzent wie ein Flüstern über ihren Rs lag, während sie Dizzy und mich in Richtung Wohnzimmer eskortierte.

Ich hatte Avi zunächst auf Mitte vierzig geschätzt, doch

jetzt bemerkte ich, wie schlaff die Haut an ihrem Hals und wie dick ihre Tränensäcke waren, und schlug noch ein paar Jährchen drauf. Dennoch hätte man sie bei mir zu Hause als eine Frau bezeichnet, die sich «gut gehalten» hatte. In Kombination mit ihrem tomatenroten Sonnenkleid hatte ihre Haut die Farbe von gebräuntem Zucker. Das dicke schwarze Haar hatte sie mit einem Schal in einem Leopardenmuster zurückgebunden, der auf meinem Kopf ausgesehen hätte wie ein zerknülltes Bonbonpapier. Ich hätte darauf wetten können, dass Avi niemals in ihrem Leben sabbernd auf ihrem Sofa eingeschlafen war. Wahrscheinlich stieg sie jeden Tag in einer großen Jakobsmuschel aus dem Ozean, während Putten ihr Haar mit Blümchen schmückten. Sie war so unerreichbar wie Oprah Winfrey, aber immerhin war ich der auf diese Weise so nah gekommen, wie ich es sonst nie im Leben schaffen würde.

«Jedenfalls ist es eine sehr effektive Anwendung von Clipart», bemerkte ich, worauf Dizzy mir einen Blick zuwarf, der mir offenbar zu verstehen geben sollte, ich hätte doch gleich mit einem noch lahmeren Spruch aufwarten können, in der Art wie: «Die Tapete ist schön.» Oder: «Ich mag Käse.»

«So, Sie beide bleiben jetzt hier», sagte Avi, «und ich hole Ihnen eine schöne Tasse Tee.»

«Du hast doch das Buch gelesen, oder?», fragte Dizzy, als sie weg war. «Bitte, sag mir, dass du die ganze Nacht wach warst und dir alle möglichen klugen Kommentare ausgedacht hast, bei denen diesen Kaffeetanten die Höschen wegfliegen.»

In Wahrheit hatte ich mir nur schnell die Zusammenfassung auf Wikipedia durchgelesen, bevor ich in den frühen Morgenstunden in Schlaf gesunken war. Ich war die ganze Nacht auf gewesen, aber den Roman hatte ich nicht gelesen.

Catherine,
wo bist du? Schon seit einer Woche hast du dich nicht mehr gemeldet. Du bist oft in meinen Gedanken, und ich würde so gern von dir hören. Doch wenn du diese Unterhaltung nicht fortführen möchtest, kann ich es verstehen.
Henry

Und auf der gegenüberliegenden Seite hieß es:

Catherine,
eine weitere Woche ist verstrichen – und ich habe nichts von dir gehört. Gäbe es nicht die Notizen in diesem Buch, könnte ich meinen, ich hätte mir dich die ganze Zeit nur eingebildet. Ich warte noch eine Woche ab. Wenn du bis dahin nicht geantwortet hast, wünsche ich dir alles Gute, aber du wirst mir fehlen.
Henry

Als ich auf der folgenden Seite endlich wieder Catherines Handschrift sah, hatte ich vor Erleichterung aufgeatmet.

Henry,
ich bin wieder da. Es tut mir leid, dass ich weg war. Es wird nicht wieder vorkommen.
Deine Catherine

Dank dem Wikipedia-Eintrag wusste ich ein bisschen über das Techtelmechtel zwischen Connie Chatterley und Mellors, doch was die Spannung anging, waren diese Romanfiguren Waisenknaben im Vergleich zu Henry und Catherine.

«Wird schon gehen», sagte ich. «Was ist mit dir? Du siehst mir irgendwie einen Tick zu ausgeruht aus.»

«Oh, passt schon. Erinnerst du dich noch an den *Herr-der-Ringe*-Typen, mit dem ich letztes Jahr ausgegangen bin? Der war wie besessen von Sean Bean. Und Bean, solltest du es vergessen haben, hat auch mal in einer britischen Miniserie von *Lady Chatterley* mitgespielt. Ich hab diesem Menschen an die achtzehn Millionen Mal dabei zugesehen, wie er sein lebenswichtigstes Organ ausgepackt hat.»

Insgeheim biss ich mir selbst in den Hintern, weil ich mir gestern nicht schnell den Kinofilm gestreamt hatte.

«Komm, wir mischen uns unter die Meute», sagte Dizzy und schüttelte seine roten Zotteln. «Du nimmst die linke Flanke und ich die rechte.»

Und noch bevor ich ihn davon abhalten konnte, war er schon zu einer Gruppe Frauen unterwegs, die an der Bar standen und die Etiketten der Weinflaschen begutachteten. Ich versuchte, mich unter die anderen Frauen zu mischen, war aber nur wenig erfolgreich. Flüsternd standen sie in Dreier- oder Vierergruppen zusammen. Jedes Mal, wenn ich mich einer näherte, hoffte ich, von einem Traktorstrahl ihres Gesprächs getroffen zu werden, doch es passierte nicht. Alles, was ich aufschnappte, waren Gesprächsfetzen, in denen es um «Zeitfenster», um «Nachhilfe» oder um Wellness im Miraval ging. Einige Frauen hockten aber auch allein irgendwo herum und simsten oder sprachen ins Handy. Ich wandte die Methode an, die bereits in meiner Kindheit meine Überlebensstrategie gewesen war, setzte mich einfach in eine Ecke und hoffte, dass mich niemand ansprach.

«Ich hab Ihnen ein bisschen vom Silver Needle aufgehoben», sagte Avi, die wiederaufgetaucht war und neben mir Platz nahm. Dabei reichte sie mir eine Teetasse, die so zerbrechlich aussah wie ein Pantoffel aus Glas. «Dizzy hat erwähnt, dass Sie ein Fan von weißem Tee sind.»

Ich schaute zur Bar hinüber, wo Dizzy der Frau neben ihm Wein nachschenkte, an einem Kanapee schnupperte und es sich dann schwungvoll in den Mund warf. Ein Fan von weißem Tee? Ich trank mit Hugo Chai Latte aus holzscheitgroßen Henkelbechern. Was hatte Dizzy eigentlich noch alles über mich erzählt?

Ich nahm einen Schluck. Silbernadel schmeckte wie Baumrinde und so bitter, dass ich fürchtete, für immer meiner Sprachfähigkeit verlustig gegangen zu sein.

«Er wird nur einmal im Jahr geerntet», sagte sie. «In den ersten Frühlingstagen. Ich finde, er hat ein süßes und feines, aber zugleich auch luftiges Aroma.»

Vielleicht schmeckte ja auf Avis Heimatplaneten Baumrinde süß, aber hier, unter unserer Sonne, schmeckte das Zeug bestenfalls holzig, eben wie – Baumrinde.

«Ja, sehr lecker», sagte ich.

Avi lächelte und schaute mich mit erwartungsvollen Augen an. Den Blick kannte ich. Sie wollte, dass ich sie beeindruckte. Doch mitten in diesem Raum voller vielbeschäftigter Leute verspürte ich in mir nur das Gefühl, nach Monaten zu viel Schlafs vollkommen übernächtigt zu sein.

«Nun», sagte Avi schließlich mit acrylharter Höflichkeit. «Sie müssen mich entschuldigen. Ich muss mich um meine Gäste kümmern.»

Was auch immer ich mir ausdenken mochte, um das Leben, das ich mir wünschte, zurückzubekommen – in diesem Moment fühlte es sich an, als wäre es meilenweit außerhalb meiner Reichweite.

Mein Blick wanderte zu Dizzy hinüber, der sich gerade einen Schokotrüffel in den Mund katapultierte.

«Das sind ... sagen Sie jetzt nichts ... das sind doch die Trüffel, die sie auf dem Clos-Pegase-Weingut in Caligosta verkaufen.» Die Frau neben ihm nickte, und Dizzy lachte. Ich liebte sein Lachen. Gänse, die in diesem Moment über unsere Köpfe hinwegflogen, würden zur Landung ansetzen und sich nach anderen Schnattergefährten umschauen, wenn sie dieses göttliche Lachen hörten. Gut, er hatte sich die Zähne überkronen lassen und war zu einem hochnäsigen Wein-Aficionado geworden, der sich seinen eigenen Tropfen ins Restaurant mitbrachte, aber dieses Lachen, das ich so liebte, würde er nie ablegen.

Er füllte einigen der Ladys noch einmal ihre Gläser auf, dann steuerte er beschwingt auf den Sessel neben mir zu und ließ sich hineinfallen.

«Ich hab mir die ganze Geschichte angehört, warum sie zwei Ersatzleute brauchen», sagte er. «Also, der erste Ausfall war Harriet. Die offizielle Version lautet, dass sie an die Ostküste versetzt wurde, aber in Wirklichkeit steckt ein stressbedingter Nervenzusammenbruch dahinter. Um die Mittagszeit fuhr sie mit dem Rad los, und zwei Tage später fand man sie, wie sie Brathähnchen und Waffeln in sich reinstopfte. An einer Tanke. In Fresno.»

«Brathuhn und Waffeln wären das Einzige, womit man mich überhaupt zu einer zweitägigen Radtour bewegen könnte», sagte ich.

«Ja, mich auch», erwiderte er. «Aber das behalten wir

besser für uns. Die Zweite, die sie verloren, ist Jill, deren frisch gegründete Firma den Bach runterging, worauf sie sich einer FKK-Kommune in Bonny Doon anschloss.»

«Hammer», sagte ich. «Das ist wirklich der Hammer.»

«Das Ding ist gelaufen, Mags», sagte Dizzy. «Das haben wir in der Tasche. Wären die Zugangsvoraussetzungen für die Mitgliedschaft niedriger, könnten wir auf dem Bauch rüberkriechen.»

Er klatschte mir aufs Knie und schlenderte mit einer Lässigkeit zu der Gruppe an der Bar zurück, als wohnte er in einem Haus wie diesem statt in einer Zweier-WG, deren Herzstück ein aufblasbarer Sessel sowie ein Weinkühlschrank für 340 Flaschen war. Über meinem Kopf schwebte das Wort *Mitgliedschaft* wie ein Damoklesschwert, ebenso wie die Befürchtung, dass das noch lange nicht alles war.

Ich griff in meine Stofftasche, um das Buch herauszuholen, doch meine Finger trafen keineswegs auf das blockartige Buch der Penguin-Classics-Ausgabe, die Dizzy mir gegeben hatte, sondern auf den steifen, abgewetzten Einband von Hugos bibliophiler Rostlaube. Voller Panik fing ich an zu suchen, wobei ich den Kopf so tief in den Beutel steckte, als handelte es sich um Sylvia Plaths Backofen, stieß jedoch nur auf sein nylongefüttertes Innenleben. Zwei Stunden Schlaf hatten mir nicht nur Ringe unter den Augen beschert, die den Olympischen Spielen alle Ehre gemacht hätten – sie hatten mir offenbar auch das letzte Restchen Hirn aus dem Kopf geblasen. Ich hatte das falsche Buch dabei. Ich schaute mich im Raum um, doch mein Blick fiel überall, ob in Händen oder auf Stühlen abgelegt, auf die Penguin-Ausgabe. Nicht nur, dass ich den Roman nicht gelesen hatte und mir das Wort *Wellness* noch nie in meinem Leben über die Lippen gekommen war – ich hatte auch noch eine Ausgabe des Buchs mitgebracht, die ich mit beiden Händen festhalten musste, damit sie nicht auseinanderfiel wie ein zu dick belegtes Sandwich.

«Ladys, bitte, wollen wir anfangen?», fragte Avi, um ihre Schäflein zur Ordnung zu rufen, und nahm dann anmutig auf dem Stuhl neben mir Platz. Dizzy, der auf der anderen Seite von mir saß, warf mir einen Blick zu, der sagte: *Vielleicht solltest du dich besser für den Rest des Nachmittags im Kofferraum meines Autos verkriechen*, als er das Buch sah, das ich mitgebracht hatte.

«Ich denke, ich spreche im Namen von uns allen», sagte Avi, «wenn ich sage, dass wir Harriet vermissen werden und ihr nach ihrer Versetzung an die Ostküste alles Gute wünschen. Das Gleiche gilt für Jill, die beschlossen hat, eine Auszeit zu nehmen und sich neuen Herausforderungen zu stellen.»

Ich schaute zu Dizzy hinüber, der sich ein Lachen kaum verkneifen konnte.

«Einige von euch haben unsere Gäste und möglichen neuen Mitglieder bereits kennengelernt. Ich denke, wir freuen uns ganz besonders, heute unseren ersten *männlichen* Gast, Dizzy Gordon, willkommen zu heißen. Dizzy ist Technischer Leiter bei ArGoNet. Kürzlich habe ich eine Menge Zeit mit ihm auf einer Konferenz verbracht, bei der über Strategien diskutiert wurde, und mit Dizzy im Raum war das wesentlich unterhaltsamer, als es klingt. Ich kann es kaum erwarten, zu hören, was er über dieses Buch zu sagen hat.»

Einige klatschten, hauptsächlich die Schnapsdrosseln von der Bar, doch Dizzy nahm die Huldigung entgegen, als wären es stehende Ovationen, denn er erhob sich, verbeugte sich und machte eine ausladende Bewegung mit dem rechten Arm, als wollte er gleich ein Menuett tanzen.

«Und das hier ist Maggie Duprés», fuhr Avi fort und ließ ihre frisch manikürte Hand auf meinem Arm ruhen. Ich krümmte rasch die Finger, damit man meine abgekauten Nägel nicht sah.

«Maggie war bis vor kurzem Leiterin der Abteilung Informationsarchitektur bei ArGoNet. Doch was mich an Maggie am meisten beeindruckt, ist ihr Leben vor Silicon Valley. Sie hat einen Master-Abschluss in Bibliothekswissenschaft und graduierte in Englischer Literatur. Sicher könnt ihr deshalb verstehen, warum sie hier neben mir sitzt. Ich brauche dringend jemanden, der mir dabei hilft, aus diesem Buch schlau zu werden!»

Alle lachten. Es war das erste Mal, dass jemand meinem Abschluss in Anglistik Ehrfurcht entgegengebracht hatte, und ganz gewiss wusste das jeder im Raum. Das war ein Trick, den ich schon oft bei erfolgreichen Menschen beobachtet hatte: Mach dich über dich selbst lustig, und die Leute unter dir werden dich umso mehr mögen.

«Da wir heute zwei neue Gäste haben, würde ich mir gerne die Zeit nehmen, unser Prozedere zu erläutern», fuhr Avi fort. «Wir machen die Runde, und jeder erzählt der Reihe nach, was er von dem Buch hält. Wohlgemerkt, immer nur einer zur Zeit.»

«Der Roman ist ein Paradox», machte eine Frau in einem rosafarbenen Pullover, die auf der anderen Seite von Avi saß, den Anfang. «Progressiv und reaktionär zugleich, modern ebenso wie viktorianisch.»

Alle anderen hatten ihre Bücher auf dem Schoß, während meins immer noch in meine Tasche weggesperrt war, wie weiland Rochesters irre Frau auf dem Dachboden. Als die Frau in Pink die Textanalyse aus Wikipedia herunterspulte, die ich eigentlich selbst hatte anbringen wollen, versank auch die allerletzte Möglichkeit, mich halbwegs anständig aus der Affäre zu ziehen, hinter dem Horizont.

Fieberhaft versuchte ich mich an meinen Erstsemesterkurs in englischer Literatur zu erinnern, in dem mir *Lady Chatterley* zum ersten Mal untergekommen war. Was war das noch mal gewesen? Irgendwas mit der Klassengesellschaft im viktorianischen England?

«Letztlich geht es um Klassen», sagte die nächste Frau. «Die ganze Geschichte rund um Lady Chatterley und ihren Wildhüter ist ein Mikrokosmos des britischen Klassensystems.»

Das war klar. Ich versuchte mich an die anderen Dinge zu erinnern, die der Professor damals gesagt hatte. Es sei nicht Lawrence' bester Roman. Er sei problematisch. Lawrence tanze der Gesellschaft auf der Nase herum, aber sein Verdienst für die Literatur sei eher fraglich. Er habe die Grenzen ausgelotet, einfach um zu probieren, wie weit er damit kam.

«Mellors überwältigt sie im Wald», bemerkte eine weitere Frau. «Er ist immer der dominante Partner. Und das soll die Befreiung der Frau sein?»

«Es gibt keine einzige sympathische Figur darin», meldete sich die folgende Frau im Kreis zu Wort. «Ich hab keine der Personen gemocht.»

«Die Obszönitäten sind überholt.»

Ich erinnerte mich daran, wie Dizzy mir früher, in der Bibliothek, flüsternd irgendwelche Passagen aus angeblich schlüpfrigen Romanen vorgelesen hatte, während ich mir ein Kichern kaum verkneifen konnte, so absurd war die Vorstellung, ein spießiger, bärtiger, alter Schreiberling sei dazu in der Lage, die Leute mit irgendwelchen schmutzigen Wörtern zu schockieren, die wir tagaus, tagein verwendeten, ob nun aus Ärger darüber, dass man uns das Fahrrad gestohlen hatte, oder aus Freude, weil es im Studentenwohnheim Pfannkuchen zum Frühstück gab. Ja, der Roman war nach modernen Gesichtspunkten schrecklich altmodisch. *Das* konnte ich verwenden.

«Alles ist altmodisch. Was hat das denn noch mit unserem heutigen Leben zu tun?»

Mir wurde wirklich nichts geschenkt.

«Clifford ist ein Langweiler. Ich finde es schrecklich, dass sie ihn heiratet», sagte eine andere Frau. «Sie ist eine Idiotin.»

Avi saß gottergeben auf ihrem Stuhl, nickte mit unbewegter Miene zu jedem Kommentar und erteilte dann geduldig der nächsten Teilnehmerin das Wort.

Aber auch Dizzy kam ins Schleudern, als er an der Reihe war.

«Ich fand die Kohlengrube blöd», sagte er. «Hat mich an meinen ersten Job im Valley erinnert.»

Bisher hatte niemand etwas Positives zu sagen gehabt. Nur weil ich neben Avi saß, hatte ich sie seufzen hören. Es war ein frustriertes, unbehagliches Seufzen, ganz ähnlich dem, das mir jeden Tag entfuhr, wenn ich meinen Posteingang prüfte und wieder einmal keine Einladung zum Vorstellungsgespräch drin fand. Ich schaute an Avi vorbei auf die Bücherregale an der Wand gegenüber. Es waren Einbauregale aus Eiche mit geschnitzten Reben und hölzernem Weinlaub an den Kanten. Und in diesen Regalen standen Taschenbuchschmöker mit Rücken, die vom vielen Knicken so runzlig waren wie das Gesicht einer alten Frau, und Hardcover mit ausgeblichenen Kanten. Ich hatte Bücherregale von Menschen gesehen, die für Bücher nicht viel übrig hatten. Avis Bücher hingegen waren beinahe zu Tode geliebt. Sie war eine Leseratte. Und offenbar wollte sie, dass alle *Lady Chatterley* liebten. Sie wollte hören, wie das Buch sie alle bewegt hatte, wie es ihnen unter die Haut gegangen war. Doch alle fanden es grässlich, und das nahm Avi persönlich. Ich beschloss, Avi Narayan sehr gern zu mögen.

Während Dizzy weiter über die Kohlengrube als Metapher seiner erstickenden Verzweiflung über einen falschen Vorgesetzten laberte, griff ich in meine Tasche und holte mein Buch heraus. In den Notizen hatte immer wieder etwas über den Roman gestanden. Ich hatte keine Ahnung, was die Lesegruppe von Henry und Catherine gehalten hätte, doch ich war mir sicher, Henry und Catherine wären mit ihr nicht einer Meinung gewesen. Denn H und C hatten diesen Roman geliebt.

Wusstest du, dass er ursprünglich mal Zärtlichkeit *hieß? Ich liebe die Sanftheit, mit der sie sich lieben. Besonders in Mellors' Brief am Ende. «Wenn ich schlafen könnte mit meinen Armen um Dich, könnte die Tinte im Faß bleiben.»*
Henry

Ach, Henry, was für ein hoffnungsloser Romantiker du bist. Zärtlichkeit *passt überhaupt nicht. Das ist ein Buch über Leidenschaft. Sie häutet sich. Sie wird durch Begierde wiedergeboren. Es geht um großartigen Sex und was er in dir anrichtet.*
Catherine

«Und als ich dann später …»

«Dizzy, darf ich dich mal kurz unterbrechen?»

Dizzy zog knirschend die Bremse und starrte mich finster an, während mich der Rest der Gruppe ansah, als wäre mir gerade ein zweiter Kopf gewachsen. Avi schaute mich mit höflicher Gelassenheit an. Ich hielt ihrem Blick noch eine weitere Sekunde stand – und lächelte über die Überraschung auf ihrem Gesicht, als ich ihr zublinzelte. Ich würde dieses Treffen für Avi Narayan retten.

«Ich finde, alles, was heute hier gesagt wurde, trifft haargenau ins Schwarze», sagte ich, «bloß dass wir nicht über das reden, worum es eigentlich geht. Niemand hier hat über Sex geredet. Den guten, alten Sex irgendwo im Wald, wo niemand dich sieht außer Gott.»

Weingläser blieben mitten in der Luft stehen. Avi hätte fast ihren Tee ausgespuckt. Ja, ich hatte ihre Aufmerksamkeit. Ich spürte Dizzys Blick, der mich dazu bewegen wollte, den Mund zu halten. Doch jetzt gab es keinen Weg zurück. Mein Herz war außer Rand und Band, wie ein hyperaktiver Zappelphilipp aus der dritten Klasse, der vergessen hat, sein Ritalin zu nehmen.

«Ich sitze die ganze Zeit hier und höre Ihnen zu», fuhr ich fort. «Ich bin schwer beeindruckt von den belesenen und wohldurchdachten Äußerungen. Und ich bin mit allem einverstanden, was Sie über die Gesellschaft und die gesellschaftliche Hierarchie und die Bedeutung des Buchs in der Literaturgeschichte gesagt haben. Doch ich glaube nicht, dass das der Grund ist, warum alle dieses Buch gelesen haben. Der Grund dafür war der Sex. Ich glaube nicht, dass die Leute das Buch verboten haben, weil es die Gesellschaftsordnung in Frage stellt. Es wurde wegen dem Sex verboten.»

Ich blickte noch einmal auf Catherines Notiz und legte rasch die Hand darüber, als wollte ich sie vor dem geistigen Diebstahl schützen, den ich gleich begehen würde.

«Es geht darum, dass sich jemand aus Begierde häutet und wiedergeboren wird. Ich weiß nicht, wie Sie das sehen, aber ich finde, das ist schon was. Sie nicht?»

Im Raum war es mucksmäuschenstill. Doch niemand schaute mich an. Alle blickten zu Avi, als warteten sie auf Anweisungen.

«Das war eine ausgezeichnete und kluge Beobachtung, Maggie», sagte Avi. «Danke. Sie ist eine perfekte Einleitung für ein paar Punkte, die ich in der Gruppe gerne zur Diskussion stellen möchte.»

Ich wandte mich in Richtung Dizzy, der an sich halten musste, um nicht zu lachen. In diesem Bemühen hatte sein Bein angefangen, auszuschlagen wie ein wild gewordener Gaul. Dabei grinste er so breit, als würde er jeden Moment zu wiehern anfangen.

So wie sie es bereits zu Beginn des Treffens getan hatte, streckte Avi die Hand aus und legte sie auf meinen Arm. Und sie lächelte. Ich fühlte mich geschmeichelt. Die indische Göttin des SVBC-LMA hatte meine Opfergabe angenommen und mir ihren Segen erteilt. Fortan würde ich ein Leben in Weisheit und Erleuchtung führen und nur noch Klassiker lesen.

Avi stellte ihre Lesegruppenfragen, und diesmal waren die Antworten rundum positiver. Eins musste man den Mitgliedern des SVBC-LMA lassen. Sie passten ihr Verhalten blitzschnell den Gegebenheiten des Marktes an.

Nach der Diskussionsrunde geleitete mich Avi durch den Raum und stellte mich den Leuten vor. Auf einmal wollte jeder mit mir reden, selbst die kleinste Bemerkung von mir wurde mit größter Begeisterung quittiert, und ich hatte das Gefühl, wie ein gesegnetes kleines Schiff auf verzauberten Fluten dahinzutreiben. Es war lange her, dass ich so etwas erlebt hatte, und es fühlte sich an wie Weihnachten und Ostern zusammen. Das Allerbeste daran war jedoch, dass ich mich nicht mehr erinnern konnte, wo meine Tasse mit Baumrindentee stand.

Als sich die Gelegenheit ergab, nahm mich Dizzy am Ellbogen und führte mich an die Bar.

«Heilige Scheiße!», sagte er. «Ich weiß ja nicht, was in diesem Tee war, aber das war eine Nummer! Sie liebt dich. Alle lieben dich.» Er unterbrach sich und beugte sich ganz nah zu mir. «Weißt du, woran mich das erinnert? An dieses Verkaufsgespräch mit Microsoft, wo sie uns diese ganzen Fragen über Verbraucherstudien stellten und ich nicht einmal wusste, wovon die eigentlich reden! Und du fingst an, ihnen von dieser Studie zu erzählen und von jener. Die erstarrten vor dir vor Ehrfurcht. Und dann steigen wir in den Fahrstuhl, und du sagst zu mir: ‹So. Jetzt muss ich nur noch die Studien finden, die diesen ganzen Kram, den ich mir gerade ausgedacht habe, belegen.›»

Ich versetzte ihm einen Klaps auf den Bauch, um ihn zum Schweigen zu bringen.

«Also, heute ist wirklich ein großartiger Tag», sagte Dizzy und kippte seinen Wein hinunter. Langsam hatte ich das Gefühl, dass heute ich uns nach Hause fahren würde.

Mit diesem Gedanken schubste ich ihn in Richtung seiner Saufkumpaninnen, weil ich sah, dass Avi auf uns zukam.

«Maggie, warum sind Sie hier?», fragte sie und schenkte mir ein Glas Cabernet ein.

«Um Ihnen in den Hintern zu kriechen, damit ich meinen Job zurückbekomme.»

Avi lachte. Volltreffer.

«Und warum wollen Sie Ihren alten Job zurück? Warum nicht weiterziehen? So ist das doch hier im Valley.»

Mir spukte immer noch dieses Microsoft-Gespräch von Dizzy und mir im Kopf herum. Ich erinnerte mich sehr gut daran, wie sich das angefühlt hatte – wie hungrig wir auf diesen Deal gewesen waren, und dass wir glaubten, alles sei möglich.

«Ich habe diese Firma mitbegründet. Ich und Dizzy und ein paar Business Angels. Ich kenne die Software besser als jeder andere auf der Welt, sogar besser als die Typen, die sie entwickelt haben. Sie wissen, wie jede einzelne Komponente funktioniert, aber nicht, wie das ganze komplexe Ding sich bewegt und denkt. Fragen Sie einen Software-Entwickler. Für einen Power-User wie mich ist kein Preis zu hoch. Und die Kunden lieben mich. Was ich heute in Ihrem Wohnzimmer getan habe, kann ich jeden Tag der Woche in jedem Konferenzsaal der Welt.»

Avi schenkte auch sich ein Glas ein und nahm einen Schluck.

«Dizzy hat auf mich eingeredet wie auf ein lahmes Pferd, um Sie in diese Lesegruppe zu bringen. Jetzt weiß ich, warum. Sagen Sie mir, was haben Sie denn getan, seit ArGoNet umstrukturiert wurde?»

Umstrukturiert. Was für eine höfliche Formulierung dafür, dass mein Leben auf den Kopf gestellt worden war. Doch ich wollte nicht zu jammern anfangen und legte mir kurz eine Antwort zurecht.

«Ich habe eine Pro-bono-Beratung für den kleinen Buchladen gemacht, den mein Nachbar leitet.» *Ich hänge im Dragonfly herum und habe fünfzehnhundert neue Bezeichnungen für die Kronjuwelen eines Mannes kennengelernt.* «Die Verkaufszahlen waren wegen der schwachen Konjunktur in dieser Gegend deutlich gesunken.» *Mit Apollo auf der anderen Straßenseite kann das Dragonfly einpacken.* «Ich arbeite mit ihm an der Verbesserung seiner Gewinnspanne.» *Ich sitze an einem staubigen Fenster und lese Kitschromane.*

«Wie interessant. Was für Ideen haben Sie denn?»

Ideen? Die Kisten herumzuschieben, die Jason überall im Laden stehen ließ wie Versorgungsgüter, die aus einem Flugzeug gefallen waren, konnte man wohl kaum als Idee bezeichnen. Meine Gedanken wanderten zu Henry und Catherine zurück.

«Es ist kein Buchladen, sondern ein Mysterium», sagte ich. Jetzt redete mein Mund von ganz allein, ohne dass ich groß darüber nachdenken musste, was ich da sagte. Doch derweil spielte das, was Henry und Catherine ins Buch geschrieben hatten, eine Melodie in meinem Kopf, die ich nicht mehr loswurde, wie einen Ohrwurm. «Man weiß nie, was man darin findet. Apollo ist vorhersehbar wie ein genau parzelliertes Grundstück. Dagegen ist das Dragonfly eine mittelalterliche Festung, zu der es keinen Stadtplan gibt. An jeder Ecke wartet das Unbekannte.»

Avi lächelte, griff in die Tasche ihres Kleides und holte eine Visitenkarte hervor.

«Ich würde gerne noch mehr darüber erfahren, was Sie da in dem Buchladen machen», sagte sie und schrieb eine Telefonnummer auf die Rückseite des Kärtchens. «Und ich möchte Sie und Dizzy bei der nächsten Sitzung der Lesegruppe wieder begrüßen. Ihr Mut gefällt mir. Es ist eine Schande, dass ArGoNet Sie hat gehen lassen. Und es würde mich schwer beeindrucken, wenn Sie bei der derzeitigen wirtschaftlichen Lage ein Einzelhandelsunternehmen wie ein modernes Antiquariat profitabel machen können. Ich finde es toll, Leuten zu helfen, die mir imponiert haben.»

Sie reichte mir die Karte und sagte, ich könne sie jederzeit zu Hause anrufen. Und dann ließ sie mich stehen, mit einem Weinglas in der Hand und einem Herzen, das mir bis zum Hals schlug. Ich hatte es getan. Scheiß auf tränendrüsendrückende Bewerbungsschreiben und tabellarische Lebensläufe. Ich hielt den Schlüssel für meine Zukunft in der Hand. Ich würde mein Superman-Cape zurückbekommen.

Meine Beine waren steif, als ich meinen Laptop neben mich aufs Bett legte und versuchte aufzustehen. Nach dem Treffen des SVBC-LMA hatte ich permanent unter Hochspannung gestanden. Doch irgendwann holten mich zwei schlaflos verbrachte Nächte schließlich doch ein, und ich war im frühen sonntäglichen Morgengrauen zusammengebrochen. Den ganzen Tag über blieb ich unter der Decke, in jenen tiefen Schlaf versunken, der nur bei Tage kommt, wenn man ihn am wenigsten brauchen kann. Jetzt war es erst kurz nach Mitternacht. Trotzdem verspürte ich dieses seltsame Aufbrausen des Adrenalins in meiner Brust, das im Dunkeln noch stärker zu pulsieren schien.

Ich machte mir eine Flasche Rolling-Rock-Bier auf und setzte mich auf meinen Küchentresen, zu wach, um zu schlafen, aber zu müde, um sonst etwas zu tun. Da war etwas an den gedämpften Geräuschen der Nacht, das den

Wunsch in mir weckte, einfach nur still dazusitzen und zu lauschen. Das leise Surren meines Deckenventilators, das Klicken des Kühlschranks, John Coltrane auf KCSC von Hugos Radio draußen, all diese flüsternden Geräusche, die man nur hört, wenn in der Nachbarschaft alle zu Bett gegangen sind. Selbst als ich *Lady Chatterley* aus meiner Tasche zog, raschelte es lauter als sonst.

Ich blätterte in dem Buch und beobachtete, wie die Notizen am Buchrand zwischen Henrys Handschrift und der von Catherine wechselten und ein Eigenleben entwickelten wie die Figuren in einem Daumenkino. *In der samtigen Nachtluft denke ich an dich*, schrieb Henry gegen Schluss. *Welche Farbe hat das Geschirr, von dem du isst? Welche Bilder hängen an deinen Wänden? Welche Bücher stehen in deinem Regal? All diese Dinge, die dich ausmachen. Vor allem jedoch möchte ich mich vergewissern, dass du in derselben Welt lebst wie ich, dass du nicht bloß meine Hoffnung bist, die hier auf dieser Seite Gestalt annimmt.*

Ich versuchte, mich an das Geschirr zu erinnern, das Bryan in seiner Wohnung gehabt hatte, doch es wollte mir nicht einfallen. War es weiß gewesen? Vielleicht auch blau. Woran ich mich aber erinnerte, war, dass bei ihm keine Bilder an der Wand hingen. Er mochte es minimalistisch. Und es gab auch keine Bücher. Kein einziges. *All diese Dinge, die dich ausmachen.* Bryan hatte nie etwas in meiner Wohnung zurückgelassen. In der Nacht, nachdem er sich von mir verabschiedet hatte, suchte ich in der Wohnung nach kleinen Spuren von ihm, doch da war nichts. Keine Bilder, keine Klamotten, nichts. Nichts, von dem ich später behaupten könnte, ich hätte es nicht gefunden, wenn er es zurückhaben wollte.

Ich dachte an Catherine, wie sie vor vielen Jahren in

einer Nacht wie dieser in ihrer Küche gesessen und über Henrys Worte nachgedacht hatte. Beim Versuch, sie mir vorzustellen, dachte ich, dass sie wahrscheinlich so ausgesehen hatte wie die Buchstaben ihrer Handschrift – gertenschlank und anmutig. Welche Gefühle weckten Henrys Worte in ihr? Zauberten sie öfter ein Lächeln auf ihr Gesicht als sonst? Fragten sich die Leute, was anders an ihr war? Die Catherine aus meiner Vorstellung hatte vermutlich versucht, ihr Geheimnis für sich zu behalten. Sie wollte nicht, dass die Leute ihr etwas anmerkten, sie wissend anschauten oder hinter ihrem Rücken tuschelten. Bestimmt wusste sie, dass die Liebe einen Menschen verdächtig macht.

Ich schaute auf Henrys Worte und fragte mich, was an ihnen sie dazu bewegt hatte, ihm Vertrauen zu schenken. Wie gern hätte ich ins Innere seiner Notizen geschaut, um zu sehen, wie er funktionierte, um diese Mischung aus Leidenschaft und Sehnsucht zu begreifen, die Catherine dazu veranlasst hatte, ihm zu antworten. Die beiden hatten doch nur diese kargen Notizen am Rande einer Buchseite gehabt, die sie dennoch dazu inspiriert hatten, einander zu schreiben. Die Worte, die Henry und Catherine benutzten, hatte ich schon Tausende von Malen in Büchern gelesen, doch ich hatte nie Menschen gekannt, die einander wirklich solche Dinge sagten. Zumindest hatte *ich* sie nie gesagt.

Wo lebten die beiden, als sie begannen, einander zu schreiben? Das Dragonfly würde hier keine große Hilfe sein. Hugo fragte nicht nach, woher seine Bücher kamen. Obwohl er und Jason die Käufe und Verkäufe in einem großen ledergebundenen Buch auf der Ladentheke notierten, gab Hugo, für den Fall, dass ein Kunde eine Quittung wollte, diesem einfach Stift und Block, damit er sie sich selbst ausstellte. Seinen Buchhalter Robert machte das wahnsinnig, was für Hugo vermutlich der Hauptgrund war, es zu tun, abgesehen von seinem Wunsch, ein schlechter Kapitalist zu sein.

Hugo besaß den Laden seit den achtziger Jahren, doch er war schon lange vorher ein modernes Antiquariat gewesen. Ich starrte auf das Datum «April 1961» ganz oben auf der Seite und versuchte herausfinden, wer von den beiden, Henry oder Catherine, es dorthin geschrieben hatte, aber dazu fehlten mir die Anhaltspunkte. Da Henry als Erster geschrieben hatte, konnte man meinen, es sei sein Buch, dann hätte wahrscheinlich auch er es mit einem Datum versehen. Doch warum schrieb Catherine in ein Buch, das jemand anderem gehörte? Nein, das Buch musste sich an einem Platz befunden haben, zu dem beide Zugang hatten, zum Beispiel eine Bibliothek oder ein Buchladen, doch wie ein Bibliotheksbuch sah es nicht aus. Entweder war das Buch bereits mitsamt den Notizen im Dragonfly gelandet, oder das alles war erst dort geschehen.

Es hätte im Dragonfly geschehen können. Alles geschah im Dragonfly. Das klang wie ein Werbespruch, den man auf einem Schild ins Schaufenster hängen könnte, oder wie der Slogan einer Website. Ich stellte mir vor, wie die Menschen auf der Straße vorbeiliefen, das Schild sahen und hereinkamen, um zu fragen: «Was denn? Was ist hier passiert?» Und dann würden sie, wie benommen von der wahnsinnigen Geschichte von Henry und Catherine, zu stöbern anfangen. Sie würden Bücher kaufen. Ich dachte an mein Gespräch mit Avi gestern Nachmittag. Vielleicht hatte ich ja wirklich ein Projekt. Ich musste unbedingt mit Hugo reden.

Ich zog mir eine Jogginghose, ein Sweatshirt und Schuhe an und lief mit dem Buch in der Hand nach draußen. Wie gewöhnlich saß Hugo im Garten, hatte die Beine übereinandergeschlagen auf den Gartentisch gelegt und paffte den silbrigen Rauch einer selbst gerollten Zigarette in den Sonnenschirm, den er neben sich aufgestellt hatte. Er beugte sich über das Kreuzworträtsel der *New York Times*, das auf seinem Schoß lag, wobei ihm eine Stirnlampe Licht spendete, die er sich um den Kopf geschnallt hatte, als wollte er später noch in eine Grube fahren und Erz schürfen. Neben ihm am Tisch saß ein Typ, den ich schon öfter im Laden gesehen hatte, wenn er alte Fahrradhandbücher kaufte. Auch er hatte die Füße hochgelegt, und sein rechter Zeigefinger krümmte sich um eine Zigarre.

Als ich auf die beiden zukam, schaute Hugo von seinem Rätsel auf und blendete mich mit seinem Scheinwerfer.

«*Georgia On My Mind …*», sang er.

«Ich bin aus South Carolina. Das weißt du doch.»

«Macht das einen Unterschied? Na gut. Name einer Band aus Alabama, dreizehn Buchstaben, davon vier Y.»

«Lynyrd Skynyrd, du Idiot.» Ich buchstabierte es ihm.

«Nie gehört», sagte Hugo.

Hugos Freund grinste und schloss die Lippen um seine Zigarre. Obwohl er saß, schätzte ich ihn auf etwas größer als mich. Seine Haut hatte die Farbe einer Muskatnuss, und sein dunkles Haar kräuselte sich zu schulterlangen Löckchen. Er trug ein indisch geschnittenes Hemd aus safranfarbenem Leinen, das von häufigem Gebrauch ganz weich und durchscheinend geworden war. Der Saum seiner ausgefransten Jeans fiel bis über seine grasgrünen

Flip-Flops, und ich bemerkte, dass er auf den Füßen und den fleischigen Zehen kleine schwarze Haarbüschel hatte. Er lächelte, und es war mir unangenehm, dass ich keinen BH trug.

«Wie ist das möglich», fragte er, «dass ein Inder und eine blutjunge Chica mehr von guter alter Rockmusik verstehen als du?»

«Unglaublicher Zufall, schätze ich», sagte Hugo und wandte sich mir zu. «Du kennst doch Rajhit, oder?»

«Mary, stimmt's?», fragte Rajhit.

«Maggie», korrigierte ich ihn und ließ mich in den Stuhl neben Hugo fallen.

«Möchtest du auch eine?» Rajhit hielt mir über den Tisch hinweg ein Lederetui mit drei Zigarren hin. Ich ließ eine ein Stück weit aus ihrer Hülle gleiten und atmete tief den Karamellgeruch des Tabaks ein. Das letzte Mal hatte ich in der Nacht eine Zigarre geraucht, als bei ArGoNet die erste Runde unserer Finanzierung stand und Dizzy die gesamte Belegschaft nach Palo Alto in die Bodeguita del Medio eingeladen hatte. Ich hatte zu viele Mojitos getrunken und lag am Ende über einem Systemarchitekten von PayPal auf einer der Eichenledercouchen im Humidor-Zimmer im hinteren Teil des Lokals, wo wir eine Zigarre kreisen ließen und Dizzy dabei zuhörten, wie er uns erklärte, dass unser Leben sich ab jetzt gründlich ändern würde. Er schwafelte über Markenpositionierung, Kapitalrentabilität und neue Paradigmen, aber mir war das schnuppe. Wir tranken einen Single Malt, weich und mit dem Geschmack der Sünde, als hätten wir ihn aus Daddys Hausbar geklaut, und ich hatte ihn einfach weggenippt und mich genüsslich in die warmen Fluten von Dizzys Zuversicht sinken lassen.

Jetzt nahm ich die Zigarre aus dem Etui und ließ mir von Rajhit einen Zigarrenschneider reichen. Damit knipste ich das Ende des braunen Zeppelins ab und beugte mich über den Tisch, während er mir ein Feuerzeug hinhielt, legte die Hand über die seine, um sie ganz ruhig zu halten, und drehte die Zigarre langsam in der Flamme, damit sie gleichmäßig anbrannte. Als ich den Blick hob, sah ich, dass er nicht das Feuerzeug anschaute, sondern mich.

«Gut?», fragte er.

Ich nickte und lehnte mich zurück, paffte und spürte, wie mich der erdige Rauch in der Kehle kitzelte. Dabei hielt ich *Lady Chatterley* mitsamt ihren geheimen Liebenden an mich gedrückt wie ein Baby.

«Hugo, ich habe eine Idee.»

«Du hast beschlossen, zu den Marines zu gehen», sagte er und trug etwas in sein Kreuzworträtsel ein. «Nein, nein, ich hab's. Du ziehst nach Nepal und arbeitest als Yak-Treiberin.»

«Fast. Ich möchte versuchen, aus dem Dragonfly ein profitables Unternehmen zu machen. Natürlich pro bono.»

Hugo blickte auf und schaltete seine Stirnlampe aus. Aus dem Augenwinkel sah ich, dass Rajhit sich krampfhaft bemühte, nicht zu lachen.

«Aha. So viel zum Thema günstige Yak-Butter. Warum solltest du denn mein absolut unprofitables Unternehmen ruinieren wollen?»

Ich erzählte ihm von Avi und ihrer Lesegruppe. Hugo lauschte, nickte und zog dabei das ernste Gesicht, mit dem er sonst den Ingwer auf dem Chinesenmarkt eine Straße weiter begutachtete. Dass er meinen Plan seltsam fand, überraschte mich nicht. Hugo war noch nie in seinem Leben den geradlinigen Weg gegangen. Mit neunzehn hatte er die Farm seiner Familie in Idaho verlassen, Kerouacs *On the Road* unter den Arm geklemmt, sozusagen als Anti-Baedeker, und war nach San Francisco getrampt. Doch dem schäbigen Hotel in der Haight Street, wo er zuerst gestrandet war, hatte er schnell wieder den Rücken gekehrt. «*Sex and Drugs and Rock'n' Roll* gab's wie erwartet in Hülle und Fülle», hatte er mir einmal erzählt, «aber von Körperhygiene hatte noch nie einer was gehört.» Eine Weile hatte er sich in einer ausrangierten Marinejacke in den Docks herumgeschlagen, Ladungen gelöscht und Jack London gelesen und war dann einer Blondine über die Bay Bridge nach Berkeley gefolgt. Anschließend folgte er noch einer ehemaligen Miss Texas in den Hörsaal für Physik und einer Aktivistin asiatischen Ursprungs ins Seminar für Politische Wissenschaften. Nach mehreren Jahren im Schlepptau verschiedener Frauen verfügte Hugo schließlich über diverse Universitätsabschlüsse, darunter einen Master in Mathe und in Vergleichender Religionswissenschaft. Er besaß verschiedene Patente und hatte in drei Ländern die Kochschule Le Cordon Bleu besucht. Dass ein solcher Typ schließlich ein modernes Antiquariat leitete, war eigentlich unvermeidbar gewesen.

«Und diese Profitabilität wäre nur vorübergehend?», fragte er mit Sorge.

«Wenn ich eine feste Stelle habe, kannst du gerne wieder das Geld faustweise aus dem Fenster schmeißen.»

«Ich hab eine bessere Idee», sagte Hugo und zog an seiner Zigarette.

«Hat es was mit Kristallen und der Opferung eines kleinen Tiers zu tun?», wollte Rajhit wissen.

«Kleines Tier? Wieso denn? Ich bin Buddhist.»

«Ein Buddhist, der Spargel in Schinken einwickelt», sagte ich.

«Warum vergisst du nicht diesen ganzen Start-up-Kram und arbeitest bei mir im Laden? Dann brauchst du dich nicht um irgendwelche Profite zu kümmern. Du könntest einfach das machen, was du sowieso machst. Mir schien, dass dir das bisher ganz gut gefallen hat.»

Schon mein halbes Leben lang hatte ich Skrupel gehabt, die Menschen, die ich liebte, zu enttäuschen. Statt meiner Mutter zu sagen, dass ich keine Lust hatte, ihrer Studentinnenverbindung beizutreten, sagte ich ihr, ich sei zu schüchtern, um auf deren Kuppelpartys zu gehen. Genauso wusste ich jetzt auch nicht, wie ich Hugo beibringen sollte, dass ich ihm die Gesellschaft der Nerds von ArGoNet vorzog, die ständig an der Quadratur des Kreises arbeiteten, indem sie nach einer Abweichungsanalyse versuchten, die besten ergebnisorientierten Anwendungen zu finden, die ihnen zu einem zufriedenstellenden Strategie-Fit verhelfen könnten. Ich wusste nicht, wie ich ihm sagen sollte, dass es sich wie ein Scheitern angefühlt hätte, im Dragonfly zu arbeiten und mich mit Leuten herumzuschlagen, die wütend wurden, weil der Laden *Larrys Seemannsknoten leicht gemacht* nicht vorrätig hatte. Dabei waren das noch nicht einmal die abgefahrensten Kunden. Anfang der Woche hatte ich mir von einem alten verhutzelten Männchen in einem Schottenrock aus Tarnstoff erklären lassen müssen, er habe auf Anraten eines ortsansässigen Hellsehers, der drüben an der Villa Street praktizierte, in eine Firma investiert, die sich auf Penis-Implantate spezialisiert hatte. Dafür habe er gerade seine gesamten Ersparnisse flüssiggemacht. «Vergessen Sie

Hightech und Immobilien», sagte er zu mir. «Am besten, man investiert in Technologie zur Verbesserung des Sexuallebens. So was geht immer.» Nein, so wollte ich meine Tage nicht verbringen.

«Hugo, ich …»

Er nahm meine Hand, zog sie an seine Lippen und drückte mir einen flüchtigen, aber dennoch herzlichen Kuss darauf, was mir eine Antwort auf seine Frage ersparte. Hugo war der einzige Mensch, den ich kannte, der mit einem solch schwachen Manöver durchkam. Er war auch der einzige Mensch, den ich kannte, den ich offenbar nicht enttäuschen konnte und bei dem ich folglich die größte Angst hatte, es doch zu tun.

«Vielleicht überlegst du's dir noch mal», sagte Hugo. «Bis dahin hast du meine Erlaubnis, im Dragonfly nach Herzenslust zu werkeln.» Er stand auf und streckte sich. «Fang morgen damit an. Aber nicht zu früh am Tag.»

Während er in seiner Wohnung verschwand, rechnete ich damit, dass auch Rajhit sich jetzt verabschieden würde. Doch der ließ sich noch tiefer in seinen Stuhl sinken und lächelte mich an, als wüsste er etwas, ich aber nicht.

«Dieser Roman hat mir immer gefallen», sagte er mit einem Nicken in Richtung *Lady Chatterley*, das ich weiterhin an mich gepresst hielt. «Wusstest du, dass das Buch ursprünglich mal *Zärtlichkeit* hieß?»

Ohne dass ich es verhindern konnte, brach ich in schallendes Gelächter aus. Ich hatte an den gestrigen Tag und meine gloriose Vorstellung in der Lesegruppe denken müssen. Ich lachte, weil er sich an dieses Detail wahrscheinlich aus seinem Erstsemesterkurs erinnerte und es sich für seinen Fundus an Halbwahrheiten aufgehoben hatte, mit dem man Frauen beeindrucken konnte, denen man mitten in der Nacht begegnete. Und ich lachte, weil es guttat, ein bisschen zu flirten. Es war so lange her.

«Aber irgendwie passt das nicht richtig, stimmt's?», sagte ich und rief mir den Wortlaut von Catherines Nachricht ins Gedächtnis, weil ich wissen wollte, ob sie die gleiche Wirkung auf Rajhit hatte wie auf Henry. «Eigentlich geht es in dem Buch um Leidenschaft. Lady Chatterley häutet sich. Sie wird durch Begierde wiedergeboren.»

Mit einem Lächeln auf dem Gesicht holte er tief Luft, und ich wusste, diese Notizen waren Zauberwerk.

Wir zündeten uns nochmals zwei Zigarren an, ich holte ein paar Bier aus meiner Wohnung, und dann quatschten wir eine Weile den Unsinn, der in den frühen Morgenstunden an die Stelle von philosophischen Erörterungen tritt. Als kein Bier mehr da war, verspürte ich einen Moment lang den vertrauten Impuls, ihn in mein Zuhause einzuladen, zu dem, was meine Bar noch hergab. Es war schon lange her, seit ich mich so jung und so endlos gefühlt hatte.

Doch dann fielen mir die Stapel dreckigen Geschirrs in der Spüle ein, der Schmutzring in meiner Badewanne und die Kopien meines Lebenslaufs, die überall auf dem Wohnzimmerboden verstreut waren. Vor allem hatte ich jedoch auf einmal Furcht vor dem schlichten Herzschmerz, den ich bereits jetzt spüren konnte, wenn ich die nächsten Monate im Schnelldurchlauf vor mir abspulen ließ. Rajhit bedeutete Ungemach. Möglicherweise Ungemach der schönsten Sorte. Aber es war noch nicht zu spät, für heute Abend die Notbremse zu ziehen.

Ich hielt Rajhit die Hand hin, und mein Magen schlug einen Purzelbaum, als er sie ergriff und eine winzige Sekunde länger hielt als nötig.

«Ich freue mich, dich kennengelernt zu haben, Maggie», sagte er. Dann verschwand er in die Dunkelheit und ließ mich zurück. Eine ganze Weile spürte ich noch den Druck seiner Finger um meine.

Drittes Kapitel

Näher, als wir dachten

*Wir finden uns immer mehr mit der Situation ab
und reden uns ein, wir seien einfach nur vernünftig.
Doch das sind wir nicht. Wir sind Feiglinge.*
HENRY

Alles geschah im Dragonfly …

Es war der perfekte Slogan. Spannung? Na klar. Verheißung einer guten Story? Sicher. Name der Firma erwähnt? Perfekt. Ja, zusammengenommen war das alles ziemlich gut. Und dann würden die Leute ins Dragonfly kommen und auf ihr eigenes Geheimnis stoßen. Wenigstens war das meine gutgemeinte Absicht, und das Schicksal nahm seinen Lauf.

Es war Mitternacht, und ich war allein im Suds and Surf, einem Waschsalon, der ein paar Blocks von meiner Wohnung entfernt lag, in einer Ladenzeile, die auch ein salvadorianisches Restaurant, einen Hundesalon sowie ein Blumengeschäft beherbergte, dessen Inhaber bei Bedarf Steuererklärungen auf Vietnamesisch machte. Dank kostenlosem WLAN arbeitete ich hier schon seit ein paar Stunden an der Website für das Dragonfly und ließ die Finger über die Tastatur huschen – alles Muskeln, die viel zu lange eingerostet waren. Das Dragonfly war wie eine veraltete Software, die schon seit Jahren herumliegt, weil sich niemand die Mühe gemacht hat, sie umzuschreiben. Eine Website dafür aufzubauen, bedeutete also, den veralteten, unwirksamen Code mit ein paar hübschen Icons aufzumotzen. Es mochte gut aussehen, doch darunter war immer noch jede Menge Unordnung, Staub und JavaScript, das mit ein wenig Maschendraht zusammengehalten wurde.

Für eine professionelle Website-Gestaltung war kein Geld da, und so blieb ich auf mich allein gestellt. Von zu Hause aus hatte ich mit einem weiteren Computer einen Webserver und eine Datenbank angelegt und saß jetzt hier im Suds and Surf, um mit einer kostenlosen, aber ziemlich effizienten Open-Source-Software herumzubasteln. Für ein paar Dollar bestellte ich eine Domain, lud eine Mustervorlage, und nur wenige Stunden später hatte das Dragonfly eine Website. An diesem Nachmittag hatte ich einen Scanner aus Mac-OS-9-Tagen ausgegraben, hatte Henrys und Catherines Notizen durchlaufen lassen und sie auf die Website gestellt. Als ich mir mein Werk auf dem Bildschirm anschaute, fragte ich mich, was die beiden wohl davon gehalten hätten, dass ich ihre Romanze im Netz veröffentlichte. Wie hätte ich mich an Catherines Stelle gefühlt? Ich schloss die Augen und versuchte mich in eine Zeit zurückzuversetzen, in der Männer in Anzug und Hut zu Baseballspielen gingen und Frauen ihre schmalen Täschchen in behandschuhten Händen trugen. Ich stellte mir vor, wenigstens in Ansätzen, wie ich auf Henrys erste Notiz stoße und einen Federhalter aus meiner Tasche ziehe, um darauf zu antworten. Doch es kamen keine Worte. Catherine beherrschte eine Sprache, von der ich nicht einmal wusste, wie man die Wörter aussprach.

Auf der Straße bewegte sich etwas und weckte meine Aufmerksamkeit. Im Licht der Straßenlaterne sah ich den

Umriss eines Fahrrads, das aussah wie so ein Ding aus den Fünfzigern, mit einem raketenförmigen Vorderlicht, das auf den Lenker geschraubt war, und einem Fahrradkorb vorne. Der Fahrer schaute in meine Richtung und blieb plötzlich stehen. Ich wurde nervös, schließlich war es mitten in der Nacht, und ich war ganz allein im Waschsalon. Dann sah ich, dass es Rajhit war, und wurde noch nervöser, aber aus einem ganz anderen Grund.

Er lehnte das Bike an die offenen Glasdoppeltüren und trat in das fluoreszierende Licht des Ladens, die Hände in den Hosentaschen.

«Gerade bin ich bei euch zu Hause vorbeigefahren», sagte er.

«Hugo hat heute Abend ein Date», sagte ich.

«Die Maklerin oder die Antiquitätenhändlerin?» Er stand vor einer Waschmaschine in meiner Nähe und setzte sich mit Schwung darauf.

«Bin mir nicht sicher», sagte ich. «Aber ich glaube, heute Nachmittag hat er einen Tofu-Käsekuchen geba cken.»

«Dann ist es wahrscheinlich die Golferin. Ich glaube, die ist vegan.»

Er trug eine ausgewaschene Jeans, ein weißes Button-up-Hemd, das aus der Hose heraushing, und wieder die grünen Flip-Flops. Ich sah, wie sich sein Brustkorb unter dem Hemd bewegte.

«Eigentlich wollte ich zu dir», sagte er.

«Um diese Uhrzeit?»

«Du bist doch noch auf.»

«Das konntest du aber nicht wissen.»

Er pulte das Blatt eines Amberbaums von seinen grünen Flip-Flops und spielte damit herum. Ich streckte mich und hoffte, wie jemand auszusehen, der hier jede Nacht Gäste empfing. Wir schienen beide nicht so recht zu wissen, was wir sagen sollten.

«Ich freue mich, dich zu sehen», sagte ich. Und das stimmte. Doch er schien sich ein bisschen zu sehr darüber zu freuen, weshalb ich schnell zur Erklärung hinzufügte: «Ich würde gern wissen, was du von dem hier hältst.»

Er folgte mir zu dem Tisch, auf dem aufgeklappt mein Laptop lag, neben der Ausgabe von *Lady Chatterley*. Rajhit beugte sich hinab und spähte auf den Bildschirm.

«Was meint du?», fragte ich. «Ist es falsch, die Notizen einfach ins Netz zu stellen?»

Er schaute mich an, als wollte er mir eine Frage stellen, und das machte mich aus irgendeinem Grund schon wieder nervös – die schöne Art Nervosität, die dich überkommt, wenn du allein mit jemandem bist, der dir gefällt, weil du Angst davor hast, er könnte genau das sagen, was du hören möchtest, und du könntest für nichts mehr garantieren. Doch da war auch noch etwas anderes, dieses ganz leichte Beben unter der Haut, dieses Gefühl, dass alles möglich ist. Selbst der leiseste Atemzug könnte Burgen zum Einsturz bringen.

«Niemand weiß, wer die beiden sind», sagte er. «Das alles ist anonym. Und du versuchst, Hugo und dem Dragonfly zu helfen.»

«Ja, aber am allermeisten versuche ich mir selbst zu helfen.»

«Daran finde ich nichts Schlimmes.»

Ich ging zu seinem Drahtesel hinüber, um ein wenig Distanz zwischen uns zu schaffen, und stieg auf den Ledersattel. Er war ein bisschen zu hoch für mich, und ich hielt mich am Türrahmen fest, um nicht umzufallen.

«Kennst du dich mit Fahrrädern aus?», fragte er. Rajhit hatte wieder seinen Platz auf der Waschmaschine eingenommen.

«Auf der Highschool hatte ich ein Zehn-Gang-Rad.»

Er erzählte mir, dass er den Rahmen vor ein paar Monaten im Internet gefunden habe. Dann habe er die weißen Linien mit einem Pinsel übermalt, wie man ihn im Modellbau verwendet, und sich auf eBay spezielle Reifen dazu bestellt.

«Machst du so was? Fahrräder restaurieren?»

«Ich habe sonst nichts zu tun, wenn du das meinst. Außer rumzugammeln.»

«Kann man denn davon leben?» Ich betrachtete die rote Lackierung des Rahmens. Er glänzte wie ein glasierter Apfel.

«Mehr schlecht als recht, aber die Tatsache, dass ich eine schreckliche Enttäuschung für meine Eltern bin, macht alles wieder wett.» Er hüpfte von der Waschmaschine und ging auf das Rad zu. Ich bediente die Klingel des Rades, als hätte ich es nicht bemerkt. Sie klang wie die Türglocke meiner Großmutter. Rajhit nahm das Vorderrad zwischen die Beine und hielt den Lenker fest, um mich auszubalancieren. Dann erzählte er mir, wie sein Vater in Indien einmal tausend Leute dafür bezahlt hatte, damit sie für ihn beteten, dass er aufs MIT kam, wie er sich in der Schule und auf der Uni angestrengt habe, dann verschiedene Jobs im Valley gehabt und schließlich eine Position als CTO an Land gezogen habe. Doch das Einzige, was ihm bei seiner Arbeit als technischer Direktor wirklich Spaß machte, sei die Fahrt auf dem Rad zur Arbeit und wieder nach Hause gewesen. «Meine Eltern haben früher allen möglichen Freunden ein Foto von mir geschickt, damit sie für mich eine Frau finden. Jetzt schicken sie meinen Lebenslauf an irgendwelche Headhunter, damit sie einen Job für mich finden.»

«Und du willst eigentlich lieber den ganzen Tag Fahrräder restaurieren?»

Er machte ein paar Schritte rückwärts und zog das Rad mit mir auf dem Sattel den Gang zwischen den Waschmaschinen und den Trocknern entlang. Ich stemmte die Füße in die Pedale und ließ es geschehen.

«Mir gefällt es, mit den Händen zu arbeiten. Schau nur, die Linien, die das Fahrrad hat – es ist genau so konstruiert, dass es dich trägt und zugleich von dir vorwärts bewegt werden kann. Ingenieurskunst zum Anfassen. Das gefällt mir. Ob ich mal davon leben kann, weiß ich nicht, aber für den Moment fühlt es sich gut an.»

Er fuhr mit den Händen über den Lenker zu den Griffen, auf denen meine Hände lagen. Auch wenn er mich nicht berührte, sondern ein paar Zentimeter vor meinen Fingern innehielt, spürte ich seine Körperwärme. «Dieses Fahrrad hat Vorzüge, die man erst auf den zweiten Blick bemerkt. Genau wie das Dragonfly.»

Er ließ los und trat beiseite.

«Es war schön, dich zu sehen, Maggie. Sag Hugo, ich komme Ende der Woche in den Laden.»

«Was ist mit dem Fahrrad?» Ich saß immer noch drauf.

Er dreht sich um und schob die Hände in die Hosentaschen, als wollte er sie nie mehr herausnehmen.

«Das Fahrrad gehört dir.»

Ein harmloser Flirt ist eine Sache, aber das war etwas anderes. Rasch versuchte ich mir auszudenken, was ich antworten sollte, vielleicht eine Mischung aus Schlagfertigkeit und dem Südstaatencharme meiner Mutter.

Stattdessen sagte ich unverblümt: «Ich werde nicht mit dir schlafen, weil du mir ein Fahrrad geschenkt hast.»

«Es ist ein schönes Rad», erwiderte er.

«Trotzdem.»

Ich hätte nicht sagen können, ob er mich auf den Arm nehmen oder einfach nur in die Vollen gehen wollte. Jedenfalls schien ihn das alles zu amüsieren. Und was mich noch viel mehr beunruhigte – mich auch.

Ich sah ihm hinterher, wie er unter den Straßenlaternen der Calderon Avenue entlangging und einen Lichtkegel nach dem anderen durchschritt. Als er zwei Häuser entfernt war, drehte er sich noch einmal um und winkte. Er wusste ganz genau, dass ich ihm hinterherschaute.

«Was zum Teufel ist das denn?»

Ich blickte vom unteren Regal der Liebesroman-Abteilung auf und sah, dass Jason mit einer Kiste Bücher vor mir stand. Er hatte nicht damit gerechnet, mich hier im Dragonfly zu finden. Vor allem hatte er nicht damit gerechnet, dass ich vor dem leeren Regal kniete und mit einer Flasche Glasreiniger sowie einer Handvoll Küchenkrepp hantierte.

«Diese Abteilung ist eine Katastrophe», sagte ich und wischte weiter.

«Diese Abteilung war vollkommen in Ordnung, so wie sie war», sagte Jason und starrte mich finster an, als hätte ich vorgeschlagen, das Dragonfly in eine Walmart-Filiale zu verwandeln. Als ich am Tag zuvor Schilder mit der Aufschrift BESUCHEN SIE UNS AUF UNSERER WEBSITE WWW.DRAGONFLYUSEDBOOKS.COM im Laden aufhängte, hatte er lautstark protestiert.

«Das hier ist und bleibt ein Rattennest. Entspann dich.» Ich hatte es für besser gehalten, ihm nicht zu sagen, dass Hugo mir einen Schlüssel gegeben hatte. Wenn Jason erfuhr, dass ich freien Zugang zu seinem Allerheiligsten hatte, würde er einen katatonischen Schock erleiden. Was allerdings auch seine Vorteile hätte.

«Ich hab mit Hugo darüber geredet. Er meinte, ich könne mich in diesem Bereich bewegen, so wie es mir gefällt.»

Ich wusste, dass Jason nur etwas an der Science-Fiction-und-Fantasy-Abteilung lag, und das merkte man auch. Hier herrschte in den Regalen mustergültige Ordnung. Die billige Massenware war von den Paperbacks getrennt, unter die sich auch Hardcover mischten. Britische Ausgaben standen gesondert – offenbar verkaufte sich ein Buch dieser Gattung besser, wenn es gleichsam identisch war mit dem, das Douglas Adams daheim in seinem Regal stehen hatte. Hingegen waren die Liebesromane in den hinteren Teil des Ladens verbannt worden, wo sie wild durcheinander lagerten, als hätte sie jemand aus einer Kanone geschossen und einfach liegen lassen. Ich wusste, dass diese Sektion auf Jasons ultrakurzer Liste von wichtigen Dingen nicht einmal vorkam und seine Empörung über meine Putzaktion nur machohaftes Getue war. Ich befand mich in seinem Revier, auch wenn er in diesem Teil des Waldes schon lange nichts mehr geschossen hatte.

«Hugo hat gesagt, du darfst das?», fragte er. «Hugo?»

«Yep», erwiderte ich. «Du erinnerst dich an ihn? Schütteres Haar? Bart? Du stehst auf seiner Gehaltsliste?»

Seine Augen verengten sich zu Schlitzen. Die Adern an seinem Hals wurden dick. Im Vergleich zu ihm sah Khan aus *Star Trek II* aus wie der Dalai Lama.

«Hugo!», schrie er und verschwand um die Ecke. «Die bringt hier alles durcheinander!»

Ich lief hinter ihm her. «Jason, das ist schon okay. Hugo hat nichts dagegen.»

«Scheiß doch drauf!» Er drängte sich an ein paar stöbernden Kunden vorbei. «Hugo!»

Ein Mann, der in einer Churchill-Biographie blätterte, zeigte in Richtung Herrentoilette. «Ich hab ihn gerade da hineingehen sehen.»

Jason drückte gegen die Toilettentür und blieb im Türrahmen stehen. Der Churchill-Leser schaute ungläubig noch einmal hin und ging dann zur Ladentür, wobei er das Buch zurückließ. Ich unterbrach meine Jagd auf Jason, als ich Hugos Füße entdeckte, die unter einer der Trennwände der Toilette hervorlugten.

«Hugo, weißt du, was sie getan hat?»

«Jason», hörte ich Hugo sagen. Seine Stimme hallte in dem gekachelten Raum wider. «Ich träume von einem friedlichen Plätzchen, wo das Gras grün und weich ist, die Vöglein zwitschern und wo alle Klos einen Riegel haben.»

«Was kommt als Nächstes? Geblümte Tapeten? Spitzendeckchen? Du musst ehrlich mit mir sein, Mann. Bald wird es hier nach Zitrusraumspray riechen, stimmt's?»

«Negative Energie, Jason. Darüber haben wir doch schon gesprochen.»

«Sie benutzt Glasreiniger. Bücher *müssen* staubig sein. Sie riechen gut, wenn sie staubig sind.»

«Hugo!», rief ich aus sicherer Entfernung, etwa auf halber Höhe zwischen Gang und offener Klotür. «Ich hab versucht, es ihm zu erklären.»

Etwas rieb sich an meinem Knie, und mir stieg ein Gestank in die Nase, mit dem man Stahl verbiegen konnte.

Als ich nach unten sah, erblickte ich Grendel, den Hauskater des Dragonfly, der an mir vorbeistrich. Das Viech war langhaarig und schwarz, hatte ein Loch im rechten Ohr und sah mehr aus wie ein Bärenjunges als wie ein Stubentiger. Gewöhnlich hockte Grendel oben auf den Regalen und schlug mit der Pfote nach vorbeigehenden Kunden. Dass er auf dem Boden unterwegs war wie heute, kam selten vor. Ich fragte mich, ob er immer so schlecht roch und der Gestank sonst einfach nach oben stieg, was erklären könnte, warum die Büroräume über dem Dragonfly schon seit zwei Monaten leer standen. Alles kann man nicht auf die Rezession schieben. Grendel schlich sich an mir vorbei und ging zielstrebig auf die Klotür zu. Er hatte etwas im Maul.

«Ich hatte die Abteilung gerade so, wie ich es wollte», schimpfte Jason. «Die hat doch keinerlei Erfahrungen damit. Wir haben sie nicht eingearbeitet. Was mischt die sich in unseren Kram ein?»

«Grendel ist hier», sagte Hugo. «Er riecht wie der Müll vom vergangenen Jahr. Und er legt mir gerade einen toten Vogel vor die Füße. Ich bin an meinem friedlichen Ort. Ich bin an meinem friedlichen Ort …»

«Ich kündige!» Jason knallte die Tür zu. Einen Moment später hörte ich, wie die Ladenglocke bimmelte und Jason mit großem Gerumpel sein Fahrrad aus dem Laden schob. Die wenigen Kunden im Laden schauten mich an.

«Ich arbeite eigentlich gar nicht hier. Ich helfe nur aus.»

Ich huschte in die Liebesroman-Abteilung zurück und setzte mich auf den Boden, um mich unsichtbar zu machen. Abgesehen von so manch anderen Eigenarten war das Besondere am Dragonfly, dass es im ganzen Laden nur zwei Stellen gab, an denen man Handy-Empfang hatte – bei den Stühlen am Fenster und genau da, wo ich mich gerade befand. Und tatsächlich begann, kaum dass ich mich gesetzt hatte, mein Handy zu vibrieren – eine Benachrichtigung von einer App, die ich mir eingerichtet hatte, um nachzuverfolgen, wie oft unsere Website angeklickt und unsere Posts auf Facebook und Twitter geteilt wurden. Als ich die Zahlen sah, hätte ich fast mein Handy fallen lassen. Die Sache mit Henry und Catherine schien sich wie ein Lauffeuer herumgesprochen zu haben. Sie waren viral geworden.

Viertes Kapitel

Savage Hammerheads und andere Versuchungen

Ich versuche, mit meinem Alltag weiterzumachen, das zu tun, was von mir verlangt wird, aber dann komme ich doch wieder hierher und frage mich, wo du bist.
HENRY

«Das ist wirklich der Hammer, was du da erreicht hast», sagte Dizzy und zeigte mit seinem Pfannenwender auf mich. «Einhunderttausend Klicks in vierundzwanzig Stunden für einen beschissenen kleinen Buchladen? Sehr, sehr geil.»

Ich saß an meinem kleinen Frühstückstresen und gähnte genüsslich, während Dizzy am Herd stand und für uns Bologna-Sandwiches zubereitete, die Sandwiches mit Mortadella und Käse, die er schon vor langer Zeit zu seiner Spezialität erklärt hatte. Als wir Kinder waren, hatten Dizzy und ich oft dabei zugeschaut, wie seine Mom, Miss Velda, diese Kalorienbomben baute – fette, herrlich fiese Doppeldecker, die jedem Fitness-Guru, der Kohlehydrate mied wie der Teufel das Weihwasser und jeden Tag seine Verdauung inspizierte, ein Dorn im Auge gewesen wären. Es hätte mich nicht überrascht, wenn Miss Velda sie uns absichtlich kredenzt hätte, nur um Jane Fonda eins auszuwischen. Jahrelang hatten wir Miss Velda bei der Zubereitung beobachtet und jeden ihrer Arbeitsschritte auswendig gelernt. Zuerst schmierte sie eine Duke's-Mayonnaise – keine von der Light-Variante – auf weiße Toastbrotscheiben, die süßer waren als Melasse. Dann briet sie die Mortadella in der Pfanne, wobei sie sie mit dem Pfannenwender platt drückte, damit sie in der Mitte ebenso heiß und knusprig wurde wie am Rand, nahm eine Scheibe Schmelzkäse und legte sie mitsamt der gebratenen Wurst unter den Grill, bis der Käse Blasen warf. Schließlich kam alles auf die beschmierte Brotscheibe. Dazu eine Tüte Kartoffelchips und eine Dillgurke, und man war auf bestem Wege in den Himmel.

Dizzy und ich hatten diese Tradition in der Küche unseres Studentenwohnheims in Carolina weitergeführt. Selbst bei den größten Enttäuschungen leuchtete immer die tröstliche Aussicht auf ein Bologna-Sandwich am Horizont. Ein schlechteres Klausurergebnis als erwartet, ein gebrochenes Herz, sogar ein mieser Wetterbericht konnte als Ausrede herhalten, um Dizzys Ruf als weltbesten Bologna-Sandwiches-Macher aller Zeiten zu festigen. Damals trieb er das Ganze zur wahren Meisterschaft, Picasso-Level, würde ich sagen. Zum Beispiel schnitt er die Wurst so dick, dass sie auch nach dem Braten in der Pfanne noch fingerbreit auf dem Weißbrot thronte. Dazu gab es dann die doppelte Portion Käse, indem er die Käsequadrate versetzt auf die runde Mortadella legte, sodass von ihr nichts mehr herausschaute. Doch seine wahre Genialität zeigte sich erst, nachdem dieses Käse-Wurst-Gemälde auf der unteren Brotscheibe gelandet war. Denn Dizzy streute noch eine dicke Schicht Kartoffelchips auf alles, bevor er die Kreation mit dem oberen Brotdeckel – natürlich auch mit Mayo bestrichen – vollendete. Das Ergebnis war eine irre Geschmacksexplosion aus Süßem, Salzigem und knusprig Gebratenem, die das Cholesterin in Monsterwellen durch unsere Körper schickte. Bei jedem Bissen spürte man förmlich, wie die Arterien verstopften.

«Jesus!», sagte Dizzy. «Wer hätte gedacht, dass man mit ein paar Liebesbriefen so viele Klicks bekommen kann? Wie geil ist das denn! Jeder Einzelhandelsladen ringsum wäre froh, wenn er solch einen Anklang fände. Auf deinem Handy muss es ja bimmeln und klicken wie bei einem Flipperautomaten.»

«Ich hab die Tracking-App abgeschaltet», sagte ich. «Jason hasst Klingeltöne, und ich hatte sowieso auf Vibration gestellt, aber das war dann so, als würde ich mit einer stinksauren Hornisse in der Hosentasche rumlaufen.»

Die meisten Klicks hatten wir auf der Facebook-Seite des Dragonfly, die ich eingerichtet hatte, doch einige kamen auch von anderen Websites, zum Beispiel von modernen Antiquariaten, von Blogs, in denen es ums Dating und um Liebeskummer ging, von Bücher-Blogs, von Blogs, in denen über die in Vergessenheit geratene Kunst des Briefeschreibens diskutiert wurde, zudem Twitter-Feeds von einer Autorin von Liebesromanen, die an der Northwestern studierte. Etwa fünfzig Personen, denen ich die URL der Seite gemailt hatte, hatten diese noch in der Nacht mit etwa fünfzig weiteren Personen geteilt. Doch da einige dieser Leute eine wesentlich größere Audience hatten, sprang ihre Anzahl schnell in die Hunderte und dann in die Tausende. In der Eingangsbox für die allgemeine User-Mailadresse info@dragonflyusedbooks.com, die ich vor vierundzwanzig Stunden eingerichtet hatte, befanden sich bereits mehr als hundert E-Mails. Rasch überflog ich die Betreff-Zeilen. Die Leute wollten mehr, viel mehr. Sie wollten wissen, was aus Henry und Catherine geworden war. Hatten sie geheiratet? Waren sie immer noch zusammen? Alle sehnten sich nach einem Happy End, und ich wünschte mir nichts mehr, als es ihnen geben zu können.

«Hast du Avi schon von diesen Zahlen erzählt?», fragte Dizzy.

Ich schüttelte den Kopf. «Es ist alles noch so neu. Und ich bin mir nicht sicher, wie ich am besten vorgehen soll.»

«Essen passt immer», sagte Dizzy. «Ruf sie an und lad sie zum Mittagessen ein.»

«Ich glaube nicht, dass ich jemanden wie Avi einfach so anrufen und zum Essen einladen kann. Außerdem bin ich pleite. Und selbst wenn ich Geld hätte, wohin soll ich denn mit ihr gehen?»

Dizzy zückte seine Brieftasche. «Hier sind fünfzig Dollar. Treib den Imbisswagen mit koreanischer Feinkost auf, der seinen Standort immer nur twittert. Sie wird dich für originell halten, jedenfalls dann, wenn es ihr Spaß macht, Talente an ungewöhnlichen Orten aufzuspüren. Warte erst mal ab, was sie sagt, wenn sie dieses Essen probiert hat.»

«Und wie sollen wir uns auf die Fersen dieses mysteriösen Imbisses setzen? Ich hab mein Auto verkauft, schon vergessen?»

Dizzy stutzte kurz, dann kramte er in seiner Tasche nach den Autoschlüsseln.

«Dizz, lass gut sein. Ich lad sie irgendwo in der Nähe des Buchladens ein. Und danke für den Kredit.»

«Das ist eine Spende», sagte er. «Ein kleines Dankeschön dafür, dass du mir kürzlich in der Lesegruppe den Arsch gerettet hast. Meine liebste Freundin, im Geiste richte ich dir schon dein Büro her, für die Zeit, wenn du wieder zurück bist.»

Dizzy ließ eine weitere Scheibe Mortadella in die siedend heiße Pfanne auf meinem Herd gleiten und wies danach mit dem Pfannenwender auf mein Fahrrad, das ich im Wohnzimmer geparkt hatte.

«Das ist ein richtig schönes Rad. Mensch, für dieses Prachtexemplar würde ich's auch mit ihm treiben. Du meinst also, dieser Rajhit wird dein nächster Ex-Mr. Right?»

«Was soll der Pessimismus? Paradoxe Intervention, oder was?»

«Nein, ich mein's ganz ernst. Worauf wartest du?»

«Ich weiß nicht. Er hat einfach so was Aufrichtiges an sich.»

«Das wollen wir natürlich nicht. Fuck, bloß keinen Mann ohne doppelten Boden. Und Ehrlichkeit ist auch nur Bullshit für Warmduscher und Weicheier.»

«Was willst du mir eigentlich sagen?»

«Ich will dir Folgendes sagen», erwiderte Dizzy. «Wenn du wirklich jemanden von vornherein ausschließen willst, dann solltest du schon einen besseren Grund haben als die Tatsache, dass er über eine Eigenschaft verfügt, die man nur mit einem Adjektiv aus dem neunzehnten Jahrhundert umschreiben kann. Schau, ich weiß ja, wie sehr es dich umgehauen hat, als sich Bryan einfach nach Austin abgesetzt hat …»

«Darum geht es nicht», sagte ich.

«Natürlich geht es nicht darum.»

«Ich meine, es geht nicht darum, dass er mich verlassen hat, sondern darum, wie es war, als er noch hier war.»

Dizzy zuckte mit den Achseln. «Du warst zwei Jahre

mit ihm zusammen, und er hat dich immer noch als ‹meine Bekannte Maggie› vorgestellt. Einem solchen Typen weint man doch keine Träne nach.»

«Mir kommt es einfach so vor, als wäre es die Mühe nicht wert.»

«Dann machst du irgendwas falsch.»

«Ich rede nicht von Sex.»

«Ich auch nicht», sagte Dizzy. «Streich Mayo aufs Brot.»

«Und was ist mit dir?», fragte ich und holte das Brot aus der Verpackung. «Hat es mit dem Apple-Typen nicht geklappt?»

«Der wollte Philadelphia Rolls bestellen. Bei Sushi Maru. Kannst du dir das vorstellen? Du bist in diesem Palast authentischer Sushis … *authentisch* … und er will eine bescheuerte *Philadelphia Roll*! Das ist so, als würde man sich Curryketchup zum Wagyu-Rind bestellen. Und beim Italiener hat dieser Vollpfosten seine Linguine mit dem Messer geschnitten. Einem *Messer*!»

«Darf ich davon ausgehen, dass ich die Einzelheiten im Internet nachlesen kann?», fragte ich.

«Ja, ja, ist alles auf Urbanspoon», sagte Dizzy und beschwerte das Brot mit einem Ziegelstein aus Käse und Mortadella. «Was soll's. Wir bleiben einfach für immer Singles und enden in einem Pflegeheim für schwule Götter und ihre Lieblingsfruchtfliegen.»

«Und wischen uns gegenseitig den Sabber vom Kinn», sagte ich und hielt ihm meine Bierflasche hin, um mit ihm anzustoßen. Doch er ließ mich hängen, weil in dem Moment in seiner Hosentasche eine Bombe hochging. Dizzys Klingelton für «Achtung, Termin!»

«Verdammt», sagte Dizzy, kramte sein Handy heraus

und schaute auf die SMS, die er gerade bekommen hatte. «In New Delhi ist die Mittagspause beendet. Ich muss ins Büro. Wander Fish hat die ganze Firma in Beschlag. Bis Montag müssen wir denen ein Demo machen.»

Demos bedeuteten viele Stunden Arbeit und nächtliche Zusatzschichten, um Teile eines Produkts so zusammenzuführen, dass es aussah, als könnte es mehr als in Wirklichkeit. Das war so brutal wie der Versuch, einen Marathon im Sprint zurückzulegen. Dizzy wurde heute Abend dringend gebraucht.

«Weißt du was? Ich komme mit.»

«Du – *was?*», fragte Dizzy und stand auf.

«Gib mir eine Minute.»

Ich schlüpfte an ihm vorbei und bahnte mir einen Weg durch die Klamottenberge auf meinem Schlafzimmerboden, bis zu der Ecke, in der ich hoffte, ein halbwegs sauberes Paar Jeans zu finden, die ich gegen meine Trainingshose tauschen konnte.

«Du arbeitest nicht mehr dort», rief er aus der Küche.

«Richtig, aber ich habe von ihnen immer noch Aktien. Außerdem – was wollen die denn machen? Mich rausschmeißen?»

Ich fand die Idee einer durchgearbeiteten Nacht prickelnd. Der immer näher rückende Abgabetermin, das Adrenalin im Blut, der dumpfe Kopfschmerz hinter den Augen, das aufgeblasene Gefühl der Wichtigkeit, die kindliche Freude, wenn man sieht, dass Starbucks auf der anderen Straßenseite schon um fünf Uhr morgens geöffnet hat. Ich hatte in vierundzwanzig Stunden hunderttausend Leute auf die Website des Dragonfly gelockt. Ich war eine Magierin. Also hatte mich ArGoNet verdient.

«Das wird toll. Genauso, wie es immer war», sagte ich,

schnupperte an diversen Sweatshirts und zog das am wenigsten müffelnde hervor. «Du wirst sehen, ich bin noch immer die Königin der Demos. Das hast du doch ständig gesagt. Die haben mich gefeuert, weil sie sich mich nicht mehr leisten konnten, richtig? Na gut, ich verlange kein Geld dafür. Ich bin nur behilflich.»

Dizzy lehnte mit verschränkten Armen an meiner Schlafzimmertür.

«Du willst doch, dass ich mitkomme, oder?», fragte ich.

«Klar. Das weißt du.»

«Wo liegt dann das Problem?»

Er stand einfach nur da und wartete, bis ich mir meine Frage selbst beantwortete. Ich spürte, wie sich eine verräterische Träne in meinen Augenwinkel stahl. Er schlang die Arme um mich. Einen Moment – er dauerte länger als andere solcher Momente – dachte ich, er würde es sagen. *Wenn die dich nicht wollen, dann will ich die auch nicht.* Aber in diesem Augenblick kam von seinem Handy im Wohnzimmer der Benachrichtigungston für eine weitere SMS.

«Wir kriegen dich da schon wieder rein», sagte er. «Ruf Avi an. Geh mit ihr essen. Es wird alles wieder so sein wie früher.»

Er schaute mich erwartungsvoll an. Hatte er die richtigen Worte gefunden? War mit mir alles okay? Konnte er jetzt endlich gehen?

«Meine Arbeit als Aushilfe im Dragonfly ist nur vorübergehend», sagte ich. «Ich brauche einfach was, um bei Avi Eindruck zu schinden. Das weißt du, oder?»

«Natürlich.» Dizzy ging in Richtung Tür. «Wir kriegen dich wieder rein», wiederholte er. «Du wirst sehen.»

Ich sah ihm von der Tür aus nach, während er in seinem frittenfettbetriebenen Cabrio winkend davonfuhr.

Ich schaute zu Hugos Fenstern. Dahinter war es dunkel, und sein alter Volvo stand nicht in der Auffahrt. Ich würde auf ihn und unseren Chai bei Trader Joe's warten müssen. Ans Warten war ich ja gewöhnt.

Am nächsten Tag stand Hugo mit verschränkten Armen am Fenster des Dragonfly und starrte finster zu Apollo Books & Music hinüber, wo ein neues Schild im Schaufenster aufgetaucht war: FRAGEN SIE NACH UNSEREN GEBRAUCHTEN BÜCHERN.

«Faschisten», murmelte Hugo und stapfte wütend um die Lesesessel herum. Als Grendel seinen Fußknöchel streifte, schrie er erschrocken auf. Jason nahm den Kater auf den Arm und kraulte ihn hinter dem Ohr, demjenigen, das ein Loch hatte. Er beugte sich über ihn und flüsterte ihm etwas zu, vermutlich so etwas wie: «Wart's nur ab, die kriegen wir noch.»

«Die sind nicht einfach nur auf der anderen Straßenseite», sagte Jason. «Die sind überall.»

Ich hatte sie selbst gesehen: große, schöne Schilder, die in minimalistischer Schrift darauf hinwiesen, dass Apollo eine weitere Methode gefunden hatte, Bücher billig zu verscherbeln.

«Robert, können wir die verklagen?», fragte Hugo den Mann hinter der Theke. Robert, Hugos Buchhalter, war ein Freund aus alten Berkeley-Zeiten. Er tauchte einmal im Monat auf, um, was Hugos Buchführung betraf, eine Reihe neuer Schimpfwörter auszuprobieren. Ich hatte mir Buchhalter immer als hobbitartige Männchen in kurzärmeligen Anzughemden, breiten Krawatten und Buddy-Holly-Brille vorgestellt. Doch Robert sah eher aus wie Shaft im Hawaiihemd. Er war seit fünfundzwanzig Jahren mit derselben Frau verheiratet, besaß einen Sohn, der im Herbst sein Studium am MIT begann, und hatte sich gerade ein Ferienhaus am Lake Tahoe gekauft. Hugo hätte niemals etwas Derartiges verlauten lassen, doch es bestand der Verdacht, dass Robert möglicherweise Republikaner war.

«Verklagen? Indem du dir in ihrem frisch gewischten Klo den Hals brichst? Klar», sagte Robert. «Jedenfalls denke ich, dass die da drüben eine Menge Bücher verkaufen.»

«Könnten wir noch mal über das hier reden, bitte?» Ich zupfte Hugo am Ärmel und hielt ihm meine ramponierte Ausgabe von *Lady Chatterley* hin. «Du bist dir hundertprozentig sicher, dass du nicht weißt, woher dieses Buch kommt?»

Hugo schaute mich über den Rand seiner Lesebrille hinweg an.

«Maggie, ich bin alt. Ich habe eine Pillendose mit Fächern für jeden Wochentag. Meine Martinis mache ich mit Wodka und eingelegtem Marihuana. Heute ist Dienstag, richtig?»

«Montag.»

«Siehst du?»

«Du bist nicht alt.»

Hugo grinste und rieb sich den Bauch.

«Ich hab mich mal eine Weile Henry genannt», sagte er. «Auf dem College, glaube ich. Eine junge Lady, mit der ich damals ausging, fand, dass Hugo wie ein Kommunistenname klingt.»

«Und sie hatte recht», meinte Jason.

Ich stand vor Hugo und zeigte auf *Lady Chatterley*.

«Genosse, bitte. Konzentrier dich», bat ich ihn.

Ich erzählte ihm von den E-Mails, von den Posts auf Facebook und den Fragen auf Twitter, von Leuten, die wissen wollten, was passiert war.

«Sie wollen Antworten.»

«Manchmal sind es die Fragen, die viel interessanter sind», sagte Hugo, nahm mir das Buch aus der Hand und reichte es Jason. «Jason, was ist mit dir? Weißt du irgendwas darüber?»

Jason nahm das Buch entgegen, hielt es hoch und kniff die Augen zu. «Ja, ich sehe etwas. Es wird immer klarer. Da ist es. Es ist ein Schneeball, der durch das Höllentor geworfen wird.»

«Du bist nicht sehr hilfreich», sagte ich und nahm ihm das Buch wieder aus der Hand.

«War auch nicht meine Absicht.» Jason stand auf und hievte sich auf die Ladentheke, neben Roberts Laptop, den dieser mit einem genervten Seufzen wegzog. «Schaut mal, Leute schreiben allen möglichen Kram in Bücher. Sie malen Bildchen, sie notieren dort Listen mit ihren Einkäufen oder die Namen von irgendwelchen Tussen, die sie dann ausstreichen und durch neue ersetzen.»

«Negative Energie, Jason», mahnte Hugo.

Jason griff nach einem Bücherstapel vor der Theke und griff wahllos ein Buch heraus. Er blätterte darin, legte es beiseite, holte sich ein zweites. Es war der Paris-Band von Lonely Planet, und hier hielt er beim Blättern alle paar Seiten inne.

«Zum Beispiel hier», sagte er. «Alle Plätze, an denen man sich küssen kann, sind mit kleinen Herzchen geschmückt. Ein persönliches Bewertungssystem. Das bedeutet aber nichts. Die Leute benutzen Bücher, um sich all die Dinge zu notieren, die nichts mit Straßenverbindungen zu tun haben. Na los. Sucht euch irgendeins aus.»

Ich zog *Wild Orchids and Trotsky* von dem Stapel neben der Theke. Auf der Rückseite der Broschur stand eine handgeschriebene Notiz, die direkt über dem Barcode begann und quer über das Buch lief, wobei die Zeilen zum Rand hin immer kürzer wurden.

PAPS, BITTE WECK MICH, WENN ICH UM HALB ZEHN
NOCH NICHT AUFGESTANDEN BIN. ICH HAB AN MEINER
UHR KEINEN WECKER. NEIN, ZEHN REICHT AUCH.
TOM

«Seht ihr, was ich meine?», fragte Jason, gähnte und streckte sich.

«Das ist nicht vergleichbar», sagte ich und nahm wieder *Lady Chatterley* zur Hand. Fast hätte ich gesagt: «Henry und Catherine haben sich verliebt.» Doch ich schwieg. Der Satz kam mir so schrecklich banal vor. Es war etwas, das meine Eltern ständig sagten, wenn sie zur Erheiterung von Gästen beim Abendessen von ihren Turtelzeiten auf dem College erzählten. Als Kind hatte ich diesen Märchen voller Ehrfurcht gelauscht und ihnen geglaubt, wenn sie behaupteten, genau so etwas würde mir auch passieren. Ich hatte damit gerechnet und angstvoll auf den Moment gewartet, meiner großen Liebe zu begegnen, denn dann wäre mein Leben in endgültige Bahnen gelenkt worden. Als ich jetzt daran dachte, wurde mir ganz schwer ums Herz.

Gerade wollte ich mich von Jason abwenden, als mein Blick auf einen kleinen hölzernen Kasten fiel, der neben dem großen Kassenbuch aus Leder lag und in dem Hugo Karteikarten mit den Namen aller Dragonfly-Kunden aufbewahrte, die über ein Kundenkonto verfügten. Einige dieser Karten befanden sich wahrscheinlich schon dort, seitdem das Dragonfly existierte. Vielleicht wusste jemand aus dem Kasten etwas über das Buch. Vielleicht lohnte es sich ja, ein bisschen herumzutelefonieren.

«Hey, gib das her», sagte Jason, nahm mir den Kasten aus der Hand und drückte ihn fest an sein T-Shirt, auf das ein Fahrrad mit der Schrift TWO WHEELS, ONE DARK LORD aufgedruckt war. «Das sind vertrauliche Informationen!»

«Was für vertrauliche Informationen?» Ich griff nach der Box, doch er drehte sich so blitzschnell weg, dass ich nur eine Handvoll schwarzes T-Shirt abbekam. «Hier geht's doch nicht um Staatsgeheimnisse!»

Jason klemmte sich die Box unter den Arm und drängte sich an mir vorbei, als wollte er über eine Ziellinie sprinten.

«Lass sie doch mal reinschauen. Das schadet doch nicht», sagte Hugo. «Oder, Robert?»

«Sehe ich aus wie ein Mann, der irgendwas mit dem Kram zu tun haben will, über den ihr die ganze Zeit redet?» Robert hatte beim Sprechen nicht aufgeblickt. Seine Finger tanzten auf einem Taschenrechner.

«Mensch, Hugo», sagte Jason. «Wenn es noch mal 9/11 gäbe und das FBI würde kommen und in unseren Akten nachschauen wollen, wer *Martha Stewart's Großes ABC des Bombenbauens* gekauft hat, würdest du sie zum Teufel schicken. Aber sie darf das einfach?»

«Das ist ja wohl kaum das Gleiche», setzte ich mich zur

Wehr. «Ich schreib mir doch nicht auf, was für Bücher die Leute kaufen.»

«Schwachsinn», sagte Jason. «Das *ist* genau das Gleiche.»

«Da hat er recht, Maggie», sagte Hugo.

«Das meinst du doch nicht ernst.»

«Es wäre was anderes, wenn du hier arbeiten würdest», sagte Hugo. «Apropos ...» Er ging zur Kasse, zog einen Zwanziger heraus und drückte ihn mir in die Hand.

«Was ist das denn?»

«Das ist dein Lohn für die letzten zwei Stunden», sagte Hugo.

Robert stand auf, griff über die Ladentheke, nahm mir den Geldschein aus der Hand und legte ihn in die Kasse zurück. «Sie kriegt einen Gehaltsscheck, genau wie Jason.» Er kramte in seinen Unterlagen und reichte mir eine leere Zeiterfassungskarte.

Ich starrte sie an. Sollte ich etwa stempeln? So etwas hatte ich seit meinem Hiwi-Job am College nicht mehr gemacht. «Aber ich hab nichts getan, außer dich wegen dieses Buchs zu nerven. Willst du mich dafür bezahlen?»

«Jason nervt mich den ganzen Tag, und ich bezahle ihn auch.»

«Hast du das wirklich ernsthaft vor?», wollte Jason wissen.

«Warum nicht?» Hugo lehnte sich an die Theke und rührte in seinem Tee. «Das löst einige Probleme. Du beschwerst dich ständig, dass Maggie hier im Laden herumhängt, ohne wirklich hier zu arbeiten. Und jetzt ist sie hier angestellt. Dann kann sie auch in die Kundendatei schauen, ohne dass wir in eine moralische Zwickmühle geraten.»

Ich bin mir nicht sicher, wen dieser Vorschlag mehr beunruhigte, Jason oder mich. Ich schaute zu ihm hinüber. Er schnaufte wie ein Walross, und die Finger seiner verkrümmten Hände zappelten, als würde er auf einer unsichtbaren Tastatur Tonleitern spielen. Offenbar sah er seine Macht gefährlich dahinschwinden. Und ich? Was sollte ich hier? Ich hatte ja schon alle Hände voll damit zu tun, zwischen meinen Schmökern einen Job zu finden. Wann würde ich denn Zeit zum Arbeiten finden?

«Schau mal, du bist doch sowieso ständig hier», sagte Hugo. «Ich würde sagen, deine Einarbeitung hast du schon hinter dir. Ehe du dich's versiehst, gehörst du wie Jason zu den Fortgeschrittenen, was Rumgammeln betrifft.» Er legte mir den Arm um die Schultern und drückte mich an sich, als hätte er auf einmal verstanden, wie sehr ich selbst zum Trostpreis geworden war. «Keine Panik, Leute. Es ist nur so lange, bis Maggie einen neuen Job gefunden hat.»

Jason schaute ungläubig zwischen mir und Hugo hin und her. Dann ging er ganz langsam auf Hugo zu, nahm den Löffel aus dessen Teetasse, leckte an ihm wie an einem Lolli und warf ihn in die Tasse zurück. Schließlich knallte er die Rezeptbox auf die Theke und verschwand zwischen den Bücherstapeln.

«Der ist ja überhaupt nicht verspannt», sagte Robert.

«Er berappelt sich schon wieder», erwiderte Hugo und schaute gedankenverloren auf seine Teetasse. Unsicher, was er mit dem bazillenverseuchten Teil machen sollte, ging er vor der Theke auf und ab.

«Ich nehme keine Almosen, dass das klar ist», sagte ich. «Wenn du mich bezahlst, dann habe ich auch vor zu arbeiten.»

«Sehr gut. Mach das, wovon du denkst, dass es zehn Dollar die Stunde wert ist», sagte Hugo. «Ich vertraue voll deinem Urteil. Bloß setz dich nicht auf den Boden. Den haben Jasons nackte Füße berührt.»

Nachdem ich zwei Stunden geschuftet hatte, gönnte ich mir eine Kaffeepause. Nebenan, bei Cuppa Joe, löste sich ein schlaksiger, kahl rasierter junger Mann von den Übermäßig Tätowierten & Gepiercten, die draußen an den Tischen saßen, und kam herein, um meine Bestellung aufzunehmen.

Ich kannte die auf eine Schiefertafel geschriebene Karte von Cuppa Joe auswendig. Die Namen der Vier-Dollar-Getränke klangen so blumig, als stammten sie aus der Rezeptsammlung einer Kräuterhexe.

«Savage Hammerhead Mocha?», fragte der Kahle.

Normalerweise dachte ich nicht lange darüber nach, was ich bestellen sollte. Von meinem früheren Arbeitsleben hatte ich alles aufgegeben, nur das nicht. Doch wie lange musste ich bei einem Stundenlohn von zehn Dollar vor Steuern für einen Savage Hammerhead Mocha arbeiten?

«Kleiner Kaffee, nicht ganz voll.»

«Oje», sagte er und schaute etwas ratlos auf die Registrierkasse, als könnte er sich nicht entscheiden, an welchen Pol der Autobatterie er das Starterkabel anschließen sollte. Er strich sich mit zusammengekniffenen Augen über den rasierten Schädel, tippte etwas ein und sah erleichtert aus, als die Kasse den offenbar richtigen Betrag ausspuckte. Ich konnte es ihm nicht verdenken. Mrs. Callahn, die Inhaberin von Cuppa Joe, war mehr als eigen, was das Management ihres Ladens anging. Wenn Hugos Führungsstil ein lauschiges Bächlein war, dann war der von Mrs. Callahn ein voll aufgedrehter Feuerwehrschlauch.

Ich zahlte einen Dollar fünfzig und steckte einen Vierteldollar in die Trinkgeldkasse, auf der lauter Sticker mit Cartoons klebten, die die Spendierfreudigkeit der Gäste ankurbeln sollten. Der Kahle gab mir meinen Kaffee, ich goss Milch dazu und ließ mich dann mit der Rezeptbox an dem großen runden Tisch in der Mitte des Cuppa nieder. Um mich herum, an kleineren Tischen, saßen mehrere Programmierer an ihren Laptops, mit Kopfhörern im Ohr zum Schutz gegen die Musik, die aus den Café-Lautsprechern kam. Sie klang wie das Aufstampfen schlecht gelaunter wilder Büffel beim Liebesspiel. Eine Gruppe von Assistenzärzten brütete über dicken Aktenordnern, ohne auf die beiden smarten Typen in Khaki zu achten, die unmittelbar in ihrer Nähe über «neue Paradigmen» diskutierten. In einer Ecke lieferte sich ein Paar mittleren Alters einen Streit. Es war kein lautes Wortgefecht, sondern eine im Flüsterton ausgetragene Auseinandersetzung, was eigentlich noch schlimmer war.

Draußen fuhr ein allzu bekannter Pick-up vor. Vor Jahren musste er einmal weiß gewesen sein, jetzt sah er aber wegen seiner großflächigen braunroten Rostflecke eher wie eine ungezähmte Schecke aus. Das war Mrs. Callahn, und ihre Ladefläche war mit Kaffeesäcken von einem organischen Lieferanten in den Santa Cruz Mountains voll gepackt, bei dem sie Exklusivrechte genoss. Klein und gertenschlank, trug sie einen zackigen Kurzhaarschnitt, einen orangefarbenen Gypsy-Rock, ein Tank-Top und eine Jeansweste, dazu türkisfarbene Ohrringe, die so groß waren, dass man darauf dinieren konnte. Mrs. Callahn sah stets so aus, als würde sie den Souvenirladen eines Georgia-O'Keeffe-Museums leiten statt ein Café in Silicon Valley. Wie bei den meisten Frauen asiatischer Herkunft tat ich mich schwer, ihr Alter zu schätzen. Doch Hugo hatte sie schon in den frühen Siebzigern gekannt, aus College-Zeiten, als er beim Organisieren von Friedensmärschen mithalf. Aus diesem Grund ging ich davon aus, dass sie etwa in seinem Alter war. Es hieß, einst sei sie unglücklich verheiratet gewesen, und ihr Mann habe ihr nach der Scheidung 50000 Dollar dafür geboten, dass sie wieder ihren Mädchennamen annahm, was sie jedoch ablehnte. Mochte sie um den Erhalt von Cuppa Joe noch so sehr gekämpft haben – Mrs. Callahn war dennoch eine Ausgeburt an Bosheit und Missgunst.

Im Augenblick scheuchte sie die Übermäßig Tätowierten & Gepiercten von ihren Stühlen auf und ließ sie das Dutzend Fünfzig-Pfund-Säcke in den Laden schleppen, wobei sie die jungen Männer vor sich her trieb wie ein Elefantenführer seine Herde.

Als sie an meinem Tisch vorbeikam, griff sie nach meiner Glastasse und hielt sie gegen das Licht, das durchs Fenster hereinfiel.

«So geht das nicht! Der ist nicht dunkel genug.»

«Mrs. Callahn …», hob der Kahle an.

«Ausreden sind zwecklos. Der Hammerhead muss partout viel dunkler sein. Das weißt du doch. Das ist nicht zu akzeptieren!»

Der Kahle blinzelte dreimal, dann lief er in den Lagerraum, um vor seiner erzürnten Chefin in Deckung zu gehen.

«Das ist kein Savage Hammerhead», nahm ich ihn in

Schutz. «Heute habe ich nur normalen Filterkaffee bestellt.»

Mrs. Callahn zog eine Augenbraue hoch, so schmal wie eine Peitsche. Ohne eine Entschuldigung stellte sie meine Tasse wieder hin und nahm neben mir Platz.

«Warum nimmst du so viel Milch?», fragte sie. «Das ist guter Kaffee. Den schmeckst du doch gar nicht mit so viel Milch.»

Jeder wusste, dass Mrs. Callahn ihre Bohnen verbrannte. Die meisten ihrer Kunden schworen, dass sie es genau so mochten, doch das war eine Selbstlüge, vergleichbar mit der Behauptung von Menschen, sie liefen Marathon, um sich zu entspannen. Hugo war der Ansicht, der Kaffee bei Cuppa Joe wehre Toxine ab und sei die beste Darmspülung in ganz Silicon Valley. Jason ließ ihn sich intravenös verpassen, wenn einer seiner nächtlichen Spieleabende anstand. Ich hingegen kam hierher, weil man im Cuppa Joe einen Kaffee bestellen konnte, ohne dafür eine eigene Sprache lernen zu müssen. Es gab nur drei Varianten zur Auswahl: klein, mittel und groß. Auch konnte man hier keine Kaffeetassen kaufen, keine Teddybären oder Grußkarten auf recyceltem Papier mit Mikrochips, auf denen einem gezeichnete Pinguine «Happy Birthday» vorsangen. Im Cuppa Joe ging es einfach nur um Kaffee, so beschissen er auch schmeckte. Wahrscheinlich konnte man den Tisch, an dem ich saß, zersägen und aus den Spänen eine Brühe machen, die besser schmeckte. Wie auch immer – die Frau röstete ihre Bohnen nicht, sie verbrannte sie, und ich brauchte Milch, um das Gebräu hinunterzubekommen. Punkt. Doch wenn Mrs. Callahn in ihrer eigenen Märchenwelt leben wollte, in der Windows-PCs perfekt liefen und sie großartig schmeckenden

Kaffee ausschenkte, dann hatte ich nicht die Absicht, ihr diese Illusionen zu nehmen. Und so gab ich ihr die klassische Antwort, die immer passte und mich seit jeher aus allen brenzligen Situationen rettete.

«Das macht man so im Süden.»

Ihre Gesichtszüge entspannten sich, während ihr klarwurde, dass sie eine Frau vor sich hatte, die von Java-Heiden großgezogen worden war und ihre ganze Sympathie brauchte.

«Was machst du da mit Hugos Rezeptkasten?», fragte sie.

Ich erzählte ihr, dass ich nicht ganz freiwillig Angestellte des Dragonfly geworden sei.

«Keine Spitzenjobs mehr?», fragte sie.

«Das mit dem Dragonfly ist nur vorübergehend.»

«Vorübergehend heißt, dass man bequem wird, und dann bleibt man hängen.»

«So wird das bei mir nicht sein», erwiderte ich. «Es ist nur zur Überbrückung.»

«Ja, weiter so», sagte sie. «Das wird dich vom Dragonfly fernhalten.»

Ich öffnete meinen Rucksack, um die Box darin zu verstauen, als ich merkte, wie ihr Blick auf *Lady Chatterley* fiel. Zu erschrocken, um sie davon abzuhalten, sah ich zu, wie sie in den Sack griff, das Buch herausholte und auf den Tisch legte.

«Es ist nicht besonders ansehnlich», sagte ich und fühlte mich wie jemand, der mit einem Geiselnehmer Smalltalk macht. «Hugo will mir zeigen, wie man es wieder binden kann. Da sind überall Notizen am Rand. Sehen Sie? Ich möchte es aufheben.»

Mrs. Callahn tippte mit dem Finger auf den Einband.

«Vergiss diese Leute. Alle Beziehungen, die mit einem Feuerwerk beginnen, enden so.» Sie nickte in Richtung des streitenden Paares in der Ecke. «Besorg dir einen richtigen Job. Niemand wird sich um dich kümmern, wenn du das nicht selbst tust.»

Sie stand auf und ging davon, ohne sich mit einem *Wiedersehen* oder *Bis bald mal wieder* aufzuhalten. Eigentlich hätte ich das persönlich nehmen können, aber so war sie zu jedem. Und irgendwie war das nicht minder tröstlich als der durchgescheuerte grüne Lesesessel im Dragonfly.

Obwohl Mrs. Callahn ein wenig furchteinflößend war, wusste ich den Rat zu schätzen, den sie mir gegeben hatte. Während sie an ihren rechtmäßigen Platz an der Espressomaschine zurückkehrte, traute sich auch der Kahle wieder aus dem Lagerraum, und die Musik wechselte zu coolem Jazz. Ich schaute auf den Einband von *Lady Chatterley*, dachte an das Dragonfly und die Berge von Büchern, die ich durchzusehen hatte, und dabei kam mir die Geschichte von der Nymphe Psyche in den Sinn, die in einer einzigen Nacht einen Haufen Mohn, Weizen- und Hirsekörner sortieren soll, um zu ihrem Liebsten zurückkehren zu dürfen. Sie schafft es, weil Ameisen ihr zu Hilfe kommen. Vielleicht sollte ich mir welche mieten.

«Ich versteh diese Sache mit dem Buchladen einfach nicht», sagte Mama.

In South Carolina war es fast Mitternacht, und ich sah meine Mutter vor mir, wie sie in einem ihrer Quäker-Schaukelstühle auf der Veranda saß, ein Marmeladenglas in der Hand. Die funkelnden, blitzblanken, hammerschweren Schwenker aus Kristall, die sie in der Hausbar stehen hatte, waren für Gäste. Trank man seinen Wodka allein, genügte ein Marmeladenglas. Bestimmt hatte sie das Außenlicht ausgeschaltet, um Insekten fernzuhalten und keine zusätzliche Hitze zu produzieren. Sie tat es aber auch, damit die Nachbarn sie nicht beobachten konnten. An den meisten Abenden, an denen sie allein war, schaukelte sie eine Weile im Dunkeln vor sich hin und nippte an ihrem Wodka, bis sie angeheitert genug war, um jemanden anzurufen.

«Ich helfe nur bei einem Freund aus», sagte ich.

«Ja, ja, ein Freund», erwiderte sie.

Ich schenkte mir reichlich Bourbon in einen blauen Wegwerfbecher und setzte mich unter den Schirm im Garten. Der Nebel hatte es über die Berge von Santa Cruz geschafft, die das Valley von der Küste trennten, und ich konnte Hugos Tomatenpflanzen riechen, die in großen Terrakottatöpfen auf der Terrasse standen.

«Wo ist Daddy?», fragte ich und zog die Ärmel meines Sweatshirts herunter. Die feuchte Luft fühlte sich angenehm kühl an.

«Praxis», sagte sie, als wäre das der Name eines Landes, wo Männer hingingen, wenn sie nicht gefunden werden wollten.

Ich zog meine Knie an die Brust. Selbst durch die Jeans konnte ich die Narbe spüren, die ich an meinem rechten Knie hatte. Eines Freitagnachmittags, damals ging ich in die elfte Klasse, war ich mit dem Rad zur Praxis meines Vaters gefahren, um mir ein paar Materialien für ein naturwissenschaftliches Schulprojekt zu holen, mit dem ich am Montag fertig sein musste, wobei ich damit noch nicht einmal angefangen hatte. In der Praxis war es dunkel, was nicht weiter überraschend war – am Freitag ließ Daddy seine Angestellten immer früh nach Hause gehen. Doch ich wusste, dass er einen Ersatzschlüssel in dem Farn aufbewahrte, der vor dem Fenster der Praxis hing. Ich stellte mich auf die Kante eines kniehohen Blumenkastens aus Backstein, den meine Mutter jedes Jahr üppig mit Petunien bepflanzte, und ertastete den Bart des Schlüssels, der unter dem dicht wachsenden Geflecht der Blätter aus der Erde ragte. Während ich ihn auf Zehenspitzen aus seinem Versteck holte, fiel mein Blick in die abgedunkelte Praxis meines Vaters.

Einst hatte er mich über die Wirkung von Adrenalin aufgeklärt, hatte geschildert, wie es dem Menschen in einer Stresssituation die Energie für ein überlebenssicherndes Verhalten wie Flucht oder Kampf liefert. Doch der Schreck, der mich bei dem durchfuhr, was ich da sah, führte weder zur Flucht noch zu einem angriffsbereiten Verhalten. Es machte mich einzig und allein unbeholfen. Ich stürzte vom Blumenkasten und auf den Steinboden und schlug mir das Knie auf. Als ich mich an den Ziegelsteinen hochrappelte, sah ich die leuchtend rote Flüssigkeit, die aus dem Riss in meiner Jeans quoll. Hinter mir war ein Murmeln zu hören, dann raschelte es. Als ich wieder auf beiden Beinen stand, hatte jemand die Jalousien der Praxis geschlossen. Doch das war jetzt keine große Hilfe. Ich konnte nicht vergessen, was ich gesehen hatte. Meinen Vater zwischen den Beinen von Mrs. Celia Collins, deren Kreuzbandriss offenbar gut verheilt war.

Während ich nach Hause radelte, spürte ich, wie das Blut mir warm übers Bein rann, doch das war mir egal. Ich wollte in diesem Moment nur noch eins – zu meiner Mutter. Ich hatte mir meinen Vater nie mit einer anderen

Frau vorstellen können als mit ihr. Nun kreiste in mir nur ein Gedanke: Meine Mutter würde fortgehen, und unser Haus würde ohne sie leer sein. Ganz gleich, wie fremd mir meine Erzeuger oft waren – ich hatte an ihr Glück geglaubt. Ich wollte einfach daran glauben, denn dieses Gefühl der Fremdheit ihnen gegenüber musste das Opfer sein, das ich für die große Liebe, die sie füreinander empfanden, zu bringen hatte.

Als ich mein Fahrrad hinlegte und die Fliegentür hinter mir zufallen ließ, war ich völlig außer Atem. Keuchend stand ich in der unbeleuchteten Diele des Hauses und konnte es einfach nicht fassen, dass meine Mutter wirklich dort saß, auf der dritten Stufe der Treppe, neben sich die Golftaschen, die Finger um die Knie gelegt. Die Standuhr ihrer Großmutter schlug halb vier.

Ich setzte mich neben sie auf die Treppe. Ich weinte. Bis zu diesem Augenblick hatte ich es nicht einmal bemerkt.

«Mama, ich war gerade bei Daddy, vor der Praxis», stotterte ich.

Sie sah mich irritiert an und stand dann abrupt auf, verschränkte die Arme, ging zur Gartentür und schaute auf den Fleck Himmel jenseits der vorderen Veranda, weg von meinen Tränen, meinem blutigen Knie.

«Riecht nach Regen», sagte sie. «Wahrscheinlich werden wir gar nicht fahren können.»

«Mama», setzte ich erneut an. Wie konnte ich es nur sagen? In welche Worte konnte ich das, was ich gesehen hatte, fassen? «Mama, ich muss dir was erzählen …»

Ihre Hand traf mein Gesicht wie ein Blitz. Ich schlug mit dem Kopf gegen die Wand und brachte die Bilder darüber zum Schwingen. Schmerz überflutete mein Gehirn, und ich sah nur noch Pünktchen und ihren Umriss im Gegenlicht.

«Du hast mir gar nichts zu erzählen», sagte sie.

Ich vernahm den kreidigen Geruch ihres Puders und ihres Lippenstifts und einen Hauch Alkohol in ihrem Atem.

Mit einem Satz rannte ich an ihr vorbei, und sie versuchte auch nicht, mich aufzuhalten. Ich hob mein Fahrrad auf und radelte zu Dizzy. Miss Velda schickte ihn los, um sein Auto zu holen.

«Georgine weiß Bescheid», sagte sie auf dem Rücksitz von Dizzys Rambler, den Arm um mich gelegt, während Dizzy uns in die Notaufnahme fuhr, wo mein Knie genäht würde. «Das ist nicht das erste Mal. Aber sie kann nicht darüber reden. Wenn sie darüber redet, wird es zur Wirklichkeit. Und dann wird sie das tun müssen, was sie nicht übers Herz bringt.»

Die Fenster des Rambler waren heruntergekurbelt, und ich legte mein Gesicht an das kalte Metall der Tür. Dizzy weckte mich, als wir das Krankenhaus erreicht hatten.

«Dein Vater kommt bald nach Hause», sagte meine Mutter jetzt am Telefon, während ich einen Schluck aus meinem blauen Wegwerfbecher nahm. «Dann mach ich ihm sein Abendessen warm.»

Meine Mutter – immerhin und vor allem Mrs. Mason Duprés – tanzte für ihren Prinzen.

Fünftes Kapitel

Ich werde dich finden

Draußen in der Welt können wir nicht so sein, wie wir sind, nur hier in diesem Buch.
CATHERINE

«Nein, nein, ich weiß es noch ganz genau. Ich bin Henry.»

Das sagte einer von drei nicht mehr ganz jungen Gentlemen, Stammkunden, die immer mittags vorbeikamen, um ihre Terry-Pratchett-Vorräte aufzustocken oder nach dem einen Isaac Asimov zu fahnden, den sie vielleicht noch nicht gelesen hatten. Er hieß Mike, und sein Freund auch. Der dritte John. Zweimal Mike und einmal John. Als Gruppe nannten sie sich die CIA Bathroom.

«Du bist nicht Henry», sagte der andere Mike. Er trug ein Maker-Faire-T-Shirt und einen NASA-Sicherheitsausweis. Er stand hinter dem ersten Mike, der gerade in einer Schuhschachtel voller Stifte und anderem Zubehör für ein Bücherregalsystem kramte. «Du bist doch erst nach 1974 hierhergezogen.»

Das ging jetzt schon zwanzig Minuten so. Ich hatte versucht, ein kaputtes Regal in der Ratgeber-Abteilung zu reparieren, gleich um die Ecke von Sci-Fi/Fantasy, wo die drei prompt ihre Bücher auf den Boden legten und mich ablösten. Es gab sie also auch in Silicon Valley noch, die edlen Ritter, die einer Dame in Not beistehen. Allerdings war es eine Galanterie im Gewand technischer Geschicklichkeit.

«Es hätte auch in den Siebzigern gewesen sein können», sagte ich.

«Mike, ich kenne dich jetzt seit vierunddreißig Jahren und habe dich nicht ein einziges Mal mit dem Füllfederhalter schreiben sehen», sagte John, der kleiner als seine Freunde war und den drahtigen Körperbau eines Mannes hatte, der noch spät im Leben regelmäßig joggte. Er saß auf dem Boden und hielt das Regal hoch, während seine beiden Freunde sich alle Zeit der Welt ließen, ihn zu entlasten. «Henrys Notizen waren mit einem Füllfederhalter geschrieben.»

«Ich kann mich ganz deutlich erinnern», sagte Mike Nr. 1 und rieb sich den Bauch unter dem Logo eines Chili-Wettkochens.

«Okay, sagen wir, du bist Henry», erwiderte John, der immer noch das Regal hielt. «Warum hast du damit angefangen, in ein Buch zu schreiben? Warum hast du dir den Namen Henry zugelegt?»

«Immerhin gab es damals noch keine Dating-Agenturen», sagte Mike Nr. 1.

«Du fängst also an, in ein Buch zu schreiben ...» sagte Mike Nr. 2, der weiterhin die Schachtel mit den Stiften hielt.

«Mit einem Füllfederhalter», sagte John, der mittlerweile zwei Bücherstapel unter das kaputte Regalbrett geschoben hatte, damit er es nicht mehr hochhalten musste.

«Was hast du denn ständig mit diesem Füllfederhalter?», fragte Mike Nr. 1.

«Und du schreibst unter Pseudonym», fügte John hinzu.

«Na ja, es hat funktioniert», sagte Mike 1.

«Für Henry hat es funktioniert», meinte John.

«Genau», sagte Mike Nr. 1.

Schon die ganze Woche über waren Männer ins Dragonfly gekommen und hatten behauptet, sie seien Henry. Alle schienen eine Art kollektive Erinnerung an diese so heftig romantische Version ihrer selbst zu haben – an einen Menschen, der nach einem gebrochenen Herzen, einer Scheidung oder einem besonders guten Trip auf Acid tatsächlich dazu fähig gewesen wäre, mit einer Frau, die er noch nie in seinem Leben gesehen hatte, eine Korrespondenz in einem Buch zu beginnen.

«Neunzehneinundsechzig», sagte John. «Das Datum über der ersten Notiz lautete 1961. Hast du während der Siebziger auch schon Zeitreisen gemacht?»

«Offenbar soll ich mich nicht daran erinnern», sagte Mike Nr. 1.

Und so ging es weiter und weiter. Die Reparatur des Regals dauerte dreimal so lang, wie ich gebraucht hätte, während ich in der Ratgeberabteilung nach Hilfe Ausschau hielt.

Es war erst mein zweiter voller Tag als Angestellte des Dragonfly, doch nachdem ich so viel Zeit hier verbracht hatte, fühlte es sich viel länger an. Das Dragonfly verfügte über ein vielfältiges Stammpublikum, das gelegentlich die charmante Verschrobenheit von Dickens-Figuren an den Tag legte. Da war zum Beispiel Miss Miranda, ebenso groß wie breit, die immer wieder vor Freude aus dem Häuschen geriet, wenn Hugo eine Ausgabe des Kochbuchs für sie auftrieb, das ihr Ehemann in regelmäßigen Abständen wegwarf, damit er ein verhasstes Hackfleischauflaufrezept daraus nicht mehr essen musste. Oder die Frau mit dem Mops, den sie in einer Babytrage mit Öffnung nach vorn mit sich herumschleppte; die Hundefreundin war ein großer Fan von Janet Evanovich und Ian McEwan und hatte kürzlich auf Hugos Empfehlung mit der Lektüre von John Steinbeck angefangen. Da war der hagere Mann, der stets in der hintersten Ecke des Ladens auf meinem Kik-Step-Hocker saß und sich systematisch durch die Notenabteilung schmökerte. Da war Hank, der erst vergangenen Mittwoch eine Anleitung zu dem Würfelspiel Craps, eine Kulturgeschichte der Masturbation sowie vier Agatha-Christie-Romane erstanden hatte. Und natürlich war da Gloria, die zweimal die Woche mit ihrem Jutebeutel auftauchte, am Dienstag, um Mysterybücher einzukaufen, und am Freitag auf der Jagd nach Beißerbüchern. Sie zahlte immer mit Münzen, die sie lose klimpernd in einem Plastikbeutel transportierte. Und zu guter Letzt war da noch die CIA Bathroom, meine drei Musketiere, die sich ständig gegenseitig daran erinnerten, was für Bücher sie bereits gelesen hatten.

Nachdem Mike, Mike und John endlich mit dem Regal fertig waren, begleitete ich sie nach vorn in den Laden und trug ihre Neuerwerbungen in das große lederne Kassenbuch ein, das Hugo auf der Theke liegen hatte.

«So, Mike», sagte ich. «Wenn Sie Henry sind – wo genau wollten Sie sich laut der letzten Notiz mit Catherine treffen?»

«Das stand doch gar nicht auf der Website», protestierte Mike Nr. 1.

«Ich weiß», erwiderte ich. «Den Teil habe ich auch nicht gepostet. Aus gutem Grund.»

Mike Nr. 2 und John drehten sich zu ihm. Aus ihren Mienen sprachen Genugtuung und Hoffnung zugleich.

«In der Bar des Fairmont Hotel in San José», sagte Mike Nr. 1.

«Viel Spaß mit Cherie Priest», sagte ich und reichte ihm seine Beute. «Wenn Sie zufällig den wahren Henry treffen, schicken Sie ihn mir vorbei.»

«Hier zu arbeiten, hat Sie zu einer grausamen Frau gemacht, Maggie», sagte Mike Nr. 1, während ihn seine beiden Freunde in Richtung Tür schoben.

«Stets zu Diensten!», rief ich zurück.

Jason tauchte aus dem Bücherdschungel auf und ließ mir einen leeren Karton vor die Füße fallen, bevor er wieder zwischen den Stapeln verschwand. Soweit ich wusste, hatten Hugo und er kein Wort mehr über seine empörte Kündigung gesprochen. Gestern war er einfach wieder im Laden aufgetaucht, hatte sich einen Stapel Bücher geschnappt und dort weitergemacht, wo er aufgehört hatte.

Ich schaute zu Hugo empor, der in seinem Sessel saß und einen weiteren Waverley-Roman las.

«Das mit Jason tut mir leid», sagte ich.

Hugo winkte ab. «Er kündigt alle paar Monate. Dann verbringt er einen Tag im Pioneer Park, liest Comics und wartet darauf, dass seine Freunde Feierabend haben. Dabei langweilt er sich so sehr, dass er reumütig hierher zurückkommt.»

Pioneer Park.

Sonntag ist der erste Sommertag.
Treffen wir uns im Pioneer Park am Brunnen, zwölf Uhr mittags.
Henry

Irgendwie kam es mir seltsam vor, dass Henrys und Catherines Rendezvous ausgerechnet dort stattgefunden haben sollte, wohin sich Jason zum Schmollen zurückzog.

Ich bog bei den Biographien nach links ab, machte eine Kehrtwende bei der Geschichte des zwanzigsten Jahrhunderts und eine scharfe Rechtskurve bei der Lyrik, um schließlich bei den Liebesromanen zu landen. Bei meiner ersten Säuberungsaktion hatte ich diese Sektion in verschiedene Untergattungen aufgeteilt – die Beißerbücher standen unter «Historische Liebesromane», die modernen Herzschmerz-Titel, von denen achtzig Prozent einen Sternenhimmel mit rosafarbenen Wölkchen oder Scherenschnitte vor Schwarz-Weiß-Landschaften auf dem Cover hatten, liefen unter «Chick Lit», Vampir-Cowboys standen einträchtig neben verliebten Dämonen unter dem Label «Paranormale Liebesromane»; außerdem gab es ein extra Display mit Titeln aus den Achtzigern, von Harold Robbins bis Jackie Collins. Ich hatte Stunden damit verbracht, die Bücher überall im Laden zusammenzusuchen, sie hinter und zwischen Diätratgebern, Astrologiewälzern, Biographien, sogar zwischen Ellery-Queen-Krimis gefunden, zwischen Büchern, die bei Rückenschmerzen helfen sollten, Büchern mit Zaubersprüchen, Büchern, die einen wütend machten oder zum Weinen brachten. Schließlich hatte ich auf einem Hofflohmarkt ein großformatiges Foto von Johnny Depp ergattert und unter dem Schild «Liebesromane» aufgehängt. Das alles war keine Meisterleistung, ich hatte kein Mittel gegen Krebs erfunden, doch es war immerhin ein Fortschritt, dass die Bücher jetzt alle beieinanderstanden. Sollte jemand tatsächlich durch Zufall ins Dragonfly geschneit kommen, den Hürdenlauf über Bücherkisten und Bücher im vorderen Teil des Ladens unbeschadet überstehen und es dann auch noch schaffen, sich einen Weg durch das Labyrinth der Stapel bis in den hintersten Winkel des Ladens zu bahnen, dann würde er ganz bestimmt meine Herkulesarbeit zu schätzen wissen und mit dem Kauf von vielen, vielen Liebesromanen belohnen.

Ich hatte meinen Kik-Step-Hocker hierhergeschoben und freute mich wie immer auf einen Moment wie diesen, wenn ich ein wenig Zeit mit *Lady Chatterley* verbringen konnte. Hier ein Kapitel, dort ein paar Seiten. Ich hatte das Gefühl, es dem Roman schuldig zu sein, dass ich ihn tatsächlich nach all den Jahren noch einmal las. Warum die Leute ihm kritisch gegenüberstanden, lag für mich durchaus auf der Hand. Es war kein sehr poetisches Buch, und man merkte, dass Lawrence mit ihm bewusst provozieren wollte, was mich schon immer genervt hatte. Doch ich konnte auch verstehen, warum so viele Leser, wie Henry und Catherine, das Buch ins Herz geschlossen hatten. Es war nicht nur der Sex, der mich in seinen Bann zog, sondern die starke Sehnsucht, die aus jeder Seite des Romans sprach. Jemanden zu begehren, den ganzen Tag an ihn zu denken und es zuzulassen, dass man sich in ihn verliebt. Ich wünschte mir dieses Sehnen so sehr herbei. Das öde Gefühl der Leere, das ich empfand, seit ich Bryan verloren hatte, wurde für mich immer mehr zu einer Qual, die schon lange nichts mehr mit einem gebrochenen Herzen zu tun hatte. Ich hatte es einfach satt.

Ich war mitten in einem Kapitel, als ich das Gefühl hatte, dass ich nicht mehr allein war. Als ich langsam den Blick hob, sah ich Grendel, der auf dem Regal über Johnny Depp saß und funkelnd auf mich herabsah, als wollte er sagen: «Du armer Sterblicher.»

Wir starrten uns an, verschränkten die Blicke zu einer großen Schlacht zwischen dem Menschen und dem wilden Tier, in dessen Revier der Zweibeiner eindringt.

Beim Aufräumen hatte ich ihm seinen Lieblingsbücherstapel, ein kleines Sue-Grafton-Gebirge an einer Stelle in Hugos Büro, wo zwischen vier und fünf Uhr nachmittags die Sonne hinkam, weggenommen. Seither lauerte er irgendwo, schlich mir oben auf den Regalen hinterher, wie ein Geist aus einem Stephen-King-Roman, und wartete auf seine Rache.

In diesem Moment stürzte er sich mit einem wilden Maunzen auf mich. Ich zuckte zusammen, versuchte ihm auszuweichen, doch er erwischte mich an der Schulter. Kreischend ließ ich *Lady Chatterley* fallen, während er von meiner Schulter weiter auf eines der gegenüberliegenden Bücherregale sprang. Dabei hinterließ er vier tiefe Kratzer auf meiner Haut, die durch mein weißes T-Shirt bluteten.

Ich spürte eine Hand auf meinem Arm, und als ich aufblickte, stand Rajhit neben mir.

«Bist du tödlich verwundet?»

«Werde es zurück zum Raumschiff schaffen, Captain.»

Er griff in seine hintere Hosentasche und zog ein schneeweißes, frischgebügeltes Taschentuch heraus – etwas, das ich seit undenklichen Zeiten nicht mehr gesehen hatte. Er ließ es zu einem Viertel zusammengefaltet, schob es unter den Kragen meines T-Shirts und presste es auf meine Wunde. Als er sich über mich beugte, um sich den Kratzer genauer anzusehen, nahm ich die Wärme wahr, die sein Baumwollhemd ausstrahlte. Sonnenwärme. Um uns herum waren die Schritte der Kunden zu hören, die durch den Laden schlenderten und Bücher aus Regalen zogen. Auf einmal betrachtete ich das Dragonfly gleichsam von oben, als hätte jemand wie bei einem Puppenhaus das Dach abgenommen, sah das Labyrinth der Gänge, die Leute, die darin umhergingen, die Regale musterten, den Kopf leicht geneigt, um die Aufschrift auf den Buchrücken zu lesen. Und da, zwischen ihnen, waren Rajhit und ich, in einer dunklen Ecke, ganz nah beieinander.

«Ich hatte gehofft, dich hier zu finden», sagte er. «Allerdings nicht unbedingt blutend.»

«Hugo sollte mir eine Gefahrenzulage zahlen.»

Wir lächelten beide und machten diese seltsame Bewegung mit den Lippen, als würden wir gleich losprusten. Er blies auf die Wunde unter meinem T-Shirt, als wäre ich ein Kind, das getröstet werden muss. Es war eine kleine, kaum bedeutungsvolle Geste, die ich ebenso gut hätte ignorieren können. Doch gerade ihre Vertrautheit rührte mich.

«Ich möchte mit dir über das Fahrrad reden», sagte ich.

«Ist damit etwas nicht in Ordnung?»

«Nein, es ist toll. Genauer gesagt, es ist supergeil. Bloß ...»

Er lächelte und schaute zur Seite. «Du magst mich nicht.»

«O doch, ich mag dich. Das ist es ja.»

«Du bekommst nicht gerne Geschenke von Leuten, die du magst? Dann bist du ein seltsames Mädchen.»

«Du machst es mir schwer.»

Er lächelte wieder.

«Ich glaube nicht, dass ich derjenige bin, der alles schwer macht.» Ohne mich anzusehen, fügte er flüsternd hinzu: *«Ich versuche, mit meinem Alltag weiterzumachen, das zu tun, was von mir verlangt wird, aber dann komme ich doch wieder hierher und frage mich, wo du bist.»*

Ich schloss die Augen, und auf einmal schien sich jede

Faser meines Körpers seiner bewusst zu sein. Meine Hand wanderte nach oben und spielte mit einer seiner schwarzen Locken. Als hätte er genau darauf gewartet, presste er die Lippen auf mein Schlüsselbein. Die feuchte Hitze seines Mundes tränkte den Stoff. Um uns herum gingen die Menschen im Dragonfly ihren alltäglichen Beschäftigungen nach, während hier in der dunklen Ecke Rajhit vor mir auf die Knie ging, die Hände auf meine Hüften legte und meinen Bauch durch den Baumwollstoff meines Shirts küsste. Seine Hände glitten unter mein Hemd, er legte die Finger fest auf den unteren Teil meines Rückens und zog mich an sich, näher an seinen Mund. Ich wühlte die Finger in seinen Lockenkopf und hielt mich fest. Dann spürte ich seine Hand an der Vorderseite meiner Jeans. Er zog den Reißverschluss auf. Als ich zum ersten Mal seine Lippen und seine Zunge auf meiner Haut spürte, war es die direkt unter meinem Bauchnabel.

Auf einmal stand er auf, lehnte sich an mich, bildete mit den Armen einen Schutzwall um mich. Da war noch jemand. Ich hörte Sohlen knirschen, und dann tauchte hinter seiner Schulter Glorias Brille mit den Bullaugengläsern auf. Als wären wir gar nicht da, ließ sie den Blick über die Titel schweifen, und wir erstarrten, als wäre sie einer dieser Dinosaurier, die dich nur sehen, wenn du dich bewegst. Ohne lange auszuwählen, ließ sie mehrere Bücher in ihre Tasche plumpsen, danach verschwand sie wieder.

Rajhit glitt wieder zu mir hinunter, sein Gesicht nah an meinem, die Lippen des einen am Ohr des anderen.

«Ich möchte gern mehr von dir sehen», wisperte er.

«Ich glaube, du hast gerade mehr als genug von mir gesehen.»

«Du weißt, was ich meine.»

«Ich mag es, wenn du mich findest.»

Als er mich küsste, schmeckte er nach grünem Tee und Zimt.

«Okay, dann finde ich dich», sagte er und war verschwunden.

Als Rajhit weg war, atmete ich tief durch. In der Luft hing noch sein Duft. Etwas, das sich so gut anfühlte, konnte einfach kein gutes Ende nehmen.

Doch dann wehte aus den Tiefen des Dragonfly plötzlich der Geruch von einem vietnamesischen Take-away zu mir herüber, und ich dachte daran, wie ich manchmal mit Bryan zu dem kleinen Nudelsuppenladen um die Ecke geschlendert war, wie er meine Hand gehalten hatte, als wäre ich eine Tüte mit Einkäufen, und dann hatten wir gegessen und beide auf unsere Handys geschaut, statt uns anzusehen. Was auch immer das mit Rajhit werden würde, es konnte nur besser sein als das.

Ich starrte auf die Regale vor mir, die Abteilung, an der ich so hart gearbeitet hatte. Hier herrschte kein Chaos, sondern Kontrolle. Das war der einzige Ort in meinem Leben, an dem die Dinge einen Sinn ergaben. Doch als ich den Blick genauer über die perfekt angeordneten Reihen schweifen ließ, sah ich, dass etwas nicht stimmte. Vampir-Cowboys standen auf einmal im selben Regal wie Mr.-Darcy-Typen und barbrüstige Freibeuter. Alles war vollkommen durcheinander. Das verstand ich nicht. Noch am Tag zuvor war alles bestens gewesen. Entsetzt lehnte ich mich an die Regale hinter mir, schaute mir die Abteilung als Ganzes an, und mir wurde bewusst, dass jemand meine harte Arbeit zunichtegemacht hatte. Die Buchrücken waren nach Farben geordnet.

«Jason!»

Aus dem vorderen Teil des Ladens kam ein hämisches Lachen. Es war das Lachen eines bösen Trolls.

Zusammengekuschelt saß ich in meinem Papasan-Sessel am offenen Fenster zum Garten und lauschte den Party-Geräuschen von nebenan. Der Notizblock, auf dem ich in der vergangenen Stunde herumgekritzelt hatte, lag auf meinem Schoß. Ich hatte versucht auszurechnen, wie lange ich bei meinem minimalen Einkommen überleben konnte. Hugo hatte – Gott segne ihn! – meine Miete um ein paar hundert Dollar gesenkt. Somit hatte ich jetzt nach Abzug der Miete, Nebenkosten, Telefon und allem anderen, was anfiel, noch etwa vierhundert Dollar zum Leben. Kino war gestrichen. Ebenso, bis auf seltene Ausnahmen, auswärts essen. Das bedeutete Instantsuppen bis zum Abwinken. Sicher, ich konnte ausziehen und mir eine WG suchen, doch auch ein Umzug war teuer. Hatte ich eine Miete doppelt zu zahlen und musste zudem eine Kaution leisten, würde ich noch tiefer in den Miesen stecken als vorher. Und ich hätte keinen Hugo mehr als Nachbarn. Nein, ein Wohnungswechsel kam nicht in Frage.

Mein Telefon machte sich bemerkbar, von Dizzy war eine SMS eingetroffen. Es war die vierte innerhalb einer Stunde, in der er mir mitteilte, er hocke im Finnegans Wake, es sei Freitagabend, und ich solle dort postwendend erscheinen. Bloß dass er nicht «postwendend» schrieb, sondern sich wesentlich drastischer ausdrückte. Ich schaute auf die Zeitanzeige auf dem Handy. *Um acht gehe ich rüber*, überlegte ich. Doch die Zeit verging, wanderte weiter und weiter, und ich saß immer noch auf meinem Pier-1-Kissen.

Zusammen mit meinen Geldsorgen lag mir auch mein letztes Gespräch mit Dizzy auf der Seele. Ich wusste, schon längst hätte ich Avi anrufen und sie zum Mittagessen einladen sollen. Schließlich hatte sie mir ihre Nummer gegeben. Doch irgendetwas hielt mich von diesem Telefonat ab. Mein Leben hing viel zu sehr von Dizzy und ArGoNet ab. Ich war abhängig von Erwartungen geworden, die sich nicht erfüllt hatten. Was meine Zeit in Silicon Valley anging, hatte ich nicht viel vorzuweisen. Von einer Karriere oder Geld konnte keine Rede sein, und dann waren da nur noch eine geplatzte Beziehung und ein schäbiger Buchladen, in den ich viel zu viel Zeit investierte. Ich hatte an einer Menge geschäftlicher Meetings teilgenommen und daran geglaubt, dass sich mein Einsatz letztlich auszahlen würde, nur um dann aus irgendwelchen fadenscheinigen Gründen entlassen zu werden.

Ich holte mir *Lady Chatterley*, das auf dem Beistelltisch lag, und blätterte darin. Die Seiten rochen nach benutztem Bettzeug und hohlen Versprechungen, doch immerhin hatten mir die Notizen in der Lesegruppe den Hals gerettet. Vielleicht konnte ich ihnen auch jetzt wieder etwas Kluges entnehmen.

Henry, wir können nur als die Menschen existieren, die wir auf diesen Seiten sind. Als Menschen aus Fleisch und Blut geht das nicht. Allein in diesem Buch ist das möglich. Hier ist der Ort, an dem wir einander gehören können.
Catherine

Ich weiß, du hast Angst. Doch Angst ist nichts Wirkliches. Sie ist nur ein Gefühl, vermischt mit Erinnerung. Angst ist nur dann gefährlich, wenn sie uns von dem fernhält, was wir wollen. Und ich will dich.

Henry

Ein Gefühl, vermischt mit Erinnerung. Wer redete so? Vielleicht Hugo. Okay, Hugo und Henry. Ich dachte an den Tag bei Avi, als ich das Empfinden hatte, die Welt würde mir zu Füßen liegen, auch wenn es nur ein paar Momente angedauert hatte. Damals war ich ein gewaltiges Risiko eingegangen. Henry hatte recht. Nicht die Angst ist das Gefährliche, sondern dass sie uns davon abhält, das zu bekommen, was wir wollen.

Nie und nimmer würde ich nach Hause zu meinen Eltern gehen. Sollte das mit ArGoNet nicht klappen – sei's drum. Noch würde ich nicht aufgeben. Ich hatte Beziehungen, auch wenn sie nur aus einer einzigen Person bestanden. Aus der Lesegruppe hatte ich bloß eine Visitenkarte mitgenommen, doch es war *die* Karte schlechthin.

Ich holte die Tasche, die ich bei Avi dabeigehabt hatte und in der immer noch ihre Visitenkarte steckte, klappte meinen Laptop auf und tippte ihre E-Mail-Adresse ein. Dann hielt ich inne. E-Mails kann man viel zu leicht ignorieren. Steht man noch am Beginn seiner Karriereleiter, beantwortet man jede, als käme sie von Jesus Christus oder Steve Jobs persönlich. Ist man jedoch ganz oben, so wie Avi, wirkt es zu gefällig, wenn man eine E-Mail sofort beantwortet. Es ist geradezu uncool. Nein, ich würde auf keine E-Mail warten. Sie hatte mir ihre private Telefonnummer aufgeschrieben. Ich würde sie anrufen.

Doch zuerst musste ich ein bisschen herumtigern und

mir zurechtlegen, was ich sagen würde. Ich wollte mich noch mal melden, um herauszufinden, wie ich mich am besten in die Gruppe einbringen und zu einer optimalen Gruppendynamik beitragen könne. Klar, würde ich sagen, ich hätte zwar viel um die Ohren, doch wenn die Gruppe erfolgreich sei, sei auch ich selbst erfolgreich, ganz gleich, wie viel Zeit und Mühe ich persönlich investierte. Als ich endlich genau wusste, was ich sagen würde, wählte ich Avis Nummer und stellte mir vor, wie sie ans Telefon gehen würde, in einem mit Federn besetzten Seidenmorgenrock und eleganten Pantoffeln wie Eva Gabor in der Sitcom *Green Acres*.

Dann hatte ich sie an der Strippe. «Auf Luder.com, Jade? Glaubst du allen Ernstes, ich würde nicht rauskriegen, dass du ein Video von uns auf Luder.com gepostet hast, du dumme kleine Kröte? Glaubst du, ich weiß nicht, wie man einen Computer bedient? Oder dass ich dafür zu alt bin? Und weißt du, was ich noch alles kann? Zum Beispiel einen Anwalt einschalten. Jake wird dich zur Strecke bringen, und du wirst dir wünschen, du hättest nie gelernt, wie man mit einer Maus umgeht. Und jetzt hör auf, mich alle naselang anzurufen und mir einen weiteren Grund zu nennen, warum du mich verlässt!»

Die paar Sekunden, die ihre Tirade andauerte, fühlten sich so lang an, als wären in der Zwischenzeit ein paar neue Galaxien entstanden. Ich starrte in die nächtlichen Schatten meines Apartments und lauschte dem wütenden Schnauben, das mein erster und einziger VIP-Kontakt am anderen Ende der Leitung von sich gab. Was zum Teufel sollte ich bloß machen?

«Wenn du noch dran bist, könntest du wenigstens etwas sagen.»

Ich erinnerte mich an das Foto auf Avis Bücherregal, auf dem sie den Arm um eine große Blondine etwa in meinem Alter gelegt hatte. Avi mochte noch so reich und mächtig sein, offenbar lag ihr etwas an dieser Jade. Wenn ich jetzt auflegte, würde sie denken, ihre Ex habe aufgelegt. Ich wäre dann aus dem Schneider, aber was war mit Avi? Ich kniff die Augen zu und holte tief Luft.

«Es tut mir furchtbar leid, Avi», sagte ich. «Hier ist Maggie Duprés. Sie erinnern sich – aus der Lesegruppe? Vermutlich ist das gnadenlos untertrieben, aber rufe ich ungelegen an?»

Am Ende blieb es still, während ich mich auf einen Schwall Beschimpfungen gefasst machte. Doch der erfolgte nicht. Stattdessen hörte ich nur ein Klicken. Avi Narayan hatte aufgelegt.

Ich ließ das Handy auf meinem Schoß liegen. Mein Gehirn kam nicht mehr in Gang. Ich war wie erstarrt, saß nur da und lauschte der Party nebenan. Wenn ich meinen Arsch hochgekriegt hätte und um halb acht rübergegangen wäre, wäre all das nicht passiert. Und hätte ich Avi eine E-Mail geschickt, so wie jeder vernünftige Mensch, wäre das auch nicht passiert. Aber nein, ich wollte ja furchtlos sein. Tausend Dank, Henry.

Ich nahm das Buch zur Hand, das immer noch auf der Seite mit Henrys Nachricht aufgeschlagen war. Daran war allein er schuld. War ich so verzweifelt, dass ich mir von einem Typen Ratschläge geben ließ, der sich in eine Frau verliebt hatte und ihr kleine Nachrichten in einem Buch zukommen ließ? *Treffen wir uns im Pioneer Park am Brunnen, zwölf Uhr mittags.* Sollte das ein Witz sein? Vielleicht hatte es an dem Tag geregnet. Oder die Stadt hatte gerade die Bürgersteige neu gepflastert. Und vor allem – er hatte diese Einladung auf den Seiten eines Romans ausgesprochen, der sich in einer Buchhandlung befand. Man hatte schon Pferde kotzen sehen, aber selbst im Dragonfly bestand die Möglichkeit, dass jemand hereinkam und das Buch wirklich kaufte. Es hätten einhundert Millionen Dinge geschehen können, und der Plan wäre gescheitert. Hundert Millionen.

Das Telefon klingelte. Es war die Nummer, die ich gerade angerufen hatte. Avi. Ich sah sie vor mir, eine Furie im Eva-Gabor-Morgenmantel, wie sie versuchte, sich an einen Zauberspruch zu erinnern, der mich in einen Frosch verwandeln und mir Blitze durchs Telefon schicken würde. Ich wusste nicht, was ich tun sollte, und schob das Telefon unters Polster. Das war's dann. Schluss mit der Hoffnung, hierbleiben zu können. Ich hatte gerade einer der mächtigsten Frauen im Valley ans Bein gepinkelt. Ich würde zur Hölle gehen. Oder, noch viel schlimmer, ich würde zu meiner Mutter nach Hause fahren.

Ich zog das Telefon heraus. Zum Teufel auch. Wenn das meine letzte Schlacht war, dann wollte ich wenigstens mit Pauken und Trompeten untergehen.

«Ich bin der schrecklichste Mensch, der herumläuft», sagte Avi. «Wie gnadenlos unhöflich von mir.»

«Nein, das ist alles meine Schuld …»

«Quatsch. Ich hätte mich nie so am Telefon melden dürfen, oder ich hätte wenigstens schauen müssen, wer dran ist.»

So ging es eine Weile hin und her, während wir versuchten, uns gegenseitig mit unseren Entschuldigungen zu übertrumpfen, was ja eigentlich komplett unnötig war. Als uns die Rechtfertigungen endlich ausgingen, herrschte einen Moment lang Schweigen.

«Hässliche Trennung?», fragte ich.

Sie lachte, dann hörte ich ein Schniefen.

«Gibt es denn auch schöne Trennungen?», fragte sie.

Wieder stellte ich sie mir am anderen Ende der Leitung vor, doch diesmal hatte sie einen ausgebeulten Jogginganzug an (okay, er war aus Kaschmir) mit eingetrockneten Kirscheisflecken vornedrauf. Ihre Haare waren eine Katastrophe. Sie trug eine aus der Mode gekommene Brille und hatte einen Pickel auf der Wange. Ich fragte mich, ob das Bild von ihr und Jade immer noch auf dem Bücherregal stand oder sie mit ihrem Mercedes drübergefahren war.

«Hat sie wirklich ein Video von Ihnen beiden ins Netz gestellt? Wie krass ist das denn!»

«Man kann mich nicht darauf erkennen», sagte sie. «Wenigstens nicht so, dass man sicher sagen könnte, ich bin's. Sie war gar nicht daran interessiert, dass mich jemand erkennt. Nur sie sollte zu sehen sein.»

«Aber trotzdem …», sagte ich.

«Aber trotzdem …»

Es stellte sich heraus, dass Dizzy recht hatte. Avi war ein Mensch wie jeder andere. Und so plauderten wir noch ein Weilchen und verabredeten uns für Montag zum Mittagessen beim Thai. Nachdem wir aufgelegt hatten, saß ich eine Weile da und schwelgte in dem Gefühl von Wehmut, vermischt mit Freude. Dann stand ich auf und machte mich auf ins Finnegans Wake.

Am nächsten Tag, es war der 27. Juli, regnete es. Daran erinnere ich mich deshalb, weil noch Monate später die Leute dieses Datum als Meilenstein für die Ereignisse in ihrem Leben benutzten und zum Beispiel sagten: «Ich weiß, dass ich am 28. einen Ölwechsel gemacht habe, weil das der Tag nach jenem war, an dem es geregnet hatte.» In der Bay-Gegend regnet es im Winter. Regen im Frühsommer hingegen kommt zwar vor, ist aber eine Seltenheit. Und in Hugos Welt musste man ein solches Event mit einer Party feiern. Allerdings kannte er hauptsächlich Leute, denen selbst die Mysterien eines Sonnenauf- oder -untergangs genügten, um den Cocktailshaker und bunte Spießchen aus dem Schrank zu holen.

Auch ich hatte Grund zum Feiern. Ich hatte an diesem Tag den Dragonfly-Shop auf eBay startklar gemacht und unser allererstes Buch online verkauft – eine signierte Erstausgabe von Walker Percys *Liebe in Ruinen*, die, seit ich den Buchladen zum ersten Mal betreten hatte, zusammen mit einigen anderen Erstausgaben im Schaufenster stand und jetzt auf dem Weg zu Miss Winifred Johnson in Wichita war. (In der heidnischen Welt des Silicon Valley hat man offenbar für die Literaturgötter der Südstaaten nicht viel übrig, weil es hier zu viel Ablenkung in Gestalt von Smartphones und Computern mit einem Dual-Boot-System gibt.) Hugo hatte den Vorschlag gemacht, das Buch für Miss Winifred segnen zu lassen, weil es schließlich unser allererster Online-Verkauf war. Dazu hatte er seinen Freund Jesse angerufen, der wiccanischer Priester zweiten Grades war, und ihn zu sich nach Hause gebeten. Jesse brachte Salzwasser mit, das auf die Rechnung (nicht aufs Buch) gesprüht wurde, Weihrauch, der im Laden abgebrannt werden sollte, sowie getrockneten Lavendel, den wir zwischen die Seiten von *Liebe in Ruinen* legten. Praktischerweise arbeitete Jesse als Metzger in einem Großmarkt und brachte zu Hugos größtem Entzücken auch fünf Pfund Lammschenkel mit. Als es anfing zu regnen, klemmte sich Hugo ans Telefon. Leute kamen. Leute brachten noch mehr Essen mit. Leute brachten Getränke. Ich war inwendig sehr glücklich.

Selbst an gewöhnlichen Tagen herrschte in Hugos Wohnung eine entspannte Atmosphäre, ähnlich wie im Eingangsbereich eines Wellness-Tempels. Heute Abend jedoch war zusätzlich ein Hauch von Verzauberung spürbar. Seine Freunde hatten sich mit der Lässigkeit von Personen aus einem Tennessee-Williams-Stück in der Wohnung verteilt. Als Hugo den Deckel eines tiefen Topfes anhob, um in etwas zu rühren, das er «Hugos geheimnisvolles marokkanisches Gericht» nannte, erfüllte ein Duftgemisch aus Safran und Aprikosen den Raum. Eine junge Rothaarige in einem Strandkleid mit aufgedruckten Cowboys zupfte auf einer Harfe und sang etwas Gälisches. Ein Mann mit einer Laute – einer waschechten Laute! – stimmte mit ein, ebenso eine Frau mit Blumen im Haar, die leise eine Bhodrán-Trommel schlug. Offenbar brauchte man für eine Wiedergeburt dringend Barden als passende musikalische Begleitung.

Hugo besaß kein einziges Sitzmöbel, auf dem man wie ein normales menschliches Wesen Platz nehmen konnte. Stattdessen lagen Kissen in allen Formen und Größen verstreut auf dem Boden herum, sodass es in seiner Wohnung aussah wie im Inneren der Flasche, in die sich die *Bezaubernde Jeannie* stets zurückgezwinkert hatte, nur dass hiesiges Zauberwesen neunundfünfzig und männlich war. Leicht beschwipst von Jesses Martinis, die er für die unteren Chakren gemixt hatte, legte ich mich flach auf den Boden, auf eine Reihe von riesigen, rubinroten Kissen, und hatte das Gefühl, an dem Ort zu sein, wo man hingeht, wenn man am Strand den Wellen lauscht und einschläft. In diesem Moment hörte ich Rajhit in mein Ohr flüstern.

«Ich hab nach dir gesucht.»

Ich machte die Augen auf und sah, dass er auf mich herabblickte, auf dem Gesicht das gleiche schiefe Lächeln wie an jenem Abend, als er mir das Fahrrad geschenkt hatte. Er beugte sich über mich, das Haar hing ihm locker um die Schultern. Ich streckte die Hand aus und schob ihm eine seiner Locken hinters Ohr. Auf einmal fühlte sich die Party noch tausendmal besser an.

Er ließ sich auf die Kissen zu meinen Füßen nieder, nahm meinen nackten rechten Fuß in die Hand und begann meine Fußsohle zu massieren. Zwei Martinis früher hätte ich es vielleicht noch geschafft, ein Pokerface aufzusetzen und die Tatsache zu ignorieren, dass sich in meinen unteren Regionen ein ziemlich angenehmes und auch ziemlich unanständiges Gefühl breitmachte, doch jetzt sank mein Kopf einfach nur in die Kissen und meine Augen krochen in ihren Höhlen. Hundertprozentig bin ich mir nicht sicher, aber es könnte durchaus sein, dass mir ein leises Stöhnen über die Lippen kam. Ich war vollkommen zufrieden mit mir und der Welt.

«Hübscher Fuß», sagte er. «Durch einen Fußknöchel mit etwas verbunden, das ich vermutlich als sehr schönes Bein beschreiben würde, wenn ich die Chance hätte, es einmal sehen zu dürfen.»

«Bin ich etwa nur die Summe meiner Teile?»

«Wir sind uns nie begegnet, und doch glaube ich, es gibt keinen Teil an dir, den ich nicht begehre.»

Henrys Worte aus anderem Munde zu hören, brachte mich zum Lachen. Rajhit grinste, ließ seine Hand unter den Saum meiner Jeans gleiten und fuhr mit seiner warmen Handfläche mein Bein hoch. Zum zweiten Mal innerhalb von zwei Tagen überlegte ich, ob ich es nicht mal mit Röcken versuchen sollte.

Dann hörte ich ein seltsames Rauschen, und als ich die Augen öffnete, sah ich Jason, der sich über Rajhit beugte und in eine Bierflasche blies. Ich versuchte ihn zu verscheuchen, doch er beachtete mich nicht.

«Ja, Jason?», fragte Rajhit, ohne aufzublicken.

«Dude, du bist nächste Woche Game Master und hast noch nicht mal eine Einladung rausgeschickt. Keiner weiß, wo wir uns treffen. Ist Deborah denn überhaupt noch dabei? Auch wissen wir nicht, ob es ein Motto für die Verpflegung gibt.»

Rajhits Hand schlüpfte aus meinem Hosenbein heraus, und er setzte sich aufrecht hin.

«Können wir später darüber reden?», fragte er und drehte sich zu Jason um.

«Dude, wir lassen dich diesmal Game Master sein, weil du uns deswegen löcherst, seitdem du Mitglied geworden bist. Das ist eine Menge Verantwortung. Enttäusch uns also nicht.»

Mein wodkadurchtränktes Gehirn surrte nur so vor Fragen. Ich entschied mich für: «Wovon zum Teufel redet ihr eigentlich?»

«Dungeons-and-Dragons-Abend», sagte Jason.

Ich stützte mich auf meine Ellbogen auf und schaute zu Rajhit, der sich den Kopf hielt. Zwar hatte ich selbst noch nie an einem solchen D&D-Abend teilgenommen, aber ich hatte im Leben genügend Spielebesessene kennengelernt, um zu wissen, dass nur wenige tatsächlich dem Klischee von dicklichen Losern mit langen, fettigen Haaren, schlechter Haut und jederzeit zugänglichem Kühlschrank entsprachen, welcher daher rührte, dass sie in einer Einliegerwohnung im Keller ihrer Erzeuger wohnten. Die meisten waren vollkommen coole Typen. Trotzdem war ich ein bisschen schockiert. Nicht wegen Jason, der sowieso nicht viel im Hirn hatte. Aber Rajhit?

Jason deutete meinen Blick richtig. «Was ist schon dabei?», fragte er belustigt. «Ich, Hugo, Rajhit, Mrs. Callahn und ein paar andere Leute, jeden Montagabend. Das ist doch keine große Sache.»

«Ihr alle? Wirklich? Das hab ich nicht gewusst. Toll. Reicht mir ein Schwert, auf dass ich es wetzen kann.»

«Vergiss es, wir würden dich nie mitspielen lassen.»

«Vergiss es, ich würde nie mitspielen wollen.»

«Erstens», sagte Jason, «wette ich, dass du noch kein einziges Mal D&D gespielt hast. Und zweitens: Wann bist du zwölf geworden?»

«Vor drei Drinks», sagte ich.

Jason winkelte ein Knie an und bohrte Rajhit die Kniescheibe in den Rücken. «Also, was geht ab am Montag?»

«Ich brauch was zu trinken.» Rajhit stand auf und schlenderte in die Küche. Ich rollte mich auf die Seite und folgte ihm mit den Augen. Er stand neben Hugo, mit dem Gesicht in meine Richtung, sah mich aber nicht an.

Jason ging in die Hocke und stützte die Ellbogen auf die Knie. Er sah aus wie Hulk.

«Willst du nicht das von Deborah wissen? Aus unserer Gruppe?», fragte er.

«Was denn?» Ich hatte keine Ahnung, wovon er redete.

«Rajhit legt sich bei Frauen nicht gerne fest. Jedes Mal, wenn eine Single-Frau auftaucht, läuft er heiß. Die machen dann eine Weile miteinander rum, und schließlich heißt es: ‹Fuck, ich kann mich nicht festlegen, sonst komm ich mit meinem inneren Einhorn durcheinander.› Und dann fehlt uns ein Spieler. Als ich Deborah das letzte Mal gesehen habe, war sie im Laden und suchte nach *Eat Pray Love.* Dass sie den Teil mit dem Essen bereits in die Tat umgesetzt hatte, war nicht zu übersehen. Ich weiß nicht, was die Frauen alle an diesem indischen Knaben finden. Nicht mal als Spieler taugt er was.»

«Was immer zwischen mir und Rajhit ist, geht nur uns was an», sagte ich.

«Ich wollte nur nicht, dass du in dieses ganze Drama reingezogen wirst. Okay? Kein Drama.»

Jason ging zu den Barden hinüber, setzte sich hinter ihnen auf den Boden, lehnte sich mit dem Rücken an die Wand und nahm vom Lautenspieler ein Bier entgegen. Ich blieb, wo ich war, und versuchte herauszufinden, an welchem Punkt dieser Abend begonnen hatte, schiefzulaufen.

Ich stand auf, um mir aus dem Martini-Krug, den Jesse in den Kühlschrank gestellt hatte, noch ein Glas einzuschenken, doch zwischen mir und dem Alkohol hatten sich zwei Mädels um die zwanzig aufgebaut, die versunken mit Hugos Kühlschrankmagnetpuzzle spielten, das aus Shakespeare-Worten bestand. Die Blonde mit dem Pixie-Haarschnitt und einem Eidechsentattoo auf der Schulter bildete gerade DEIN EIGEN PURPUR WEH. Daraufhin schaute die rothaarige Harfenistin die Wörter an Hugos Gefrierfach durch und legte GÖTTIN ZUNGE WILL SANFT LUST. Miss Pixie schaute sie mit erhobener Augenbraue an und schob GRASEN an eine freie Stelle. Der Rotschopf fügte BEBEND hinzu. Blondie bewegte SEHNSUCHT. Sie schauten sich kichernd um, als würden sie etwas Verbotenes tun. Dann griff die Rote Miss Pixie von hinten in den Ausschnitt ihres Tank-Tops, aus dem das Etikett herausgehangen hatte, und schob es hinein. Während sie mit der Hand Blondies Schulter streifte, küsste sie sie.

Ich schaute mich um, weil ich wissen wollte, ob noch jemand dieses Schauspiel gesehen oder mich beim Glotzen beobachtet hatte. Ich war wie gebannt. Die beiden waren getrennt gekommen, ich hatte verfolgt, wie sie einander vorgestellt wurden. Wie lange war das her? Eine Stunde? Zwei? Und da standen sie jetzt – flirtend, errötend –, und mein Körper begann sich daran zu erinnern, wie einfach das früher doch alles gewesen war.

Während ich so meinen Überlegungen nachhing, ergriff jemand meine Hand, die auf Hugos Arbeitsfläche gelegen hatte. Es war Mrs. Callahn. Sie nahm auch noch meine andere Hand und blickte auf beide hinab.

«Jetzt bist du dran.»

Einen Moment lang kehrten meine Gedanken zu den jungen Frauen zurück, und ich dachte, sie meinte, jetzt sei ich an der Reihe, mir jemanden zu suchen. Doch als sie meine Handflächen nach oben drehte, meine Daumen im Gelenk kreisen ließ und die gepolsterten Partien meiner Hände drückte, wobei sie sie durch ihre Schildpattlesebrille betrachtete, die an einer Perlenschnur um ihren Hals hing, da wurde mir klar, was sie meinte. Ich war an der Reihe, mir aus der Hand lesen zu lassen.

Langsam fuhr sie mit der Fingerspitze über die Linien in jeder Handfläche. Ihre Finger fühlten sich rau an, wie ein Kaktus, und ich zuckte instinktiv mit der Hand weg, doch Mrs. Callahn packte diese nur noch fester. Sie beugte sich vor und hielt meine Handflächen in das Licht von

Hugos Herdlampe, schaute sie noch genauer an. Dann legte sie meine Handflächen aneinander, richtete sich auf und ließ ihre Brille in den Spalt zwischen ihren Brüsten fallen.

«Dein Herz ist aus Papier», sagte sie. «Wasser kann es auflösen. Erde kann es begraben. Wind kann es fortwehen.»

Mir krampfte sich der Magen zusammen. Im Halbdunkel konnte ich endlich die Altersfalten in ihrem Gesicht erkennen, Bruchlinien in harter brauner Erde, die zu wenig Regen abbekommen hatte. Sie verstärkte den Druck ihrer Hände, die mich wie im Schraubstock festhielten.

Ich zog sie weg. «Es ist schrecklich, jemandem so etwas zu sagen.»

Sie griff über den Tresen und drückte mir ein Cocktailglas in die Hand.

«Beschütze es. Such dir einen anderen Job. Such dir einen anderen Freund. Das Leben im Dragonfly ist nichts für dich.»

Sie prostete mir zu und ging quer durch den Raum, um jemand anderen mit Angst und Schrecken zu erfüllen. Ich starrte in mein Glas und hatte auf einmal das deutliche Gefühl, genug zu haben. In der Spüle schüttete ich meinen Drink weg. Hugo, der immer noch am Herd stand, streckte die Hand aus und rieb mir besorgt den Rücken.

«Zu viele Cocktails», sagte ich.

Ich stolperte über den Flur ins Bad und bespritzte mein Gesicht mit Wasser. Von draußen schimmerte ein wenig Licht durch das kleine Fenster über der Badewanne. Ich hockte mich auf den Wannenrand und umklammerte meine Knie, bis ich wieder Luft bekam.

Als ich hinausging und das Licht hinter mir ausschaltete, sah ich Rajhit auf dem Flur. Er stand mit dem Rücken zu mir in der Nähe des Wohnzimmers, an die Wand gelehnt. Ich verharrte im Dunkeln und betrachtete ihn, sah die Umrisse seines Körpers, die sich im Halbdunkel des Raumes gerade noch abhoben. Ich dachte an all die Jungs aus meiner Vergangenheit, die mit dem Meersalzgeschmack auf der Haut, die meisten ebenso mit sich selbst zufrieden, wie sie mich zufrieden machen wollten. Wie leicht war das alles gewesen, und wie wenig hatte man dafür gebraucht! Ein Flüstern ins Ohr, eine Berührung am Arm. Bevor es jemandem wichtig war, womit ich meine Brötchen verdiente oder was meine Ziele im Leben waren. Bevor ich angefangen hatte, mir zu überlegen, wie lange es wohl dauern würde, bis eine Beziehung sich abnutzte. Damals, als ich noch jünger war, hatte es nur Körper und Bedürfnisse gegeben, ganz schlicht und grundlegend. In jedem atemlosen Moment vor einem ersten Kuss hatte ich gedacht: *Bitte mach, dass das jetzt nicht «er» ist. Ich bin noch nicht bereit.* Ich war einfach noch nicht bereit dazu gewesen, auf der Türschwelle eines Prinzen zu schlafen und meine Stimme zu verlieren, so wie meine Mutter. Und mit diesem Gedanken hatte ich mich an mein unstetes Herz geklammert, das wenig erwartete und wenig gab.

Ich legte meine Fingerspitzen an Rajhits Rücken. Er drehte sich um und streckte die Arme nach mir aus, überschwänglich, wie man es nach ein paar Cocktails eben ist, und ich ließ mich in seine Arme gleiten. Als er meinen Rücken streichelte, fühlte es sich nur beruhigend und freundschaftlich an, und einen Moment lang dachte ich, das wär's jetzt. Doch dann war die Zeit für platonische Distanziertheit überschritten, und seine Hände wurden langsamer, blieben in der Nähe meines Hinterns liegen.

Ich atmete aus und spürte, wie ich in seinen Armen entspannte.

«Was Jason da gerade gesagt hat …», begann er.

Vergiss es, bedeutete ich ihm mit einem Kopfschütteln.

«Ich wünsche mir, dass das passiert», sagte er. «Du und ich.»

Ich streckte die Hand aus und berührte sein Gesicht. Seine Arme schlossen sich fester um mich, und ich schmiegte mich an ihn. Jetzt gab es keinen Weg mehr zurück. Ich streifte mit den Lippen das kleine Dreieck aus Haut über seinem Kragen und hörte, wie der Atem aus ihm herausströmte. Dann küsste er mich, behutsamer, als ich es erwartet hätte. Meine Finger wanderten seine Taille entlang, bis sie auf die nackte Haut unter dem Hemd stießen. *Ich möchte wissen, wie es für dich ist, meine Hände auf dir zu spüren, meine Stimme zu hören, die deinen Namen sagt.*

«Ich dachte, du würdest nicht mit mir schlafen, weil ich dir ein Fahrrad geschenkt habe.»

«Es ist ein ziemlich schönes Fahrrad.»

Sechstes Kapitel

Der Handschuh der Venus

Ich würde auf einem Wal über den Ozean reiten, nur um neben dir sitzen und deine Hand halten zu dürfen.
HENRY

Ich hatte mir etwas vorgenommen, während ich der Sonne dabei zuschaute, wie sie sich durch das kleine Fenster im Büro des Dragonfly hereinstahl. Erreichten ihre Strahlen den Schreibtisch, würde ich mich vom Sofa erheben und wieder an die Arbeit gehen. Aber nach einer halben Stunde lag ich noch immer auf der Couch. Die Sonne war längst über den Schreibtisch hinweggewandert. Meinen Kopf hatte ich auf das Erdbeben-Notset des Ladens gebettet, das aus einer Decke, Katzenfutter und Wodka bestand. Eigentlich konnte ich es mir nicht erlauben, herumzuhängen. Es galt, Bücherstapel zu bewegen, Grendel, dem bekloppten Kater, aus dem Weg zu gehen, und – oh ja, da war auch noch mein Mittagessen mit Avi, später am Tag. Ich würde mich nur ein paar Jahrzehnte ausruhen müssen, dann wäre ich wieder auf dem Damm.

Eigentlich lag es nicht an meinem Kater. Vielmehr an diesem sonnigen Fleckchen und an dem warmen Gefühl, wenn ich an Rajhit dachte. Es war, als würde man in ein frisch aus dem Ofen geholtes Plätzchen beißen. Er war genau der gute Liebhaber gewesen, wie ich es mir erhofft hatte, trotz der etwas ungelenken Fummelei des allerersten Mals. Es war schön und aufregend gewesen, mit jemandem zusammen zu sein, der einem fremd war. Und danach war er ganz leise zurück zu Hugo gegangen und mit Käse, Äpfeln und belgischem Bier zurückgekehrt. Während wir uns darüber hermachten, hatte er eine leicht überzogene Version eines Restaurantbesuchs in Napa zum Besten gegeben, bei dem alle Gerichte auf der Speisekarte wie spirituelle Begriffe formuliert waren, weshalb er beim Bestellen Sachen sagte wie: «Einmal Erleuchtung mit einer kleinen Portion Heilung und Licht und als Beilage Unendliche Freude.» Ich weiß nicht, ob es an Rajhit gelegen hatte oder am Sex, aber in diesem Moment hatte ich das Gefühl, ich hätte solche Worte in vollem Ernst sagen können.

Etwa um vier Uhr morgens war Rajhit aufgestanden, und ich hatte ihn zur Tür gebracht. Während wir uns auf der Türschwelle küssten, kam mir in den Sinn, wie gut mein Bett riechen würde, wenn ich mich wieder hineinlegte – nach ihm und mir und überhaupt. Und dann war er fort, und ich war allein gewesen mit all der Liebe, die ich noch in mir hatte.

In diesem Moment ging quietschend die Tür zum Büro des Dragonfly auf. Hugo schlüpfte herein, kam langsam und behutsam auf mich zu und stellte ein hohes Glas mit einer hellbraunen Flüssigkeit vor mich hin.

«Aufgeschäumte Hundehaare?», fragte ich.

«Apfelessig und Honig, in Wasser verdünnt», erklärte er. «Das beste Mittel gegen Kater, das es gibt.»

«Mir geht's ganz okay», sagte ich, streckte mich und kratzte mich mit beiden Händen am Bauch, wie ich es ihn Hunderte von Malen hatte tun sehen.

Hugo ließ sich auf seinen Schreibtischstuhl nieder und

lehnte sich zurück. Mit ausgestreckten und an den Knöcheln gekreuzten Beinen saß er da und begann die Post durchzuschauen. In meinem Leben hatte ich auf einer Menge Schreibtischstühle gesessen und konnte ohne jeden Zweifel feststellen, dass der Schreibtischstuhl des Dragonfly als Verbrechen gegen die Menschlichkeit vor den Internationalen Gerichtshof kommen müsste. Doch irgendwie sah Hugo trotzdem so aus, als läge er in einer Hängematte zwischen zwei Südseepalmen.

«Ich vermute, das hat mit Rajhit zu tun», sagte er.

«Ich weiß, dass er ein Freund von dir ist. Ist es dir irgendwie unangenehm?»

Er lächelte.

«Maggie», sagte er, «wenn ich ein Problem damit hätte, dass meine Freunde ab und zu miteinander ins Bett gehen, dann wäre ich ein ziemlich einsamer Mann.»

Hugo öffnete einen Brief, brauchte einen Moment, bis er ihn gelesen hatte, und stopfte ihn dann in seine Hemdtasche. Gedankenverloren strich er sich mit der Hand über den Bart.

Ich fragte mich, was wohl in dem Schreiben stand. Seit einiger Zeit hatte ich begonnen, mich um die Rechnungen und den Papierkram zu kümmern. Robert ließ es sich nicht anmerken, aber ich spürte, dass seine Buchhalterseele jedes Mal aufblühte, wenn wir miteinander redeten. Er und ich hatten es aufgegeben, Hugo davon zu überzeugen, einen Computer anzuschaffen, und sei es auch nur ein gebrauchter mit Einzelhandelssoftware. Stattdessen brachte ich jeden Tag meinen Laptop mit in den Laden und gab die Tagesumsätze in die Online-Buchhaltungs-App ein, die Robert benutzte. Während ich die Einkünfte verfolgte, kümmerte er sich um die Ausgaben, und so hatte ich mittlerweile den gesamten monetären Bereich des Dragonfly im Blick. Und was ich sah, war durchaus ermutigend. Bevor ich meinen Job angetreten hatte, war die Bilanz des Dragonfly in etwa so aufmunternd gewesen wie die Lektüre von *Die Asche meiner Mutter*. In letzter Zeit jedoch schien es aufwärts zu gehen. Nur ganz leicht, aber ein winziges Fünkchen Hoffnung zeigte sich tatsächlich am Horizont.

Ich wies auf das Kuvert. «Ich kann das für dich erledigen.»

«Nein, nein», meinte Hugo und klopfte auf seine Hemdtasche. «Das ist meine Sache.»

Vom Sofa aus konnte ich erkennen, dass der Umschlag das Logo unserer Hausverwaltung trug. Damit war die Sache für mich erledigt. Was die Basiskosten anging – Miete, Nebenkosten usw. –, so kamen wir zurecht. Wenn es um größere Zahlungen ging, wurde es manchmal kritisch, aber irgendwie war das Geld dann doch immer da, tauchte auf irgendeinem Konto von Hugo auf. Ich hatte ihn einmal nach diesen Geldflüssen gefragt, und er hatte mir gesagt, das Kapital stamme aus einigen Patenten, die er zu Studentenzeiten an der Cal angemeldet hatte. Steinreich war er sicher nicht, aber offenbar brauchte er das Einkommen aus dem Dragonfly nicht, um sich über Wasser zu halten. Doch ich wollte auch nicht, dass er sein ganzes Vermögen in den Buchladen steckte. Folglich hatte ich noch einen weiteren Grund, im Dragonfly das Ruder herumzureißen.

«Maggie», sagte Hugo. «Was Rajhit angeht …»

«Jason hat es mir schon erzählt», sagte ich.

«Jason? Was denn?»

«Das mit Deborah und den anderen», sagte ich. «Er ist

also ein Frauenheld. Na und? Vielleicht probiere ich das eine Weile mal selber. Wie nennt man das bei Frauen? Männerheldin? Klingt irgendwie gut.»

«Maggie.»

«Was denn?», fragte ich. «Bei dir hat es sich doch offenbar ausgezahlt, dich nicht zu binden. Mir kommst du glücklich vor.»

Einen Moment lang machte er große Augen, als überraschte es ihn, dass ich ihn so sah, und das überraschte wiederum mich. Wenn man mich fragte – oder praktisch jeden anderen, der seinen Fuß ins Dragonfly setzte –, war Hugo der wohl zufriedenste und entspannteste Mensch, den es gab. Doch jetzt wurde sein Gesicht weich, er schaute gedankenverloren in die Ferne, und mir wurde bewusst, wie unsinnig es war, wenn man glaubte, einschätzen zu können, wie es einem anderen Menschen ging.

«Trink du mal besser dein Katerzeugs», sagte Hugo und klopfte auf das Kuvert in seiner Tasche. «Jason wird dich brauchen.»

Als er ging, stand ich vom Sofa auf und schaute auf seinen frei gewordenen Stuhl. Bevor er hereingekommen war, hatte der Raum einfach nur still gewirkt, doch jetzt fühlte er sich leer an.

«Also, wie soll das gehen?», fragte Avi. «Ich weine ein bisschen, erzähl Ihnen, was für eine blöde Schlampe sie ist, und so weiter und so fort.»

Wir saßen an einem der Tische draußen vor Avis Lieblings-Thai an der Castro Street.

«Wenigstens machen sie das so im Film», antwortete ich.

Ich wusste eigentlich nicht genau, was ich von diesem Lunch erwarten sollte. Doch Avi schien voller Tatendrang zu sein. Sie hatte sogar für uns bestellt, bevor ich eintraf, und gesagt, das Panang-Curry hier sei das Beste.

«Machen Sie so was nicht auch im wirklichen Leben? Mädelsabend und so?», fragte sie.

Ich nahm einen großen Schluck aus meinem Wasserglas und wünschte, es wäre Wodka.

«Meine beste Freundin ist ein Mann und heißt Dizzy. Er betrachtet Beziehungen als eine Art Schulsport, weshalb ich von ihm nie solche Sachen hören werde wie: ‹Der Scheißkerl› oder: ‹Du hast es besser verdient.› Bei ihm geht es einfach immer weiter.»

«Dann war unser Gespräch unter Frauen kürzlich …»

«… für mich eine Premiere», vollendete ich ihren Satz.

Avi tippte sich mit dem Finger an die Oberlippe.

«Gott, ich wünschte, ich würde noch rauchen.»

«Dann haben Sie auch nicht so viele Freundinnen?»

Sie sagte, mit Freundinnen sei das immer so eine Sache, denn sie wollten immer was von ihr. Nachdem ich die Teilnehmerinnen vom SVBC-LMA selbst erlebt hatte, wusste ich, warum sie diesen Eindruck hatte.

«Ich bin genauso», sagte ich. «Ich möchte auch was von Ihnen.»

«Ja, aber Sie geben es offen zu. Das macht Sie anders.»

Wir ließen uns die Weinkarte bringen, und schon bald stand eine Flasche Cabernet Sauvignon auf dem Tisch. Avi holte ein Fläschchen mit Tabasco aus ihrer Handtasche, das sie für das von ihr bestellte extrascharfe Wels-Curry mitgebracht hatte.

«Wissen Sie, was ich bei diesen Filmen über Frauenfreundschaften nicht verstehe?», fragte sie. «Wieso haben die alle so viel Freizeit?»

«Ich weiß», sagte ich. «Die verabreden sich ständig, zum Frühstück und zu Cocktails. Müssen die nie Wäsche waschen?»

«Oder Lebensmittel einkaufen?»

«Oder das Klo schrubben?»

«Genau», sagte sie, aber ihrem Ton war deutlich zu entnehmen, dass sie schon Jahre keine Klobürste mehr in der Hand gehabt hatte, wenn überhaupt jemals.

«Auf richtige Frauen», sagte sie und prostete mir mit ihrem Weinglas zu. «Ich heiße übrigens Avi.»

Jetzt, wo wir uns duzten, beschloss ich, ihr von Rajhit zu erzählen.

«Also, kein Austausch von Telefonnummern, keine SMS? Er taucht einfach auf? Und der Sex war gut?», fragte sie.

«Ja, so könnte man es wohl sagen.»

«Ich glaube nicht, dass ich eine Frau jemals dazu kriege, so etwas zu tun», sagte sie, führte das jedoch nicht weiter aus. Sie fügte nur hinzu: «Ich muss wirklich aufhören, mich mit so jungen Frauen abzugeben.» Doch mehr wollte ich auch gar nicht hören. Wir saßen unter einem Sonnenschirm, aßen Curry und tranken Wein, statt irgendwo an einem Arbeitsplatz zu schuften.

Bis mein Arbeitsplatz zu mir kam.

Gerade waren wir beim zweiten Glas Chardonnay angelangt, als ich aufschaute und Jason vor uns stand.

«Was zur Hölle soll das? Du bist immer noch hier?», fuhr er mich an.

«Mach mal halblang», erwiderte ich. Die Leute an den anderen Tischen schauten zu uns herüber.

«Fast den ganzen Morgen warst du nicht da, und jetzt überziehst du deine Mittagspause schon um eine halbe Stunde.»

Hugo hatte sich den Nachmittag freigenommen, und ich hatte Jason versprochen, rechtzeitig zurück zu sein, damit er sich mit seinen Freunden zu einer Marathonsitzung von *Battlestar Galactica* auf Syfy Channel treffen konnte.

«Schließ einfach ab und geh. Ich komme gleich.»

Jason warf mir einen finsteren Blick zu, der mir offenbar zu verstehen geben sollte, dass ich sein Leben ruinierte. Seit ich angefangen hatte, im Dragonfly zu arbeiten, hatte er kaum mehr Zeit gehabt, im Lesesessel zu fläzen, und das fand er ganz und gar nicht gut. Zudem waren wir gleichgestellt – Gefährten in dem großen Wagnis, die ungewollten Bücher der Buchhandlung in gewollte zu transformieren. Verdammt noch mal, ich hatte in der kurzen Zeit, die ich morgens im Laden verbracht hatte, die gesamte Geschichtsabteilung abgestaubt. Damit hatte ich mir meinen Platz in dem durchgesessenen Lesesessel, in dem Hugo heute mal nicht saß, redlich verdient, und den sollte mir ja keiner streitig machen. Außerdem: Wen kümmerte es, wenn Jason den ersten Angriff der Cylonen und die Disco-Szenen aus einer Sci-Fi-Show aus den Siebzigern verpasste? Das Leben war kein Ponyhof.

«Ich kann jetzt nicht weg, du Blödfrau. Meine gesamte verdammte Tagesplanung ist für den Arsch. Es sind zu viele Leute im Laden», sagte Jason.

«Wovon redest du?»

«Kunden! Du weißt schon, Leute, die was kaufen wollen. Der Laden ist rappelvoll. Und das ist *deine* Schuld. Ich musste die Jungs von der CIA Bathroom anheuern, damit sie aufpassen, während ich dir hinterherlaufe.»

Entrüstet ging er zurück in Richtung Dragonfly, riss die Tür auf und verschwand im Laden. Ich sah, wie ein halbes Dutzend Leute ihm folgte. *Ein halbes Dutzend.*

«Avi, ich glaube, ich muss gehen.»

«Und ich glaube, ich muss mit.»

Sie warf ein paar Geldscheine auf den Tisch neben unsere noch halbvollen Teller, und wir eilten im Laufschritt die anderthalb Blocks zum Dragonfly zurück. Mir blieb der Mund offen stehen, als ich eintrat. Drinnen war die Hölle los. John von der CIA Bathroom tauchte aus dem Lager auf, beide Arme mit Büchern beladen, und bahnte sich den Weg hinter zwei übermäßig parfümierten Frauen in High Heels, von denen ich Fotos auf Immobilienanzeigen in der *Mountain View Voice* gesehen hatte. Die zwei Mikes tippten Beträge in die Kasse ein und legten Cash in die Geldschublade. Und auf jeden Menschen, der aushalf, kamen mindestens drei oder vier weitere Kunden, die Schlange standen, um mindestens ein Dutzend Bücher zu kaufen.

«Ich dachte, du hättest gesagt, der Laden stehe kurz vor der Pleite», sagte Avi. «Danach sieht das aber nicht aus.»

So ging es noch etwa zwei Stunden weiter. Bücher wurden erworben, das Geld wurde mehr und mehr. Jasons Rekruten versahen ihren Dienst an der Kasse. Avi ging durch den Laden und machte mit ihrem Handy Fotos von glücklichen Kunden. «Gut für die Facebook-Seite», sagte sie. Jason und ich liefen kreuz und quer durch den Laden, um den Wünschen unserer Kunden nachzukommen. In Jasons perfekt angeordneter Sci-Fi-Abteilung war das kein Problem, doch ansonsten musste ich mich auf meine Intuition verlassen. Ich hatte noch nie so hart gearbeitet wie heute. Meine Gehirndrähte glühten von dem Bemühen, die Bücher zu finden, nach denen die Leute fragten, und mein Körper schmerzte von all den Kisten, die ich durchstöbern musste, um die Schätze zu finden.

Nur zwei Stunden, nachdem er begonnen hatte, war der Ansturm aber auch wieder vorbei. Im Laden wurde es ruhig. Ich bedankte mich bei unseren Aushilfen für die Unterstützung und ließ mich mit einem Pappbecher Wein, der aus dem Nichts aufgetaucht war, in den Stuhl gegenüber von Avi fallen.

«Ich war auf einen Sprung im Supermarkt gegenüber», sagte sie. «Ich dachte, ein Schluck Wein wäre nicht das Verkehrteste.»

Jason tauchte mit seinem Fahrrad aus dem Lager auf und schob es zur Eingangstür.

«Ich *hasse* Meetups», sagte er. «Irgendeine Ü40-Gruppe, natürlich nur Singles, hat die Website des Ladens gesehen, ist total durchgedreht und hat beschlossen, mir den Nachmittag zu versauen.»

«Dann arbeitest du jetzt im Laden und machst das nicht mehr ehrenamtlich?», fragte Avi, als er weg war.

«Ja. War mehr ein Zufall.»

«Das ist großartig. Ich wünschte, ich hätte auch so was getan, als ich noch dreißig war. Du nimmst dir die Zeit, das zu machen, was du liebst.»

«Es ist nicht etwas, das ich *liebe*. Mal ehrlich, schau dir den Laden an. Er ist … anstrengend.»

«Maggie», sagte sie und beugte sich zu mir. «Es ist ein Buchladen. Wer hätte keine Lust, seine Tage in einem Buchladen zu verbringen?»

«Jemand, der weiß, was für eine strapaziöse Arbeit das ist. Ich liebe Bücher. Ich bin vernarrt in Hugo. Aber das Dragonfly liebe ich nicht.»

Ich erzählte ihr, wie Leute manchmal mit Bücherkisten kamen, die aussahen, als hätte man sie bei der städtischen Mülldeponie abgelehnt. Diese Kisten hatten in Garagen auf Ölflecken gestanden und Tropfwasser aus dem Boiler abbekommen. Es gab ein Behältnis, das eine Kolonie Silberfische beherbergte, und ein anderes, das einem Opossum als letzte Wohnstatt gedient hatte. Die Kisten rochen nach billigem Zigarrenrauch, verschüttetem Schnaps, sogar nach den Überresten der letzten Grillparty. Ihre Besitzer wollten den vollen Preis, den wir dafür bekamen, worauf wir uns aber nicht einließen, und sie wollten ihn in bar, was für uns auch nicht akzeptabel war. Und ich hatte die besondere Ehre, regelmäßig hinüber zum chinesischen Kräuterladen zu laufen, um die Fire-Dragon-Räucherstäbchen zu holen, mit denen man garantiert jeden üblen Geruch wegbekam.

«Und dann sind da noch die Bücher selbst», sagte ich. «Es gibt keine Worte, um die Berge zu beschreiben, die hierhergebracht werden. Und es ist kein Ende in Sicht.»

«Je mehr Kunden ihr habt, desto mehr Bücher finden auch den Weg nach draußen.»

Ich kippte meinen Wein hinunter und legte den Kopf in die Hände.

«Und außerdem bin ich pleite», sagte ich. «Du hast doch gesehen, wie das heute war. Ich mache das für zehn Dollar die Stunde. Avi, ich brauche wieder meinen Job bei ArGoNet. Ich nehme sogar eine Gehaltsminderung in Kauf. Es ist mir egal. Das hier kann ich einfach nicht ewig machen.»

Avi nahm mir die Weinflasche aus der Hand und stellte sie auf den Tisch.

«Der Aufsichtsrat sucht nach einem Käufer für ArGoNet», sagte sie. «Die letzte Finanzspritze diente nur dazu, den Laden am Laufen zu halten, bis jemand ihn übernimmt.»

Dann war es also vorbei. ArGoNet ging den Weg alles Irdischen, so wie sämtliche Firmen, bei denen ich bisher gearbeitet hatte. Nur hatte ich die anderen nicht selbst gegründet, sondern war auf das Karussell aufgesprungen, als es sich bereits drehte. Bei ArGoNet hatte ich das Ding zusammengebaut, liebevoll die Pferde und die Musik ausgesucht und auf den Knopf gedrückt, um es in Betrieb zu nehmen. Ich und Dizz.

«Tut mir leid, wenn ich dir einen Schock versetzt habe», sagte sie.

Ich schüttelte den Kopf und schluckte das Schluchzen hinunter, für das ein Becher Wein genügt hatte, um es hochkommen zu lassen. Vermutlich hatte ich schon eine ganze Weile geahnt, dass ArGoNet dieses Schicksal ereilen würde. Ich hatte es nur nicht wahrhaben wollen.

«Dizzy wird auf die Füße fallen», sagte Avi. «Leute wie er tun das immer. Wahrscheinlich wird der Käufer ihn und das Team der Programmierer übernehmen. Bei den anderen muss man abwarten. Aber sie erhalten alle eine gute Abfindung, Maggie. Dafür sorge ich schon.»

Ich dachte daran, wie lange – oder genauer, wie kurz – meine eigene Abfindung gehalten hatte.

«Und ich?»

«Du musst weiter, Maggie. Es gibt keinen Weg zurück. Und es ist besser, du sagst Dizzy nichts davon.»

«Aber er weiß es doch, oder? Er ist schließlich CTO.»

«Natürlich. Aber du dürftest es vermutlich nicht wissen. Genauer gesagt, es ist besser für mich, wenn du nichts sagst. Zu niemandem.»

Wir tranken den Wein aus, und dann stibitzte ich uns eine halbe Flasche Gin aus Hugos Büro und mixte ihn mit einer Dose zuckerfreier Zitronenlimonade, die wahrscheinlich Jason gehörte. Dann drehten wir die Stühle im Schaufenster weg von der Castro Street und blickten auf das, was das Dragonfly ausmachte.

«Bist du dir *sicher*, dass du diesen Laden nicht liebst?», fragte Avi.

«Na schön, vielleicht ein bisschen.»

«Gib ihm noch ein wenig Zeit», sagte sie. «Es ist gut, dass die Leute hier einen Ort haben wie diesen. Halt ihn am Leben.»

Sie griff in ihre Prada-Handtasche, die vermutlich einen Monatslohn von mir gekostet hatte, und zog eine vergilbte Seite aus meiner *Lady-Chatterley*-Ausgabe hervor. Ich erkannte Henrys Handschrift am Rand.

Heute Morgen stand ich am Bach und lauschte dem Wasser. Ich schloss die Augen und glaubte, dich zu spüren. Deine Worte auf dem Papier sind wie kleine Wesen, die summen und beben, und so muss auch die Luft um dich herum vibrieren. Ich spürte, wie eine Brise aufkam, und hörte Flügel schlagen. Als ich die Augen öffnete, war ich mir sicher, dein Gesicht zu sehen. Da waren Blumen, und die Luft roch nach Aprikosen. Vielleicht fand mich nur ein Teil von dir dort, ein Teil, den ich nicht berühren kann. Doch es war genug. Für heute war es genug.

Henry

Als ich die Seite umdrehte, fand ich eine Antwort von Catherine.

Gestern Nacht habe ich von dir geträumt. Ich konnte dich nicht sehen, doch du kamst zu mir und sprachst mit einer Stimme voller Verheißung.
Catherine

«Das habe ich unter dem Stuhl gefunden, auf dem du bei unserem letzten Lesegruppentreffen gesessen hast. Ich hätte es dir schon längst geben sollen. Ich war einfach nur noch nicht bereit, mich davon zu trennen.»

Als Avi weg war, blieb ich noch auf dem Stuhl sitzen und hielt die Seite aus *Lady Chatterley* mit den Notizen in den Händen. Schließlich holte ich meinen Rucksack hinter dem Stuhl hervor und griff in die große Außentasche, in der ich Henrys und Catherines Buch aufbewahrte. Aber die Tasche war leer. Das Buch war weg.

Am darauffolgenden Morgen, einem Dienstag, waren Hugo und ich allein im Dragonfly. Jason hatte sich – was er äußerst selten tat – einen Tag freigenommen. Jetzt war meine Chance für Rache gekommen. Nach Jasons Regenbogenaktion hatte es mich zwei Tage gekostet, die Liebesroman-Abteilung aufzuräumen. Mit Sicherheit glaubte er, ich würde an diesem Punkt einfach klein beigeben und seine Schmähung hinnehmen, doch da hatte er sich getäuscht.

Die Sci-Fi/Fantasy-Abteilung war an der Westseite des Ladens untergebracht und erstreckte sich bis ganz nach hinten, bis zur Tür von Hugos Büro. Während der Rest des Ladens an ein mittelalterliches Gassengewirr erinnerte, hätte Jasons Sci-Fi/Fantasy-Abteilung von römischen Baumeistern entworfen worden sein können. Originalausgaben standen streng getrennt von der Massenware, und auch die Serien – *Star Trek*, *Star Wars*, *Conan der Barbar*, *Sanctuary*, *Thieves' World* – hatten einen eigenen Bereich.

Ich verstand nicht viel von dieser Fantasy-Welt, aber ich hatte genügend Zeit mit Jason im Dragonfly zugebracht, um eines zu wissen: Man musste sie respektieren. Bücher einer Serie mussten zum Beispiel zusammenstehen, was kein großer Act war, wenn alle vom selben Autor stammten. Doch einige Serien, wie etwa *Star Wars*, hatten verschiedene Verfasser, standen aber trotzdem beieinander, weil sie Teil der gleichen Serie waren. Heute würde ich diese Knechte des Systems befreien.

Die *Star-Wars*-Bücher waren bei der Kundschaft des Dragonfly ein Renner, weshalb man eigentlich erwartet hätte, Jason würde sie gleich vorn präsentieren. Doch er hatte sie in der allerhintersten Ecke platziert, weit weg vom zufällig schweifenden Blick eines Kunden. Wenn die Leute fragten, wo sie standen, ging Jason ganz langsam in Richtung ihres Standorts und stellte dem Kunden dabei Fragen wie: «Wofür steht die Abkürzung TIE in TIE-Fighter?» Oder: «Wozu diente die Cloud City?» Wer die richtige Antwort wusste, wurde direkt zu seiner Schatzkammer begleitet und bekam das gewünschte Exemplar sogar noch billiger. Wer sie nicht wusste, den schickte Jason mit einem vagen Winken weiter und erhörte ihn auch dann nicht, wenn er sich verirrte und um Hilfe rief. Und dann war da noch Grendel, dessen Lieblingsplatz für sein Nickerchen immer irgendwo auf dem Weg lag, weshalb der gebeutelte Kunde auch noch mit dem Verlust einer Gliedmaße rechnen musste.

Ich jedoch hatte einen Vorteil, während ich mich zu den *Star-Wars*-Büchern vorkämpfte. Ich wusste ganz genau, wo Grendel war: Er ratzte in einem kleinen Eckchen, das Jason für ihn in der vierten Reihe, etwa auf Schulterhöhe, eingerichtet hatte, direkt unter der Serie *Conan der Barbar*. Jetzt sah ich ihn aus dem Augenwinkel heraus – es war niemals eine gute Idee, Grendel frontal, sozusagen von Augapfel zu Augapfel, zu begegnen, es sei denn, man hatte eine Blutkonserve zur Hand – aufstehen und einen Buckel machen. Schlauerweise trug ich ein Paar Skihandschuhe und bekam ihn in genau dem Moment zu packen, als er sich auf mich stürzen wollte. Unter seinem großen Gekreisch lief ich mit ihm zur Hintertür des Ladens und warf ihn auf den Hof hinaus, direkt in Richtung der Mülltonnen.

Zurück im Laden, nahm ich einen Stapel *Star-Wars*-Bücher auf den Arm und schaute mir die Buchrücken an. Troy Denning. Es dauerte eine Weile, bis ich ihn bei D in der Sci-Fi-Abteilung neben dem Roman eines gewissen Cory Doctorow eingereiht hatte. James Luceno, K.W. Jeter, Roger MacBride Allen, Timothy Zahn: All diese *Star-Wars*-Autoren fanden ein neues Zuhause inmitten ihrer alphabetischen Brüder. Als ich damit fertig war, stellte ich zur Tarnung ein paar Zs unten ins leere Regal.

«Bist du sicher, dass du das wirklich machen willst?», fragte Hugo.

«Ich will es mehr, als auszusehen wie Salma Hayek.»

«Und du bist dir auch sicher, dass diese Frust-Aktion nicht damit zusammenhängt, dass du *Lady Chatterley* verloren hast?»

«Ich will nicht darüber reden.»

In den letzten vierundzwanzig Stunden hatte ich überall nach dem Buch gesucht. Hugo und ich hatten es nirgendwo finden können, weder im Dragonfly noch in meiner Wohnung. Und ich konnte mich noch so sehr anstrengen, es wollte mir einfach nicht einfallen, wo ich es zuletzt in der Hand gehabt hatte. Ich hatte es immer sorgfältig in meinem Rucksack verstaut. Und jetzt war es weg, vermutlich seit dem Ansturm der Kunden auf den Laden, bei dem mein Rucksack für jedermann zugänglich herumgelegen hatte. Blöd, einfach nur saublöd. Jetzt waren Henry und Catherine bei einem anderen Menschen, und ich kam nicht mehr an sie heran. Ich wünschte, der Dieb hätte stattdessen meine Brieftasche genommen.

Hugo war ins Cuppa Joe rübergegangen, um uns zwei Blended Mochas zu besorgen, und ich hatte gerade mit den *Doctor-Who*-Bänden begonnen, als ein Hauch teures Parfüm mit der nachmittäglichen Brise hereingeweht kam. Als ich mich umdrehte, fiel mein Blick auf ein etwa zwanzigjähriges Mädchen, auf dessen Gesicht ein so leuchtender Ausdruck der Vorfreude stand, als hätte sie in der Ferne einen Korb voller Welpen oder ein Mitglied der Band Coldplay erblickt. Sie strich sich mit den Fingern über die Spitzen ihres glatten, blonden Haars, das sie mit einem Vintage-Haarband zusammengebunden hatte. Unterhalb des modisch ausgefransten Saums ihres Jeansrocks lugten ein Paar funkelnagelneue Sandalen hervor, die ich erst kürzlich, wenn mein Gedächtnis mich nicht täuschte, für rund 400 Dollar auf Zappo.com gesehen hatte. Es bedurfte jeder Menge Kohle und Mühe, so hippiemäßig durchgestylt auszusehen.

«Arbeitest du hier?», fragte sie.

«*Arbeiten* ist ein relativer Begriff», sagte ich und quetschte ein Buch an seinen neuen Platz. «Man könnte auch sagen, es liegt in meiner Macht, dir zu helfen.»

«Ich suche nach Jason.»

«Er ist heute nicht da. Kann ich etwas für dich tun?»

«Nein», sagte sie und schaute sich im Laden um. «Ich wollte zu ihm.»

Ich sah sie mir genauer an. Die durchtrainierten Arme und der flache Bauch ließen auf lange Jahre Ballettunterricht schließen. Ihre Sonnenbräune war zu tief für die Bay Area, wo man am Strand mehr Nebel als Sonne abbekam, weshalb ich auf eine kürzlich absolvierte Reise mit den Eltern nach Mexiko oder in die Karibik tippte. Eine Reise, bei der es sich kaum um ein Hilfsprojekt unter dem Motto «Baut Hütten für die Armen» gehandelt hatte, wenn ich mir ihre weichen und frisch manikürten Hände mit dem rosafarbenen Glitzernagellack anschaute. Selbst das Che-T-Shirt, das sie direkt über dem gepiercten Nabel geknotet hatte, roch meilenweit nach Geld. Wie war Jason bloß auf den Radar eines solchen Hochkaräters geraten?

«Ich kann ihm was ausrichten», bot ich an.

«Ich hinterlasse ihm eine Nachricht», sagte sie.

Sie zog einen kleinen Block aus ihrer ausladenden Leinentasche mit der graffitiähnlichen Aufschrift *Befreit Tibet.* Als sie ihn gegen die Wand hielt, um ihre Botschaft loszuwerden, musste ich mich sehr zusammenreißen, ihr nicht über die Schulter zu schauen. Was mir nicht besonders gut gelang.

LIEBER FREDERICK,
SO HABE ICH, MEIN HERR, EUER KÖNIGREICH
BEREIST, UM MIT EIGENEN AUGEN DIE REICHTÜMER ZU

SCHAUEN, DIE IHR BESCHRIEBEN HABT. UND ES IST FÜRWAHR EIN REICH DER WUNDER. NOCH HABE ICH MICH JEDOCH NICHT IN DIE WÄLDER GEWAGT, FÜR DIE ICH EUER GELEIT BENÖTIGE. ICH WERDE ZURÜCKKEHREN, SOBALD ES EUCH BELIEBT, MIR DEN WEG ZU WEISEN.

NIMUE

Frederick? Königreich? Reichtümer?

Als sie mit dem Schreiben fertig war, faltete sie den Zettel einmal, zweimal zusammen und baute daraus einen Origami-Schwan. Dann setzte sie sich das kleine Kunstwerk auf die Handfläche und hielt es mir hin, wie eine Prinzessin, die ihrem Untertan ein Geschenk macht.

«Du willst, dass ich das Jason gebe, stimmt's?», fragte ich.

«Ja, das stimmt, Jason.»

«Kleiner Typ. Humpelt ein bisschen.»

«Das ist er.»

Ich nahm den Schwan entgegen, und sie winkte zum Abschied neckisch mit den Fingern. Dann war sie aus der Tür, wobei sie fast über Hugo gestolpert wäre, der gerade mit unseren Heißgetränken hereinkam. Ich sah ihr hinterher, wie sie am Cuppa Joe vorbeischwebte, wo die Übermäßig Tätowierten & Gepiercten fast von den Stühlen kippten.

«Hugo! Die wollte zu Jason!»

«Unserem Jason?», fragte Hugo ungläubig. «Klein, humpelt ein bisschen?»

«Yep.»

«Das Universum ist voller Wunder.»

Aber welche Formeln des Universums hatten dieses

Überwesen und Jason zusammengebracht? Hatten die beiden etwas miteinander? Das konnte ich mir beim besten Willen nicht vorstellen. Schließlich wäre Jason dann gezwungen, einmal fünf Minuten lang nicht bissig zu sein, was vermutlich zu einer emotionalen Implosion geführt hätte. Auf einmal kam mir der Gedanke, wie es wohl für jemanden wie Jason war, wenn er versuchte, ein Mädchen zu beeindrucken. Ich hatte ihn nie nach dem Grund für sein Humpeln oder seine verkrümmten Hände gefragt. Auch nicht nach seiner seltsamen Kopfform. Ich hatte es für aufdringlich gehalten, danach zu fragen, doch in Wirklichkeit fürchtete ich mich vor seiner Antwort. Partout wollte ich seine Leidensgeschichte nicht hören. Ich brauchte ihn als Erzfeind. Doch was immer es gewesen war, das seinen Körper so mickrig und sein Bein so krumm gemacht hatte – sein Leben war dadurch nicht einfacher geworden, von seinem Liebesleben ganz zu schweigen. Aber selbst Jason hatte es verdient, Liebe zu finden. Ich stellte mir ihn verliebt vor, lächelnd, glücklich. War das überhaupt möglich? Wie war Henry, wenn er nicht gerade eine Nachricht an Catherine schrieb? War er ein Unhold, der unter der Brücke lauerte? War das der Grund, warum er begonnen hatte, diese Nachrichten zu hinterlassen – weil er jemandem zeigen wollte, dass es auch etwas Schönes an ihm gab? Vielleicht war ja diese Nimue wirklich eine Prinzessin, die im Dragonfly nach ihrem Frosch suchte. Ich hoffte sehr, dass Jason das sein würde. Und noch mehr als das hoffte ich, sie würde es wert sein, wenn er seine Gestalt als Frosch ablegte und zum Prinzen wurde.

Während ich darüber nachdachte, begann ich, all die Bücher, die ich umgestellt hatte, wieder an die Stelle zurückzubringen, wo Jason sie haben wollte und wo sie auch hingehörten.

An diesem Abend standen Hugo und ich unauffällig zwischen den Regalen des Apollo. Man hatte die Mitte der Buchhandlung für die Lesung einer Autorin aus der Gegend freigeräumt, deren Erinnerungen gerade bei einem kleinen Verlag in Berkeley erschienen waren. Fast zwanzig Stuhlreihen hatte man aufgebaut, doch bislang war nur etwa ein Dutzend Frauen erschienen. Sie sahen alle so aus, als hätten sie sich beim letzten Flohmarkt mit Klamotten versorgt.

«Und da saß ich nun, in der Wüste gestrandet, allein mit dem Körper, der mich verraten, und weit weg von meinem Mann, der mich betrogen hatte, fern der Kinder, die mich mit Missachtung straften, und voller Erinnerungen an eine erfüllende Karriere, die nun eine jüngere und ehrgeizigere Frau machen würde. Das war der Moment, an dem ich mit dem Gedanken spielte, mich umzubringen.»

Ich fand es ein bisschen komisch, beim Thema Selbstmord zu klatschen, ließ mich aber von Hugos Begeisterung und der der anderen Frauen anstecken.

«Wie lange kennst du sie schon?», fragte ich Hugo, während wir noch applaudierten.

«Portia? Seit den späten Achtzigern, glaube ich. Wir begegneten uns in einem Kurs am Humanistischen Zentrum zum Thema *Fünf Methoden, wie man seinen Orgasmus hinauszögert*. Ich war damals mit der Kursleiterin liiert und wurde für eine Demonstration benötigt. Dadurch habe ich Portia und die anderen Kursteilnehmerinnen ziemlich gut kennengelernt.»

Ich hatte Hugo schon des Öfteren gebeten, mich mit Details zu verschonen und auf eine jugendfreie Darstellung zu achten, wenn er von bestimmten Ereignissen seines Lebens berichtete. Häufig vergaß er das. Aber vielleicht *war* das ja die jugendfreie Version gewesen.

«Und, habt ihr euch aus den Augen verloren?», fragte ich.

«So wie das eben läuft», sagte er. «Als ich dann sah, dass sie hier liest ... na ja ... da kam es mir wieder ... sozusagen.»

Wir warteten, bis sich die Schlange der Vintage-Anhängerinnen, die das Buch signiert haben wollten, aufgelöst hatte, und gingen dann zu Miss Portias Tisch, um sie zu begrüßen. Sie war über eins achtzig, zwar nicht dick, aber wohlgerundet wie eine Fruchtbarkeitsgöttin, und hatte einen zuckerwatteähnlichen Haarschopf, der in einer Rotnuance getönt war, die in der Natur nicht vorkam. Als sie Hugo in ihre Hünenarme schloss, sah er so winzig aus wie ein Kind, das jeden Moment den Erstickungstod stirbt.

«Ich hätte nie damit gerechnet, dass du den Fuß in diesen Laden setzt», sagte sie, hielt ihn an den Schultern und musterte ihn mit der Begeisterung einer Mode-Aficionada, die in der Mülltonne ein Designerhemd gefunden hatte. «Deine Aura ist so viel besser als damals. Du hast dich von deinen Giften befreit, stimmt's?»

Hugo stellte mich vor, und sie nahm mein Gesicht in beide Hände, als wollte sie mich für ein hohes Amt salben.

«Meine Liebe», sagte sie. «Ich hoffe, du findest ebenso viel Weisheit in Hugos Liebeskünsten wie ich damals, als ich in deinem Alter war.»

«Portia», sagte Hugo. «Maggie ist nicht meine ...»

«Oh, Hugo, sie ist bezaubernd», sagte Portia und drückte mein Gesicht nun zwischen ihren Händen zusammen, bis ich bestimmt aussah wie ein Kugelfisch. «Du wirst wachsen, mein Mädchen. Du wirst erblühen, wie du es nie für möglich gehalten hättest. Die Göttin in dir wird erwachen, und all deine zukünftigen Liebhaber werden sich an deiner besonderen Zeit mit Hugo erfreuen.»

«Ach, Portia», sagte Hugo, plötzlich putzmunter. «Es ist so nett von dir, dass du das sagst.»

«Aber es ist die Wahrheit», sagte sie und verstärkte den Schraubstock um meine Wangen. «Sie ist eine junge Frau, die sich sehr glücklich schätzen kann. Sehr glücklich und sehr, sehr jung. Wie jung ist sie denn genau?»

«Portia», sagte Hugo und löste sanft ihre Hände von meinem Gesicht. «Maggie und ich sind nicht …»

Ich glaube, Hugo setzte sie über den wahren Charakter unserer Beziehung in Kenntnis, doch ich bin mir nicht wirklich sicher, weil ich etwa zwei Minuten lang an einer Art katatonischem Anfall litt, der entweder der Vorstellung von Hugo und mir im Bett geschuldet war oder dem Sauerstoffmangel. Ich musste husten ohne Ende.

Als ich wieder halbwegs bei Sinnen war, las Portia Hugo gerade ein Gedicht aus ihrem Buch vor, während die Apollo-Mitarbeiter um uns herum mit lautem Knallen die Stühle zuklappen ließen. «Ich kostete den köstlichen Nektar unserer Musik / Und tanzte mit dem Geist der Liebe / Unser Liebespiel war zuckrig und süß / Gereift im wohligen Wirbel unserer Begierde.»

Als sie fertig war, lächelten sie und Hugo sich an, und er tätschelte ihre Hand. Offenbar ging er felsenfest davon aus, sie habe mit dem Gedicht ihn gemeint. Ob das nun zutraf oder nicht – sie ließ ihn gern in dem Glauben. Jedenfalls dachten die beiden an eine Zeit zurück, wenn auch nicht notwendigerweise eine bessere, als sie noch jünger und vielleicht noch ein wenig grün hinter den Ohren gewesen waren.

Ich sah den zukünftigen Rajhit vor mir, den seine Eltern endlich zurechtgetrimmt, verheiratet und zurück auf die Businessschiene gebracht hatten. Ich sah ihn vor mir in einem Anzug, mit geschorenem Haar, in einem ganz in Bernsteingelb gehaltenen Restaurant, zusammen mit seiner zukünftigen Frau und Schwiegereltern, und wie seine Gedanken irgendwann abdriften und er an die Nächte zurückdenkt, die wir miteinander verbracht hatten, an Nächte, die vielleicht noch kommen mochten. Vielleicht würden wir zwei Monate zusammen sein. Höchstens. Vielleicht drei. Diese kleinen Spielchen, die wir spielten – keine Telefonnummern, keine Verabredungen –, das war wunderbar. Es gab immer Überraschungen, immer Sehnsucht. Keine kleinen Lügen, die die Liebe abnutzen und schal werden lassen.

Ich würde die Frau sein, nach der er sich verzehrte, wenn er später von seinem Leben abschweifte, nicht diejenige, von der er sich wegschlich. Ich würde nie die Betrogene, nie die «andere» Frau sein. Ich würde die verpasste große Liebe sein.

Hugo und Portia hatten sich eingehängt und sahen ein bisschen benommen, aber auch ziemlich glücklich aus. Ohne einander einen Moment lang aus den Augen zu lassen, verabschiedeten sie sich von mir und verließen das Apollo. Dabei wirkten sie genauso vernarrt ineinander wie das Mädchen mit dem Pixie-Cut und die Rothaarige bei ihrer ersten Begegnung auf Hugos Party. Und ich war mal wieder allein und sinnierte über die physikalischen

Gesetze der Liebe, die uns manchmal auseinanderreißen und dann wieder zusammenführen.

Ich beobachtete all die Leute, die mit Büchern in der Hand im Apollo herumschlenderten, die sich das Briefpapier und die Zeitschriften anschauten, während aus einem Lautsprecher die sanfte Stimme von Nina Simone ertönte. *I want a little sugar in my bowl. I want a little sweetness down in my soul.*

Auf einem kleinen Hocker in der Nähe der Literaturzeitschriften nahm ich Platz, hier konnte ich davon ausgehen, für mich zu sein. Während Nina sang, blätterte ich in den Zeitschriften und dachte an ein literarisches Journal aus meiner frühen Studienzeit. Ich hatte nicht dafür geschrieben, sondern die Website gemanagt, was damals eine große Sache war. Jedes Vierteljahr, wenn das Magazin druckfrisch aus der Presse kam, verschlangen die Studenten seine Kurzgeschichten, die so viel versprechende Titel wie «Der Handschuh der Venus», «Liebesapfel» oder «Roter Fluss» trugen. Es waren Geschichten, die man sich gegenseitig laut vorlas, wenn man mit Freunden um zwei Uhr morgens im Waffle House saß, Wedges mit Zwiebeln aß und heimlich Bourbon aus einem Flachmann in die Kaffeetassen goss. Ich las ein paar Zeilen in den jeweiligen Zeitschriften und beschloss, drei davon zu kaufen, obwohl jede einzelne mehr kostete, als ich in der Stunde verdiente. Allein sie in der Hand zu halten, beschwor eine längst vergessene Version des Menschen vor mir herauf, der ich einmal gewesen war.

Auf einmal tat sich in mir ein tiefes Loch auf. Ich vermisste Henry und Catherine. Ich vermisste das Buch. Ich vermisste ihre kleinen Nachrichten. Ich hatte die Notizen fotografiert und auf die Website gestellt, doch das war nicht das Gleiche. Ich vermisste es, mit dem Finger über die Spuren der Tinte auf dem Papier zu fahren. Ich vermisste es, dieselben Seiten zu berühren, die sie berührt hatten. Den Gedanken, dass das jetzt ein anderer tat, fand ich schrecklich, und das Bewusstsein, dass ich sie wahrscheinlich nie wiedersehen würde, schmerzte mich.

«Ist es dir nicht verboten, hier zu sein?» Ich blickte auf und sah in Rajhits Gesicht. Er beugte sich über mich, in der Hand ein paar zusammengerollte Zeitschriften.

Als ich ihn anschaute, schwand sein Lächeln dahin, und seine Züge wurden weicher, als er sah, wie sich auf meinem Gesicht die Erinnerung an jene seltenen wilden Nächte breitmachte, die wir miteinander verbracht hatten. Auf einmal stand kein Schalk mehr in seinen Augen, er wurde ernst und ging neben dem kleinen Hocker auf die Knie, um zu mir hochzuschauen. Langsam strich er mit dem Finger über die Literaturzeitschriften, die ich an mich drückte, und berührte dabei fast meine Haut.

«Was liest du denn?», wollte er wissen.

Ich legte die Magazine auf meinen Schoß, und er rückte näher, um sie aufzuschlagen und die Titel der Kurzgeschichten zu lesen. Als er einen langen Atemzug ausstieß, beugte ich mich zu ihm und gab ihm einen Kuss.

Bevor ich wieder den Rückzug antreten konnte, legte er eine Hand auf meine, diejenige, in der ich die Zeitschriften hielt. Er stand auf, schaute sich rasch um und zog mich dann mit sich nach hinten, in eine kleine Nische hinter den Regalen mit dem Buchstaben P. Dort küsste er mich, nicht auf die sanfte, spielerische Weise wie in unserer ersten Liebesnacht. Diesmal waren seine Küsse kühn, als könnten sie Berge besteigen. Er drückte sich so fest an mich, dass ich nur noch seinen Körper und die Bücher in meinem Rücken spürte. Ich schmiegte mich an ihn, versuchte ihn mit Haut und Haar in mich aufzunehmen – und wünschte mir, es würde immer so sein wie jetzt.

«Zu mir?», flüsterte ich ihm ins Ohr.

Er schüttelte den Kopf. «Ins Dragonfly», flüsterte er zurück.

Siebtes Kapitel

Die Getreuen

Begegnen wir einander täglich?
Wie kann es sein, dass ich dich nicht erkenne?
Dein Gesicht nicht erblicke?
HENRY

Am nächsten Morgen um acht schlief ich noch halb, als ich die Tür zum Dragonfly aufschloss. Ich hatte schon oft versucht, früher hier zu sein, vor allem um die eBay-Bestellungen herauszuschicken, bevor der Laden um zehn aufmachte. Doch dies war das erste Mal, dass ich es wirklich geschafft hatte. Am Abend zuvor, als ich nach jenem späten Besuch im Dragonfly mit Rajhit nach Hause gekommen war, hatte ich an meiner Tür eine Nachricht von Hugo vorgefunden, in der er mich bat, früh mit der Arbeit zu beginnen, und mir als Belohnung dafür Himbeer-Scones und seine berühmten kleinen Quiches mit Speck und rotem Paprika versprochen hatte.

«Ah! Maggie!», sagte Hugo. Er trat gerade aus dem Lager und erwischte mich mitten beim Gähnen. «Dann können wir jetzt anfangen.»

Als ich den Mund geschlossen und die Augen richtig geöffnet hatte, sah ich, dass Hugo in der einen Hand einen verbeulten Kochtopf und in der anderen einen Holzlöffel hielt. Beide Dinge hatte ich zuvor auf einem Regal im Büro gesehen. Ich war davon ausgegangen, dass sie dort rein zufällig lagen, doch das war offenbar nicht der Fall, was mich nun nervös machte. Hinter Hugo stand Jason, der in der Hand eine Schachtel Streichhölzer und zwei gräulich-grüne Stängel einer getrockneten Pflanze hielt. Er sah aus, als hätte ihm eben jemand gesagt, eine Invasion von *Twilight*-Fans stünde kurz bevor.

«Was ist denn los?», fragte ich.

«Wir müssen die Bücher berühren», sagte Jason.

«Na ja, ein bisschen mehr ist es schon», sagte Hugo und schlug mit dem Löffel gegen den Topf. «Wir tränken die Bücher mit unserer Energie.»

«Wir müssen die Bücher berühren», wiederholte Jason und schnippte mit den Fingern in Richtung einer Reihe von Krimis.

«Dann berühren wir sie also mit Töpfen und Löffeln?», fragte ich.

«Nein, nein», sagte Hugo. «Der Topf und der Löffel dienen allein dazu, die Luft mit Energie zu erfüllen.»

«Und was, wenn stattdessen die Luft mit Büchern erfüllt wird?», fragte ich.

Hugo ließ die Arme und die Schultern hängen. «Jetzt redest du aber wirklich Blödsinn.»

Ich beschloss, den Mund zu halten und einfach gute Miene zum bösen Spiel zu machen.

In der nächsten halben Stunde ging Hugo zwischen den Regalen entlang und schlug dabei mit dem Löffel auf den Topf, während Jason und ich ihm folgten wie zwei Messdiener, in der Hand brennende Salbeizweige, um den Raum auszuräuchern.

«Das Problem bei gebrauchten Büchern ist», erklärte Hugo, «dass sie ihre Vergangenheit mit sich herumtragen. Sie werden nicht druckfrisch in Kisten verpackt und in einen Laden geschickt, sondern Leute überlassen sie uns, die sie nicht mehr haben wollen. Wie Waisenkinder aus einem Dickens-Roman. Sie werden ausrangiert, wenn ihre Besitzer ihr Leben verändern. Bei einem Umzug sind sie zu schwer oder nehmen zu viel Platz weg. Und so landen sie hier. Wir müssen sie von ihrem früheren Leben befreien, damit sie zu denen weitergehen können, die sie wirklich wollen.»

Jason machte genauso ein Gesicht wie Grendel, wenn ich ihm in der Sonne stand. Wenigstens in diesem einen Moment waren wir zu Verbündeten geworden.

«Es sind Bücher, Hugo», sagte ich. «Leute kaufen sie oder sie kaufen sie nicht. Ich glaube nicht, dass die Bücher da so viel Mitspracherecht haben.»

Jason boxte mich in den Arm und hielt den Zeigefinger an seine Lippen. So viel zum Thema Verbündeter.

Hugo hielt inne und drehte sich zu mir um, die Hände mit Löffel und Topf in die Hüften gestützt. «Du interessierst dich doch in letzter Zeit so für Zahlen – dann sag du es mir: Wie viele Liebesromane hast du mehr verkauft, seit du diese Abteilung aufgeräumt hast?»

«Ich habe aus früheren Zeiten keine brauchbaren Zahlen», erwiderte ich.

«Wie viele sind es?»

«Dreißig Prozent, nehme ich mal an.»

Jason trat einen Schritt zurück. Ihm fiel kurz die Kinnlade herunter, bevor er sich wieder unter Kontrolle hatte. Ich verkniff mir ein Lächeln, weil er nicht glauben sollte, es könnte mir etwas bedeuten, dass er beeindruckt war.

«Das beweist genau das, was ich sage», trumpfte Hugo auf.

«Es beweist nur, dass die Leute mehr kaufen, wenn sie das, was sie suchen, auch finden können», konterte ich.

«Aber was ist mit dem, was sie *nicht* suchen?», fragte Hugo. «Es sind die Bücher, die erst noch entdeckt werden müssen, mit denen wir uns heute befassen. Du hast ihnen deine Energie gegeben. Jetzt fühlen sich die Leute zu ihnen hingezogen.» Er löste die Hände von seinen Hüften und versetzte dem Topf einen weiteren beherzten Schlag mit dem Löffel. «Deshalb füllen wir die Luft mit Energie, und zwar mit Hilfe des Topfes. Deshalb reinigen wir sie mit Salbei. Und danach, was machen wir danach, Jason?»

«Wir berühren die Bücher», sagte Jason, ohne auch nur zu versuchen, ein Murren zu unterdrücken.

«Alle?», fragte ich Jason leise, weil ich mir allmählich Gedanken um meinen Morgen machte.

«Nur die absonderlichsten unter den Sonderlingen», sagte er. «Wir suchen uns jeden Monat eine andere Abteilung aus.»

«Genau», sagte Hugo, der jetzt sein Büro erreicht hatte. Das Ende der Energievermehrung und des Reinigens war nah. «Jetzt mache ich die Scones und die Quiches im Sandwichofen warm, während ihr beide die Abteilung für diesen Monat auswählt.»

Er war kaum durch die Tür, als ich mich zu Jason umdrehte und sagte: «Die Western-Abteilung.»

Jason machte große Augen. «Es gibt eine Western-Abteilung?»

Ich führte Jason zu dem kleinen, u-förmigen Weg am Ende der Liebesromane und zeigte ihm ein einziges, einsames Regal mit Cowboy-Büchern. Viel war nicht da, das meiste dünne Groschenromane aus der Feder von Zane Grey oder Louis L'Amour mit windgepeitschten Gauchos auf dem Cover und einem grün eingefärbten Schnitt. Ein paar kamen rein, ein paar verkauften sich wieder. Sie entsprachen einfach nicht dem Geschmack eines Viertels, das vermutlich implodieren würde, wenn jemand das kostenlose, stadtweite Wi-Fi-Netz für eine Viertelstunde abschaltete. Doch ich mochte diese Bücher mit so grandiosen Titeln wie *Männer, die im Sattel kämpfen* oder *Der letzte Treck* und lieh mir ab und zu sogar eines aus, damit es sich nicht mehr so einsam fühlte.

«Die sind ja überhaupt nicht geordnet», sagte Jason.

«Der ganze Laden ist nicht geordnet», sagte ich.

«Außer den Liebesromanen.»

«Und Sci-Fi/Fantasy.»

Wir verweilten eine Minute, schauten etwas verlegen auf die vollgestopften Regale und versuchten geflissentlich darüber hinwegzugehen, dass wir uns gerade gegenseitig etwas gemacht hatten, das man als Kompliment bezeichnen konnte.

«Und wie funktioniert das jetzt?», fragte ich. «Fahren wir einfach mit dem Finger darüber?»

Jason zuckte die Achseln. «Mindestens. Hugo findet es aber besser, wenn du das Buch wirklich aus dem Regal nimmst und ein bisschen kennenlernst.»

«Wir sollten eine Datenbank anlegen», sagte ich. «Mit einem ISBN-Scanner. Dann könnte man in der Inventarliste nachschauen, wenn man ein bestimmtes Buch sucht. Wir könnten den Leuten sagen, was wir auf Lager haben und was nicht. Dann würden wir die Bücher wirklich kennen.»

«Na, sicher», sagte Jason. «Und dann hätten wir Scanner und Diebstahlsicherungen und diese Alarmdinger an der Tür, die jedes Mal losgehen, wenn im Laden einer furzt. Wir brauchen doch keine bescheuerte Datenbank, um zu wissen, was es hier gibt. Ich *weiß*, was es hier gibt.»

«Du wusstest doch nicht mal, dass in diesem Laden eine Western-Abteilung existiert», konterte ich.

«Wir brauchen keine Datenbank. Wir müssen uns nur drum kümmern.»

Und dann war er fort. Offenbar würde ich mich ganz allein kümmern müssen.

Die Western nahmen nur ein einziges Regalbrett ein, doch weil die meisten Bücher so dünn waren, gab es jede Menge davon. Trotzdem würde es mich nicht allzu viel Zeit kosten, den kleinen Bändchen ein bisschen Liebe zu geben und Hugo glücklich zu machen.

Gerade hatte ich ein Regal ausgeräumt, das ich benutzen wollte, um die Bücher wenigstens nach Autoren zu sortieren, als ich – an der Lyrik-Abteilung vorbei – das holprige Ruckeln eines Bücherwagens hörte. Jason ließ die Bremse des Karrens einrasten und lud Karton, Markerstifte sowie einen fünf Jahre alten Kalender mit Bildern aus dem Wilden Westen ab.

«Der kam vor ein paar Wochen zusammen mit einer Kiste herein», sagte er. «Wir können die Fotos aufkleben und Schilder daraus basteln, damit die Leute wissen, dass wir eine Western-Abteilung haben.»

Wir waren damit etwa eine Stunde beschäftigt, während Hugo uns Quiche und Scones servierte. Ich hätte nicht sagen können, ob Hugo sich mehr darüber freute, dass wir beide ohne große Zankereien zusammenarbeiteten oder weil er glaubte, wir hätten uns seine Theorie zu Herzen genommen und seien tatsächlich dabei, die Bücher zu berühren. Tatsache war, ich mochte diese Bücher. Oder, genauer gesagt, ich mochte die Strategie, die dahintersteckte, den Fünfundzwanzig-Cent-Preis, der aufs Cover gedruckt war, die entschlossenen Gesichter der Cowboys, die gewaltige Anzahl von Werken über diese Kuhhirten, die Zane Grey und Louis L'Amour zu Lebzeiten produziert hatten.

«Als Kind habe ich diese Bücher geliebt», sagte Jason abwesend.

Ich hätte mit vielem gerechnet, das Jason in den Katakomben des Dragonfly hätte von sich geben können. Dass der kleine Jason diese Wildwest-Groschenromane geliebt hatte, hätte es nicht einmal in die Top Hundert geschafft.

«Ich hab sie immer in der Schulbibliothek gelesen», sagte er. «Während ich darauf gewartet habe, dass mich jemand abholt.»

Bei der Vorstellung, wie der Knirps Jason bei einer von Zane Grey beschriebenen Ballerei die Füße von seinem Bibliotheksstuhl baumeln lässt, spürte ich, wie sich die bedrückte Stimmung meiner eigenen Kindheit in mir breitmachte. Damals hatte ich oft ein Buch aus der Bibliothek meiner Eltern stibitzt und mit nach oben genommen, ein Handtuch vor die Tür gelegt, damit kein Licht auf den Flur fiel, und beim Schein einer Taschenlampe unter der Bettdecke gelesen. Ich erinnerte mich an das Gefühl der Einsamkeit dieses kleinen Mädchens, das vor seinen Eltern verbergen musste, wer es wirklich war. Als ich ihnen dann gesagt hatte, was ich studieren wollte, war das wie ein Coming-out gewesen. Man drohte, mir keinen Unterhalt zu zahlen. Im Rückblick wünschte ich mir fast, meine Erzeuger hätten ihre Warnung wahr gemacht. Hätte ich für das, was ich wollte, härter arbeiten müssen, dann wäre ich vielleicht auch nicht so leicht wieder davon abgekommen, als mir der verheißungsvolle Duft von Aktien um die Nase wehte.

«Maggie!» Das war Dizzys Stimme.

«Wir sind hier hinten!», schrie ich.

«Wo, hinten?»

«Folge den Spuren von Marco Polo!»

Dizzy bahnte sich einen Weg zu uns.

«Wow», sagte er und schaute sich um. «Das sind ja Tonnen von Büchern!»

In der Stadt, in der Dizzy und ich aufgewachsen waren, hatte es nicht einmal einen Buchladen gegeben, doch oft nahmen wir einfach die Bücher, die wir uns aus der Bibliothek ausgeliehen hatten, und fuhren mit den Rädern zum Sweetwater Pond, setzten uns mit ein paar Flaschen Cola und einer Tüte Erdnüsse ans Ufer und lasen. Dizzy und ich – eigentlich hatte das Leben damals für uns beide nur einen Sinn ergeben, wenn wir zusammen waren.

«Schau dir das an», sagte er und nahm mir *Die einsamen Götter* aus der Hand. «Das hast du mindestens achtundsiebzigmal gelesen.»

«Wow», machte Jason. «Wie alt bist du eigentlich?»

Ich stupste ihn mit dem Zeigefinger.

«Ihre Mutter konnte sie so richtig ärgern, wenn sie sich den ganzen Nachmittag zurückzog, um zu lesen», sagte Dizzy. «Aber am meisten brachte es sie auf die Palme, wenn sie Schund verschlang, Liebesromanzen oder Cowboystorys.»

«Hör auf», brummte ich.

«Das könnten wir doch in der Lesegruppe machen», sagte Dizzy.

«Was machen?», fragte ich, nahm ihm *Die einsamen Götter* aus der Hand und stellte das Buch ins Regal zurück.

«Na, dieses hier. *Die einsamen Götter.* Du erinnerst dich,

jeder ist mal Gastgeber. Du liebst dieses Buch. Du könntest es auswählen, wenn du an der Reihe bist.»

«Ich kann doch nicht …»

«Wieso?», fragte er. «Louis L'Amour ist ein Weißer. Ein toter Weißer. Er ist somit ein klassischer amerikanischer Autor. Damit erfüllt er die Bedingungen, oder etwa nicht? Du willst Eindruck bei Avi schinden? Dann mach etwas Mutiges. Such dir was aus, das nicht auf Wikipedia unter den hundert besten Büchern aller Zeiten aufgelistet ist. Avi wird dir aus der Hand fressen.»

«Sie will nicht», mischte sich Jason ein.

«Warum nicht?», fragte Dizzy in meine Richtung. «Du liebst das Buch. Das hast du gerade eben gesagt.»

«Für eine Lesegruppe wählt man doch nicht sein Lieblingsbuch, du Blödmann», wandte Jason ein.

«Warum nicht?»

«Überleg mal. Was ist, wenn sie es nicht mögen?», fragte Jason.

Er hatte recht. Das Lieblingsbuch eines Menschen stand unter Artenschutz, es musste vor der Meinung anderer geschützt werden und im Herzen verschlossen bleiben, in Seidenpapier mit Fliederduft oder vielleicht auch in mehrere Lagen Schutzfolie gehüllt.

«Okay, okay, wie auch immer», sagte Dizzy. «Es geht um Folgendes. Ich habe gerade einen Anruf von Avi bekommen. Patricia Schlagmichtot kann nächstes Mal nicht die Gastgeberin sein. Avi hat versucht, dich zu kontaktieren, ob wir das übernehmen könnten, aber leider hockst du hier im Funklochkerker. Deshalb hat sie mich angerufen.»

«Sie will, dass *wir* Gastgeber sind?», fragte ich.

«Ja, uns gibt es doch immer im Doppelpack, oder? Du

und ich. Zwar können wir es weder bei dir noch bei mir machen, aber ich dachte, der Nebenraum eines Restaurants tut es vielleicht auch.»

«Wir veranstalten es hier», sagte ich.

«Hier?», fragten Dizzy und Jason im Chor und drehten sich zu mir um. Auf Dizzys Gesicht stand die Frage: «Auf dieser Müllhalde?», auf Jasons eher: «An diesem heiligen Ort?»

«Das kriegen wir schon hin», sagte ich. «Der Laden muss sowieso mal gründlich geputzt werden.»

«Zitrusfrische, wir kommen», ächzte Jason.

«Avi wird es lieben!», sagte ich, ohne auf ihn einzugehen.

«Woher weißt du das?», fragte Dizzy.

«Ich weiß es einfach.»

«Und was ist mit dem Catering?», wollte Dizzy wissen.

Ich reichte ihm statt einer Antwort einen von Hugos Scones und beobachtete, wie er sich vergeblich bemühte, nicht genüsslich die Augen zu verdrehen.

«Darum kümmere ich mich», sagte ich. «Welches Buch wird denn besprochen?»

«Es ist in zwei Wochen, und du weißt noch nicht, welches Buch gelesen wird?», fragte er und versuchte hektisch ein paar Scone-Krümel aufzufangen, die ihm aus dem Mund gefallen waren.

«Weißt du es denn?», fragte ich.

«Es steht auf der Website», sagte er und zog sein Handy aus der Tasche. «Ich habe nicht vor, zu *telefonieren*», sagte er zu Jason, bevor der protestieren konnte, und tippte kurz etwas ein. «Aha, hier steht's. *Madame Bovary.*»

«Perfekt», sagte ich. «Französisches Essen und ein kitschiges Buch.»

«Kam das mal im Fernsehen?», fragte Dizzy.

«Buch!» schrie Jason und reckte sich auf die Zehenspitzen, um mit Dizzy auf Augenhöhe zu sein. «Es ist *ein Buch*!»

Wir gingen zum vorderen Teil des Ladens, wo ich mir sicher war, Flauberts *Madame Bovary* auf dem Tisch mit Sommerlektüre gesehen zu haben, den wir kürzlich eingerichtet hatten. Dabei sah ich, wie sich Dizzy ein paar der Western von einem Stapel auf Jasons Bücherwagen schnappte.

«Kann ich die kaufen?», fragte er. «Sind die bereit dafür?»

«Jedes Buch in diesem Laden ist bereit», sagte Jason, nahm ihm die Bücher aus der Hand und griff nach einem Max Brand, während er Dizzy nach vorn begleitete. «Und der hier geht aufs Haus, dafür, dass du es mit ihr aushältst.»

«Ich werde diesen Laden auf Yelp empfehlen», sagte Dizzy.

Rajhits Eigentumswohnung lag in einem Stadthaus zwei Blocks von der Castro Street entfernt. Laut dem Flyer in dem Kasten unter dem ZU-VERKAUFEN-Schild verfügte es über Bambusböden in der Küche und dem ebenerdigen Wohnzimmer, drei Schlafzimmer, eine Waschküche im ersten Stock, einen begehbaren Kleiderschrank, Edelstahlarmaturen, einen kleinen Vorgarten sowie eine Werkstatt hinten. Drinnen war die Wohnung leer bis auf das Wohnzimmer, in dem sich ein Futon, ein Ständer zum Fahrradreparieren – auf dem gerade mein Fahrrad aufgebockt war – sowie ein kleiner Friedhof von Fahrradersatzteilen befanden, die in der Ecke auf einer Leinwandplane lagen. Ich linste nach einem Foto von ihm und seinen Eltern, das am Kühlschrank hing und zeigte, dass die Wohnung einmal voller Möbel gewesen war, bei deren Anblick meiner Mutter vermutlich schrille Schreie der Frohlockung ausgestoßen hätte. Jetzt jedoch war alles weg. Und Rajhit schien es nicht im Geringsten etwas auszumachen. Ich wußte allerdings nicht, ob das auch für das ZU-VERKAUFEN-Schild galt.

Ich saß auf dem Futon, trug ein knielanges Strandkleid, das ich mir secondhand gekauft hatte, und las *Geliebte Herzogin*, während Rajhit mein Fahrrad aufmotzte. Ich sah ihm gern dabei zu, wenn er an Fahrrädern herumbastelte, das Gesicht konzentriert, fast sorgenvoll, als wollte er den Drahtesel dazu bringen, ihm zu sagen, wo es weh tat. Er prüfte, wie weit die Kette herunterhing. Er lauschte ihrem leisen Rasseln, während er am Pedal kurbelte. Er tröpfelte Öl darauf, als wollte er sie salben. All diese Tätigkeiten waren nicht langweilig für ihn. Sie dienten der Heilung.

«Warum liest du die?», fragte er.

Ich schaute auf den Umschlag, auf dem eine Frau im Reifrock abgebildet war. Ihr Kleid stand hinten halboffen.

«Du meinst Liebesromane?»

«Irgendwie dachte ich, du bist mehr …» Er zuckte mit den Achseln, ließ das Hinterrad durch seine Hand laufen.

«Der literarische Typ?»

Er lächelte mir durch die surrenden Speichen zu. Ich legte das Buch auf meinem Schoß ab.

«Sie machen Spaß. Die Heldinnen sind willensstark, eigensinnig, entschlossen. Sie führen das Kommando auf Piratenschiffen, duellieren sich und spionieren irgendwelchen Fürsten hinterher. Einen besseren Zeitvertreib kann ich mir nicht vorstellen.»

«Und Sex hat nichts damit zu tun.»

«Oh, Sex hat jede Menge damit zu tun.»

Ich erhob mich und ging zu meinem Fahrrad hinüber, stand barfuß auf Rajhits sündteurem Boden. Zwischen uns befanden sich das Fahrrad und mindestens ein Meter Abstand, aber ich spürte trotzdem, wie sich mein Körper von ihm angezogen fühlte.

«Warst du schon mal verliebt?», fragte Rajhit.

«Das kommt überraschend.»

«Ich frag ja nur», sagte er, den Blick immer noch prüfend auf das Hinterrad gerichtet, um festzustellen, ob es noch eine Acht hatte. «Also. Bist du jemals verliebt gewesen?»

«Klar, schätze schon. Wahrscheinlich.»

«Ich bin mir ziemlich sicher, wenn du es gewesen wärst, dann wüsstest du's.»

«Dafür würde ich meine Hand nicht ins Feuer legen.»

Er hielt den Reifen an und begann, das Rad vom Ständer zu heben. Als es unten war, setzte er sich auf den Sattel, legte den Arm um meine Taille und zog mich an sich.

«Hast du jemals jemandem gesagt, dass du ihn liebst?», fragte er.

Ich dachte an die Worte und wie sie sich in meinem Mund wohl anfühlen würden. Eigentlich müssten es eher unförmige Wörter sein, die man nur schwer aussprechen konnte. Etwas, wofür man einen Kurs belegen musste, um es sagen zu lernen.

«Nein», sagte ich. «Du?»

Er zuckte die Achseln. Da hatte ich meine Antwort.

«Also», sagte ich und wickelte eine seiner Haarsträhnen

um meinen Finger. «Jetzt bin ich dran. Wie viele Frauen fahren noch auf einem Rad von dir durch die Stadt?»

«Wie bitte?»

«Ist nicht schlimm. Ich mache mir keine Illusionen. Ich weiß von Deborah, und ich schätze, es hat auch noch andere gegeben.»

Er zog die Stirn in Falten. «Du hast mit Jason geredet.»

«Na ja, Jason hat mit mir geredet.»

«Maggie, wir sind erwachsene Menschen. Wir haben beide eine Geschichte.»

«Ich weiß. Genau das sage ich ja.»

«Das glaube ich nicht.»

Er schloss eine Sekunde lang die Augen und holte tief Luft.

«Das hier», sagte er und wies mit der Hand zuerst auf mich und dann auf sich, «du und ich. Das ist nicht gerade das Übliche.»

«Nein, das stimmt», bekräftigte ich seine Aussage, in der Hoffnung, dass er noch einmal auf das Thema von vorhin zurückkommen würde.

«Weißt du, ich hätte gern deine Nummer», sagte er.

Wir hielten es etwa zehn Sekunden aus, dann prusteten wir los. Wenn man an all das dachte, was wir in den vergangenen Wochen gegenseitig mit unseren Körpern angestellt hatten, kam es einem wirklich absurd vor, dass unsere Begegnungen immer noch allein von Zufällen und bestimmten Umständen abhängig waren. Ich holte mein Handy aus der Tasche und fragte ihn nach seiner Nummer, damit ich sie eingeben und ihm dann eine SMS mit meiner zuschicken konnte, doch da war etwas an den Worten *Rajhit* und *SMS schicken*, das mich stutzig machte und innehalten ließ.

Klar konnten wir unsere Nummern und unsere E-Mail-Adressen austauschen, konnten Freunde auf Facebook und auf anderen Plattformen werden. Und dann? Er würde mich anrufen, wir würden uns verabreden. Er würde mich zu einer vereinbarten Zeit abholen. Ich würde mich eine Stunde lang vorher fertigmachen, würde mir darüber den Kopf zerbrechen, ob ich gut aussah. Wir konnten bei überbackenem Parmesan-Hähnchen Konversation betreiben, dann im Dunkeln herumsitzen und so tun, als wäre der Dialog in dem Action-Film, den wir uns anschauten, den Verlust unseres Gehörs wert. Wir würden uns fragen, wann es am besten sei, dass wir uns anriefen (zu früh könnte so verstanden werden, als hätte man's nötig, zu spät wiederum wäre unhöflich). Wir konnten Rendezvous verabreden und Pläne schmieden, händchenhaltend über den Bauernmarkt schlendern, und Rajhit konnte versuchen, mich mit seinen Shakespeare-Kenntnissen zu beeindrucken. Oder wir würden einfach …

Ich lehnte mich an ihn, legte die Hand hinter seinen Kopf und zog ihn zu mir heran, um ihn zu küssen. Das war es. Das wollte ich. Dieses Wunder. Die Vorfreude darauf. Die Überraschung, wenn es geschah. Und dann waren seine Hände auf meinen Armen, hielten mich auf genau den Abstand, der einen Kuss unmöglich machte.

«Du versuchst das Thema zu wechseln», sagte er.

«Ich versuche, mich dir sehr ernsthaft zu nähern.»

«Glaub mir, das weiß ich zu schätzen. Ich würde nur gern mit den Spielchen aufhören und einen Schritt weitergehen.»

«Spielchen?»

Er schüttelte den Kopf. «Spielchen meine ich ja nicht negativ, dass wir uns gegenseitig manipulieren oder so.

Ich meine den Spaß, den wir haben, das Spielerische. Doch ab einem gewissen Punkt …»

Ich rückte ein wenig von ihm ab. Nicht weit, nur auf die andere Seite des Lenkers. Ich hatte das Gefühl, ihm direkt ins Gesicht sehen zu müssen. Was ich dort sah, war großer Ernst und eine gewisse Sorge, und ich wusste, genau dieser Ausdruck stand auch auf meinem Gesicht.

«Ich bin in solchen Sachen nicht gut», sagte ich. «Und das finde ich auch in Ordnung. Nicht jeder muss das können, es ist in Ordnung, dass es Leute gibt, die zu so was nicht in der Lage sind. Außerdem gelingt es mir dadurch, dass die anderen im Vergleich zu mir gut aussehen.»

Er ließ das Fahrrad ein Stück vorwärtsrollen, sodass das Vorderrad zwischen meinen Beinen stand und er nahe genug war, um mich zu küssen, wenn er wollte. Doch das tat er nicht.

«Das ist nicht die Frau, die ich kenne», sagte er.

«Wir kennen uns doch auch nicht», sagte ich. «Jedenfalls noch nicht.»

«Ich finde schon», sagte er, und sein Gesicht verfinsterte sich. «Nach alldem.»

«Sieh mal», sagte ich. «Ich bin ein großer Fan davon, dass Leute sich verlieben. Wirklich. Ich meine, gut für sie. Ich wünschte, ich wüsste, wie das funktioniert. Als Hugo dieses Buch fand, als ich diese ganzen Nachrichten von Henry und Catherine las … Ich weiß nicht. Ich hab sie immer wieder gelesen und versucht, daraus schlau zu werden. Ich meine, hier hatte ich es ja schwarz auf weiß. Den ganzen Vorgang. Keine erfundene Geschichte. Eine wahre Geschichte. Ich hatte sie in Händen. Und dann schaue ich mir die ganze Zeit diese Botschaften an und versuche, daraus schlau zu werden. Aber das gelingt mir nicht. Und weißt du was? Das ist auch okay. Vielleicht ist das Buch ja aus gutem Grund verschwunden. Vielleicht hat es seinen Weg zu Henry und Catherine zurückgefunden. Es sollte bei ihnen sein. Es kam mir ein bisschen falsch vor, dass es bei mir war, ausgerechnet derjenigen, die es nicht verstehen konnte.»

Mir wurde bewusst, dass Rajhit nicht versucht hatte, mich zu unterbrechen oder etwas einzuwenden. Ich war so sehr in meine Argumentation verstrickt gewesen, dass ich es erst jetzt bemerkt hatte. Ich sah, was ich angerichtet hatte. Er war ganz still, schweigsam, wie abwesend. Weder versuchte er zu argumentieren noch mich vom Gegenteil zu überzeugen. Er war irgendwohin abgetaucht, wo ich nicht existierte.

Meine Augen begannen zu brennen, und ich wusste, was kommen würde. Ich murmelte, ich müsse aufs Klo, und lief nach oben, blieb eine Weile im Bad stehen, ans Waschbecken gelehnt. Ich war mir nicht wirklich sicher, was gerade passiert war, doch es musste noch eine Möglichkeit geben, das Schlimmste zu verhindern. Aber ich hatte gespürt, wie Rajhit sich entfernt hatte.

Als ich wieder auf dem Flur war, sah ich, dass die Tür zu seinem Schlafzimmer offen stand. Auch dieser Raum war nur spärlich möbliert – ein Bett, in dem ich nie gelegen hatte, daneben ein Wecker und ein ramponiertes Buch. Das Buch. Mein Buch. Henrys und Catherines Buch.

Es lag schräg auf dem Nachttisch und hing an einer Seite herunter, als hätte Rajhit es eines Nachts nach dem Lesen dort abgelegt. Er hatte es also die ganze Zeit gehabt. Er hatte es an sich genommen. Ohne mich zu fragen, hatte er es einfach genommen. In diesem Moment wünschte ich mir, ich hätte die Dinge nach jener ersten

Nacht einfach auf sich beruhen lassen, so wie sie waren, liebevoll und zärtlich und rein. Aber nein. Ich hatte ja gierig werden müssen. Ich wollte mehr von ihm und hatte meine Zähne tief in dieses Begehren geschlagen, bis ich in bitteres Mark biss.

Es gibt einen Preis für die Leidenschaft – das hörte ich in der Stimme meiner Mutter, immer dann, wenn sie allein in diesem großen Haus war und mich anrief. Wie hatte sie sich damals gefühlt, nachdem er sie zum ersten Mal betrogen hatte? Vielleicht war es ja zuerst gar nicht um eine Frau gegangen, sondern er hatte nur zu einer kleinen Notlüge gegriffen und behauptet, er müsse Überstunden machen, während er mit seinen Freunden auf ein paar Bier gegangen war. Wann hatte sie es erfahren? Und wann hatte sie erfahren, dass es zu mehr gekommen war?

Ich nahm das Buch und ging hinunter.

Unten im Wohnzimmer sah es nicht so aus, als hätte sich Rajhit in der Zwischenzeit gerührt. Es war mir aber auch egal.

«*Das* war in deinem Schlafzimmer», sagte ich und streckte ihm das Buch hin, wobei ich es mit beiden Händen anfasste, damit es nicht auseinanderfiel.

Er schaute zu mir empor, als hätte er gar nicht bemerkt, dass ich zuvor den Raum verlassen hatte.

«Das Buch. Henrys und Catherines Buch. Du hast es genommen. Ich habe wie verrückt danach gesucht. Und du hattest es. Du hast es einfach genommen. Gestohlen.»

Als ihm zu dämmern schien, was ich da sagte, fing er mehrere Male an zu sprechen. Er streckte die Hände nach mir aus, hielt dann aber inne.

«Maggie, ich wollte doch nur …», sagte er. «Die Nachrichten. Ich wollte, dass wir auch …»

«Was? Du wolltest, dass wir so sind wie sie? Wie Henry und Catherine? Nun, das sind wir nicht. Sie sind sich wahrscheinlich nie begegnet, und das ist bestimmt besser so. Dann haben sie wenigstens nie einen Moment erleben müssen wie diesen.»

Ich wartete darauf, dass er etwas sagte, irgendetwas. Doch er schaute mich nur an. Sein Mund stand leicht offen.

«Behalt das verdammte Ding», sagte ich und hielt ihm das Buch hin. Obwohl er versuchte, danach zu greifen, misslang es, und es flog durch die Luft.

Ich zerrte mein Rad vom Ständer weg und versuchte es in Richtung Tür zu schieben, blieb dabei aber mit dem Fuß an der Stoffplane hängen, die Rajhit zum Schutz auf den Boden gelegt hatte. Fast wäre ich hingefallen, während um mich herum die losen Seiten mit Henrys und Catherines Notizen zu Boden segelten. Rajhit hielt mich von hinten an den Schultern fest und fragte, ob alles in Ordnung sei. Ich schaute auf den Boden und sah, dass in den schönen Holzdielen ein tiefer Kratzer war. Ich rieb mit der Hand darüber, als könnte ich ihn wegwischen. Er umfasste mich am Handgelenk, schob mich weg.

«Es ist nicht deine Schuld», sagte er. «Es ist nicht deine Schuld.»

«Du kannst es glauben oder nicht», sagte Jason und schüttelte zwei Würfel in der hohlen Hand. «Irgendwann wird George Lucas sterben, und jemand mit einem Lastwagen voller Zaster wird vor den Häusern seiner Erben erscheinen und sagen: ‹Hey, Leute, nehmt all dieses Geld, aber schreibt uns die Episoden I, II und III um. Wir flehen euch an. Die sind einfach Scheiße. Uns fehlen die Worte dafür, wie Scheiße die sind.›»

Ich saß hinter der Ladentheke, überprüfte die Lieferadresse eines eBay-Käufers, der eine Erstausgabe von *Tal der Puppen* haben wollte, und blickte auf, als ich die Mischung aus Heftigkeit und Enthusiasmus vernahm, mit der mein Kollege würfelte. Es war der zweite Freitag im Monat und damit der Tag für Jasons Spielenacht im Dragonfly. Heute wurde *Axis and Allies* gespielt, und Jason hatte ein halbes Dutzend Tüten mit gefäßverengenden Snacks und genug koffeinhaltige Softdrinks angekarrt, um ganz San Francisco wach zu halten. Seine Freunde waren eine bunte Mischung aus IT-Typen, Programmierern, einem intellektuellen Juristen, einem Finanzberater, dem Nimue-Mädchen, anderen Buchhändlern und, zu meiner Überraschung, Dizzy. Offenbar hatten die beiden sich bei einer Runde *Magic: The Gathering* im Cuppa Joe angefreundet, und Jason hatte ihn zu seiner Spielenacht ins Dragonfly eingeladen. «Der spielt auf Turnierniveau», hatte Jason bewundernd gesagt. «Wie kannst du denn mit so jemand Coolem befreundet sein?»

Sie tanzten alle an, als der Laden schloss, hatten sich vorher mit Vindalho und eisgekühltem Bubble-Tea eine ordentliche Grundlage verschafft und versuchten sich noch rasch ein paar Bücher reinzuziehen, bevor es mit Würfeln und Plastikwaffen dem Dritten Reich an den Kragen ging. Ich hatte das Jason gegenüber nie zugegeben, doch das waren die Kunden, die ich liebte. Sie versuchten beim Buchkauf nur selten zu handeln und erwarben gleich tonnenweise Druckerzeugnisse, die sie dann mit der Hitze eines Starkstromherds wieder verfeuerten. Meine Ein-Tüten-Ration von Beißerbüchern pro

Woche sah dagegen eher lasch aus. Mir war schleierhaft, wie diese Typen Zeit zum Lesen fanden, wo sie doch nicht nur Sechzig-Stunden-Wochen in den Großraumbüros rund ums Valley zu absolvieren hatten, sondern sich nach Feierabend auch noch all die alten Staffeln von *Doctor Who* reinzogen und in Internet-Foren erzürnte Streitgespräche darüber führen mussten, welche Inkarnation des Doktors denn nun die beste sei. Und sie lasen tatsächlich die Bücher, die sie kauften, statt Langweiliges zu überfliegen und nur die wichtigen Stellen zu lesen, so wie ich das machte. Diese Leute konnten sich auch unglaublich komplizierte Namen, Bündnisse, Sprachen, Kulturen und Stammbäume merken. Dabei gefiel ihnen höchstens ein Viertel dessen, was sie lasen. Immer waren sie auf der Suche nach dem einen Buch, das ihr Bedürfnis nach hirnzermarternden Plots, verblüffenden Tricks und schwindelerregenden emotionalen Berg-und-Tal-Fahrten zugleich erfüllte. Und wenn sie es fanden, verehrten sie den Autor wie einen Gott, reisten quer durchs Land und manchmal sogar um den halben Globus, um an Kongressen oder Lesungen teilzunehmen und jemanden zu treffen, der mit den Geschichten zu tun hatte, die sie so liebten. Sie lebten in ständiger Furcht davor, neue Folgen würden von ignoranten Ungläubigen in den Verlagshäusern aussortiert, oder die Autoren könnten sterben, bevor sie die Serie fertig geschrieben hatten. Nennen Sie diese Typen meinetwegen mitleiderregend. Doch ich würde nur allzu gern mal sehen, wie ein Jonathan Franzen in seinen Lesern eine solche Leidenschaft entfacht.

In dieser Kultur war Wissen alles, und Jason war der große Zampano, ein interplanetarischer, multidimensionaler Drachtentöter. Der Celtic Punk Rock hörende, allmächtige Guru aller magischen Schwertträger. Und alle kamen zu Jason. Erst vor zwei Tagen hatte ich zugesehen, wie er für eine Kundin, die ihm nur die Informationen geliefert hatte, in dem Buch, das sie suchte, gehe es um einen «alten Mann im Rollstuhl, der in einem Château lebt», und auf dem Cover sei «ein großes Haus auf einem Hügel abgebildet, von dem ein Junge und ein Mädchen wegrennen», mir nichts, dir nichts die passende Schwarte aus dem Regal gezogen hatte. Innerhalb von zwei Minuten hatte die Frau es in ihren Händen gehalten. Als ich sie abkassierte, schwärmte sie mit glänzenden Augen: «Das Buch habe ich als Kind geliebt. Ich hatte nie gedacht, dass ich es noch mal finde.» Bei ArGoNet hatte ich meinen Kunden geholfen, Millionen Dollar zu sparen. Doch niemals hatte ich es erlebt, dass einer von ihnen vor Freude darüber in Tränen ausbrach.

«Ich hab immer gefunden, Luke hätte auf die dunkle Seite gehen sollen», sagte Sasha, die Rothaarige von Hugos Party, die, wie ich inzwischen herausgefunden hatte, in der Kinderbuchabteilung von Apollo arbeitete. «Dann könnte Leia diejenige sein, die die Republik rettet.»

«Ich fand immer, Luke hätte die ganzen Ewoks in einer Reihe aufstellen, dann einen von diesen Glidern nehmen und sie damit einfach alle umnieten sollen», sagte Dizzy, der neben dem Spielbrett auf dem Rücken lag und Grendel foppte.

Jason begann zu kreischen, eine gelungene Imitation des Todeskampfes umgenieteter Ewoks. Sein knubbeliger kleiner Körper zitterte und bebte, als er sich auf die Seite rollen ließ und sich den Bauch hielt.

«Oder noch besser», sagte Doug, der große IT-Typ mit einer Mähne wie Ludwig XIV., der sein permanent fiependes Handy beschimpfte, es solle endlich die Klappe halten. «Man könnte sich an jeden Fuß einen Ewok binden. Dann hätte man Schuhe, die von selber laufen.»

«Bequem wie Ewokenstocks», sagte Jason.

«Oder wie Ewokensocken», meinte Dizzy.

Dizzy stakste wie Frankensteins Monster ein paar Schritte im Laden auf und ab, als hätte er zwei von den flauschigen Star-Wars-Wesen an den Füßen. Alle lachten. Alle bis auf Dae-Jung, der die Sci-Fi-Abteilung im Apollo unter sich hatte.

«Ich mag die Ewoks», sagte Dae-Jung und kratzte sich an der Vorderseite seines braunen T-Shirts, auf dem die Worte *Can't sleep, clowns will eat me* aus dem gleichnamigen Alice-Cooper-Song standen, den auch Bart Simpson in einer Episode zum Besten gegeben hatte. Nur ich war nahe genug, um ihn zu hören, weil er gleich neben mir an einem Tisch mit Connie-Willis-Romanen stöberte. Während des Spiels stand er immer auf und lief herum, ehe er wieder mit Würfeln dran war.

«Ich mag die Ewoks auch», sagte ich, obwohl das überhaupt nicht stimmte. Doch ich mochte Dae-Jung und wollte einfach nicht, dass er in diesem Sonnensystem auf die Pluto-Position abgedrängt wurde. Er lächelte und zuckte ein bisschen die Achseln, während er sich wieder dem Buch zuwandte, in dem er blätterte.

Nimue war in letzter Zeit immer öfter im Dragonfly aufgetaucht und hatte Jason beim Ordnen von Büchern in den Tiefen des Lagers «geholfen». Eines Tages hatte ich die beiden in der Abteilung für Präsidentenbiographien über ein Regal hinweg beobachtet, während von den Buchrücken all die Gesichter jener Anführer der freien Welt auf sie herabschauten. Sie hatte die Arme um seinen Hals gelegt, die Finger ineinander verschränkt und ihn geküsst. Es sah aus wie in der Schule, wenn Mädchen sich gegenseitig zeigen, wie man Jungs küsst.

Natürlich hatte mich die Knutscherei im Lager wieder an den abwesenden Rajhit erinnert. Seit einer Woche, seit unserer Auseinandersetzung bei ihm zu Hause, hatte ich nichts von ihm gehört. Tausende von Malen hatte ich mir seither das Buch dort bei ihm vorgestellt, hatte krampfhaft nach Gründen gesucht, warum er es wohl genommen hatte. Auch war es seltsam, wie er immer wieder gesagt hatte, es sei nicht meine Schuld.

«Es ist so nett von dir, dass du an meine Sushis gedacht hast», sagte Nimue und blickte auf den verschweißten Plastikteller mit Fischhäppchen, den Sasha ihr aus der Einkaufstüte reichte. «Kein brauner Reis? Im Bioladen haben sie doch auch California Rolls mit ungeschältem Reis.»

Sasha verzog normalerweise fast nie eine Miene, doch jetzt sah ich, wie eine ihrer Augenbrauen genervt nach oben wanderte, während sie Nimue das Safeway-Logo der Tüte vors Gesicht hielt.

«Ach so. Ist kein Problem. Schätzungsweise hatten die auch keine Sojasoße mit wenig Natrium, oder? Von normaler Sojasoße fühle ich mich immer so aufgeschwemmt.»

Jetzt sah Sasha doch nicht mehr so ungerührt aus.

«In Hugos Büro ist welche im Kühlschrank», sagte ich, bevor sie antworten konnte.

«Geil! Danke.» Nimue rieb ihre Holzstäbchen aneinander, und mir dämmerte, dass sie offenbar erwartete, ich würde die Sojasoße für sie holen.

«Sie ist in der Minibar», sagte ich erneut. Diesmal hatte

die Grazie verstanden, hievte sich hinter Jason vom Sofa hoch und ging mit aufreizender Langsamkeit in Richtung Büro, als würde sie mir einen Gefallen tun.

Sasha stand jetzt an der Theke und wollte den letzten *Gunslinger*-Roman bezahlen.

«Was läuft eigentlich zwischen ihr und Jason?», fragte ich sie flüsternd.

Sasha warf rasch einen Blick über ihre Schulter und beugte sich dann über den Tresen.

«Es ist eine Bußromanze.»

Dae-Jung trat in vermeintlicher Unauffälligkeit hinter dem Connie-Willis-Tisch hervor und zischte: «Das wissen wir nicht.»

«Ach komm schon», sagte Sasha. «Das ist ihre Auffassung von Ehrenamt. Eigentlich ist sie immer mit dem größten Ritter und Weiberhelden zusammen, den sie finden kann. Aber dann zerstört sie ihren Ruf und gilt als Schlampe, weil sie sich mit dem Knappen eingelassen hat, den ein Ritter ihr geschickt hat, damit er sie zum Fest der Zwölften Nacht begleitet. Und was macht sie dann? Sie wanzt sich an Jason heran. Du weißt schon … erweiche den Barden mit einem Herz aus Stahl. Er hat nie Liebesgedichte geschrieben, bevor sie auftauchte. Nur Schlachtgesänge.»

Was sie da sagte, klang wie Englisch, und doch … So viele Fragen wirbelten mir im Kopf herum. Ritter? Knappen? Zwölfte Nacht? Weiberheld? Ich fing mit der erstaunlichsten Sache an, die sie gesagt hatte. «Jason hat ein *Gedicht* geschrieben?»

«Plural. Gedich*te*. Er hat jede Menge verfasst», sagte Dae-Jung. «Sie sind wirklich gut. Er ist in unserem Königreich ein Barde.»

Ich war noch dabei, den Plural zu verarbeiten, als der Rest dessen, was er gesagt hatte, in mich einsickerte.

«Er ist was in eurem …?»

«Er ist Barde im Königreich der Nebel», sagte Sasha. «Das ist so eine SCA-Sache. *Society for Creative Anachronism.* Gesellschaft für Kreativen Anachronismus.»

«Willst du mir damit sagen, dass Jason nicht nur Gedichte schreibt, sondern auch … Na ja, ich bin mir nicht so ganz sicher, was ein Barde eigentlich macht. Sind das die mit den Strumpfhosen?»

«Wir nennen sie Beinlinge», sagte Sasha mit einem eindrucksvollen Augenrollen. «Barden schreiben, treten auf. Manchmal sind sie Musiker. Manchmal singen sie. Jason ist Poet. Er ist wirklich toll. Du solltest ihn bitten, dir etwas zum Lesen zu geben.»

Jason ließ mich nicht einmal an seine Heinlein-Bücher. Es war vollkommen undenkbar, dass er mich seine Gedichte lesen ließ.

«Niemand rechnet damit, dass es auf ewig hält», sagte Sasha. «Aber sie gewinnt für ihre Bemühungen an gesellschaftlichem Ansehen und kann bis zum Ende des Sommers wieder Anwärterin für die Königin werden.»

«Schau nur, schau nur!» Dae-Jung hielt mir *Die Jahre des schwarzen Todes* hin und ließ das Buch dann auf den Tresen fallen, als wollte es ihm den Arm abfressen.

«Wovon redest du?», fragte ich.

«Deine Leute!»

«Meine Leute sind aus South Carolina.»

«Nicht deine Familie. Bücherschreiber. Nein, nicht Leute, die Bücher schreiben, sondern Leute, die *in* Bücher schreiben.»

Ich schnappte mir das Buch und blätterte hektisch darin herum. Hatten Henry und Catherine in ein weiteres Buch geschrieben? Das ergab keinen Sinn. *Die Jahre des schwarzen Todes* waren erst in den Neunzigern erschienen.

«Da, sieh nur», sagte Dae-Jung und zeigte auf die Titelseite. Der Rest der Gruppe scharte sich um mich, selbst Nimue, die sich über Jasons Schultern rekelte.

«An einen unbekannten Liebhaber», las ich vor. *«Mein Inneres hat mich heute dazu geleitet, dir diese Nachricht zu hinterlassen, in der Hoffnung, dass du mich findest. Komm und sei meine Muse für mein Männerlied, und wir werden beide die Göttin um ihren Segen anflehen, so wie Henry und Catherine. Liebe in allem Sein, Ralph.»*

Alle waren einen Moment lang still, bis Sasha die Frage stellte, die allen auf der Zunge lag.

«Was ist denn ein Männerlied?»

Dizzy legte die Hände auf die Hüften, streckte die Brust heraus und schüttelte seine zottelige rote Mähne.

«Du spielst dein Männerlied auf deiner Männerflöte. Das ist eine uralte Kunst, die nur die wildesten aller männlichen Männer beherrschen. Doch sei gewarnt, es wird Fitnesshäschen dazu bringen, dass sie sich vor Begeisterung ihre Kilts über den Kopf werfen.»

«Manchmal möchte ich wirklich mal deinen Schädel aufsägen und mir die Bilder anschauen, die da drin sind», sagte Jason.

Dizzy hob die Hand. «Gemach, mein Freund. So manche Seele hat sich an jenen Ort verirrt und ist für immer gezeichnet zurückgekehrt.»

«Und dieser Ralph hat sich ausgerechnet *Die Jahre des schwarzen Todes* dafür ausgesucht?», fragte Dae-Jung und nahm mir die Schwarte aus der Hand. «Sterben nicht die allermeisten Leute in dem Buch an der Pest? Hätte er sich nicht *Die Farben der Zeit* aussuchen können? Da kommt wenigstens ein bisschen Liebe drin vor.»

Dizzy hielt aus einem Karren neben der Theke *Carmilla* hoch. «Meine Güte, ich hab noch eins gefunden. *Ich weiß, dass du da draußen bist. Ich weiß, dass du nach mir suchst. Ich werde zwischen all diesen Büchern auf dich lauern, werde warten, bis du kommst. Ich behalte dich im Auge. Vorsicht, ich beiße. Georgie.* Na ja, das ist alles ziemlich … hm …» Er schaute sich rasch im Laden um. «Okay, ist ein bisschen unheimlich. Aber auch sexy. Sexy und unheimlich. Hat jemand was zu schreiben? Ich schreib ihm zurück.»

«In dem Buch geht es um lesbische Vampire, du Kalbskopf», sagte Dae-Jung, nahm ihm das Buch aus der Hand und legte es auf den Wagen zurück.

«Versucht haben sie es wenigstens», sagte Nimue. «Ich meine – Liebe über ein Buch zu finden? Wie scharf ist das denn? Bücher sind so sexy. Buchläden sind sexy. Ganz zu schweigen von Leuten, die in Buchläden arbeiten …» Sie drehte sich um und schenkte Jason ein Hochglanzlächeln. Hinter ihr steckte sich Sasha einen Finger in den Hals. Jason jedoch sah so aus, als hätte ihm Nimue gerade in seine Schiesser-Feinripp gegriffen.

«Vielleicht gibt's noch mehr», sagte er und blickte Nimue aus Herzchenaugen an.

Alle drehten sich langsam um und spähten in die Gänge zwischen den Bücherstapeln, als wären sie tatsächlich der Zauberwald, den Jason Nimue beschrieben hatte, mit verwunschenen Streifenhörnchen, die aus ihren flauschigen Schweifen Glitzersternchen pusteten. Lautlos pirschten wir uns auf leisen Sohlen in den hinteren Teil des Ladens, als könnte eine plötzliche Bewegung die Nachrichten verjagen.

Ich brauchte nicht lange, bis ich eine weitere Botschaft gefunden hatte. In A. S. Byatts *Besessen* wünschte sich eine gewisse Sarah jemanden, der sie zum Lachen brachte und mit ihr auf dem Sofa lag, um den Hörspielen im Radio zu lauschen. In einem anderen Buch stieß ich auf eine Zeile aus einem Gedicht von Pablo Neruda. Und in einem weiteren hieß es, der Verfasser würde jeden Freitagnachmittag um zwei in der Shakespeare-Abteilung anzutreffen sein und darauf warten, dass jemand – irgendjemand – aufkreuzte.

Ich stellte die Bücher wieder an ihren Platz zurück. Ich stand in der Mitte des Gangs und sah wieder das Bild vor mir, das ich mir an jenem Tag, als ich mit Rajhit hier gewesen war, vorgestellt hatte: Wie das Dach vom Dragonfly abgenommen wurde und ich von oben hineinschauen konnte wie in ein Labyrinth. Ich sah Jason, Nimue, Dizzy und all die anderen vor mir, die sich durch die Regale vorarbeiteten und in den Büchern nach sehnsüchtigen Beichten suchten. Ich spürte die ganzen Geschichten um mich herum. Nicht die Geschichten, die von Schriftstellern verfasst worden waren, auch nicht die der Verfasser dieser Botschaften, sondern die Geschichten der Bücher selbst. Jedes einzelne war einmal von jemandem gekauft worden, als es noch funkelnagelneu war. Da war etwas an dem Buch gewesen – ob es nun der Einband war, einige Zeilen im Innern oder die Inhaltsangabe auf der Rückseite –, das diesen ersten Käufer dazu veranlasst hatte, es zu erwerben. Doch das war nur der Beginn seiner Reise, denn ganz gleich, wohin sie führte, das Dragonfly war nur eine Etappe darin. Jetzt aber waren die Bücher um mich herum zu Vehikeln der Hoffnung geworden. Die Botschaften sagten: «Wir sind nicht allein.»

Ich kniete nieder, setzte mich auf meine Fersen, legte die Finger an meine Schläfen und versuchte zu begreifen, welchen Stein ich da ins Rollen gebracht hatte. Doch ich konnte nur an eins denken – an Rajhit. Am liebsten hätte ich die vergangene Woche ausgelöscht und die Zeit bis zu dem Punkt zurückgespult, bevor sich alles verändert hatte, was auch immer das war. Ich wollte noch einmal zurück, wollte etwas sagen, das uns vor diesem «Es ist nicht deine Schuld»-Moment bewahrt hätte. Oder zu dem geführt hätte, der es doch zu meiner Schuld gemacht hätte, denn dann hätte ich versuchen können, den Schaden wiedergutzumachen. Verzweifelt suchte ich nach einer Möglichkeit, etwas zu tun. Ich konnte ihm eine Nachricht hinterlassen. Ja, eine Nachricht. Eine Nachricht in einem Buch. Nicht so eine wie bei Henry und Catherine, kein Feuerwerk des Esprits. Wir würden wir sein. Aber welches Buch sollte ich dafür wählen? Ich musste genau das richtige dafür finden. Und ich würde es nicht im Dragonfly lassen. Ich würde es zu ihm nach Hause tragen und es an der Tür ablegen, hinter dem Fliegengitter.

Und dann stutzte ich. Wie würde die Nachricht denn lauten? «Vermisse dich!» mit einem Herzchen auf dem i? «Triff mich um die Mittagszeit im Park»? «Ruf mich an», zusammen mit meiner ach so begehrten Telefonnummer? Und ich dachte, was er wohl denken würde, was andere denken würden, sogar was ich selbst denken würde. Gott, was ging mir diese ewige Grübelei auf den Keks!

Ich stand auf und klopfte mir meinen momentanen Mangel an Würde von den Kleidern wie Staub. Langsam machte ich mich wieder auf den Rückweg zu meinen eBay-Verkaufszahlen, dorthin, wo ich gewesen war, bevor das alles anfing, als ich noch ich selbst war. Und da sah ich sie. Dizzy und Dae-Jung. Sie standen am Ende des Ganges, gute sechs Meter Belletristik von mir entfernt. Dae-Jung lehnte mit dem Gesicht zu mir am Regal, Dizzy neben ihm, zu ihm gewandt. Sie schauten beide auf ein Buch hinab, genau so, wie es Leute tun, die einander eigentlich viel lieber in die Augen sehen würden.

Achtes Kapitel

Irrungen, Wirrungen

Alte Liebe, neue Liebe. Mit jedem ist es anders.
CATHERINE

Als er mit seinem Volvo in die Auffahrt bog, blendeten mich die Scheinwerfer, und ich hob zum Schutz die Hand mit dem Whiskyglas. Hugo blieb kurz auf der unteren Stufe unserer Veranda stehen und setzte sich dann auf die obere.

«Du warst diese Woche kaum im Laden. Gibt es da etwas, das ich wissen sollte?», fragte ich.

«Fällt mir nichts ein», sagte Hugo. Er nickte in Richtung meines Whiskyglases. «Und du? Gibt's bei dir was zu erzählen?»

«Fällt mir nichts ein.» Ich kippte den Rest hinunter.

Ich hatte mich von der Spielenacht im Dragonfly abgeseilt und war nach Hause gegangen. Die Nachtluft war schwül nach einem heißen Tag, es war einer dieser seltenen Sommerabende. Mir kam es wie Verschwendung vor, mir an einem solchen Abend nicht die Kante zu geben.

«Ich bin eine kaltherzige Hexe, die sich vor den Mysterien der Liebe verschließt», sagte ich.

Tränen stiegen in meinen Augen auf und liefen mir über die Wangen, während ich Hugo anschaute. Ich rieb mir die Lider und spürte seine Hand auf meiner Schulter. Ich lehnte mich an ihn und legte den Kopf auf sein Knie.

«Was ist denn eigentlich los?», fragte er und strich mir

das Haar aus dem Gesicht. «Hier geht es wohl nicht um Liebesromane.»

Ich schüttelte den Kopf.

«Hast du heute Abend was gegessen?»

Ich hielt mir den Bauch. Er schrie förmlich nach Essen. Aber ich wollte, dass es noch ein bisschen länger weh tat.

Wir saßen schweigend da. Hugo rieb mir kreisförmig den Rücken, als wäre ich sechs Jahre alt und hätte mir die Zehe gestoßen.

«Als ich etwa zwanzig war», sagte er, «habe ich ein paar Jahre in Paris gelebt. Genauer gesagt, ich bin einer Frau nach Paris gefolgt. Sie ging weg, ich blieb.»

«Aber es gibt ein Happy End, oder? Ich brauche heute ein Happy End.»

«Ja, ich hab mich dort in eine andere verliebt.»

«Gut.»

«Älter. Verheiratet. Zwei Kinder.»

«O Mann, Hugo.»

«Wir lernten uns in den Mélodies Graphiques kennen, einer Papeterie an der Rue du Pont Louis-Philippe. Ich konnte einfach nicht aufhören, an sie zu denken. Ich ging jeden Tag in den Laden, in der Hoffnung, sie wiederzusehen. Eines Tages schaute ich ins Gästebuch, weil ich hoffte, sie hätte sich an dem Tag, als sie im Laden war, eingetragen. Und als ich darin blätterte, sah ich, dass sie etwas reingeschrieben hatte. *Treffen wir uns im La Vinchey.* Ich wusste, dass sie das war. Es handelte sich um ein Restaurant im Quartier Latin. Doch das Datum war schon zwei Tage verstrichen. Ich hatte sie verpasst. Ich ging in das Restaurant und fragte nach ihr, aber dort kannte man die Frau aus dem Laden nicht. Ich war verzweifelt. Eines

Tages ging ich dann durch einen Park, weit entfernt vom Laden oder vom Restaurant, und machte Fotos, als ich sie sah. Sie saß auf einer Bank und las ausgerechnet einen Roman von John Le Carré. Ich ließ mich neben ihr nieder. Und so begann es.»

«Wurdet ihr ein Paar?»

«Ja, mehrere Monate lang. Sie hat mir immer eine Nachricht im Gästebuch des Papierladens hinterlassen, wo wir uns treffen sollten. Ich hatte kein Geld. Ich glaube, das gefiel ihr an mir. Das und meine Idaho-Manieren. Aber eines Tages hörten die Nachrichten auf. Ich ging jeden Tag in den Laden, manchmal mehrfach. Dann sagte eines Tages der Besitzer der Papeterie zu mir: ‹Lass die vielen Fragen und hör lieber auf die Antworten. Es ist jetzt Zeit heimzugehen.›»

Ich wartete auf mehr, auf den großen Showdown. Aber Hugo saß nur da und schwieg.

«Ich weiß es durchaus zu schätzen, Hugo, dass du deine persönliche Tragödie mit mir teilst, aber ich frage mich, wie diese kleine Geschichte zur Verbesserung meines Gemütszustands beitragen soll.»

«Tut mir leid», sagte er. «Sollte sie das denn?»

«Das hast du ja mal wieder ganz schön vergeigt», sagte ich.

«Trösten ist nicht gerade meine Stärke. Aber wenn eine Frau in meiner Anwesenheit unglücklich ist, mache ich normalerweise Sachen, die du und ich nicht miteinander machen.»

Ich setzte mich aufrecht hin und tätschelte mit einer alkoholschweren Hand sein Knie, mein knochiges Kopfkissen. «Und wieso? Das ist nicht als Aufforderung gemeint – aber wirst du eigentlich immer zum Casanova, wenn du jemanden triffst, der ein Herz und eine Vagina hat?»

Sein Bart zog sich in die Breite, als er lächelte. Er streckte die Hand aus und kniff mich ins Kinn.

«Du bist einfach viel zu kostbar.»

Jetzt kamen mir schon wieder die Tränen. Aber ich wollte nicht heulen, weil ich so viel Bourbon intus hatte, dass es richtig weh getan hätte. Ich legte den Kopf wieder auf sein Knie.

«Ich mag die Person nicht, die ich bin», sagte ich.

Ich spürte seine Hand auf meinem Hinterkopf. «Dann muss ich dich wohl für zwei mögen.»

Dann erzählte ich ihm von meinem Streit mit Rajhit. Nachdem ich mir alles von der Seele geredet hatte, erhob sich Hugo und streckte mir eine Hand hin, um mir aufzuhelfen. Wir gingen in seine Wohnung, und kurz darauf war eine Portion Udon-Nudeln dabei, den Whisky in meinem Magen aufzusaugen. Hugo drapierte eine Kuscheldecke um meine Schultern, die verwaschene mit dem Elchmuster, die er noch aus seinen Pfadfinderzeiten in Idaho hatte.

«Ich hab dir ein Geschenk mitgebracht», sagte er.

Er reichte mir ein kleines, gebundenes Buch, einen weiteren Scott-Roman mit dem Titel *A Tale of Old Mortality*. Er gehörte zu der Waverley-Serie, die Hugo schon seit Wochen las, eine Ausgabe aus dem Jahr 1898 in Zauberwald-Grün mit neckischer Goldschrift.

«Schlag es auf», sagte er.

Drinnen, auf dem Vorsatzblatt, stand handgeschrieben: «Betty Valentine, 514 Fifth Street, Indiana City, Iowa». Die Buchstaben waren schmal und schlank, wie Wesen aus einem Art-déco-Gemälde, und unter dem Namen klebte ein Stundenplan, in den auch die jeweiligen Schulnoten in dem Fach eingetragen waren. Betty war keine besonders gute Schülerin gewesen, dafür aber eine begabte Zeichnerin. Auf den nächsten Seiten waren Bleistiftzeichnungen von jungen Frauen mit langem, lockigem Haar zu sehen, die ihre Körper über geschnürten Spitzenschuhen beugten. Jedes Bild trug einen Titel wie: «Übung 1» oder «Das krieg ich nie richtig hin». Die Gliedmaßen der kleinen Tänzerinnen schienen biegsam wie Schösslinge zu sein und sich der Schwerkraft zu widersetzen. Auf der Impressumseite hatte Betty die Gesichter ihrer Freunde aus dem Jahr 1897 verewigt. Darlette, mit runden Betty-Boop-Augen und Rosenknospenlippen; Rosetta mit einer Schmachtlocke auf der Stirn; Lodoak mit Bubikopf und Fliege; Yamtia mit einem Schönheitsfleck auf der Wange; und Ricardo, ein junger Mann mit spitzem Kinn und schmal rasierten Koteletten. Auf der leeren Seite gegenüber hatte Betty sich von den mädchenhaften Pirouetten verabschiedet und eine Revuetänzerin gezeichnet, die auf einer vergoldeten Bühne mit Samtvorhängen stand, das spitzenbesetzte Kostüm am Rücken offen stehend, den Fuß im hochhackigen Schuh angehoben, einen Arm weit über den Kopf gestreckt, in der Hand eine Federboa.

«Wieso eigentlich die Waverley-Romane?», wollte ich wissen. Das hatte ich mich schon die ganze Zeit gefragt.

«Die wollte ich schon so lange mal lesen», sagte er. «Mir schien jetzt der richtige Zeitpunkt dafür gekommen zu sein.»

«Danke», sagte ich und drückte das Buch an mich. «Es ist schön.»

Wir saßen eine Weile schweigend da, hörten Miles Davis mit einer Inbrunst «Bye Bye Blackbird» spielen, als hätte ihm eine Frau das Herz aus der Brust gerissen und wäre dann mit einem großen leuchtend blauen Cadillac darübergefahren. Was mich auf eine weitere Herzensbrecherin brachte.

«Woher kenne ich eigentlich den Namen Nimue? Das beschäftigt mich schon die ganze Zeit.»

«Merlin», sagte Hugo, die Augen immer noch geschlossen, den Kopf in die verschränkten Hände gelegt. «Sie hat dem armen alten Knaben all seine Geheimnisse entlockt und ihn dann in eine Höhle gesperrt, bis er wahnsinnig wurde. Aber er war so verschossen in sie, dass es ihm egal war.»

«Was ist denn das für ein beschissener Name? Wer nennt denn bloß sein Kind so?»

«Das ist nur ihr SCA-Name. Gesellschaft für …»

«… Kreative Anachronismen. Hab davon gehört. Wieso weißt du eigentlich so viel darüber?»

«Alles hat in Berkeley angefangen, Ende der Sechziger …»

«Und schätzungsweise hatte es was mit einer Frau zu tun.»

Hugo seufzte. «Sie nannte sich Roxanne de Bouvier, und ich habe sie in einer Physik-Vorlesung kennengelernt. Roxanne gab dem Wort ‹Quantenverschränkung› eine ganz neue Bedeutung.»

«Bis hierher und nicht weiter, danke», sagte ich. Hugo kicherte, und ich konnte nicht anders, als mitzukichern. Wenn es um Frauen ging, war seine Begeisterung nicht zu bremsen, auch wenn ich in letzter Zeit bemerkt hatte, dass die Zahl der Damen, die in den Laden kamen und zu ihm wollten, etwas zurückgegangen war. Trotzdem konnte ich mir nicht vorstellen, dass Hugo jemals seinen Charme verlieren würde. Dann müsste sich die Erde in entgegengesetzter Richtung drehen. Aber von Miss Portia war nichts mehr zu sehen, und selbst Mrs. Callahn schien auf Distanz gegangen zu sein.

«Aber das wird nicht gutgehen, oder?», fragte ich. «Ich meine Frederick und Nimue.»

«Nope. Totalschaden. Kann jeden Tag passieren.»

«Und ich schätze, dagegen können wir auch nichts tun.»

Er gähnte, streckte die Arme über den Kopf und machte einen Katzenbuckel. Auf einmal sah er aus wie Grendel. «Keine Chance.»

Ich stand auf, um zu mir hinüber zu gehen. Ich gab ihm einen Kuss aufs lichte Haar und sagte, wir würden uns morgen im Laden sehen. Als ich ihm seine Elchdecke zurückgeben wollte, schüttelte er den Kopf und sagte, ich solle sie behalten. Erst als ich an der Tür war, die Decke zusammengerollt unter meinem Arm, rutschten mir die Worte heraus, noch bevor ich etwas dagegen tun konnte.

«Hättest du gerne einen Partner im Dragonfly?»

Beim Treffen der Lesegruppe im Dragonfly bebte der ganze Laden, so laut lachten die Frauen. Hugo machte die Runde, bot mit einer Hand Datteln im Speckmantel an und füllte mit der anderen Weingläser auf. Ein Glucksen folgte ihm, als er von einem Grüppchen zum nächsten ging. Es schien ihn unendlich zu freuen, so viele schöne und kluge Frauen in seinem Laden zu haben, und ich denke, der SVBC-LMA war ebenso erfreut über ihn. Vielleicht hatte ich Hugo, dem alten Atheisten, eine Vorstellung davon vermittelt, wie es im Himmel aussehen mochte.

Mein Blick begegnete Avi, die mir von einem der Stühle, die wir im benachbarten Begräbnisinstitut ausgeliehen hatten, mit ihrem Weinglas zuprostete. Unsere Vorbereitung für heute Abend war eine organisatorische Meisterleistung gewesen, als stünde die Invasion eines Kindergartens in einer Eisdiele bevor. Wie die Wahnsinnigen hatten wir abgestaubt und gesaugt, und direkt vor dem Treffen hatten wir einen aus dem Cuppa Joe geliehenen *Ficus benjamina* auf einem etwas obskuren Teppichfleck platziert. Hugo hatte den Beistelltisch angeschleppt, den mir meine Mutter am Tag des ersten Treffens geschickt hatte. Zwischen den beiden Lesesesseln sah er so selbstverständlich aus, als hätte er dort schon immer gestanden, und ich fragte mich, warum ich ihn nicht schon längst mitgebracht hatte.

Ich hielt mich am Rande des Geschehens auf und dachte, wie wundervoll es doch war, genau dort zu sein, wo ich mich in diesem Moment befand. Selbst Jason konnte mir die Laune nicht verderben, obwohl er wahrlich sein Bestes tat. Gerade erschien er an meiner Seite mit einer großen Frau, die Karen hieß und an die ich mich vom letzten Treffen erinnerte. Sie trug von Kopf bis Fuß Schwarz, einzige Ausnahme bildeten eine Kette aus Tahitiperlen um ihren Hals und ein Diamantring, der so groß war, dass man damit bei richtigem Lichteinfall den Luftverkehr stören könnte.

«Du, deine Freundin hier interessiert sich für einen Roman über die Wikinger», sagte Jason.

Ich neigte den Kopf und schlug den gleichen verschwörerischen Ton an wie er. «Klingt eigentlich mehr nach einem Fall aus deinem Spezialbereich», sagte ich.

«Ich habe *Die Grönland-Saga* vorgeschlagen», erwiderte er.

«Kenn ich aber schon», fügte Karen hinzu.

«Sie sagt, sie hätte gern was Deftigeres.»

«Mit weniger Landschaftsbeschreibungen», sagte Karen augenzwinkernd.

«Also», meinte Jason und zuckte mit den Achseln, «scheint es doch eher deine Kragenweite zu sein.»

«Sixpacks auf dem Cover?», fragte ich Karen.

«Sie sind genial», meinte sie und prostete mir mit ihrem Martini-Glas zu, was seltsam war, weil ich mich nicht erinnern konnte, Cocktail-Gläser besorgt zu haben, von Wodka ganz zu schweigen. Aber wenn ich mir das Fassungsvermögen ihrer Handtasche so anschaute, konnte es durchaus sein, dass sie darin eine komplette Barausrüstung mitgebracht hatte.

«Sandra Hill», sagte ich zu Jason und wies auf die Liebesroman-Abteilung. Er schaute mich ratlos an. «Erst vorgestern haben wir eine Ausgabe von *In den Armen des Wikingers* reinbekommen. Na los, hol sie schon. Du kriegst keine Filzläuse, ich versprech's dir.»

Karen machte Anstalten, ihm zu folgen, warf mir aber vorher noch einen Blick über die Schulter zu.

«Finden Sie Männer, die sich mit Büchern auskennen, nicht auch einfach göttlich?», fragte sie und schwang so sehr die Hüften, als sie hinter ihm herschlenderte, dass ich mir ein wenig Sorgen machte, weil ich ihn allein mit ihr in die Tiefen des Ladens geschickt hatte.

Aus dem Augenwinkel sah ich einen Schatten über den Boden huschen. Es war Grendel, der in Richtung Lager flüchtete und jenen Schal hinter sich herzog, den Avi kurz zuvor in ihre Handtasche gesteckt hatte. Das Ding flatterte wie der Umhang eines Romanschurken. Rasch überlegte ich, was ich machen sollte. Ich konnte so tun, als hätte ich es nicht gesehen. Vielleicht vergaß Avi ja auch, dass sie den Schal dabeigehabt hatte. Andererseits war es durchaus möglich, dass Grendel den Schal in Fetzen riss und diese seiner Besitzerin als kleines Geschenk kredenzte, wenn sie später den Laden verließ. Ich musste ihm also folgen.

In der Belletristik-Abteilung erhaschte ich gerade noch einen Blick von Grendel. Als ich ihm hinterherhechtete, war er plötzlich verschwunden, doch an einem der Wandregale lehnte eine Bibliotheksleiter. Das Ende von Avis Schal lugte aus einem kleinen Spalt zwischen zwei Bücherstapeln, die jemand aufs oberste Brett gequetscht hatte.

Ohne über drohende Unbill nachzudenken, begann ich den Aufstieg zu Grendels neuer Räuberhöhle. Jetzt erfolgte von oben ein leises Knurren, das gerade laut genug war, um mich aufblicken zu lassen. Zwei grüne Augen starrten mich aus luftigen Höhen an. Das würde keine leichte Sache werden.

Ich war schon zwei Sprossen weiter, als ich aus dem Augenwinkel eine Bewegung bemerkte, mich umdrehte und sah, wie Rajhit auf dem Mittelgang auf mich zukam.

«Du willst doch nicht etwa da hoch, oder?», fragte er.

Ich hatte ihn nicht mehr gesehen, seit ich an jenem Tag seine Wohnung verlassen hatte. Um mich abzulenken und nicht an ihn zu denken, hatte ich mich in die Vorbereitungen für die Lesegruppe gestürzt, doch jetzt musste ich mich an der Leiter festhalten, weil meine Knie auf einmal weich wurden wie Wackelpudding. Offenbar hatte Rajhit gerade geduscht. Sein noch feuchtes Haar war nach hinten gekämmt, ein paar bereits trockene Strähnen lösten sich aus der Mähne. Ich musste mich schwer zusammenreißen, sie nicht zurückzustreichen.

«Doch, ich muss», sagte ich und zeigte auf Grendels Versteck.

«Ich halte die Leiter für dich», sagte er. Als ich hochzusteigen begann, fasste er um mich herum, um die Seiten der Leiter fest zu packen. Seine Haut duftete nach Seife.

«Ich wusste nicht, dass ihr eine Party veranstaltet», sagte er. «Eigentlich wollte ich dich nicht stören, aber Hugo meinte, es würde dir bestimmt nichts ausmachen.»

«Macht es auch nicht», sagte ich und griff nach dem Schal. Ein tiefes, böses Knurren drang aus Grendels Höhle, und ich zog schnell die Hand weg.

«Bist du sicher, dass du das tun willst?», fragte er.

«Vielleicht kauf ich Avi einfach einen neuen», sagte ich. «Dürfte ja wohl kaum mehr kosten als ein halbes Jahresgehalt, oder?»

Ich drehte mich auf der Leiter um und begann den Abstieg. Jetzt stand ich ihm gegenüber, seine Arme rechts und links von mir. Ich tat so, als würde ich nicht seinen Atem durch mein Shirt hindurch spüren.

«Das neulich tut mir leid», sagte er.

Ich hätte ihn gern gefragt, was genau er meinte, wollte aber nicht, dass er meiner Stimme anmerkte, wie sehr er mich gekränkt hatte.

«Alles hat sich so schnell verändert», sagte er. «Vor ein paar Wochen wollte ich meine Wohnung verkaufen und dachte darüber nach, eine Weile nach Amsterdam zu gehen und in einem Fahrradladen eine Lehre zu machen. Vielleicht wäre ich später hierher zurückgekehrt und hätte selbst einen Laden aufgemacht. Aber jetzt glaube ich nicht, dass ich das noch will. Wenigstens nicht das mit dem Wegfahren.»

Gelächter von der Party drang zu mir, und ich hörte, dass jemand nach mir rief. Wir hatten nicht viel Zeit.

«Warum hast du das Buch an dich genommen?», fragte ich.

«Diese ganze Geschichte mit Henry und Catherine ...», sagte er und schaute auf seine Hand hinab, die noch immer an der Leiter lag. «Alles ist außer Kontrolle geraten.»

Er nahm seinen Rucksack von der Schulter und reichte mir das Buch. Es roch nach dem Leder des neuen Einbands, den er dafür gebastelt hatte. Die Seiten waren frisch gebunden und geklebt.

«Ich war auf dem falschen Trichter», sagte er. «Ich wollte dir eine Nachricht darin hinterlassen. Ich dachte, das sei romantisch.»

«Ich will nicht so sein wie sie», sagte ich.

«Ich weiß. Das habe ich schon begriffen. Ich hab mich einfach von dieser Sache mit Henry und Catherine mitreißen lassen. Das ist wie bei diesen Internet-Foren, wo die Leute irgendwelche Spielchen spielen. Die sagen sich alles Mögliche in der Öffentlichkeit. Sie nehmen eine andere Identität an, und dann übernimmt die neue Identität sie.»

«Etwa so, als würde man sich bei *World of Warcraft* in einen anderen Blutelfen verlieben?», fragte ich.

«Genau, so was in der Art. Das kann befreiend sein. Du entziehst dich der Welt und ihrer Definition von dir. Du kannst dich von der Person zurückziehen, die die Welt sieht, und dein wahres Selbst sein.»

«Oder dein wahrer Elf», sagte ich.

«Ich möchte nicht Henry und Catherine sein», sagte er. «Ich möchte Rajhit und Maggie sein. Ich möchte in dieser Welt sein. Mit dir.»

Wieder hörte ich, wie mein Name gerufen wurde. Ich wusste, in ein paar Minuten musste ich bei meinen Gästen sein, Wein trinken und über unser Buch reden, und dieser Moment mit Rajhit wäre vorüber. Mit meinen Fingern zog ich ihn an der Halsöffnung seines Shirts zu mir heran und küsste ihn. Zuerst war es ein sanfter Dankeschön-Kuss, erfüllt von einem gewissen Trost. Doch dann war da mehr. Wir schmiegten uns aneinander, fest an die Leiter gelehnt, und ich spürte, wie die Zellen meines Körpers in die Luft geschleudert wurden wie eine Handvoll Konfetti.

Neuntes Kapitel

Bahnen schwimmen

Ich habe auf diesen Seiten mein Herz gelassen.
CATHERINE

Ganz langsam öffnete ich die Wohnungstür, damit sie nicht in den Angeln quietschte und ich Rajhit weckte, doch sie gab keinen Mucks von sich. Drinnen lag das Geschirr vom Abendessen sauber gespült auf dem Abtropfgitter, ein Krug mit Eistee stand im Kühlschrank neben eingelegten Steaks, und auch das Badezimmer – welch ein Segen! – war geputzt. Mein Herz machte vor Glück einen Luftsprung. Endlich war auch ich mal eine Frau, die ihr Klo nicht selbst schrubben musste. Meine Mutter konnte mit ihren Dreikarätern einpacken – nichts sprach für mich eine deutlichere Sprache der Liebe als funkelndes weißes Porzellan und ein Hauch von Essigduft auf dem Boden. Rajhit hatte etwas zu essen vorbereitet. Er hatte sauber gemacht. Er hatte Sachen repariert. Und das alles mit der Selbstverständlichkeit eines Typen, der seiner Freundin eine Freude machen will. Mit diesem Gedanken blieb ich auf dem Flur stehen und lauschte dem leisen Schnarchen hinter meiner Schlafzimmertür. War ich also wieder eine Freundin?

Wir hatten nicht viel geredet, seit er mich nach dem Treffen der Lesegruppe nach Hause begleitet hatte. Seither hatte er drei Tage praktisch durchgeschlafen, und während der kurzen Zeitfenster, in denen er wach war, waren wir zu sehr mit Versöhnungssex beschäftigt gewesen, um die wahre Bedeutung unseres erneuten Zusammenseins zu besprechen. Ich hatte ihn nicht gefragt, wie lange er bleiben wollte. Ich fand es befreiend, es nicht genau zu wissen. Keine Fragen, beschloss ich. Würde ich Fragen stellen, würden auch Entscheidungen und Taten anstehen. Doch für solche Gewissheiten war ich noch nicht bereit.

Ich lehnte mich an den Türstock zu meinem Schlafzimmer und schaute Rajhit beim Schlafen zu. Er lag zusammengerollt unter dem glatten, weißen Betttuch. So still hatte ich ihn noch nie gesehen. Vorher war mir dieser Mann vorgekommen, als würde er immer in Bewegung sein, als ein Mensch, der nicht einmal im Schlaf Ruhe fand und dessen Bett am Morgen wie ein verwüstetes Nest aussah. Jetzt lag er jedoch an genau der Stelle, an der ich ihn vor neun Stunden zurückgelassen hatte. Es war ein friedlicher Anblick, und ich konnte mich kaum an ihm sattsehen. Ich spürte, wie ich meinen Atemrhythmus seinem anpasste, die langen Atemzüge eines Menschen machte, der tief schlief, während die Strahlen des Nachmittagslichts schräg über den Boden fielen. *Ich möchte dich einatmen, dich für mich unverzichtbar machen.*

Am ersten Tag war ich nach Hause zurückgekehrt und hatte in der Ecke meines Schlafzimmers zwei Einkaufstüten von Macy's vorgefunden, in denen einige Hemden, Jeans, Shorts, ein Paar Trekking-Sandalen aus Leder und Boxershorts lagen. In diesen Tüten bewahrte er seine Klamotten auf, die sauberen in der einen, die dreckigen in der anderen; nie hatte er mich gebeten, ihm Platz im Schrank oder eine Schublade freizumachen. Ich wusste nicht, ob er Angst hatte, sich mir aufzudrängen, oder ob er bereit sein wollte, schnell die Flucht zu ergreifen. Rajhit war wie ein Reisender, den es nicht beunruhigte, wenn ein Gepäckstück verlorenging, und der sich erst an seinem Ziel häuslich einrichten würde. Aber vielleicht war ich das auch, sein Ziel.

Ich zog mein Flohmarktkleid aus und stieg ins Bett, dessen Bettzeug, wie ich feststellte, frisch gewaschen war. Ich presste mich an seinen Rücken, spürte seine schläfrige Wärme an meinen Brüsten. Er seufzte, kam langsam aus den Tiefen des Schlafs an die Oberfläche, löste sich von seinen Träumen. Ich kitzelte ihn an der feinen haarigen Spur, die unterhalb seines Bauchnabels begann und noch weiter südwärts führte.

«Du bist daheim», murmelte er.

«Gerade eben gekommen.»

«Ich hab Steaks geholt.»

«Hab ich gesehen. Und Eistee gemacht.»

«Hab Zucker reingetan.»

Ich drückte ihn an mich. «So wie es unser Schöpfer für uns vorgesehen hat.»

«Ihr Südstaatler habt eine unnatürliche Beziehung zu Eistee.»

Ich küsste ihn zwischen die Schulterblätter und glitt mit der Hand weiter nach unten, spürte, wie er unter meinen Fingern hart wurde.

«Und das Bad ist sauber», sagte ich.

«Das waren die Heinzelmännchen. Kleine Kerle, die einen Mordsrabatz machen. Spülen zum Spaß die Toilette und kichern dabei.»

Er drehte sich herum und küsste mich. Gierig, leidenschaftlich. So wie mich noch nie jemand geküsst hatte. Es war, als würde man eine Stadt besuchen, in der man früher wohnte. Alles war einem vertraut, aber die neue Abkürzung über den Highway kannte man noch nicht.

Seine Lippen wanderten zu meinem Hals, er flüsterte: «Ich hab dich vermisst.»

Ich war mir nicht sicher, ob er damit den heutigen Tag meinte oder die Zeit, in der wir getrennt waren. *Denk nicht zu viel nach, lass es einfach geschehen.* Ich legte die Arme um seinen Kopf und hielt ihm meinen Mund entgegen, als wollte ich mich von ihm verschlingen lassen. Er kroch langsam nach unten, zwischen meine Beine. Sein Haar fühlte sich an wie Federn, die mich an der Innenseite meiner Schenkel kitzelten. Ich kicherte. Er fuhr mit einer Hand nach oben, und ich nahm sie, wir verflochten unsere Finger, pressten die Handflächen aneinander, und es überraschte mich, dass sich genau das am Allerintimsten anfühlte.

Ich schloss die Augen, gab mich dem Spiel seiner Zunge hin und versuchte den winzigen Gedanken zu verdrängen, der in meinem Gehirn nagte und sich fragte, wann das alles wohl enden würde. Dann war er auf mir, küsste mich, und ich schmeckte mich selbst, mein innerstes Selbst, auf seinen Lippen.

Der größte unabhängige Buchladen, der jemals existiert hat, nannte sich Shakespeare & Company. Er war in den zwanziger Jahren in Paris gegründet worden und wurde 1941 geschlossen, während der deutschen Besatzungszeit, als der Legende nach die Besitzerin, die Amerikanerin Sylvia Beach, sich weigerte, einem deutschen Offizier ihre letzte Ausgabe von *Finnegans Wake* zu verkaufen. Miss Sylvia war das Bindeglied der sogenannten

Lost Generation gewesen. Thornton Wilder war Stammkunde dort, ebenso wie F. Scott Fitzgerald und Gertrude Stein. Ernest Hemingway hatte in *Paris – Ein Fest fürs Leben* über Miss Sylvia und ihren Laden geschrieben. Bei Shakespeare & Company wurden Bücher verkauft und andere zu einem geringen Betrag verliehen, und so war die Buchhandlung ein beliebter Treffpunkt für hungerleidende Schriftsteller. Miss Sylvia fütterte die Egos ihrer Schäfchen ebenso wie ihre Seelen und bot ihnen manchmal in dem kleinen Zimmer im ersten Stock auch ein Dach über dem Kopf. Die Erstveröffentlichung von James Joyce' *Ulysses* finanzierte sie durch Subskription bei Freunden und Kunden in ganz Europa. Und obwohl sie es abgelehnt hatte, sich auch um die Veröffentlichung von *Lady Chatterley* zu kümmern – weil sie es nicht für Lawrence' bestes Buch hielt und nicht als Verlegerin von erotischer Literatur bekannt werden wollte –, verkaufte Miss Sylvias Shakespeare & Company das Buch auch dann noch, als es in England und den Vereinigten Staaten bereits auf dem Index stand.

Hugo hatte ein gerahmtes Foto von der Amerikanerin hinter der Ladentheke des Dragonfly hängen, das sie zusammen mit James Joyce auf der Schwelle ihrer Buchhandlung zeigt. Manchmal fragte ich mich, was sie wohl vom Dragonfly gehalten hätte. Dann sah ich sie zusammen mit Hugo im Ladenfenster sitzen, amüsiert über meine geschäftigen Bemühungen, das Dragonfly der Google-Generation schmackhaft zu machen.

Meistens liefen meine Tage in Hugos Buchhandlung etwa so ab: Um neun sperrte ich den Laden auf. Ich trank einen billigen Filterkaffee aus dem Cuppa Joe und stellte die Tische mit den Sonderangeboten auf dem Gehsteig auf, damit sie Passanten in den Laden lockten. Etwa um zehn, wenn Hugo eintrudelte und Tee kochte, betraten auch die ersten Kunden den Laden, um die sich Hugo kümmerte, während ich einen Platz für die Bücher suchte, die wir am Tag zuvor hereinbekommen hatten. Normalerweise hatte Hugo das Kreuzworträtsel der *New York Times* auf der Theke liegen und war den ganzen Tag damit beschäftigt, es auszufüllen, wobei er sich gern von Kunden helfen ließ. Etwa um zwölf tauchte Jason auf, und ich legte eine lange Mittagspause ein, damit ich es bis zehn Uhr abends, wenn wir zumachten, durchhielt. An den Nachmittagen war wesentlich mehr los, und bis zum Abendessen ging es manchmal richtig rund. Eigentlich hätten wir mindestens zwei Aushilfen gebraucht, doch Robert und ich waren uns einig, dass wir uns zuerst ein finanzielles Polster zulegen mussten, bevor wir noch jemanden einstellen konnten. Bis dahin lief alles wie gehabt, Bücher kamen und Bücher gingen.

Ich war aber nicht die Einzige, die für Veränderungen sorgte. Seit ich einen Platz am Fenster freigeräumt hatte, machte Grendel hier sein Mittagsschläfchen, und Hugo hatte neben ihm eine kleine Abteilung mit Katzenbüchern eingerichtet. Jason nahm einen hohen Stapel Bücher für sich in Anspruch, den er sein «Projekt» nannte und der unter gar keinen Umständen bewegt werden durfte. Und ich selbst hatte begonnen – nachdem ich meine Liebesromane dank ihm ein zweites Mal hatte umsortieren müssen –, mich um den Berg mit Hardcovern neben der Kasse zu kümmern. Selbst Avi leistete ihren Beitrag, indem sie uns ein Schild mit der Aufschrift O-P-E-N stiftete. Es war die Nachbildung eines Schilds aus ihrem Lieblingsbonbonladen in London und bestand aus vier einzelnen Buchstaben. Jeden Abend hängten wir das N von hinten nach vorne, sodass nun N-O-P-E zu lesen war. *Nö. Geschlossen.*

Während ich auf dem Boden saß und Henry James von James Patterson trennte, schaute Miss Sylvia mit dem wissenden Blick eines Menschen auf mich herab, der etwas Grundlegendes begriffen hatte. Miss Sylvia hatte es aus verschiedenen Gründen abgelehnt, *Lady Chatterley* zu veröffentlichen, doch der entscheidendste war, dass ihr das Geld dazu gefehlt hatte. Das Dragonfly zu führen, war ebenso ein Drahtseilakt wie die Leitung von Shakespeare & Company, und ich war der Clown, der mit einem Schmetterlingsnetz in der Manege herumlief.

«Du hattest mich gebeten, dir keine Möbel mehr zu schicken», sagte Mama.

Ich saß mit meinem blauen Wegwerfbecher voller Bourbon allein im Garten und sah durch das Fenster Rajhit, der in meinem Bett lag und ein Buch las.

«Gewöhnlich schon, aber das hier ist was anderes», sagte ich. «Ich würde mich sehr freuen, wenn du mir einen Sessel schicken würdest. Ich weiß, wenn ich dich darum bitte, macht es dir nur halb so viel Spaß, aber *du* brauchst es, mir Möbel zu schicken, und zufällig brauche *ich* dringend einen neuen Sessel.»

«Bist du betrunken?»

Ich schaute in meinen mittlerweile leeren Becher.

«Noch nicht. Du?»

Das Klirren von Eiswürfeln in einem Marmeladenglas war mir Antwort genug. Meine Mutter war wieder einmal allein, umgeben von einer Stille, die unbedingt ausgefüllt werden musste. Ich dachte an Rajhit in meinem Bett. Eigentlich hätte ich ihr von ihm erzählen sollen, aber ich wollte ihn noch ein bisschen für mich haben.

«Mama, liebst du Daddy noch?» Im selben Moment bereute ich, diese Frage gestellt zu haben.

«Natürlich», sagte sie. «Er hat mich doch geheiratet, oder etwa nicht? Hat mir ein Kind geschenkt, ein schönes Haus, alles, was ich mir gewünscht habe.»

«Ja, Ma'am. Das hat er ganz gewiss.»

«Was stellst du deiner Mutter eigentlich so eine Frage? Was ist denn los mit dir?»

«Tut mir leid. Das war taktlos.»

Ich fragte mich, ob sie wohl das Hauskleid aus blauer Baumwolle trug, das vorn etwas klaffte und das sie nur anzog, wenn Daddy nicht zu Hause war.

«Was für einen Sessel brauchst du denn?»

«Einen, in dem man gut lesen kann», sagte ich. «Und der nicht empfindlich ist. Und eine Stehlampe, wenn das nicht zu viel Mühe macht. Ich geb dir die Adresse.»

«Ich kenne deine Adresse, Margaret Victoria.»

«Er ist nicht für hier.»

«Was führst du denn schon wieder im Schilde?»

Zehntes Kapitel

Es läuft gut

Es sind unsere kleinen Makel, die uns liebenswerter machen.
HENRY

Jason stand im Schaufenster des Dragonfly und betrachtete den neuen Sessel, der zwischen den beiden älteren stand. Er beugte sich darüber, schnüffelte am Stoff, der noch immer nach der Plastikverpackung roch, aus der ihn die Männer vom Lieferdienst am Morgen befreit hatten. Es war der perfekte Lesesessel. Breit genug, um sich quer hineinzulümmeln, aber immer noch schmal genug, damit man genügend Platz auf den Armlehnen hatte, um das Buch im richtigen Winkel halten zu können. Der Bezug hatte das warme Gelb von Weizen und ein dezentes Muster, auf dem man kleine Tropfen aus Teetassen oder von Softdrinks nicht sah. Es war wirklich ein schöner Sessel. Das hatte Mama gut gemacht.

Als Hugo mir gesagt hatte, er würde mit Jason darüber reden, dass ich im Laden seine Partnerin werden würde, war ich ziemlich besorgt gewesen. Obwohl Jason und ich mittlerweile recht gut miteinander auskamen, war unser Waffenstillstand eine prekäre Angelegenheit. Es war eine Sache, Jasons ebenbürtige Kollegin zu sein, doch seine Chefin zu werden etwas ganz anderes. Dann war mir die Idee gekommen, meine Mutter zu Hilfe zu holen. Endlich würden wir drei Sitzgelegenheiten im Laden haben, und sie durfte mir mal wieder ein Möbelstück schicken. Jason würde glücklich sein, Mama würde glücklich sein. Mit diesem Sessel schlug ich zwei Fliegen mit einer Klappe.

Nach dem Verkauf von ArGoNet waren meine Aktien nicht mehr viel wert, doch der Erlös genügte, um sowohl Hugo als auch Robert, seinen heldenhaften Buchhalter, zufriedenzustellen. Rajhit erzählte ich nichts von meiner Partnerschaft, und auch mit Avi oder Dizzy redete ich nicht darüber. Es fühlte sich gut an, eine Entscheidung ganz allein zu treffen. Seit ich beschlossen hatte, Hugos Geschäftspartnerin zu werden, hatte ich das Gefühl, endlich wieder in der Spur zu sein. Jeder neue Tag fühlte sich an wie randvoll mit Energie geladen. Ich war wieder in Bewegung.

Nachdem er noch einmal an dem Sessel geschnuppert hatte, drehte sich Jason um und ließ ganz langsam seinen knochigen Hintern auf die Sitzfläche hinab. Er wippte ein wenig auf und ab und ließ sich dann in seine gepolsterten Tiefen sinken, wobei er Mühe hatte, sich seine Begeisterung nicht allzu sehr anmerken zu lassen.

«Dann hat Hugo also mit dir gesprochen», sagte ich und nahm neben ihm Platz. «Darüber, dass ich hier Gesellschafterin werde.»

Er hob die Schultern. «Willst du meinen Segen oder was?»

«Nein, ich bin Partner hier, ob du es willst oder nicht.»

«Dann ist dieser Sessel hier also kein Bestechungsversuch?», fragte er.

«Na gut, er ist ein Bestechungsversuch», sagte ich. «Ich erwarte nicht von dir, dass du glücklich darüber bist. Ich versuche einfach nur, die Situation möglichst friedlich zu gestalten.»

Er ließ sich noch ein wenig mehr in den Sessel sinken und zog die Knie hoch, sodass er die Beine quer darüberlegen konnte. Dann streckte er die Hände über die Armlehnen aus. Auch Grendel tauchte auf und rieb sich heftig schnurrend an unserem Neuzugang.

«Kann ich eine Gehaltserhöhung haben?»

«Wenn wir den Umsatz in den nächsten drei Monaten um zehn Prozent steigern, können wir darüber reden.»

Damit schien Jason zufrieden zu sein. Er schlug ein Buch auf und begann zu lesen, während ich zur Theke ging, um mir noch einmal ein paar Zahlen anzuschauen, die ich Robert geben wollte, wenn er am nächsten Tag kam. Klar würde ich Jason eine Gehaltserhöhung geben. Er war es wert. Die Sci-Fi/Fantasy-Abteilung hielt den Laden über Wasser. Irgendwann würde ich mir auch selbst mehr Gehalt zahlen, aber bis dahin verdiente Jason mit seinen 12,50 Dollar mehr als ich.

Die Glocke über der Tür läutete, und als ich aufschaute, sah ich Glorias vertraute Korkenziehermähne. An diesem speziellen Dienstag kam sie jedoch nicht allein. Ein Mann folgte ihr. Er war nicht viel größer als sie, das Haar ein wenig grauer. Seine Augen waren fast geschlossen und blickten ins Leere. Er war blind. Gloria schob die Tür mit der Rechten auf, während sie die Hand des Mannes in ihrer Linken hielt. Der Mann trug ihren Jutesack.

«Guten Morgen», sagte ich, in der Hoffnung, vorgestellt zu werden, doch Gloria warf mir nur ihren üblichen miesepetrigen Blick zu und sagte nichts. Stattdessen winkelte sie den Arm ab, sodass die verschränkten Hände der beiden eng an ihren Körper gedrückt wurden, als hielten sie einen Fußball, und verschwand mit ihrem Begleiter im Labyrinth der Regale.

Ich schaute mich um. Jason machte immer noch Pause im neuen Sessel. Vorne im Laden war es ruhig. Ich folgte Gloria nach hinten.

Es war Dienstag, folglich war sie auf Krimijagd. Ich blieb auf Abstand, zog als Vorwand gelegentlich ein Buch aus dem Regal und blickte hinein. Dabei redete ich mir ein, dass ich einfach das tat, was Hugo von uns so wünschte – dass man die Bücher berührte –, doch in Wirklichkeit konnte ich nur an Gloria und ihren Mann denken. Denn ich war mir sicher, dass das ihr Mann war.

Während sie die Regale absuchte, sagte sie etwas so leise zu ihm, dass nur er es hören konnte. Er lachte. Ich konnte mich nicht erinnern, dass Gloria jemals viel gesagt hatte, erst recht nichts Lustiges. Aber vielleicht sind wir ja am ehesten wir selbst bei denen, die uns lieben. Und da war etwas an der Art, wie er lachte, leicht gedämpft, und ich stellte mir vor, wie seine blinden Augen zu leuchten begannen. Das war *ihr* Lachen, das Lachen, das ihnen ganz allein gehörte. Während sie so dastand, mit zwei Büchern in der Hand, streckte er die Hand nach ihrem Gesicht aus. Als seine Finger ihre Wange gefunden hatten, strich er wie selbstvergessen über ihre Haut. Es war eine kleine Zärtlichkeit, aber sie war wie Atmen oder Essen, notwendig und unverzichtbar.

Dich für mich unverzichtbar machen.

Ich war ein Störenfried. Etwas beschämt wandte ich mich ab, aber es machte mich ein wenig glücklicher, die beiden zu sehen und zu wissen, dass selbst die maulfaule, sauertöpfische Gloria von jemandem innig geliebt wurde.

In jener Nacht konnte ich nicht schlafen. Ich lag neben Rajhit in meinem Bett, lauschte seinem leisen Schnarchen. Durch die hauchdünnen Vorhänge drang das Licht eines vorbeifahrenden Autos und wanderte über die Wände. Ich drehte mich auf die Seite, fand noch einmal die Körperhaltung, die ich vor einer Stunde eingenommen hatte: den Rücken an ihn geschmiegt, seine Arme um mich herum, seine Zähne, die sich zärtlich an den Knochen zwischen meinen Schulterblättern drückten, unsere Glieder verschlungen wie Jasminzweige, die sich sanft im Wind wiegen.

Wir wurden immer vertrauter miteinander. Dabei bauten wir auf jene Repertoires, die wir zusammen mit anderen Geliebten gelernt hatten. Noch waren wir in der zärtlichen Phase, die vor der Phase von Bestimmt-komme-ich-in-Stimmung-wenn-wir-erst-mal-anfangen lag, auch vor der Also-ich-bin-noch-wach-Phase oder der Schätze-wir-könnten-mal-wieder-Phase. Sex mit Rajhit machte Spaß, er war fröhlich und lustvoll, und an ihn geschmiegt zu liegen, weckte in mir einen Moment lang die Illusion, es würde tatsächlich immer so bleiben. Zur gleichen Zeit spürte ich jedoch, wie ich emotional ganz langsam zumachte. Das alles würde ein Ende haben. Das musste so sein. Die Alternative war noch undenkbarer.

Doch es war die Erinnerung an einen Augenblick, nachdem wir Sex miteinander hatten, die mich wach hielt. Wir hatten uns gegenübergelegen. Er hatte den Kopf auf seinen abgewinkelten Arm gelegt und streichelte mit der anderen Hand meinen Oberschenkel. Und dann war da sein Blick, als er mir tief in die Augen schaute. Ich unterdrückte den Impuls, etwas zu sagen, einen Witz zu machen, das Schweigen zu brechen, die Augen von ihm zu lösen. Wir sahen uns an. Es war kein Betrachten, auch kein kurzes Aufschauen, wie beim Abendessen, wenn man sich anguckt oder dem anderen zuhört – oder wenn man sich überlegt, was man als Nächstes sagen soll. Wir blickten uns einfach an, leer und bedeutungsvoll zugleich. Und dann spürte ich, wie ich ein Wort auf der Zunge hatte.

Liebe. Das Wort schien sich in mir zu entfalten wie ein Brief, den man aufklappt. Liebe. Ich könnte es sagen. Genau in diesem Moment. Es müsste ja nicht für ewig sein. Menschen verlieben sich und entlieben sich. Das war nicht anders. Es würde ein unausgesprochenes «für den Moment» geben. Das würde er verstehen. Ich kostete die Worte in meinem Mund, und sie schmeckten nach Salz und nach Meer, weil sie eine so weite Strecke durch das Leben anderer Menschen hinter sich gebracht hatten, um endlich bei mir anzukommen. Doch ich presste die Lippen zusammen, denn selbst das winzigste Seufzen würde genügen – und dann hätte ich sie gesagt. *Wenn das Glas gebrochen ist, kann man eine Fensterscheibe nicht mehr einsetzen*, hatte Catherine Henry geschrieben. Was gesagt ist, kann man nicht mehr zurücknehmen. Und so sagte ich nichts. Dann war es wieder da, das Verlangen danach, es zu sagen. Jetzt würde ich es tun. Aber dann war Rajhits Hand plötzlich von meinem Bein auf die Decke zwischen uns gefallen und ich hatte hellwach seinem Schnarchen gelauscht.

Ich schlüpfte aus dem Bett und ging in meine dunkle Küche hinüber. Ich schenkte mir ein Glas Bourbon ein, trank es aus und goss mir noch eins ein. Mein Handy summte auf dem Küchentisch, und eine SMS brachte das Display zum Leuchten. Sie kam von einer Finanz-App, die ich mir heruntergeladen hatte und die mir beim Sparen helfen sollte. «Wir lieben dich! Liebst du uns auch?

Gib eine Bewertung im App Store ab!» Toll. Irgendwelche anonymen Software-Entwickler konnten das sagen, und ich brachte es nicht über die Lippen. Ich gab ihnen einen Stern.

Ich fühlte es. Ich war mir ziemlich sicher, dass ich genau das fühlte. Nach all den Romanen, die ich in meinem Leben gelesen hatte und in denen Menschen sich verliebten, hätte ich bei mir selbst sicherer sein können, was die Symptome anging. Aber vielleicht war auch genau das das Problem. Vielleicht war ich gar nicht richtig verliebt. Vielleicht folgte ich einfach nur einem Schema, tat das, was alle anderen schon versucht hatten, so wie man in ein angesagtes Restaurant geht, das man als Einziger noch nicht kennt.

Dort, in der Dunkelheit und der Stille, formte ich die Worte mit meinen Lippen. Ich. Liebe. Dich. Es war gar nicht so schwer. Ich machte es noch einmal. Nichts geschah. Es war immer noch dunkel und still, und die Bourbonflasche war noch ziemlich voll. So weit, so gut. Ich schlich mich über den Flur zum Schlafzimmer und warf einen Blick hinein. Rajhit schlief. Ich ging zurück in die Küche und versuchte es noch einmal, diesmal laut. «Ich liebe dich», sagte ich in die Nacht hinein. Und lief rasch auf den Flur, um mich zu vergewissern, dass er weiterhin schlief.

Zurück in der Küche übte ich noch ein bisschen. Jetzt wurde es leichter. Die Worte kamen in Schwung und purzelten nur so aus meinem Mund, wie bei einem Kleinkind, das laufen lernt und entdeckt, wie flink seine Beinchen sind. Ich war stolz auf mich. Ich rief noch einmal den App Store auf und setzte meine Wertung für die Finanz-App auf fünf Sterne hoch.

Ich holte mir *Lady Chatterley* vom Küchentisch. Ohne das Buch aufzuschlagen, nahm ich es in beide Hände, schloss die Augen und sagte: «Ich liebe dich.» Dann ließ ich es zurück auf den Küchentisch fallen.

Warten wir etwa nur darauf, dass wir endlich perfekte Menschen werden, dass all unsere Narben verschwinden, dass die Zeit und die Wissenschaft unsere Fehler ausradieren? Wenn wir uns mehr Zeit lassen, um uns zu treffen, werden wir dann noch größere Zuneigung, noch größere Zufriedenheit aus unseren Seelen ziehen? Nein. Wir werden nicht geliebt, weil wir perfekt sind. Es sind unsere kleinen Makel, die uns liebenswerter machen.

Henry

Von draußen drangen leise Stimmen in die Küche. Als ich aus dem Fenster spähte, sah ich Hugo, der auf den obersten Treppenstufen zwischen unseren Wohnungen saß. Miss Callahn stand, an den Baum gelehnt, im Garten, ihre Stimme tönte leise durch das Dunkel. Dann ging sie zu ihm und nahm einen Schluck aus der Tasse, die er in der Hand hielt. Gerade wollte ich vom Fenster zurücktreten und mich anziehen, um mich zu ihnen zu begeben, als mich etwas stutzig machte. Da war etwas an der Art, wie Hugo zu ihr emporblickte, so verzweifelt und müde, wie ein Ritter, der schon viel zu lange für seinen Herrn unterwegs ist und nicht mehr nach Hause findet. Nach ein paar Worten, die ich nicht hören konnte, streckte sie die Hand aus und legte sie sanft auf seinen gebeugten Kopf. Ich hatte das Gefühl, noch nie zwei Menschen gesehen zu haben, die gemeinsam so einsam waren.

Ich ließ den Vorhang fallen und ging zurück ins Bett.

Selbst nach zwei Gläsern Bourbon fühlte ich mich, als stünde ich unter Strom. Wieder und wieder sah ich Hugo und Miss Callahn vor mir und versuchte zu begreifen, was genau ich da gesehen hatte.

Ich legte mich neben Rajhit, stützte mich auf den Ellbogen auf. Dann beugte ich mich über ihn und flüsterte ihm all das ins Ohr, was ich ihm sagen wollte.

Elftes Kapitel

Das Glas zerbricht

Das kann man nicht ungeschehen machen. Wenn das Glas zerbrochen ist, kann man eine Fensterscheibe nicht mehr einsetzen.

CATHERINE

Ich saß im Pioneer Park, blickte von meinem Buch auf und beobachtete die Leute, die vorbeieilten. Obwohl es in dem Wohnblock auf der anderen Straßenseite ruhig war – die Googler hatten sich bereits auf ihren Campus zurückgezogen, um mal wieder an der Veränderung der Welt zu arbeiten –, wimmelte es im Park von Menschen, die Feierabend hatten und nach Hause gingen, Tüten mit Take-away-Speisen in der einen Hand, das Handy in der anderen.

Fünf Wochen. So lange hatte es gedauert, mein Leben auf den Kopf zu stellen. Noch vor fünf Wochen hatte ich nicht zugeben wollen, dass ich Zeit im Dragonfly verbrachte, und jetzt hatte ich zusammen mit Hugo die Position eines Geschäftsführers inne. Noch vor fünf Wochen hatte ich verzweifelt versucht, Avi davon zu überzeugen, dass sie mir dabei half, einen Job zu finden. Jetzt saßen sie und ich beim Tee – einem trinkbaren Tee – im Büro des Dragonfly, gingen mit Robert zusammen die Bilanzen durch und suchten nach Möglichkeiten, die finanzielle Situation des Ladens zu festigen. Noch vor fünf Wochen war ein Gespräch mit Jason so unangenehm gewesen wie ein lästiges Jucken an einer Stelle, an der man sich in der Öffentlichkeit unmöglich kratzen konnte. Jetzt schienen er und ich Waffenstillstand geschlossen zu haben. Er hatte sich mit der Website, die ich eingerichtet hatte, angefreundet und schrieb unter dem Namen Lummox sogar den Blog dazu. Darin beantwortete er Fragen über Bücher (ja, wir haben *Harry Potter* auf Spanisch!), wies auf unsere neuen Öffnungszeiten hin (10 Uhr morgens bis 10 Uhr abends), und schrieb, wen man um die Ecke bringen musste, um am freitäglichen Spieleabend teilnehmen zu dürfen (die Liste war lang). Leute erkundigten sich, ob wir Neues über Henry und Catherine herausgefunden hatten (hatten wir nicht … nix … nada … nufta). Noch vor fünf Wochen hatte ich die Wunden eines zwar nicht mehr gebrochenen, aber enttäuschten Herzens geleckt. Und jetzt saß ich auf Hugos Elchdecke unter meinem Lieblingsbaum, nur ein paar Schritte von dem Ort entfernt, an dem Henry auf Catherine gewartet hatte, und spürte, wie wach all meine Sinne waren, weil ich wusste, dass jeden Moment Rajhit um die Ecke biegen würde.

Der Pioneer Park war nur wenige Straßenecken vom Dragonfly entfernt und lag eingequetscht zwischen dem Rathaus und der Bibliothek an einer Seitenstraße, sodass man nur daran vorbeikam, wenn man Bücher auslieh. Eine kleine Plakette am Eingang des Parks besagte, hier habe sich ursprünglich ein nicht konfessionsgebundener Friedhof befunden, den eine gewisse Maria Trinidad Peralta de Castro 1861 gestiftet hatte. Heutzutage sah man hier jedoch keine Grabsteine mehr, sondern grasbewachsene Hügel und überfütterte Eichhörnchen. Breite Holzbänke säumten die Wege und gewaltige Eichen blickten mürrisch auf die Gebäude ringsum herab, wie auf Tischgäste, die viel zu lange geblieben waren.

Mein Lieblingsbaum war eine breite Eiche mit einem Ast, der so weit herunterhing, dass man sich, mit ein wenig Hilfe, daraufsetzen konnte. Während ich mit zwei Lamm-Dönern auf Rajhit wartete, hatte ich die Decke ausgebreitet, die Schuhe ausgezogen, die Zehen ins Gras gestreckt und las einen Roman von Laurie Colwin. (Wie hatte ich es nur mein ganzes Leben lang ohne Laurie Colwin ausgehalten?) Rajhit hatte sich ein wenig verspätet. *Mittagessen im Park?* Am Abend zuvor hatte ich ihm einen Zettel dieses Inhalts in die Tasche seiner Jeans gesteckt, und als ich an diesem Morgen ins Dragonfly kam, klebte ein Post-it mit dem einen Wort *Ja* an der Innenseite meines Rucksacks.

Ich stand auf, streckte mich und ging zum nahen Brunnen. Henrys und Catherines Brunnen. *Sonntag ist der erste Sommertag. Treffen wir uns im Pioneer Park am Brunnen, zwölf Uhr mittags.* Das war die einzige Nachricht, die ich für mich behalten hatte, das kleine bisschen von Henry und Catherine, das mir allein gehörte.

Ich hatte mir ihre Nachrichten wieder und wieder durchgelesen und darin nach einem Muster gesucht, weil ich den einen Moment herausfinden wollte, an dem ihnen klarwurde, dass ihr Leben miteinander verbunden war. Doch ich konnte ihn einfach nicht finden, sosehr ich mich auch bemühte. Ich hatte das Gefühl, als starrte ich auf eines dieser modernen Gemälde, die nur aus einer Farbe bestehen, und hielte Ausschau nach all den Emotionen, die der Künstler damit auf die Leinwand bringen wollte. Stattdessen sah ich jedoch nur eine lilafarbene Fläche und kam mir blöd vor.

Der Brunnen lag etwas versteckt in einem japanischen Garten, gleich beim Hintereingang der Bibliothek. Er war klein, wirkte modern (keine pinkelnden Putten, Gott sei Dank). Ich umrundete ihn auf dem kiesbestreuten Pfad. Das hier war die Stelle, wo Henry Catherine an jenem ersten Sommertag getroffen hatte, zu einer Zeit, als Männer mit Anzug und Hut zum Baseballspiel gingen und Frauen nachmittags Perlen trugen und in weiß behandschuhten Händen kleine Etuitaschen trugen. Ich stellte mir Henry vor, verkörpert von Van Johnson … nein, noch besser, von Montgomery Clift, wie er nervös auf und ab ging und sich bemühte, nicht ständig auf die Uhr zu schauen. Jedes Mal, wenn eine Frau auf ihn zukam, hoffte er, sie würde beim Brunnen stehen bleiben und er hätte Catherine endlich gefunden. Bestimmt versuchte er, nicht zu starren, nicht zu grinsen und sich in dieser kleinen Stadt nicht zum Narren zu machen, wenigstens so lange nicht, bis er sicher sein konnte, dass sie es war. Doch eine nach der anderen ging vorbei, und er tippte grüßend an seinen Hut und ließ sie vorüberziehen. Bis schließlich eine gertenschlanke Elizabeth Taylor um die Ecke bog und er es wusste. Sie wussten es beide. Zuerst waren sie wohl schüchtern, weil sie bereits so viel von sich offenbart hatten und den Schutz der Anonymität nicht mehr hatten, der mutig macht. Und dann nahm er ihre Hand und … na ja, alles war gesagt.

Ich fragte mich, ob wohl etwas von ihnen auf dem Boden, den sie betreten hatten, übrig war. Vielleicht könnte ich eine archäologische Grabung veranlassen. Ich würde DNA-Spuren finden, mit dem ich einen Supercomputer füttern konnte, eines dieser Geräte, die nur im Film existieren und die unglaublichsten logischen Sprünge machen, damit der Filmheld die Daten bekommt, die er braucht. Die würde ich zusammensetzen lassen und den Anhängern des Dragonfly endlich das geben, wonach sie sich sehnten.

Doch im Grunde wollte ich gar nicht wissen, was mit Henry und Catherine geschehen war. Am liebsten hätte ich es gehabt, man könnte das Wissen über ihr Schicksal mit einem Korken verschließen und als Flaschenpost ins Meer werfen. Sie waren keine Figuren aus einem meiner Schundromane. Es bestand durchaus die Möglichkeit, dass sie tatsächlich zusammengekommen waren und irgendwo die Wunden eines jahrzehntelangen Zusammenlebens leckten – kleine und große. Wider besseres Wissen hoffte ich, dass sie sie überstanden hatten und miteinander glücklich geworden waren.

Ich schüttelte den Kopf, um ihn von diesen Gedanken zu befreien. *Rajhit. Rajhit.* Hier ging es um ihn und um mich, nicht um meine Eltern, nicht um Henry und Catherine oder um mich und Bryan. Sondern um mich und Rajhit. Ich konzentrierte mich auf das Wasser im Brunnen, auf sein ewiges Plätschern, auf sein Funkeln im Sonnenlicht. Langsam umrundete ich ihn und sprach dabei leise unsere Namen, um meine Gedanken auf das zu konzentrieren, wohin sie gehörten. *Maggie und Rajhit. Maggie und Rajhit.* «Wir haben es in der Hand, wer wir sind», hatte er zu mir gesagt. «Es gibt nur mich und dich.»

Als ich auf meinem Weg um den Brunnen wieder vorne vorbeikam, spürte ich auf einmal, wie heiß es geworden war. Ich bückte mich, um die Hand ins Wasser zu tauchen und mir ein wenig davon ins Gesicht zu spritzen. In diesem Moment sah ich die kleine Plakette, die an den Brunnen geschraubt war.

GESTIFTET VON DER PARTNERSTADT
MOUNTAIN VIEWS, IWATA, JAPAN,
IM FEBRUAR 2009

Ich stand auf. Ich musste mich verlesen haben. Es war heiß, ich hatte mich gebückt. Vielleicht war mir ein wenig schwindelig. Ich bückte mich noch einmal und las die Inschrift wieder und wieder.

IM FEBRUAR 2009

Februar 2009? Vor fünf Monaten also? Das musste in etwa der Zeitpunkt der Widmung gewesen sein. Doch der Brunnen musste viel länger hier stehen, Jahrzehntelang, wenn sich Catherine und Henry hier getroffen haben sollten. Ich schaute mir den Brunnen genauer an. Er war aus frisch geschlagenem Granit, saubere Linien dort, wo er eingelassen war, glatt, ohne Moos oder Schmutz. Dann bemerkte ich einen kleinen Draht, der nach hinten verlief. Als ich ihm mit den Augen folgte, sah ich, dass es eine Solarzelle war, die den Brunnen mit Strom versorgte. Der Brunnen war also wirklich neu.

Hilfe. Ich brauchte Hilfe. Eine Frau in der braunen Uniform der städtischen Parkangestellten kam an mir vorbei. Sie trug eine Art Harpune zum Aufklauben von Abfall, als wäre es ein Wanderstock. Unter einem breitkrempigen Ranger-Hut umrahmte silbriges Haar ihr rundes Gesicht, rosafarbener Lippenstift leuchtete auf ihrem Mund. Auf einem Schild an ihrem Revers stand «Gray Badgers – Freiwillige Parkaufsicht». Wie passend, *gray badgers* … graue Dachse.

«Entschuldigen Sie bitte», rief ich hinter ihr her. Ihr

Gesicht strahlte, als sie sich umdrehte. «Können Sie mir bitte sagen, wie lange es diesen Brunnen schon gibt?»

«Ich glaube, ein paar Monate», sagte sie. «War eine hübsche Einweihung. Waren nicht viele Leute da, aber die Kekse kamen von dieser neuen indischen Bäckerei auf der El Camino Real. Die, die keine Eier verwendet.»

«Und vorher gab es keinen Brunnen hier im Park? Vielleicht in den sechziger Jahren?»

«O nein, meine Liebe. Hier hat es nie einen Brunnen gegeben. Damals war das hier noch ein Friedhof. An Halloween haben meine Kinder hier Verstecken gespielt. Besser, als die Leute an der Haustür zu belästigen, fand ich. Mein Mann Albert hingegen hat immer gesagt …»

Sie redete und redete, aber ich hörte nicht mehr zu. Ich hatte an dem zu kauen, was ich da gerade erfahren hatte. Der Brunnen war erst im Februar in Betrieb genommen worden. Vorher hatte es hier nichts gegeben. Bis *Februar dieses Jahres* hatte es hier keinen Brunnen gegeben. 1961 war hier noch ein Friedhof gewesen. Ich zog mein Smartphone aus der Tasche und blätterte die Bilder durch, die ich von Henrys und Catherines Nachrichten gemacht hatte. Eine davon stand auf der Titelseite des Buchs und war mit 1961 datiert. Ich hatte mich immer gefragt, wer von beiden dieses Datum geschrieben hatte. Und als ich mir das Foto näher heranholte, hatte ich meine Antwort. Keiner von beiden. Die Tinte war anders. Die Handschrift war anders. Keiner von beiden hatte das Datum festgehalten. Henry und Catherine hatten sich diese Nachrichten nicht vor fast fünfzig Jahren geschrieben, sondern diesen Sommer.

«... aber nachdem Albert gestorben war, gab ich nichts mehr auf das, was er gedacht hatte ...» Der graue Dachs redete immer noch.

«Entschuldigen Sie bitte, aber könnten Sie mir sagen, wann der erste Sommertag ist?», fragte ich.

«Der erste Sommertag, der erste Sommertag ...», brummelte sie und tippte sich mit der behandschuhten Hand an die Schläfe. «Oh, warten Sie. Wir können im Kalender nachschauen.» Sie zog einen kleinen Lederrucksack auf ihre Vorderseite.

«Ist schon okay», sagte ich. «Ich hab mein Handy.»

«Halten Sie doch bitte mal, meine Liebe», sagte sie, ohne auf meinen Einwand zu achten, und reichte mir nacheinander zwei Lippenstifte, ein Päckchen Tempos und ein Rabattmarkenheft, während sie in den Tiefen ihres Rucksacks herumkramte. «Ah, da haben wir ihn», sagte sie. Sie zog einen Taschenkalender heraus und blätterte darin. «Da, 21. Juni. Natürlich. Mittsommernacht. Jetzt erinnere ich mich. Wir hatten eine schöne kleine Feier, nur ich und die Mädels, verstehen Sie, draußen in den Bergen von Santa Cruz, auf Brendas Grundstück. Haben ein großes Feuer gemacht, nackt herumgetanzt und die Göttin Gaia angebetet. Wenigstens glaube ich, dass es Gaia war. Jedenfalls ein wunderschöner Abend. Allerdings nicht so schön wie früher, als wir alle noch Paare waren. Das war eine Zeit! Hey – alles in Ordnung mit Ihnen?»

Ich musste mich setzen. Mein Herz klopfte so wild, dass ich dachte, es springt mir gleich aus der Brust. Ich bedankte mich bei ihr und setzte mich auf die Bank vor dem Brunnen. Zwei kleine Kinder rannten um ihn herum, streckten die Hände ins plätschernde Wasser, lachten, bespritzten sich. Ich musste dieses Rätsel lösen, und zwar sofort.

Okay, sagte ich mir, du bekommst das raus. Der erste Sommertag war der 21. Juni. Das Treffen des SVBC-LMA war … wann? Ich schaltete mein Handy wieder ein und sah mir den Blog an. 20. Juni. Dann hatte mir Hugo *Lady Chatterley* am Abend zuvor, also am 19., aus dem Dragonfly mitgebracht. Wie viele Tage vor dem ersten Sommertag hatte Henry die Nachricht hinterlassen? Vier? Fünf? Eine Woche? Hatte Catherine genügend Zeit gehabt, sie zu sehen, bevor mir Hugo das Buch gebracht hatte? Was war «genug»? Und wenn nicht?

«Heiliger Strohsack, warum sind die denn nicht einfach zu einer Online-Partnervermittlung gegangen wie normale Menschen?», fluchte ich ein bisschen zu laut. Die Kinder, die am Brunnen spielten, hielten inne und schauten mich an. «Ist doch wahr», sagte ich zu ihnen. «Ich bin eine böse Frau, die das Leben anderer Menschen zerstört und in der Öffentlichkeit flucht.» Ich wartete darauf, von ihren Muttertieren zur Schnecke gemacht zu werden, doch die waren zu sehr in ihren Plausch auf der Decke gleich nebenan vertieft.

Ich musste *Lady Chatterley* an den Ort zurückbringen, wo Hugo es an jenem Abend gefunden hatte. Vielleicht war es ja noch nicht zu spät. Vielleicht kam Catherine jeden Tag in den Laden und hoffte, das Buch würde wieder auftauchen. Ich musste mir alle Besucher des Dragonfly ins Gedächtnis rufen, die in dieser Zeit im Laden waren. So viele waren das nicht gewesen. Es dürfte also nicht zu schwer sein. Gab es denn eine Frau, die oft erschien? Hugo würde das wissen, ich musste mit ihm reden. Und, um Himmels willen, ich musste die Website schließen. Ich musste alles schließen. Ich dachte an all die Nachrichten, diese liebevollen, zärtlichen Nachrichten, die ich einfach in die ganze Welt hinausposaunt hatte.

Ich sprang von meiner Bank auf, bereit, meine Sachen zusammenzupacken, doch in diesem Moment sah ich Rajhit auf mich zukommen. Rajhit. Ich war nicht allein. Rajhit würde mir helfen. Als er sah, was für ein Gesicht ich machte, trat er schneller auf die Bank zu.

«Was ist denn passiert?», fragte er, nahm mich am Arm und führte mich zu der Bank zurück, damit ich mich wieder setzte. Ich hatte das Gefühl, ich wäre geplatzt, wäre er nicht in diesem Augenblick aufgetaucht.

«Ich muss zurück ins Dragonfly», sagte ich. Ich packte ihn am Revers seines Hemds.

«Klar», sagte er, jedoch ohne sich zu bewegen. Er sah noch besorgter aus als vorher. «Sag mir aber zuerst, was los ist. Alles in Ordnung mit dir? Ist etwas passiert?»

«Ich muss das Buch zurückbringen», sagte ich. «Ich muss mit Hugo reden.»

«Er ist nicht da», sagte Rajhit. «Ich bin ihm in die Arme gelaufen, als ich am Laden vorbeiging. Meinte, er hätte eine Verabredung. Maggie, bitte, was ist los?»

«Henry und Catherine», sagte ich. «Es gibt sie wirklich. Ich meine, es gibt sie *jetzt.* Heute. Diese Nachrichten waren nicht von 1961. Die beiden sind irgendwo da draußen. Und ich weiß nicht, ob sie sie gesehen hat. Seine letzte Nachricht. Und wenn nicht? Ich kann nicht glauben, was ich da angestellt habe. Was hab ich bloß getan?»

Der Griff seiner Hände um meine Arme lockerte sich, und ich bemerkte, wie er auf einmal schwerer atmete. Wieso war er nicht überrascht? Er sah nur traurig aus. In diesem Moment wusste ich, dass alles noch viel schlimmer war, als ich gedacht hatte.

«Woher weißt du das alles?», fragte er.

Ich stand auf und führte ihn zu der Plakette am Brunnen.

«Wir müssen gehen», sagte ich und zog an seinem Arm. Er aber blieb einfach stehen und hielt meine Hand fest.

«Maggie, warte», sagte er, ohne mich anzuschauen.

Da war etwas an der Art, wie er meine Hand umfasste, die mich innehalten ließ. Und als ich mich umdrehte, um ihn anzuschauen, wusste ich, das war der Moment, in dem sich alles verändern würde.

«Ich bin Henry», sagte er.

Er sah mich an, hielt meine Hand in der seinen fest, während ich spürte, wie sich das Blut in meinem Körper ausbreitete und nicht recht zu wissen schien, wohin. Der Augenblick hing in der Luft wie ein Papierflugzeug, das viel zu hoch segelte und schließlich doch dem Gesetz der Schwerkraft folgen musste. Die Geräusche des Parks rund um uns verstummten.

«Aber ich bin nicht Catherine», sagte ich, in dem verzweifelten Versuch, all das Neue in die gleiche alte Gleichung zu quetschen.

«Ich dachte, du wärst es», sagte er. «An jenem Abend im Garten mit den Zigarren. Das Buch war verschwunden, Catherine tauchte nie am Brunnen auf. Und dann warst du da, an dem Tag, an dem wir uns eigentlich treffen sollten, mit dem Buch, und ich dachte: *Sie weiß, wer ich bin.* Aber du hast nichts gesagt, und so fragte ich dich nach dem Titel. *Zärtlichkeit.* Und du sagtest fast genau das, was sie geschrieben hatte, und ich dachte: *Da ist sie, sie war schon die ganze Zeit da.*»

Mein Gehirn suchte nach Erinnerungsfetzen, forstete wie wahnsinnig alles durch. Jene Nacht im Garten, der Waschsalon, die Party bei Hugo. Da musste es etwas geben, etwas, das ich ihm zeigen konnte. *Sieh doch, daran hättest du erkennen müssen, dass ich nicht Catherine bin. Und deshalb hättest du nicht … du hättest es einfach nicht tun sollen.*

«Ich hab alle ihre Nachrichten ins Netz gestellt», sagte ich. «Du lässt zu, dass ich das tue. Du lässt mich *ihre* Nachrichten an die Öffentlichkeit bringen.»

«Ich dachte, du hättest mich an jenem Abend im Waschsalon gefragt, ob es okay ist. Ich dachte, du hättest deshalb nichts gesagt, weil du dir nicht in die Karten sehen lassen wolltest und sie neu gemischt hattest. Ich hing an deiner Angel.»

Er machte mit der Hand eine kleine Bewegung auf mich zu, hielt dann jedoch inne.

«An dem Tag, als du mein Rad aufgepeppt hast», sagte ich. «Als ich bei dir in der Wohnung das Buch gefunden habe. Da hast du doch endlich die Wahrheit gewusst.»

Er nickte.

«Sie ist irgendwo da draußen», sagte ich. «Und sie denkt, du hast sie im Stich gelassen. Sie denkt, du hast mir das Buch gegeben, damit ich es fürs Dragonfly ausschlachte. O mein Gott.»

«Ich hab versucht, sie zu finden», sagte er. «Ich hab ihr einen Brief hinterlassen, an der Stelle, wo …»

«Wo ihr euch früher geschrieben hattet.»

«Wo das Buch früher stand. Aber sie hat ihn nie geholt.»

«Deinen Brief an sie», sagte ich, überhaupt nicht mehr sanft.

«Du tust so, als würde ich dich betrügen. Das habe ich nicht.»

«Nein, du betrügst mich nicht. Du betrügst *sie* mit *mir*. Du hast sie *geliebt*.» Das letzte Wort warf ich ihm förmlich an den Kopf.

«Ich liebe *dich*.»

«Weil du dachtest, ich bin sie.»

Er legte den Kopf in seine Hände. Ich beobachtete, wie seine Schultern sich hoben und sanken.

«Als ich dachte, du wärst Catherine», sagte er, «war ich dankbar. Ich konnte mein Glück kaum fassen.»

Ich spürte einen Lufthauch in meinem Nacken. Die Kinder planschten wieder im Brunnen herum. Eine Eidechse flitzte ins Gebüsch.

«Diese Nachrichten hätte ich nie schreiben können.»

«Das kannst du nicht wissen.»

«Doch. Ich weiß, ich hätte dir nie zurückgeschrieben. Das weiß ich.»

«Aber jetzt würdest du es.»

Rajhit hatte recht. Jetzt würde ich es. Jetzt würde ich es tun, weil ich in ihn verknallt war und keinen freien Willen mehr hatte. Ich hätte ihm geschrieben, weil mein Herz schneller schlug, wenn ich ihn auf meiner Türschwelle hörte. Ich hätte ihm geschrieben, weil ich jedes Mal wie verzaubert war, wenn ich die Augen öffnete und ihn sah. Ich hätte ihm geschrieben, weil er mir so viel bedeutete. Nur dass nichts davon real war. Die Person, die ich war, wenn ich mit ihm zusammen war, existierte nur, weil er dachte, ich sei Catherine.

«Es ist alles eine Lüge», sagte ich und zwang meine Lungen dazu, diese Worte hervorzustoßen.

«Bitte sag das nicht», erwiderte er. «Bitte, Catherine.»

Uns blieb beiden der Atem stehen. Er ließ mich los, und ich stand auf, entfernte mich von ihm, schwebte von ihm weg wie ein Luftballon, den ein Kind losgelassen hat. Wir schauten uns an und wussten, alles, was gesagt war, blieb auch gesagt. Es fühlte sich an, als wären die Gesetze der Physik außer Kraft gesetzt.

Zwölftes Kapitel

Das Kräuseln im Wasser

Es hat keinen Sinn vorauszusehen, was kommen wird. Es kommt so und so.
HENRY

«Es war Jasons Idee», sage ich. «Hugo wollte zuerst nichts davon wissen. Zu negativ. Aber dann hat Jason die gesamte Ying-und-Yang-Argumentation bei ihm in Gang gesetzt und ihm zu verstehen gegeben, wenn wir den Leuten die Bücher empfehlen, die wir lieben, dann sollten wir sie auch vor denen warnen, die wir hassen.»

Ich stand inmitten einer kleinen Gruppe, die sich um den Teppanyaki-Koch geschart hatte, welcher in Avis Open-Air-Küche ein Abendessen zubereitete. Mit ihren Marmoroberflächen und der Bar sah sie aus wie ein überdimensionierter Weber-Grill. Der Koch goss Öl in einen Vulkan, der aus aufgeschichteten Zwiebelringen bestand, und die Flammen schossen gen Himmel. Die bereits beschwipste Menge applaudierte. Was auch immer Avi für das Catering zahlte, vermutlich wäre sie günstiger weggekommen, wenn sie uns alle in ein Luxusrestaurant eingeladen hätte.

«Aber wieso stellt ihr in eurem Laden Schilder auf, die die Leute davor warnen, eure Produkte zu kaufen?», fragte ein silberhaariger Mann namens Larry, der für Avis Venture-Capital-Firma arbeitete und mich schon den ganzen Abend mit Fragen nach dem Dragonfly löcherte.

«Wir warnen sie nicht vor den Büchern. Wir machen ihnen nur den Vorschlag, auch mal ein schönes Geschenk für jemanden auszusuchen, den sie nicht mögen, wie etwa die Schwiegermutter oder den Nachbarn, dessen Hund immer die Hortensien anpinkelt. Jason betrachtet das als Dienst am Kunden.»

Die Gruppe um mich herum lachte. Ich war tatsächlich von CEOs und Venture-Kapitalisten umgeben. Bei ArGoNet war ich diesen Leuten nie begegnet. Ich hatte mich zwar weit hinaufgearbeitet, aber von einer leitenden Position konnte keine Rede sein. Aufsichtsratsmitglieder, Investoren? Niemand von diesen Leuten wusste damals, wer ich war. Erst durch das Dragonfly hatte ich es bis hierher geschafft, und ohne den Laden hätten diese Leute nie über meine Geschichten aus dem mühseligen Alltag einer Buchhandlung gelacht. Ich war einzigartig. Ich war hip. Ich war weder eine von ihnen noch versuchte ich es zu sein, und das schenkte mir die Freiheit, mich in ihrer Gesellschaft wohl zu fühlen. Genau das hatte ich auf der Highschool vermisst.

Als Avi mich zu diesem Dinner einlud, hatte ich zunächst abgesagt. Ich wollte auf keine Party gehen. Ich wollte mir einfach nur einen Drink mixen, unter die Decke kriechen und nicht an Rajhit denken. In letzter Zeit arbeitete ich jeden Tag zwölf Stunden im Dragonfly, ohne Pause, ohne Schmökern, fast ohne zu essen. Nur Arbeit. Arbeit würde mich wieder komplett machen. In den ersten paar Tagen hatte ich Angst gehabt, Rajhit könne vorbeikommen. Doch das tat er nicht, und jeden Tag ging die Sonne auf und wieder unter, trotz allem, was geschehen war, als wäre die Tatsache, dass man nach Strich und Faden belogen worden war, nur ein winzig kleines Schlagloch auf der Straße zum rührseligen Happy End. Scheiß auf die Sonne. Scheiß auf rührselige Happy Ends. Ich litt so sehr, als hätte ich mein ganzes Leben lang nichts anderes getan, als Leid zu vermeiden. Rajhit ging mir durch Mark und Bein, er hatte sich in mir eingenistet und floss durch meine Adern. Und ich hatte es zugelassen. Deshalb war ich auch ebenso sauer auf mich wie auf ihn. Niemandem sagte ich, warum. Nicht einmal Dizzy. Der Schmerz gehörte mir, mir ganz allein. Na ja, jedenfalls mir und Catherine.

Hugo und Jason hatten mitbekommen, dass etwas nicht in Ordnung war, und blieben auf Distanz, doch Avi ließ nicht locker und rief mich mehrfach an, um mir zu sagen, wie gern all diese Leute mich treffen und alles über das Dragonfly erfahren würden. Ich wollte da nicht hin. Ich sagte ihr an die zehn Mal, dass ich die Einladung nicht annehmen würde. Bis ich verstand. Start-up-Firmen im Software-Bereich waren bei Leuten wie Avis Gästen immer auf der Suche nach Kapital. Warum nicht das Dragonfly? Einer der Risikokapitalgeber konnte sich auf diese Weise ein bisschen Glaubwürdigkeit erkaufen. Und so stand ich nun hier wie die Moderatorin einer Dauerwerbesendung, redete über das Dragonfly, als wäre es die neueste Küchenmaschine, die zugleich häckselt, rührt und schneidet, und meine Zuschauer wären schlaflose Kreditkartenbesitzer mit zu viel Geld.

«Und was ist mit Apollo Books & Music?», fragte Larry. «Was wissen Sie über die?»

«Ganz gleich, was für Bücher Sie suchen – die Toiletten sind immer in der Kinderabteilung.»

Wieder sonnte ich mich in ihrem Gelächter. Sie fraßen mir aus der Hand. Ich war Miss Charming.

«Apollo Books & Music ist im Besitz der Familie McNeil», sagte ich. «Sie haben fünfundzwanzig Buchläden in Nordkalifornien und West-Nevada. Bücher, CDs und DVDs. Und ihre Läden sind zu groß. Knapp dreitausend Quadratmeter, um Bücher zu verkaufen? Es muss einen Grund dafür geben, dass nur etwa die Hälfte der Läden Büchern gewidmet ist. Schätze, sie brauchen einfach all den anderen Kram, um sich über Wasser zu halten. Und überhaupt – DVDs und CDs in Zeiten von iTunes? Keine Chance. Ich bin überzeugt davon, bei denen müssen wir einfach nur abwarten, bis sie den Bach runtergehen.»

«Wir?», fragte Larry.

«Na ja, das Dragonfly.»

«Sie glauben, dass Sie sie überrunden können?»

«Ich glaube, wir können alles.»

Ich würde den Teufel tun und es in dieser Runde sagen, vor all diesen Leuten, von denen ich hoffte, sie würden ins Dragonfly investieren – aber wenn ich ehrlich war, war es mir egal, wo die Leute ihre Bücher kauften. Apollo, Amazon, Barnes & Noble, eBooks, das Dragonfly. Wen kümmerte das? Ich fand, das Problem lag nicht darin, *woher* die Menschen ihre Lektüre bekamen, sondern, dass sie nicht *genügend* Bücher kauften. Wir brauchten immer noch Läden, um die Leute daran zu erinnern, dass wir noch da waren, mit Leuten darin, die wussten, wovon sie redeten. Es war undenkbar, dass das Dragonfly jemals Apollo vom Markt verdrängte, und ich fand auch nicht, dass es das tun sollte. Aber das hielt mich nicht davon ab, jene unternehmerische Tollkühnheit an den Tag zu legen, die ich schon bei unzähligen Managern gesehen hatte. Fast rechnete ich damit, dass die Partygäste Bingo-

Kärtchen mit Businessjargon herauszogen und anfingen, ihre Pfründe abzustecken.

Als das Essen serviert wurde, schaute ich über den Rand meines Weinglases zu Dizzy. Avi hatte darauf bestanden, dass ich ihn mitbrachte. Er redete mit zwei Männern in Poloshirts, zeichnete gerade etwas auf eine Serviette und gestikulierte heftig beim Reden. Ich musste nicht in Hörweite sein, um zu wissen, dass es um Software ging. Sein Gesicht leuchtete vor Begeisterung, und sein Lächeln war, wie immer, wenn es um Algorithmen ging, etwas schief. Es schien fast, als wäre er high. Augenblicklich war mir ein wenig leichter ums Herz, allein durch die Tatsache, dass ich meinen Freund so fröhlich sah. Als Avi mich einlud, hatte sie mir versprochen, es würde Leute geben, mit denen er reden konnte, und ich war ihr dankbar dafür, dass das stimmte.

Ich schnappte mir ein gefülltes Weinglas von einem vorbeikommenden Tablett und setzte mich auf eine der Lounge-Couchen aus Teak, die den Infinity Pool säumten. Unter dem leisen Murmeln eines Wasserfalls hörte ich gedämpften Fusion-Jazz und das Geplauder von Menschen, die sich um die Begleichung ihrer Stromrechnung keine Gedanken machen mussten. Es war einer der wenigen Abende in der Bay von San Francisco, an dem man ohne Jacke draußen sitzen konnte. Es hätte mich nicht überrascht, wenn Avi die tropischen Temperaturen zusammen mit den Sushi-Häppchen bestellt hätte. Das gefiel mir. Ich wollte mehr davon.

Als ich das Klacken von High Heels hörte, machte ich die Augen auf und sah, wie Avi aus ihren Slingbacks schlüpfte und sich in den Sessel neben mich fläzte. Sie hielt ihr Glas in der Nähe des Randes, als wollte sie es dazu herausfordern, ihr aus den Fingern zu gleiten. Aber das würde auch nichts machen. Auf den Tabletts des Caterers standen noch viele davon. Bei Avi gab es von allem noch viel mehr.

«Amüsierst du dich?», fragte sie.

«Das Miraval ist nichts dagegen.»

Sie streckte die Hand über ihre Armlehne und ergriff meine auf beinahe schwesterliche Weise.

«Ich bin so froh, dass du hier bist», sagte sie.

«Danke. Und damit meine ich nicht nur den heutigen Abend», erwiderte ich.

«Ich hoffe, ich war dir eine Freundin.»

«Die beste», sagte ich. «Die immer einen guten Rat hat und ein Haus, in dem man einen Traumurlaub verbringen könnte.»

Sie lachte und zog sich in ihrem Sessel hoch, beugte sich nach vorne.

«Ich wollte damit eigentlich noch bis später warten, aber ich halte es nicht mehr aus. Komm mit, ich zeig dir was.»

Wir nahmen unsere Schuhe in die eine Hand, die Weingläser in die andere und kicherten wie zwei Schulmädchen, die ins Büro des Direktors schleichen und sich das konfiszierte Marihuana unter den Nagel reißen. Im Haus folgte ich ihr bis zu dem Raum, der ihr offenbar als Büro diente. Wie alles andere in Avis Haus hatte auch dieses Zimmer eine feminine und zugleich professionelle Ausstrahlung. Es war der Raum einer Frau, die genau wusste, wer sie war und welchen Platz sie einnahm. Eine mit Chenille gepolsterte Festung, die verkündete: «Ihr könnt mich alle mal.» *Eines Tages …*, dachte ich. *Eines Tages …*

Sie winkte mich zu dem Sofa, das ihrem Schreibtisch

gegenüberstand, und griff nach einer Ledermappe. Sie schlang die Arme darum, ließ sich auf der Kante ihres Schreibtischs nieder und grinste mich an.

«Oft ist der Moment», sagte sie, «kurz bevor man das bekommt, was man sich wünscht, besser als der, wenn es wirklich so weit ist. Was ich dir gleich geben werde, ist kein Geschenk. Es ist etwas, das du dir verdient hast. Ich möchte, dass du diesen Moment spürst, damit du ihn für immer in Erinnerung behältst.»

Die Luft um mich herum wurde still. Im Rückblick frage ich mich manchmal, warum sich in diesem Augenblick nicht die Rädchen in meinem Kopf zu drehen begannen und sich all die Möglichkeiten, was passieren könnte, in mir abspulten. Doch an Avi war etwas Verführerisches und Aufregendes, etwas, das mich tatsächlich einfach nur den nächsten Augenblick erleben lassen wollte, koste es, was es wolle.

Sie hielt mir die Mappe hin, und ich nahm sie mit der ganzen Vorfreude entgegen, die Avi mit ihren Worten heraufbeschworen hatte. Ich schlug sie auf. In der rechten Innentasche steckte ein Brief, der an mich adressiert war. Es war ein Jobangebot. Das Gehalt, das gleich im ersten Abschnitt fett gedruckt hervorstach, war wesentlich höher als der Betrag, den ich jemals gehofft hatte, bei ArGoNet zu verdienen. Das Logo im Briefkopf war überdruckt, aber noch erkennbar: Apollo Books.

Avi ging in die Knie, ließ sich auf ihre Fersen nieder und lächelte mir zu, als sie die Verwirrung auf meinem Gesicht sah.

«Wir haben den Laden gekauft», sagte sie. «Larry, ich und ein paar weitere Partner. Wir haben eigenes Geld reingesteckt, ein Käuferkonsortium gebildet und zusätzliches Kapital aus einem Fonds der Firma bekommen. Du hast Jim vorhin kennengelernt. Er managt den Fonds.»

«Ihr habt Apollo gekauft?»

«Ja. Und wir möchten, dass du uns dabei hilfst, es zu führen. Und so viel mehr daraus zu machen, als es jetzt ist. Klar, es ist eine Kette, aber nur, weil sie mehrere Läden haben. In Wirklichkeit ist es ein Familienunternehmen, das noch als solches geführt wird und deshalb massenweise Geld in den Sand setzt. Wir wollen es wieder auf ein Niveau bringen, auf dem wir mit größeren Ketten konkurrieren können. Und du wirst uns dabei helfen.»

In meiner Magengrube summte ein ganzer Bienenschwarm von Fragen. Kaum hatte ich nach einer gegriffen, surrte schon die nächste vorbei.

«Ich wusste schon vom ersten Tag an, dass du etwas Besonderes bist», sagte Avi. «Nichts macht mich glücklicher, als auf Talent zu stoßen, dort, wo ich nicht damit gerechnet habe. Innerhalb weniger Monate hast du das Dragonfly, diesen kleinen Laden, in ein profitables Unternehmen verwandelt. Na ja, so profitabel ein modernes Antiquariat eben sein kann. Aber entscheidend ist: Wir glauben an dich. Und wir wollen, dass Apollo viel mehr wird als ein Laden für Bücher und Musik. Wir wollen neue Medien einbeziehen. Wir wollen das Geschäft in ein neues Zeitalter führen, wollen es zu einem Ort der Meditation machen, einem Ort, an dem die Leute zusammenkommen und sich austauschen, diskutieren, philosophieren. Die Kultur von Bücherliebhabern, die du im Dragonfly erschaffen hast, kann wachsen und wachsen. Die Verlage werden dich anflehen, ihre Bücher weit vorne im Laden aufzustellen. Und sie werden ordentlich dafür bezahlen. Wir können Autoren ins Rampenlicht bringen, von denen du glaubst, die Leute müssten sie kennenlernen. Du wirst das Denken unserer Kunden beeinflussen, sie dazu bringen, dass sie ihre Meinungen ändern. Du wirst eine der einflussreichsten Frauen der Westküste sein.»

Ihre Worte waren wunderschön, so schön, wie ich es mir nie hätte vorstellen können. Ich würde einen richtig guten Lebensstandard haben, allein dadurch, dass ich Bücher in hübschen, neuen Buchläden verkaufte, in die ich sogar meine Mutter mitnehmen konnte. Ich würde nicht mehr von Makkaroni mit Käse leben müssen. Ich würde nie mehr Instantnudeln essen. Ich würde ein Auto haben, eine Krankenversicherung und so viele Bücher, wie mein Herz begehrte. Neue Bücher.

«Und was ist mit dem Dragonfly?», fragte ich.

«Lass es hinter dir. Oder besser: Bring das, was du daran liebst, einfach in deine neue Tätigkeit ein. Es ist doch alles genial, findest du nicht? Kleine, schnuckelige Buchhandlungen. Genau wie du gesagt hast. Hugo, Jason. Sie können in jedem Laden arbeiten, den sie wollen. Sie sind phantastisch. Stell noch hundert weitere solcher Leute ein. Du hast genau die richtige Formel entwickelt. Jetzt ist es an der Zeit, sie auf breiter Ebene umzusetzen.»

Kurz stand mir das Bild von Jason und Hugo in identischen Poloshirts vor Augen.

«Sie sind Menschen. Du kannst sie nicht einfach kopieren und in etwas einfügen wie Dateien.»

Avi erhob sich und ging zu ihrem Schreibtisch. Dort blieb sie kurz stehen und drehte sich dann wieder zu mir.

«Maggie, ich habe Neuigkeiten für dich», sagte sie, als würde sie einem Schulkind mitteilen, der Preis für seinen Milchzahn unterm Kissen sei gesunken. «Um den Deal zu finanzieren, mussten wir einige Immobilien abstoßen.

Viel haben wir für die Grundstücke nicht bekommen, aber heutzutage muss man einfach tun, was getan werden muss.»

«Was hat denn das damit zu tun ...» Und dann wusste ich es. Der Umschlag, den Hugo mir nicht hatte zeigen wollen. Der von unserem Hausbesitzer.

«Euch hat das Gebäude gehört», sagte ich.

«Ja», sagte sie. «Na ja, unserer Gruppe. Es war Teil der Vermögenswerte, die Larry in das Unternehmen mit einbrachte. Ich weiß, du liebst diesen kleinen Laden, Maggie. Ich auch. Er ist ein Schatz. Doch die Leute werden ihre Zuneigung schon bald auf das neue Apollo übertragen, davon bin ich hundertprozentig überzeugt. Das ist ein geringer Preis dafür, dass du alles bekommst, was du dir wünschst, oder nicht, Maggie?»

Ich schaute sie an, dessen war ich mir sicher, möglicherweise nickte ich sogar. Aber in diesem Augenblick fühlte ich mich auf einmal nur leer. Am liebsten hätte ich mir einfach nur Hugos Elchdecke über den Kopf gezogen und geschlafen. Kein Dragonfly mehr. Es war fort.

Avi nahm einen Briefbeschwerer in die Hand – irgendeine Trophäe aus geeistem Glas und mit einer Beschriftung – und drehte ihn in ihren Händen. Sie schaute ihn an, nicht mich.

«Maggie, ich hoffe, du gehörst nicht zu den Menschen, die eine wundervolle Gelegenheit nicht zu schätzen wissen, wenn sie sich ihnen bietet.»

Zum wahrscheinlich allerersten Mal in meinem Leben fehlten mir die Worte. Kein Wunder. Zu vieles ging im Kopf herum, zu viele Gedanken, die sich ineinander verkeilt hatten wie Autos bei einer Massenkarambolage. Akzeptierte ich das Angebot, würde ich mich wie ein Verräter fühlen. Und lehnte ich es ab, wie ein Idiot. Folglich sagte ich erst mal nichts und ließ mich treiben. In einer anderen Welt, in der das Dragonfly weiter existent sein würde, konnte ich mich in diesem neuen Job sehen, als wäre das Dragonfly ein Gegengewicht. Es blieb am Leben, auch wenn es ohne mich auskommen musste. Wenn das Dragonfly existierte, dann konnte auch ich irgendwo außerhalb davon existieren. Doch wenn es nicht mehr da war – was dann?

Avi verzog den Mund zu einem Lächeln, hievte mich aus der Couch und führte mich zum Panoramafenster ihres Büros. Ich sah Dizzy, er sprach mit einer größeren Gruppe von Leuten, ganz konzentriert auf das, was mittlerweile unendlich viele vollgekritzelte Servietten ausmachte.

«Er ist auch mit im Boot», sagte Avi. «Wir haben ArGoNet gekauft und wollen daraus unsere neue Abteilung für Social Media machen. Silver Needle Holdings braucht ihn. Er kann unsere Software von Grund auf neu entwickeln. Sein Team aufbauen, wie er das will. Er war lange genug mittelmäßigen Business-Modellen ausgesetzt. Ihr beide als Team – nichts kann euch aufhalten.»

Sie ließ mich los und holte die Mappe vom Sofa.

«Und das Beste hast du noch gar nicht gesehen.» Sie ließ aus der Innentasche eine Broschüre gleiten und reichte sie mir. Es war ein Werbefaltblatt.

APOLLO BOOKS
UNVERZICHTBAR FÜR DICH

Am Morgen nach Avis Party war ich früh im Dragonfly, so wie es seit der Trennung von Rajhit zur Gewohnheit geworden war. Hier war es schön still, und die Liste der Dinge, die zu tun waren, derart lang, dass ich gar keine Zeit zum Grübeln hatte. Nach Avis überraschender Ankündigung gab es nun noch mehr, über das ich nicht nachdenken wollte, und so war ich sogar besonders früh gekommen. Ich freute mich darauf, eine Weile allein im Laden zu sein und meine Ruhe zu haben. Doch als ich ankam, saß Dizzy auf dem Gehsteig, den offenen Laptop auf den Knien, im Kapuzenpulli einer Firma, für die wir vor einigen Jahren gearbeitet hatten, und zwei Becher von Cuppa Joe neben sich. Acht Uhr morgens, und er stand vor lauter Koffein und Ehrgeiz bereits voll unter Strom. Ich hatte meine Zweifel, ob er überhaupt im Bett gewesen war.

«He, du», sagte er, als ich ihm einen kleinen Tritt verpasste. «Mocha?»

Ich nahm den Becher entgegen und schloss die Tür auf. Er folgte mir und machte Anstalten, das N von N-O-P-E nach hinten zu schieben, um den Leuten zu zeigen, dass der Laden geöffnet war, aber ich winkte ab. Dizzy liebte das Spielchen mit dem Schild. Aber ich wollte nicht, dass schon so früh Kunden im Laden waren. Und ein gemeiner kleiner Teil von mir wollte auch Dizzy den Spaß verderben.

«Kannst du das glauben?», sagte er. «Die ganze verdammte Infrastruktur von null an. Weißt du, wie oft man eine solche Gelegenheit bekommt? Da hat ein Mönch mehr Sex. Okay, ein buddhistischer Mönch. Okay. Ein buddhistischer Mönch, der ganz allein und ohne Ziegen an einem Vulkan lebt, hat öfter Sex. Das ist so, als würde man dir eine Buchladenkette anbieten und sagen, du kannst sie führen, wie du willst.»

«So in etwa haben sie das ja auch getan», sagte ich und bedeutete ihm, leiser zu sein. Obwohl niemand im Dragonfly war, schaute ich rasch in Richtung Regale, als könnten die Bücher seine Worte in sich aufsaugen und mich verraten, wenn später Jason und Hugo auftauchten. Das Dragonfly gehörte der Vergangenheit an. Und ich war schuld daran.

Dizzy drehte seinen Laptop herum und zeigte mir das Display, auf dem jede Menge geometrische Formen zu sehen waren, wie bei einem Pop-Art-Bild aus den Sechzigern. Es war ein überarbeitetes System von ArGoNet, alles in leuchtenden Primärfarben. Tatsächlich der Traum eines jeden Software-Architekten, der auf das zurückgreifen konnte, was er bereits gemacht hatte, um es neu zu erfinden. Man kannte alle Fehler aus der Vergangenheit. Und konnte sie vermeiden.

Tatsache ist: Niemand beginnt eine Software zu entwickeln und rechnet damit, dass sie Schrott ist. Als Erstes erschafft der Visionär etwas, für das es einen Bedarf gibt. Dann erforschen die Produktmanager, wie es auf dem Markt funktionieren wird, konstruieren ein Geschäftsszenario und listen auf, was die Software leisten soll. Dann entwirft ein Software-Architekt einen Plan, wie die Software funktionieren soll, und die Software-Ingenieure schreiben den Code. Zahllose Planungsbesprechungen, verworfene Codes und gigantische Rechnungen beim Pizzalieferdienst später erfolgt die Testphase. Die Tester argumentieren, dass die Software nicht die Anforderungen erfüllt, woraufhin die Ingenieure kontern, sie funktioniere genauso wie geplant. Fehler werden aufgelistet. Weitere Besprechungen kosten wieder jede Menge Zeit. Die technischen Entwickler sagen, es sei ihnen egal, wie es mit der Software klappt, sie wollen einfach nur, dass jemand eine Entscheidung fällt. Nach den Sitzungen geht jeder in dem Glauben nach Hause, man habe sich auf etwas geeinigt – nur dass jeder eine andere Vorstellung von dem hat, worauf man sich verständigt hat. Entwickler der Benutzeroberfläche versuchen herauszufinden, wie viele Klicks man braucht, bis es sich rechnet. Im Marketing finden Schlammschlachten darüber statt, wohin das ganze Werbebudget fließen soll. Und wenn alles reibungslos abläuft, die Planetenkonstellation stimmt und jeder brav seinen Spinat isst, wird die Enttäuschung, wenn das Produkt auf dem Markt ist, nur kurz sein.

Und dann steht das nächste Mal an. Eine neue Version wird mit ungebremstem Optimismus geplant. *Wir bringen alles in Ordnung, was beim letzten Mal nicht funktioniert hat. Die gleichen Fehler machen wir nicht noch einmal. Diesmal schaffen wir es.* Doch die Kompromisse kommen früh und schnell. Es gibt technische Hürden, die zu groß sind, um sie zu überwinden. Plan A kann man vergessen, deshalb akzeptieren alle Plan B und schließlich auch noch den anämischen Plan C. Heißt es endlich: «Wir sind auf dem Markt!», gibt es wieder Pizza bis zum Abwinken, es werden T-Shirts mit dem Namen des Projekts verteilt, von dem höchstens fünfzig Menschen auf der Welt wissen, man trinkt teures Bier und billigen Wein und versucht sich nicht anmerken zu lassen, wie viel Angst man vor den Reaktionen der User hat. Die Ideen für die nächste Version liegen bereits vor, so verführerisch wie Verheißungen kurz vor Mitternacht. Diesmal wird es endlich ein Meisterwerk. Diesmal wird alles anders.

«Das ist ein Riesending, meine Süße», sagte Dizzy. «Für dich auch. Ich hätte nie geglaubt, dass sich ein solches Projekt ausgerechnet im Buchhandel auftun würde. Und das hast du auf den Weg gebracht. Nichts davon wäre passiert, wenn du Avi bei dieser Damenwichserveranstaltung nicht so beeindruckt hättest. Heiliges Kanonenrohr! Dann der Laden! Und dass wir ausgerechnet durch die Hintertür auf diese Goldgrube stoßen! Die wollen nicht nur mich, sondern auch dich. Und nicht wie beim letzten Mal. Die sind wirklich davon überzeugt, dass du das kannst, Maggie.»

«Gab es daran denn beim letzten Mal Zweifel?»

«Na ja, für dich war es doch eine große Sache gewesen, oder? Du hattest vorher in irgendeiner Bibliothek gearbeitet und dann … Ich meine, all die anderen Firmen und schließlich ArGoNet. Das war für dich ein gewaltiger Sprung.»

Er schmiss seinen leeren Becher in den Abfalleimer und schloss mich in die Arme, ohne in seinem Überschwang darauf zu achten, dass ich keine Luft mehr bekam.

«Und wenn ich das nicht will?», fragte ich, meine Stimme durch den Stoff seines Kapuzenpullis gedämpft. «Was, wenn ich …» Fast hätte ich gesagt *beim Dragonfly bleiben will.* Doch das Dragonfly würde es nicht mehr geben. «Was, wenn ich was anderes will?»

Ich wusste nicht wirklich, was ich meinte, bevor ich es ausgesprochen hatte. Doch es fühlte sich gut an, es zu sagen. Ich hatte Angst, und auf einmal waren all die Bedenken in mir, das beste Angebot, das ich jemals bekommen hatte, auszuschlagen, wieder da. Ich schaute meinen Freund an, hoffte, er würde mich verstehen. Ich war es leid, dass Dizzy Software-Krieger war. Ich wollte einfach, dass er mein Freund war, dieser erwachsen gewordene Bart Simpson mit dem Superhirn und dem großen, weichen Herzen. Doch meine Worte hüpften über ihn hinweg wie ein flacher Stein, den man über einen stillen See schnippt.

«Du wirst den Job annehmen», sagte er. «Das ist das Gescheiteste. Und du bist gescheit, deshalb …»

«Es ist nicht gescheit», erwiderte ich. «Es ist nur bequem.»

«Meine Fresse!» Dizzy knallte seinen Laptop zu und fuhr zu mir herum. «Was willst du eigentlich? Seit Monaten läufst du wie ein Trauerkloß herum, weil man dich bei ArGoNet gefeuert hat, und jetzt hast du wieder was, sogar was viel Besseres. Du wirst mehr Geld haben, als die Polizei erlaubt. Du wirst das Gesicht einer neuen Firma sein. Und du willst mir weismachen, dass du das nicht willst? Du willst nicht, dass man dir das alles auf einem Silbertablett serviert wie im gottverdammten Märchen. Du sagst mir allen Ernstes, dass du lieber in diesem beschissenen kleinen Buchladen bleiben willst, als dir endlich ein eigenes Leben aufzubauen. Und was ist mit diesem Typen? Ja, denkst du etwa, ich wüsste nicht, dass du ihn nicht mehr siehst? Der, nach dem du so verrückt warst? Was hast du denn gemacht, Maggie? Hast du dich von ihm getrennt, weil er zu toll war? Sag's mir doch, weil wir alle es nicht erwarten können, es zu erfahren – was zum Henker soll eigentlich noch passieren, damit du glücklich bist?»

Ich war noch nicht einmal dazu gekommen, im Laden das Licht anzumachen, und schon stellte mir jemand Fragen, auf die ich keine Antwort wusste. Dizzy und ich standen in der grauen Stille des Dragonfly und schauten uns an. Draußen gingen Leute vorbei. Ein Hund bellte vor der Tür, weil er sich daran erinnerte, dass wir hinter der Ladentheke Leckerchen hatten. Die Uhr an der Wand hinter mir tickte eine Sekunde weiter. Und dann klingelte Dizzys Telefon.

Er quetschte sich den Kopfhörer ins Ohr und nahm das Gespräch an. Genau in diesem Moment ging die Tür auf, und Jason schob sein Fahrrad durch die Tür. Offenbar schien er nicht begeistert darüber zu sein, dass ich schon da war, aber vielleicht würde ja Dizzy ihn in bessere Laune versetzen. Oder sie beschäftigten sich wenigstens gegenseitig miteinander und ließen mich verdammt noch mal allein. Doch der Wunsch, dass sie mich ignorierten, war so groß, dass ich etwas Wichtiges vergessen hatte. Ich hatte Dizzy nicht ermahnt, er solle nichts über das Jobangebot verlauten lassen.

«Ja, ja, neues Rechenzentrum», sagte Dizzy gerade ins Handy. «Die Typen, die das jetzt machen, können nicht mal einen Regenschirm bei Sturm aufspannen.»

«He, Dude, keine Handys hier», sagte Jason.

Dizzy blickte sich um und breitete die Arme aus, als wollte er zu verstehen geben: «Keiner da, was soll's?»

Jason kam zur Ladentheke herüber und bedachte mich mit einem Zur-Hölle-mit-dir-Blick. Ich bat mit einem Lass-ihn-doch-Blick um Nachsicht und überlegte fieberhaft, wie ich Dizzy aus dem Laden manövrieren könnte.

«Ja, ja, sie ist mit an Bord», sagte Dizzy, drehte sich um und schaute mich an.

Ich schüttelte den Kopf, um ihn zum Schweigen zu bringen, und warf schnell einen Blick zu Jason, der mich neugierig ansah.

«Hör endlich mit dem Telefonieren auf, Mann», sagte Jason und beäugte mich misstrauisch.

Dizzy winkte ab. «Ich bin mir sicher, Maggie kann

nächste Woche anfangen. Sie muss nur noch ein paar Sachen regeln.»

«Raus jetzt.» Jason wies mit dem Finger zur Tür.

«Moment mal kurz», sagte Dizzy. Er tippte auf seinen Kopfhörer, um das Gespräch stummzuschalten, und wandte sich an Jason. «Hör mal, ich gehör zu ihr», sagte er und zeigte auf mich, ohne zu merken, dass das bei Jason keine Wirkung hatte. «Ich arbeite an einem Deal mit Apollo Books, der Millionen Dollar wert ist. Solange du mich nicht davon überzeugen kannst, dass ich dich mit meinem Telefonat von einem solchen Deal abhalte, werde ich verdammt noch mal nicht mit dem Telefonieren aufhören.» Er tippte wieder auf den Ohrstöpsel. «Tut mir leid. Also Folgendes ...»

Jasons Gesicht verzerrte sich vor aufgestauter Wut. Diesen Ausdruck kannte ich. Oft genug hatte ich ihn auf Dizzys Gesicht gesehen, wenn er in der Schule von anderen Jungs in die Mangel genommen wurde, deren Muskelmasse doppelt so groß war wie seine und deren IQ halb so groß. Und jetzt war er einer von ihnen.

Ich stapfte an Jason vorbei und riss Dizzy sein Handy vom Gürtel. Ich konnte die Stimme am anderen Ende der Leitung hören. Dann stöpselte ich den Kopfhörer aus und stellte auf Normalbetrieb. Dizzy fuhr herum, als er bemerkte, wie ich mit dem Handy auf die Tür zuging. Am anderen Ende der Leitung quasselte der Typ immer noch über Verhandlungstaktik und Term Sheets.

«Hey», sagte ich ins Telefon, während ich den Bürgersteig betrat. «Wussten Sie, dass sich Dizzy im letzten Semester an Halloween als Mae West verkleidet hat? Gerade werden die Fotos auf Facebook eingestellt.»

«Wer spricht da?», fragte der Typ.

«Und dass er es nur knapp aufs College geschafft hat?»

Ich spürte, wie sich eine Hand auf meinen Arm legte. Dizzy stand neben mir. Er griff nach dem Handy, doch mein Arm war deutlich länger, und ich hielt es von ihm weg, in Richtung Verkehr, der auf der Castro Street vorbeirauschte. Ich hörte die Stimme sagen: «Dizzy? Dizzy? Was zum Henker ist denn los?»

«Mags, hör jetzt endlich auf mit dem Quatsch.» Dizzy machte einen Satz, um sich das Handy zu schnappen, doch ich drehte mich herum und wehrte ihn ab. «Was soll denn das?»

«Entschuldige dich», sagte ich.

«Okay, okay, es tut mir leid. Ich entschuldige mich, aber jetzt gib mir endlich das Handy zurück.»

«Nicht bei mir. Bei Jason.»

Er versuchte immer noch, das Handy an sich zu nehmen, suchte nach einer Schwachstelle in meiner Verteidigung.

«Tut mir leid, Mann!», rief er über seine Schulter hinweg in den Laden.

Dizzy hörte mit der Rangelei auf, sobald ich damit aufhörte, ihm das Handy vorzuenthalten. Jason stand direkt vor der Tür des Dragonfly und schien zu überlegen, ob er eingreifen sollte.

«Warum hast du mich eigentlich hierher mitgenommen?», fragte ich Dizzy.

«Wovon redest du?»

«Dir lag die Welt zu Füßen», sagte ich. «Mich brauchtest du doch gar nicht.»

«Nein, aber du brauchtest mich, Mags. Du hast nichts weiter getan, als auf deinem Sofa herumzusurfen. Du konntest dir nicht mal einen Drink leisten. Du schliefst mit irgendwelchen Kiffern. Was sollte ich denn anderes tun?»

Ich wandte mich zur Straße und schmiss einem vorbeifahrenden Toyota Prius das Handy vor die Räder. Dizzy stand neben mir, während wir zusahen, wie die schwarzen Reifen darüberfuhren. Es war ein so sattes, geiles Knirschen, als würde man eine Getränkedose zerquetschen, und einen Moment lang hatte ich das wahnwitzige Gefühl, einen Schritt zu weit gegangen zu sein.

«Du bist also sauer auf mich, weil ich dir die Wahrheit sage», meinte Dizzy.

«Ich bin sauer, weil du glaubst, es sei die Wahrheit.»

Dizzy musste eine Lücke im Verkehr abwarten, ehe er das aufsammeln konnte, was von dem Handy übrig war. Es sah aus wie ein geschreddertes Toastsandwich aus Plastik und Platinen.

«Irgendwann», sagte ich, «wirst du mir dafür dankbar sein. Und bis dieser Tag gekommen ist, hältst du deinen Arsch von meinem Laden fern.»

Ich ging ins Dragonfly zurück. Jason machte einen Satz rückwärts, damit ich an ihm vorbeikonnte. Drinnen ließ ich mich in einen Sessel fallen und legte den Kopf in die Hände. Tränen, so groß wie Pfannkuchen, kullerten mir über die Wangen.

Jason nahm auf seinem Sessel Platz, die Hände zwischen die Knie gelegt, bis ihm Grendel von seinem Platz im Schaufenster auf den Schoß sprang.

«Hast du wirklich einen Job bei Apollo bekommen?», fragte Jason.

«Ich hab ein Angebot.»

«Ist es ein gutes?»

«Ja.»

Er zuckte mit den Achseln und ließ die Beine baumeln, die nicht bis auf den Boden reichten. Grendel steckte den Kopf in Jasons Armbeuge.

«Hast du vor, es anzunehmen?»

Ich hätte ihm gern vom Ende des Pachtvertrags erzählt, davon, dass es bald kein Dragonfly mehr geben würde. Und dass ich keinen Job mehr hätte, würde ich das Angebot nicht annehmen. Doch ich wollte zuerst mit Hugo reden. Und so zuckte ich nur mit den Schultern und weinte noch ein bisschen. Jason rutschte auf dem Sessel hin und her, mit der Ratlosigkeit eines Menschen, der nicht weiß, was er machen soll.

«Rajhit und ich haben uns getrennt», sagte ich.

Er nickte.

«Blaubeerbagel?»

Ich nickte.

Jason war ziemlich lange weg. Aber als er mit einer Bageltüte zurückkehrte, balancierte er in der anderen Hand auch noch zwei XXL-Softdrinks auf einem Papptablett.

«Blau oder rot?», fragte er.

Ich nahm blau.

Ein seidiger Nebeldunst hing am frühen Abend über der Stadt, als ich durch die Windschutzscheibe von Hugos Volvo auf die Hinweisschilder im Park spähte. Es war dunkel, und ich fuhr durch die Berge von Santa Cruz. Ich hatte keine Ahnung, was mich erwartete. Dann endlich fiel der Lichtkegel meiner Scheinwerfer auf ein paar Pavillons in LEGO-Farben, und ich wusste, ich war da.

Sowohl für Hugo als auch für Jason war es ein ganz besonderer Tag. Es hatte sich herumgesprochen, dass auch

Hugo, was niemanden wirklich überrascht hatte, in den Sechzigern zu den Leuten gehörte, die damals in der Society for Creative Anachronism angefangen hatten. Und heute war er als Gründungsmitglied der allerersten Stunde, zelebriert als «Anno Societatis I», dabei. An diesem Morgen hatte ich fast einen Herzinfarkt erlitten, als er im Outfit eines elisabethanischen Edelmanns in den Laden kam, das ihm Jason besorgt hatte.

«Ich finde, es steht mir ziemlich gut», sagte er und prostete mir mit einem Goldkelch zu, während unter den Kunden des gut besuchten Dragonfly Applaus aufbrandete. «Das werde ich jetzt jeden Tag tragen.»

Das alles war Nimues Idee gewesen. Als ich herausgefunden hatte, dass Hugo Mitglied jenes berüchtigten Trüppchens in Berkeley gewesen war, hatte sie ihn immer wieder zu Zusammenkünften eingeladen, doch er hatte stets galant abgelehnt. Und wenn ich sage *galant*, dann meine ich damit, dass er sich vor ihr verbeugt und sie mit «M'Lady» angesprochen hatte. Manchmal hatte ich gedacht, sie frage ihn nur deshalb noch, damit er auf so formvollendete Weise absagte. Schließlich war es Jason gewesen, der ihn doch dazu brachte, in die legendären Beinlinge zu steigen. Heute Abend würde es eine Feier für diejenigen geben, die im vergangenen Jahr einen Beitrag zum Königreich der Nebel geleistet hatten. Dazu gehörte natürlich Jason, oder Frederick der Barde, wie man ihn nannte. Das wollte sich Hugo nicht entgehen lassen, und ich mir auch nicht.

Ich scherte in einen freien Parkplatz ein und holte tief Luft. Jason wusste von dem Jobangebot, jedoch nicht, dass das Dragonfly seine Pacht verloren hatte. Hugo wusste das mit der Pacht, aber nicht von meinem Jobangebot.

Niemand wusste, dass Rajhit Henry war. All diese Geheimnisse lagen mir wie Ziegelsteine im Magen.

Noch einmal schaute ich kurz auf mein Handy. Seit unserem Streit hatte ich nichts mehr von Dizzy gehört. Laut Facebook war er gestern nach Portland gefahren, um sich mit einer Gruppe von Entwicklern zu treffen. Silver Needle Holdings wollte die gesamte Entwicklungsgruppe dorthin verlagern, um Kosten zu reduzieren. Nicht sehr viele von ArGoNet wollten nach Portland, und so fuhr Dizzy alle Geschütze auf, um sie zu rekrutieren. Um die Vision, die Avi und ihr Team im Kopf hatten, zu verwirklichen, würde es wesentlich mehr brauchen als die stark geschrumpfte Truppe, über die er noch verfügte. Und dann war da noch Avi selbst. Sie saß am Steuer des Silver-Needle-Schiffs und wähnte mich in der Cocktail-Lounge, wo sie sich später auf einen Drink mit mir treffen würde, während ich in Wirklichkeit immer noch am Quai auf einer Taurolle hockte und mir den Kopf darüber zerbrach, ob ich an Bord gehen sollte.

Ich stieg aus dem Wagen, und mit Hilfe einer Taschenlampe fand ich den Weg zu den Pavillons und zur Musik. Der Duft nach Grillfleisch kam mir entgegen, und ich konnte nur hoffen, dass die hiesigen Berglöwen gerade satt waren. Als ich an einer Frau vorbeikam, die ein Dirndl trug und mit einem Typen herummachte, der aussah, als wäre er direkt dem Cover eines meiner Beißerbücher entstiegen, wusste ich, dass es nicht mehr weit sein konnte. Nachdem ich ein paar Leute gefragt hatte, fand ich schließlich das Lager, in dem Jason und Hugo untergebracht waren.

«Das war heute vielleicht ein Tag», sagte Hugo. «Eine Gruppe, die den Zweiten Weltkrieg nachspielt, hatte das

Schlachtfeld für denselben Tag gebucht, sodass sich den ganzen Nachmittag Lanzelots und GIs erbitterte Kämpfe lieferten.»

«Und heute Morgen wurde ein König erwählt», rief ihm Nimue ins Gedächtnis. «Das ist auch wichtig.» Nimue beschrieb in allen Einzelheiten das Inthronisierungsgedicht, das Jason für den frisch gekrönten König geschrieben hatte. Doch bei dem Ton, mit dem sie das schilderte, hatte ich das deutliche Gefühl, sie sei mehr am König interessiert als am Gedicht.

«Das passiert manchmal», sagte Jason über den Schlamassel auf dem Schlachtfeld. «Wir versuchen bei der Planung immer aufzupassen, aber Organisation ist nicht gerade unsere Stärke. Einmal hatten wir einen Edelmann im Königreich, der auch Projektmanager bei Oracle war. Der hat eine Excel-Tabelle mit allen Terminen auf Google Docs gestellt, damit jeder sie einsehen konnte. Aber die hat nie einer gelesen.»

«Klingt grauenhaft», sagte ich.

«Das wurde es dann auch für ihn», sagte Jason. «Nachdem er gemotzt hatte, weil niemand seine Termine einhielt, setzten sie ihn einfach in der Nacht auf einem Floß aus, und er erwachte mitten auf dem Loch Lomond.»

Auch Sasha und Dae-Jung waren da und überreichten mir ein Kleid sowie einige Accessoires, die sie von einer Freundin geborgt hatten, die etwa meine Größe hatte. Dann gingen die beiden mit mir zu den Park-Toiletten, wobei sie mir erklärten, wie man das alles zu tragen hatte. Auf dem Damenklo wimmelte es nur so von Zofen und Edelfräuleins, die sich vor den Spiegeln drängten und mit allerlei Mittelchen an ihrer Verschönerung arbeiteten, hier etwas einzogen und dort etwas anderes rausstreckten. Es gab keine abgetrennten Kabinen, sodass ich mich hinter der Holzwand umzog, die den Waschraum vor neugierigen Blicken schützte.

«Denk dir einfach, es wäre einer dieser Paravents aus den alten Filmen», sagte Dae-Jung von der anderen Seite der Barriere, nachdem Sasha gegangen war, weil es ein Problem mit einem Campingkocher gab. «Wäre die Holzwand nicht draußen in der Pampa und befände sich vor einer öffentlichen Toilette, könnte es eine ziemlich elegante Umkleide sein.»

Ich mochte Dae-Jung. Er und Dizzy hatten sich ständig gesehen. Vermutlich wusste er auch von unserem Streit. Und so grübelte ich die ganze Zeit, während ich in Unterwäsche und ziemlich auf dem Präsentierteller in mein Kleid stieg, darüber nach, ob ich diesen Menschen, der praktisch ein Fremder war, nach meinem besten Freund fragen sollte.

«Ich glaube nicht, dass Dizzy und ich uns noch weiter sehen werden», sagte er und befreite mich damit aus meiner Zwickmühle.

«Und … wie geht es dir damit?», fragte ich nach einer Pause.

«Er sagt, er zieht nach Portland. Hat noch nicht mal thematisiert, was das für uns beide bedeutet. Nicht dass wir besonders lange zusammen waren, aber es klang nicht so, als wollte er das mit uns weitermachen. Nicht einmal versuchen. Das war letzte Woche, und seither habe ich nicht mehr von ihm gehört. Schätze, das war's dann.»

Ich war bekleidet genug, um hinter der Holzwand hervorzutreten. Dae-Jung lehnte in seiner Edelmann-Kluft an der Wand und gab sich Mühe, sich seinen Kummer darüber, dass man ihm den Laufpass gegeben hatte, nicht anmerken zu lassen.

«Das ist mir vor nicht allzu langer Zeit auch passiert», sagte ich. «Bloß dass ich mit dem Typen ein paar Jahre zusammen war.»

«Und was hast du da gemacht?»

«Es kam ein anderer Typ.»

«Und mit dem bist du jetzt zusammen?», fragte Dae-Jung und trat einen Schritt zurück.

«Na ja … nein.»

«Du bist in diesen Sachen nicht so gut, stimmt's?»

«Sieht so aus.»

Dae-Jung stieß sich von der Wand ab und nahm mich in den Arm. «Dizzy ist ein Arsch, richtig?»

«Kommt vor, ja.»

Er rückte wieder etwas ab, schaute mich von Kopf bis Fuß an und half mir dann mit dem Gürtel, der noch seitlich an meiner Taille herunterhing. Mein Kleid war dunkelgrün und hatte einen tiefen Ausschnitt, ganz ähnlich wie das jener Heldin auf dem Cover von *Nacht der Sterne*. Ich strich meine Haare zurück, zog mir den weißen Baumwollschleier über den Kopf und befestigte ihn mit dem Silberreif. Und obwohl die Schleppe ein bisschen hinderlich war und der Reif ständig verrutschte, musste ich zugeben, dass es mir Spaß machte, für einen Abend wie eine Renaissance-Lady auszusehen. Da war etwas an der Art, wie man ein solches Kleid anzog, ein Kleid, das so reich geschmückt und aus schönen Materialien war, das mich daran erinnerte, wie hübsch ich mich fühlen konnte. Während ich mich in dem schummrigen Spiegel der Toilette begutachtete, kam mir eine Idee. Ich reichte Dae-Jung mein Handy.

«Machst du ein Foto von mir?», bat ich. «Ich stelle es auf Facebook und jage meiner Mutter einen Schrecken ein.»

Als wir zum Zelt zurückkehrten, wartete Jason in voller Montur auf uns. Er hatte eine Laute in der Hand und sah jeden Zoll wie ein spätmittelalterlicher Troubadour aus. Zusammen gingen wir zu der Zeremonie, wobei alle außer mir und Hugo ein schmutziges Trinklied zum Besten gaben, von dem die anderen offenbar den kompletten Text kannten. Die Zeremonie war genau das, was man sich von einer Gruppe Menschen erwartete, die jede freie Minute damit zubrachte, Rüstungen zu entwerfen und Burgfräuleinkleider zu besticken. Neben diesem Pomp wirkte eine Hochzeit im britischen Königshaus wie eine gemütliche kleine Familienfeier. Und dann kam Jasons großer Moment. Er verbeugte sich vor seinem König und nahm wortlos sein Lob entgegen. Ich wusste nicht genau, was das für eine Welt war, in der es einen stillen und respektvollen Jason gab, aber sie gefiel mir.

Auf dem Weg zurück in unser Lager blieben wir bei einem lodernden Lagerfeuer stehen, um uns einen Tanz anzuschauen, der aus jeder Menge schwungvollen Verbeugungen und den schamlosesten Annäherungsversuchen bestand, die ich jemals gesehen hatte, einschließlich derer, denen ich in meiner Südstaatenheimat begegnet war. Und mittendrin war Nimue, die mit ihrem neuen König tanzte und die sittsame Maid mimte. Sasha und ich steckten uns in gespieltem Ekel die Finger in den Mund.

Hugo und ich suchten uns einen Baumstamm und setzten uns, um zuzuschauen. Ein Mönch reichte uns zwei Humpen mit Birnencider. Eine Duftmischung aus Patschuli, Henna und brennendem Eichenholz lag in der

Luft. Vier Minnesänger stimmten eine fröhliche Weise an, und die Tänzer hörten mit dem steifen Gestelze auf und begannen einen Kreistanz, zu dem viel munteres Hüpfen und Schwenken gehörte. Ich hängte mich bei Hugo ein und lehnte den Kopf an seine Schultern, genoss den Anblick des seltsamen und doch wunderbaren Spektakels.

«Was für eine Ansammlung von Besessenen», sagte ich. «Und die kaufen alle so gerne Bücher. Gott segne sie!»

«Du bist auch eine Besessene, Maggie», sagte er.

«Nicht so. Das hier ist mehr als nur ein nettes Hobby. Die Leute sagen der Welt, sie soll sich zum Teufel scheren und sie einfach in Ruhe lassen. Und das ist toll.»

Ich spürte, wie Hugo den Kopf auf meinen sinken ließ, und so saßen wir eine Weile da und ließen vieles ungesagt. Die Musikanten legten eine Pause ein, und es gab noch mehr Bier. Jemand reichte Räucherfleisch und Datteln herum. Hugo und ich richteten uns auf und aßen. Nachdem wir unsere Humpen geleert hatten, spürte ich seine Hand auf meinem Arm. Als ich mich ihm zuwandte, schaute er zu Boden, und ich konnte sehen, dass er seine Gedanken sammelte wie ein Fischer, der seine Netze einholt. Einen Moment lang dachte ich, er wisse alles über Avis Angebot. Und ich war froh, dass dann meine Unentschlossenheit vorbei sein würde. Hugo würde mich verstehen. Er würde mir entweder seinen Segen geben oder mir sagen, warum ich bleiben sollte. Ich saß da und wartete, und mein Herz klopfte so heftig, dass mein Bierschwips auf einmal wie weggeblasen war.

«Das Dragonfly verliert seine Pacht», sagte er. «Ich glaube nicht, dass ich es schaffe, irgendwo anders noch mal von vorn anzufangen. Nicht an diesem Punkt meines Lebens.»

Es war das allererste Mal, dass mir der Gedanke kam, Hugo sei vielleicht alt. Um seine Augen lagen viele kleine Knitterfältchen, als er mich mit einer Mischung aus Herzschmerz und Kummer anblickte.

«Ich dachte, ich könnte etwas dagegen unternehmen», sagte er. «Aber das Gebäude wird verkauft. Eine Käsekuchenfabrik soll dort entstehen. Das ist so, als würde man in Mayberry ein Vegas-Casino aufmachen.»

Mein Magen zog sich zusammen, während ich seine Worte auf mich wirken ließ, und ich vermochte nur noch daran zu denken, wie ich ihm diese Last von den Schultern nehmen konnte.

«Wir sollten den Laden schließen», sagte ich.

«Du und Jason, ihr könnt noch mal durchstarten. Ich würde euch meinen Anteil am Laden geben.»

«Man hat mir einen Job angeboten», sagte ich, und die Worte waren schneller heraus, als ich es gewollt hatte.

Er lächelte, seine Augen glitzerten, dann nahm er meine Hände. Er hatte es also nicht gewusst – und mir bereits eine Antwort gegeben. Deutlich konnte ich sehen, wie sich in ihm die Erleichterung eines Menschen breitmachte, dem man eine Entscheidung abgenommen hat. Mein Blick fiel auf Jason, der auf der anderen Seite des Feuers saß, lachte und zu Nimue schaute, offenbar in der Erwartung, dass sie mitlachte, doch sie sah in eine andere Richtung. Kurz tauchte vor meinem inneren Auge ein Bild vom Dragonfly auf, mit vielen Kartons voller Bücher und dunklen Umrissen auf dem Teppich, dort, wo die Regale gestanden hatten. Auf einmal spürte ich die ganze Wucht unseres Verlusts. So saßen wir lange Zeit da, Hugo und ich, unter so vielen Menschen, die das Dragonfly liebten, allein und unbehelligt in dem Wissen, dass es die Buchhandlung bald nicht mehr geben würde. Unsere Kunden würden zurechtkommen, aber noch Jahre später würden sie über das Dragonfly reden, über Hugo und Jason und vielleicht auch über mich. Doch es gab keinen Mangel an Läden, wo man Bücher kaufen konnte. Das Dragonfly würde nur einer dieser Plätze sein, so wie die Lieblingsbar am College oder die längst verschwundene Taqueria, in der es so endgeile Waffeln gegeben hatte.

«Ich wollte mehr für dich und Jason», sagte Hugo. «Ich wollte mehr aus dem Dragonfly machen.»

«Wir haben alle viel gewollt», sagte ich und lehnte mich an ihn, spürte seinen Arm um mich.

«Geh und finde deine Bestimmung, Maggie», sagte er. «Und pfeif auf jeden, der dich dafür nicht liebt.»

Mein Vater war kein schlechter Mensch. Es stand immer etwas zu essen auf dem Tisch, und etwas zum Anziehen hing im Schrank. Ich hatte eine ausgezeichnete Ausbildung genossen und dafür keinen Penny zahlen müssen. Und doch hatte ich mir nichts so sehr gewünscht wie solche Momente.

So saßen Hugo und ich noch eine Weile da, ehe er beschloss, zu Bett zu gehen. Ich begleitete ihn zu unserem Lager, und wir verbrachten noch ein paar stille Augenblicke, um das Gesagte auf uns wirken zu lassen. Nachdem wir uns eine gute Nacht gewünscht hatten, drehte ich noch eine Runde, sah den Lagerfeuern zu, die weiter loderten und an denen gelacht und gepoltert wurde. Ich dachte nicht an das Dragonfly, an Apollo oder an Hugo. Ich wollte an Jason denken, daran, was ein Leben ohne das Dragonfly für ihn bedeuten würde, doch irgendwie war kein Platz dafür in meinem Hirn. Mein Herz tat weh, und meine Gedanken waren müde. Ich wollte einfach herumlaufen, bis es nur noch den Schlaf für mich gab.

Und da hörte ich es, durch die Musik und das betrunkene Geschrei hindurch. Ein Lachen. Dizzys Lachen.

Ich gebe zu, dass mein erster Impuls war, einfach wegzulaufen. Schlagartig wurde ich mir meiner Aufmachung bewusst. Bis zu diesem Moment hatte ich mein Kostüm vollkommen vergessen, doch ich wollte nicht, dass Dizzy mich darin sah. Es stand auch so schon schlecht genug zwischen uns. Dann fiel mir ein, der Grund, warum ich mich an diesem Abend so wohl gefühlt hatte, war der, dass alle so angezogen waren wie ich. Das bedeutete, dass Dizzy ähnlich ausstaffiert war. Na ja, ein Kleid war es bei ihm womöglich nicht. Hoffentlich nicht. Auf einmal wurde die Verlegenheit, die mich kurzzeitig befallen hatte, durch Neugier verdrängt. Was würde Dizzy wohl tragen?

Ich folgte dem Klang seines Lachens quer durchs Lager, bis ich ihn schließlich entdeckte. Er saß inmitten einer Gruppe am Feuer, steckte in einer khakifarbenen Uniform aus dem Zweiten Weltkrieg, Helm und Gewehr lagen quer über dem Schoß, und er prostete den anderen mit einem Zinnbecher zu. Ich muss in meinem Kostüm wie ein Shakespeare-Gespenst ausgesehen haben, das gekommen war, um ihn heimzusuchen, als ich aus der Dunkelheit ins Licht der Flammen trat. Prompt ließ Dizzy vor Schreck das Gewehr fallen, als er mich sah, und kippte nach hinten von dem Holzscheit, auf dem er saß. Die beiden jungen Ritter, die rechts und links von ihm saßen, lachten und schwenkten übermütig ihre Humpen, während sie ihn mit einer Resolutheit zurück auf den Holzstoß hievten, als hätten sie ihr ganzes Leben nichts anderes gemacht.

Kaum war er wieder in der Vertikalen, wandte er das Gesicht von mir ab und versuchte, es vor mir zu verbergen. Ich ging um seine Gruppe herum, und als er gerade nachschauen wollte, wo ich denn geblieben war, stand ich direkt hinter ihm. Mit einer Geste, die ich in all den Jahren mit ihm so verinnerlicht hatte wie das Zähneputzen, wischte ich ihm über den Kopf.

Dizzy drehte sich langsam und blickte zu mir hoch. Ich gab ihm ein Zeichen, mir zu folgen.

«Wie lang machst du das schon?», fragte ich.

Er hob die Schultern. «Zum ersten Mal. Dae-Jung meinte, es könnte mir gefallen.»

«Er ist hier, das weißt du.»

Dizzy tat so, als hätte er es nicht gehört.

Ich zeigte auf einen Holzklotz, und wir setzten uns, schauten zum Lager hinüber. Er zog einen Flachmann aus der hinteren Hosentasche, reichte ihn mir und nahm dann selbst einen Schluck. Dizzy konnte ein Schwachkopf sein, aber das hieß nicht, dass er kein Gentleman war. Gott sei Dank war es Bourbon und kein Wein.

«Auf Facebook hast du gepostet, dass du in Portland bist», sagte ich.

Er bohrte den Kolben seines Gewehrs in den Boden neben seinen Füßen.

«Ich wollte nicht, dass jemand weiß, was ich dieses Wochenende mache.»

«Das Dragonfly wird schließen», sagte ich.

Er sah aus wie jemand, bei dem man gerade wieder den Stecker reingeschoben hat. Er grinste und sprang auf, soweit er in seiner engen Uniform dazu in der Lage war.

«Dann kommst du nach Portland. Ich wusste es! Du kommst mit nach Portland. Wir zwei werden ein oberhammergeiles Team sein. Alles wird so sein wie früher.»

Das war der Moment, in dem meine Entscheidung fiel. Und es waren weder Hugos Klugheit noch Avis Versuchungen noch mein eigenes marodes Bankkonto, das den Ausschlag gab. Dizzy zeigte mir, was niemand sonst mir zeigen konnte – dass ich nicht mehr der Mensch war, der ich zu Beginn des Sommers gewesen war. Ich wollte nicht oberhammergeil sein. Ich wollte jemand sein, der etwas bedeutete. Ich schüttelte den Kopf und sah, wie Dizzy in sich zusammensank wie ein zerstochener Reifen.

«Du wirst deinen Traumjob also nicht annehmen?», fragte er.

Ich schüttelte den Kopf.

«Was willst du denn stattdessen tun? Hast du ein anderes Angebot?»

Ich zuckte mit den Achseln. «Vielleicht mache ich einen anderen Buchladen auf. Das Inventar dafür hätte ich schon.»

«Ich kann es einfach nicht glauben, dass du den ganzen Weg bis nach Kalifornien gekommen bist, um einen beschissenen Laden für gebrauchte Bücher zu führen.»

«Ich bin den ganzen Weg nach Kalifornien gekommen, um mit meinem besten Freund zusammen zu sein.»

Ich spürte, wie er mich von der Seite anschaute, und genau da passierte es. Der Herzschlag, der die Zeit, in der Dizzy mein bester Freund gewesen war, von der trennte, in der er es nicht mehr war. Und um das zu begreifen, war es nötig gewesen, dass wir beide uns wie Leute verkleidet hatten, die wir nicht waren. Er würde nach Portland gehen, und ich würde in Kalifornien bleiben. Wir würden uns simsen, wir würden skypen, und ich würde ihn für immer lieben. Aber nichts würde mehr so sein wie früher. Keines der größeren Ereignisse in meiner Freundschaft mit Dizzy war jemals mit Worten besiegelt worden. Wir hatten uns nie zu Freunden erklärt oder unserer gegenseitigen Zuneigung versichert. Es war einfach so gewesen. Und es war immer noch so. Nur anders. Wir würden getrennt voneinander weitermachen. Jetzt schwammen wir in verschiedenen Flüssen.

Er reichte mir noch einmal den Flachmann. Ich spürte, wie sich der Bourbon langsam warm in meinem Körper ausbreitete, und aus irgendeinem Grund fiel mir *Die Toten* ein, jene Erzählung von James Joyce, in der Gretta durch das letzte Lied der Nacht im Wohnzimmer so gebannt ist, weil es in ihr die zärtliche Erinnerung an den Menschen weckt, der sie früher einmal war.

«Irgendwie gefällst du mir so», sagte ich. «So als Mann aus dem Zweiten Weltkrieg, meine ich. Sehr tapfer und männlich.»

«Das musst du gerade sagen, du Schalottenlady.»

«Ich glaube, du meinst Lady von Shalott.»

«Ja, genau so was in der Art.»

Zuerst schien der Widerschein der roten, rhythmisch blinkenden Lichter in der Ferne zur Nacht zu gehören. Dann jedoch wühlte sich mein Verstand durch die Cider- und Cannabisdämpfe wieder zurück an die Oberfläche.

«Sieht so aus, als gäb's da ein Problem», sagte Dizzy und zeigte auf die Lichter. «Vielleicht gehen wir besser zurück.»

Langsam stiegen wir den Hang hinab und reihten uns bei den anderen ein, die alle in Richtung des sich nähernden Krankenwagens strömten. Weit weg, über all die erhobenen Stimmen hinweg, glaubte ich kurz meinen Namen zu hören, aber ich war mir nicht sicher. Als wir uns den Lichtern näherten, sah ich Jason auf mich zulaufen. Wenn er nach mir suchte, dann konnte das nur bedeuten …

Ich lief in Richtung Krankenwagen, dicht gefolgt von Dizzy, auf die Sanitäter zu, die rhythmisch auf Hugos Brust pressten.

Dreizehntes Kapitel

Die gefrorene Erde durchbrechen

Was ist schlimmer? All das zu haben und dir nie von Angesicht zu Angesicht zu begegnen? Oder es überhaupt nie gehabt zu haben?

HENRY

Wir saßen im Warteraum der Notaufnahme, kurz nach Mitternacht, als zum ersten Mal das Wort *Schlaganfall* fiel. Andere Menschen, die ebenfalls hier waren und auf Neuigkeiten von ihren Angehörigen warteten, machten einen großen Bogen um uns. Zuerst dachte ich, sie wollten sich von uns fernhalten, weil wir schlechte Nachrichten bekommen hatten, als könnten sie sich damit anstecken. Erst als ich die Schleppe meines Kleides aufhob, um sie vor den Rädern von Hugos Krankentrage in Sicherheit zu bringen, fiel mir wieder ein, dass wir – Jason, ich und sonstige Freunde – immer noch unsere Renaissance-Kluft trugen und Dizzy seine Uniform. Dennoch war es seltsam, dass unsere Verkleidung die Leute verunsicherte. Immerhin hatte die Security uns die Schwerter und Gewehre abgenommen.

Auf der Intensivstation gab ich den Freunden Anweisungen. Ruft Robert an. Holt für Hugo Kleidung zum Wechseln. Hängt ein Schild an die Tür des Dragonfly. Jeder hatte Hoffnung im Herzen, als er zu seinen jeweiligen Aufgaben davoneilte. Gab es etwas zu tun, dann würde alles wieder gut werden. Und so verstreuten sie sich in alle Winde, unsere Ritter und Burgfräulein, mit ihren Plastiksporen über die Fliesen des Krankenhausbodens klappernd. Dann waren Jason und ich allein und schauten beklommen durch die Glasscheibe der Intensivstation zu Hugo.

«Was wird jetzt passieren?», fragte Jason.

«Ich weiß es nicht», erwiderte ich, betrachtete sein Spiegelbild in der Scheibe wartete darauf, dass es Regung zeigte.

«Wann werden wir es wissen?»

«Der Arzt hat gesagt, dass er um die Mittagszeit Untersuchungsergebnisse hätte. Dann wissen wir mehr.»

«Und wenn vorher was geschieht?»

«Dann kommt ein anderer Arzt.»

«Bist du sicher?» Mir kam seine Frage komisch vor, viel zu naiv für Jason. Ich wandte mich von seinem Spiegelbild ab und drehte mich zu dem realen Jason. Gerade wollte ich sagen: «Klar bin ich mir sicher. So funktioniert das.» Doch ich hielt inne, weil mir auf einmal bewusst wurde, dass Jason wahrscheinlich wesentlich mehr Erfahrung mit Kliniken und Ärzten hatte als ich und seine Angst deshalb vermutlich begründet war.

«Ich werde mich darum kümmern. Versprochen», sagte ich.

Im Wartezimmer der Intensivstation nahm ich meinen Umhang ab, faltete ihn zusammen und gab ihn Jason als Kissen. Er musste sich hinlegen. Die Stühle hatten keine Lehnen, und so konnten wir uns quer ausstrecken, anders als in der Notaufnahme, wo Unbequemlichkeit offenbar obligatorisch war. Ein Mann von der Nachtschicht wischte die Böden, und aus dem schmutzigen Seifenwasser stieg mir der typisch beißende Geruch von klinischem Desinfektionsmittel in die Nase. Ich machte mir eine Handy-Notiz: «Hugo Räucherstäbchen fürs Zimmer mitbringen». Dann postete ich auf der Facebook-Seite der Buchhandlung, auf Twitter und auf unserer Homepage, dass das Dragonfly bis auf weiteres geschlossen sei. Wir würden wieder öffnen, sobald es möglich sei.

Der Arzt kam, wie er es versprochen hatte. Am nächsten Tag gab es immer noch Hoffnung, wie leises Gemurmel. Man ließ uns zu Hugo, alle paar Stunden immer nur einen von uns, für nicht länger als fünfzehn Minuten. Ich massierte ihm die Füße. Robert stand neben seinem Freund und starrte auf die Monitore, als handelte es sich um Bilanzen, aus denen er nicht recht schlau wurde. Roberts Frau Charlene kam auch, und sie saßen im Wartezimmer und hielten sich an den Händen, die Köpfe zum Gebet gebeugt. Wenn Jason zu Hugo durfte, saß er am Fußende des Betts und las ihm Jack-London-Geschichten vor. Ich hörte seine Stimme gedämpft durch die Glasscheibe. Er war ein guter Vorleser, las langsam und artikuliert, als wollte er ein ängstliches Tier ans Lagerfeuer locken. Es war tröstlich, ihn zu hören. Doch in meinem Kopf erstanden keine Landschaften mit knirschendem Schnee und dem einsamen Heulen von Wölfen. Ich sah einen neunzehnjährigen Hugo in einem ausgemusterten Marinemantel, der über die nebligen Docks von San Francisco streifte, eine Ausgabe von *Ruf der Wildnis* in der Tasche, so geliebt, dass sich der weiche Einband kräuselte. Wenn ich dann wieder in Hugos Gesicht schaute, stellte ich mir vor, sein schiefer, leicht offen stehender Mund verziehe sich zu einem Lächeln, denn auch er würde an jenen jungen Mann zurückdenken.

Auf meinem Handy sah ich, dass meine Mutter mehrfach angerufen und Nachrichten hinterlassen hatte. Mit ihr konnte ich mich jetzt nicht befassen. Später. Jetzt galt für alles nur diese Devise: später.

Es sollte immer jemand in Hugos Nähe sein, und so beschlossen wir, uns im Krankenhaus abzuwechseln. Ich übernahm die Nachtschichten. Anfangs war es leichter, in der Klinik zu sein und nicht bei mir zu Hause. Doch in der dritten Nacht übermannte mich der Schlafmangel, und ich konnte die Augen nicht mehr offen halten. Ich wusste nicht, wann ich eingeschlafen war, doch als ich aufwachte, hatte jemand Hugos Elchdecke über mich gebreitet.

Ich setzte mich auf und schaute mich um. Die einzige andere Person im Wartezimmer saß auf dem Stuhl neben mir, und ich war so verwirrt, dass ich meine Mutter ein paar Momente lang nur anstarrte.

«Deine Haare sehen furchtbar aus», sage sie und fuhr mit den Fingern durch meine zerzauste Mähne. «Überall Spliss.»

Ich saß bloß da, unsicher, ob ich mich über ihre Anwesenheit freuen oder genervt sein sollte. Zu müde, um mich zu entscheiden, ließ ich den Kopf nach vorne sinken, legte die Stirn auf ihre Schulter und zog mir die Elchdecke bis unters Kinn.

«Ich hab dein Posting auf Facebook gesehen», sagte sie. «Dass der Laden geschlossen ist. Ich hab mir Sorgen gemacht.»

«Du verfolgst das Dragonfly auf Facebook?»

«Ich sollte den Stuhl dorthin schicken», sagte sie. «Meine Güte, aus dir war ja sonst nichts rauszukriegen. Und dann hat jemand das von Hugos Schlaganfall gepostet.»

«Und du bist gekommen?», fragte ich, als wäre das nicht offensichtlich.

Sie tätschelte meine Hand, fast ein wenig zu fest, ohne mich anzuschauen.

«Ich dachte, ich könnte helfen», sagte sie. «Ich hab einfach eine Nachricht auf Facebook gestellt, ob mich jemand vom Flughafen abholt. Und tatsächlich kam irgend so ein indischer Hippie. Er trug grüne Flip-Flops, fuhr aber einen Infiniti. Den kann er sich nur geliehen haben.»

Ich fing an zu weinen, und sie lehnte ihren schönen Kopf an meinen. Ich roch den Fliederduft ihrer Seife, die Bügelstärke in ihrem Baumwollhemd, ihr Haarspray und einen Hauch Chanel No. 5.

«Er hat mich zu deiner Wohnung gefahren. Wir können später darüber reden, warum er einen Schlüssel hat», sagte sie. «Er meinte, bestimmt hättest du gerne dieses Ding da mit den Hirschen drauf, und so habe ich es mitgebracht. Ich konnte mir einfach nicht vorstellen, dass jemand etwas so Hässliches aufhebt, wenn es nicht wichtig ist.»

Die Nachricht von Hugos Zustand verbreitete sich wie ein Lauffeuer. Vor dem Dragonfly türmten sich Blumen und Karten mit Genesungswünschen, einschließlich eines riesigen Arrangements von Apollo Books & Music. Am nächsten Tag rief ich Avi an, um ihr zu danken, erwähnte jedoch nicht, dass ich das Bouquet der Kinderstation des Krankenhauses überlassen hatte. Mir kam es einfach nicht richtig vor, dass er ein Geschenk aus dem gegnerischen Lager auf dem Zimmer hatte, obwohl Robert meinte, Hugo könnte sich so darüber ärgern, dass er erst recht aus dem Koma erwachte.

Meine Mutter hatte Dizzy losgeschickt, um in Mountain View «anständiges Essen» zu besorgen, weshalb der Kühlschrank zu Hause gut bestückt war, aber auch für Hugos Besucher standen im Wartezimmer Snacks bereit. Ansonsten blieb Mama stets an meiner Seite, ganz gleich, wo ich war, las *Southern Living* auf ihrem iPad oder den Roman von Barbara Taylor Bradford, den Jason ihr aus dem Dragonfly mitgebracht hatte.

«Wissen Sie, viel lese ich ja nicht, aber das Buch gefällt mir wirklich», sagte sie zu Jason und hielt es vor sich hin, als betrachtete sie einen Ring in einem Antiquitätenladen.

«Jason hat ein Talent, immer die richtigen Bücher für jemanden auszusuchen», sagte ich.

Jede andere Mutter hätte Jason über dies und das ausgequetscht, über sein Leben, seine Herkunft, hätte versucht, auch aus den kleinsten Einzelheiten seine Geschichte zusammenzusetzen und herauszufinden, wie das alles gekommen war. Vielleicht hätte sie sogar mütterlichen Trost gespendet und ein paar gute Ratschläge parat gehabt, wie er seinen Lebensweg besser gestalten könnte. Doch als ich sah, wie Georgine auf Jasons verkrümmte Hände hinabblickte, witterte ich sofort, was kommen würde. Meine Mutter hatte beschlossen, kein Blatt vor den Mund zu nehmen.

«Was ist denn mit Ihnen passiert?», fragte sie Jason und nickte in Richtung seiner Hände und des Beines.

Zu meiner Überraschung zuckte Jason nicht einmal mit der Wimper. Er hielt eine seiner verkrümmten Hände hoch, damit sie sie besser sehen konnte, und sie nahm sie in ihre und rieb mit den Daumen darüber, als wäre es eine wunderlich geformte Muschel, die sie gerade am Strand gefunden hatte. Ich hatte nicht einmal bei Nimue gesehen, dass sie jemals seine Hände berührt hätte, aber meine Mutter tat es einfach.

«Infantile Zerebralparese», sagte er. «So nennen es die Quacksalber, aber in Wirklichkeit wissen sie einen Scheiß.»

«Nicht fluchen, junger Mann», sagte sie.

«'tschuldigung.»

«Ja. Und woher kommt das?»

Er zuckte mit den Achseln und trat nach dem Stuhl vor ihm.

«Sie sind sich ziemlich sicher, dass es an den Drogen liegt, die meine Mom genommen hat, als sie mit mir schwanger war. Als sie damit aufgehört hat, wurde sie böse. Man hat mich ihr weggenommen.»

Mama nickte ganz ruhig. Sie konnte eine furchtbare Nervensäge sein, aber manchmal war sie auch einfach nur wunderbar.

«Quälen Sie sich nicht», sagte sie. «Wer sich schuldig fühlt, lässt das meistens an anderen aus.»

Jason war zur Hälfte mit Jack Londons *Feuermachen* durch, als Hugo seinen zweiten Schlaganfall hatte. Als die Monitore zu piepsen begannen, schoss Jason hoch und blieb kerzengerade auf seinem Stuhl sitzen, bis ihn eine Schwester von Hugos Bett wegzerrte. Ich kam ins Zimmer gelaufen, packte Jason und nahm ihn in meine Arme, damit er die Angst in meinem Gesicht nicht sehen konnte. Der

Arzt sagte, wir sollten den Dingen gefasst ins Auge sehen, und wollte wissen, ob Hugo verfügt habe, dass er nicht wiederbelebt werden wolle. Ich hatte keine Ahnung, aber Robert nickte. Jason ging hinaus und kam nicht wieder. Mama stand hinter der Glasscheibe und schaute mich an, während ich Hugo in den Armen hielt und jeden seiner Atemzüge zählte, bis der letzte kam.

Dizzy fuhr mich und Mama heim, in einem Mietwagen, damit meine Mutter hinterher nicht nach Frittenfett roch. Während sie eine Liste der Dinge aufstellte, die zu entscheiden waren, starrte ich aus dem Fenster in den Garten und dachte, das letzte Mal, als ich hier herausgeschaut hatte, war Hugo noch am Leben gewesen.

Ich war nervös, weil ich das Gefühl hatte, etwas vergessen zu haben. Doch ich hatte nichts vergessen. Es war der Abschied von Hugo, der mich leer gemacht hatte. Ich versuchte mir das vorzustellen, was sie uns nicht sehen lassen wollten. Wie sie den Leichnam aus dem Zimmer holten. Wie sie ihn ins Krematorium transportierten. Das alles waren Mysterien geblieben, Dinge, für die wir Menschen bezahlten, damit sie sie für uns erledigten. In früheren Jahrhunderten hätte sich seine Familie darum gekümmert, doch jetzt taten gesichtslose, namenlose Menschen das, was ich nicht konnte. Und was mir Trost gespendet hätte, war für sie nur ein Job.

Zu Hause, auf dem Sofa, fühlten sich meine Augen wund und trocken an, und hinter meiner Stirn saß ein kalter Schmerz, ähnlich dem, wenn man zu viel Eis gegessen hat. Tränen besaß ich keine mehr. Als ich an mir hinabblickte, sah ich, dass ich meinen Arm rot aufgekratzt hatte und das nicht zum ersten Mal. Warum fühlte sich die Trauer um Hugo an wie tausend Ameisen unter meiner Haut?

Meine Mutter quasselte über die richtige Fadendichte bei Baumwolle, während sie die neuen Laken aufzog, die sie mir für mein Bett gekauft hatte. In der Küche machte Dizzy gegrillte Bologna-Sandwiches. Ich ging nach draußen, um ein bisschen frische Luft zu schnappen, und schaute auf mein Handy. Ein Dutzend Mal hatte ich Jason angerufen – und keinen Rückruf von ihm erhalten. Hugo war gestorben. Das musste er wissen. Ich machte mir Sorgen. Er hätte bei uns sein sollen.

Aus dem kleinen Garten neben Hugos Haus kamen Geräusche. Ich ging zu dem japanischen Ahorn hinüber, damit ich um die Ecke schauen konnte. Im Dunkeln konnte ich Mrs. Callahn sehen, die Tomatenpflanzen aus ihren Töpfen riss und sie in große Müllsäcke stopfte. Ohne etwas zu sagen, ging ich wieder nach drinnen.

Lady Chatterley lag auf dem Frühstückstresen. Mit dem Füllfederhalter in der Hand blätterte ich bis zum Ende des Buchs vor, zu der Stelle, wo die Nachrichten aufgehört hatten, und schrieb:

Meine lieben Freunde,
unser geliebter Hugo ist von uns gegangen.
Eure Maggie

In der Woche, in der das Dragonfly geschlossen war, hatte sich vor der Tür die Post gesammelt. Wenige Rechnungen, mehr Kondolenzkarten. Buntstiftzeichnungen waren mit Tesa an die Scheibe geklebt. Ich hob eine Handvoll Briefe auf und öffnete die Tür.

«Das wird ganz schön viel Arbeit machen, bis du das alles aufgeräumt hast», sagte meine Mutter und hielt eine rosafarbene Gerbera hoch, während sie darauf wartete, dass ich die Tür aufmachte.

«Die Leute meinen es gut, Mama.»

Bis ich drin war und die Tür wieder hinter mir zugeschlossen hatte, stand meine Mutter bereits an der Ladentheke und stützte sich mit der Hand darauf ab, als wäre es eine Ballettstange. Dann ließ sie von ihrem Aussichtspunkt den Blick über das Dragonfly schweifen. Zum ersten Mal seit langer Zeit betrachtete ich den Laden so, wie ihn ein Außenstehender betrachten musste. Selbst nach wochenlangem Putzen, Aufräumen, nach dem Aufhängen von Schildern und der Umgestaltung der Abteilungen sah er in den Augen meiner Mutter vermutlich immer noch aus wie ein gigantischer Haufen Bücher plus Registrierkasse in der Mitte.

Sie schwieg, doch ich hörte, wie es in ihrem Kopf ratterte, während sie ausrechnete, was sie für meine Ausbildung ausgegeben hatte, wie viele Jahre ich nach der Schule berufstätig gewesen war, all die Dinge, von denen sie glaubte, dass ich sie geopfert hatte, um dieses Leben führen zu können. Und jetzt konnte sie sich von diesem Leben ein Bild machen. Sie trug einen cremefarbenen Hosenanzug mit einer lehmfarbenen Seidenbluse und passenden Pumps. Kein Härchen, das nicht an seinem Platz war, und kein Fältchen, weder auf ihrer Haut noch an ihrer Kleidung, stellte ihre Makellosigkeit in Frage. Neben ihr sah alles im Dragonfly schäbig aus, selbst ihre Tochter.

«Ich weiß, es ist noch nicht besonders …», stammelte ich. «Ich meine, es ist ein Projekt.»

Meine Mutter drehte sich zu mir und schaute mich an. Sie glaubte ebenso wenig an Projekte, wie sie an den Osterhasen oder an karierte Hosen glaubte. Sie glaubte an die Gewissheit, auch wenn das dazu führte, dass sie enttäuscht wurde.

«Ich kann uns Tee machen», sagte ich.

«Für ein Glas Tee ist es zu früh.»

«Ich meine heißen Tee.» Ich schaute zu den Henkelbechern neben dem Wasserkocher, und der einzige saubere war der von Hugo.

«Ich hol uns lieber von nebenan einen Kaffee», sagte sie.

Als ich allein war, begann ich die Post durchzuschauen. Das meiste davon überflog ich nur, bis ich eine Karte entdeckte, die auf der Rückseite die Namen der drei Männer von der CIA Bathroom trug.

LIEBE MAGGIE UND LIEBER JASON,

ES GIBT KARTEN, AUF DENEN FÜR GELEGENHEITEN WIE DIESE BEREITS EIN TEXT STEHT, DAMIT MAN SICH NICHTS MEHR AUSDENKEN MUSS. ES GIBT BÜCHER, DIE WIR EUCH EMPFEHLEN KÖNNTEN, UND GRUPPEN, AN DENEN IHR TEILNEHMEN KÖNNTET, DAMIT SIE EUCH HELFEN, EURE GEFÜHLE ZU VERARBEITEN. NICHTS DAVON FUNKTIONIERT. DAS IST TRAUER. ES TUT WEH, UND DAS WIRD EINE WEILE AUCH SO BLEIBEN, BIS ES IRGENDWANN EIN BISSCHEN WENIGER WEH TUT.

DENKT AN DEN TAG, AN DEM DAS SO SEIN WIRD.

MIKE, MIKE UND JOHN

Ich steckte die Karte in den Umschlag zurück und klebte ihn an die Ladentheke, um so daran erinnert zu werden, dass ich sie jeden Tag einmal las.

Gerade war ich dabei, den Rest der Post durchzusehen, als Jason in den Laden kam. Wie gelähmt standen wir uns gegenüber und starrten uns an. Er bewegte sich zuerst. Ohne etwas zu sagen, schoss er an mir vorbei in Richtung Lager. Ich lief ihm hinterher.

«Jason!»

Aus dem Augenwinkel sah ich, wie er bei den Ratgebern um die Ecke bog, und folgte ihm.

«Wo bist du gewesen? Ich hab überall herumtelefoniert. Ich hab mir Sorgen gemacht. Warst du bei Nimue?»

Plötzlich blieb er stehen, und ich wäre fast in ihn hineingekracht. Langsam drehte er sich um und schaute mich mit versteinerter Miene an. Ich machte einen Schritt rückwärts. Jetzt drehte er abermals um, abrupt, ging ins Büro und knallte die Tür hinter sich zu.

«Jason!», rief ich und klopfte an die Tür. «Jason, red mit mir!»

Durch die Tür hindurch hörte ich, wie der Schreibtischstuhl quietschte, während er sich hinsetzte.

«Jason, komm schon. Ich hab dich seit Tagen nicht gesehen.»

Doch hinter der Tür war es still. Ich trat dagegen. So fest, dass in meinem Bein ein Schmerz hochschoss.

«Scheiß drauf!», schrie ich und wusste selbst nicht, ob das nun Jason oder meinem Bein galt.

Die Tür wurde aufgerissen, wieder starrte mich Jason finster an. Dann lief er zurück in den vorderen Teil des Ladens.

«Er ist weg!», schrie er.

«Glaubst du, wir wissen das nicht? Ich hab ihn im Arm gehalten, als er starb. Wo zum Teufel warst du? Hm? Wo hast du gesteckt, verdammt noch mal? Ich hab dagesessen und gesehen, wie er stirbt. Wo bist du gewesen?»

«Ich rede nicht von …» Er drehte sich um, sein Atem ging schwer. «Ich rede nicht von Hugo.»

«Was?» Wie konnte er von jemand anderem reden? Wie konnte er nicht außer sich sein vor Trauer?

«Ich red von Grendel, du Arschloch.» Wie ein Idiot schaute ich mich um, als würde der Kater jeden Moment auf der Bildfläche erscheinen. «Seit zwei Wochen ist er verschwunden, und du hast es nicht einmal gemerkt.»

Der Kater. Hugo war tot, und Jason dachte an nichts anderes als den Kater. Selbst der letzte Rest seelischer Gesundheit, den ich noch in mir am Leben gehalten hatte, war verschwunden. Plötzlich spürte ich nur noch ein Zittern. Es war, als wüsste man, dass man fällt, ohne etwas dagegen tun zu können. Zugleich merkte ich, dass es mir nichts ausmachte. Eine harte Landung war besser, als es noch länger auszuhalten.

«Ich will dich nicht mehr sehen», sagte ich.

«Wie bitte?»

«Ich will dich im Dragonfly nicht mehr sehen. Robert schickt dir deine Abfindung.»

«Das kannst du nicht machen.»

«Das Dragonfly gehört jetzt mir», sagte ich. «Ich kann tun und lassen, was ich will.»

Jemand klopfte an die Tür und wollte rein. Es war nicht abgeschlossen, aber auf dem Schild stand immer noch N-O-P-E. Als Jason und ich zur Tür blickten, sahen wir Gloria, die in grünen Keds und einem Sweatshirt mit der Aufschrift *Too many books, too little time* vor der Tür stand, uns zuwinkte und ins Innere des Ladens zeigte. Sie wollte rein. Jason schnappte sich das nächstbeste Buch und warf es in Richtung Tür. Sie tippte mit dem Finger auf ihre Uhr und verwies dann auf die Öffnungszeiten. Diesmal warf ich ein Buch. Dann eröffneten Jason und ich gemeinsam das Feuer und pfefferten ein Taschenbuch nach dem anderen in Richtung Schaufenster. Wir konnten beobachten, wie Gloria jetzt die Flucht ergriff und an meiner Mutter vorbei wegrannte. Als wir das Bombardement beendeten, setzte sich Jason in den neuen Sessel und klammerte sich an die Armlehnen wie ein Mensch mit Flugangst beim Start.

«Was ist denn hier los?», fragte Mama, die zur Tür hereinkam, eine Tasse Kaffee in jeder Hand. Ihre Handtasche baumelte von ihrem Arm.

«Uns ging's gut ohne dich», sagte Jason zu mir. «Ohne dich wäre alles in Ordnung.»

«Kinder, was soll das?» Meine Mutter stellte den Kaffee ab. «Streiten ist auch keine Lösung.»

Ich schaute Jason an. Sie hatte recht, und eine andere Lösung hatte ich nicht parat.

«Dae-Jung sagt, du nimmst den Job an», meinte Jason.

«Was für einen Job?» Meine Mutter stand plötzlich neben mir und schaute mich erwartungsvoll an. «Um was für einen Job geht es da? In einem Büro? Wirst du eine Sekretärin haben?»

«Er behauptet, Dizzy hätte ihm das gesagt. Avi wäre allein deinetwegen auf die Idee gekommen, Apollo zu kaufen», fuhr Jason fort. «Das soll auch der Grund sein, warum das Gebäude hier verkauft wurde. Und warum wir unsere Pacht verlieren. Warum das Dragonfly zumachen muss. Wegen dir.»

«Das sagt Dae-Jung?», fragte ich.

«Das sage ich», erwiderte Jason.

Sein Gesicht war rot und sein ganzer Körper angespannt. Ich spürte seine Wut selbst aus einer Entfernung von drei Metern.

«Bin ich wirklich gefeuert?», fragte er.

«Gefeuert?», fragte meine Mutter. «Wer hat denn was von Feuern gesagt? Natürlich sind Sie nicht gefeuert.»

«Es kann eine Menge passieren, wenn man rausgeht, um Kaffee zu holen, Mama.»

«Und, bin ich's?»

«Was ist denn bloß los?», fragte ich zurück. «Natürlich nicht. Ich kapiere überhaupt nicht mehr, was für Wörter aus meinem Mund kommen.»

Das schien ihn etwas zu beschwichtigen, denn er lehnte sich in seinem Sessel zurück. Es war überhaupt das erste Mal, dass ich ihn richtig in einem Sessel sitzen sah, statt die Beine quer über die Lehnen baumeln zu lassen. Der Sessel wirkte viel zu groß für seinen schmächtigen Körper. Er griff mit der Hand ins Polster und zog ein Buch heraus, auf dem er gesessen hatte. Es war ein ziemlich zerquetschter Waverley-Roman, *Kenilworth*. Ich ging zu ihm aufs Holzpodest und setzte mich im Schneidersitz neben dem Sessel auf den Boden. Er reichte mir das Buch.

«Hugo ist tot», sagte Jason.

«Ja, das ist er.»

«Und Grendel ist weg.»

«Vermutlich.»

«Nimue wird mit mir Schluss machen», sagte er. «Sie will nur noch die Trauerfeier abwarten. Als wäre sie ein besserer Mensch, wenn sie es hinterher macht. Als wäre nach dem Begräbnis alles wieder gut. Schätze, so wird das ablaufen.»

«Leute tun solche Sachen.»

Ich versuchte nicht, ihm etwas anderes einzureden, ihn anzulügen, nur damit er sich besser fühlte. Das hätte sowieso nicht funktioniert. Und wenn, dann hätte ich mich selbst auch belogen.

«Nur noch eins», sagte Robert und drehte mir das Dokument auf einem der Fenstertische im Cuppa Joe zu, wobei er sorgfältig darauf achtete, dass es nicht mit dem feuchten Ring in Berührung kam, den meine Teetasse hinterlassen hatte. Während ich so tat, als würde ich es durchlesen, knabberte ich an einer süßen Reiswaffel. Robert nippte an einem einfachen grünen Tee. Er hatte mir geraten, mir mit dem Papierkram Zeit zu lassen, weil das warten könne. Doch ich wollte es hinter mich bringen. Hugo hatte den Laden zu gleichen Teilen mir und Jason hinterlassen, doch die Tatsache, dass ich Hugos Geschäftspartnerin gewesen war, hatte ein Ungleichgewicht geschaffen, das Robert mit Hilfe eines Anwalts ausgleichen wollte. Ich erinnerte mich, wie erwachsen ich mich gefühlt hatte, als ich zusammen mit Hugo die Verträge für den Laden unterzeichnet hatte. Jetzt kam ich mir einfach nur alt vor.

Ich war allein ins Café gekommen; Mama hatte ich gesagt, sie würde sich bei all dem Papierkram nur langweilen. Das stimmte, aber ich brauchte auch eine Pause von ihr. Nach Jasons Ausbruch wegen dem Job bei Apollo hatte sie den Brief mit dem Angebot in meiner Wohnung gefunden und seither nicht mehr aufgehört, mich damit zu löchern. Von meinen Jobs in der Software-Branche war sie nie besonders begeistert gewesen, weil sie keine rechte Vorstellung davon hatte, was ich genau machte. Doch das hier? Das hatte Potenzial. Das hatte Prestige. Daraus war Geld zu machen. Das konnte sie verstehen.

Als ich beim Unterzeichnen der Papiere kurz hochschaute, sah ich, dass Robert mich beobachtete. Er hatte sich die letzte Woche auffällig oft im Dragonfly blicken lassen. Und er war nicht der Einzige. Jason ging offenbar gar nicht mehr nach Hause, im Büro hatte ich einen Schlafsack gefunden. Fast schien es, als hoffte er, irgendwann auf Grendel oder auf Hugo zu stoßen.

«Mir geht's gut», sagte ich.

«Wir müssen über die Trauerfeier reden.»

«Noch nicht.»

«Ich weiß, das ist nicht leicht, aber die Leute erwarten es», sagte Robert.

Er hatte recht. Es hatten bereits viele Leute im Laden danach gefragt, und es wurde immer schwerer, sie abzuwimmeln. Ich selbst war an einem Punkt angelangt, an dem ich mir wünschte, meine Trauer mit anderen zu teilen, auch wenn die Gefahr bestand, dass ich mich nicht zusammenreißen konnte. Doch ich konnte nicht vergessen, dass Jason gesagt hatte, nach der Trauerfeier wolle Nimue mit ihm Schluss machen.

«Noch nicht», sagte ich.

In den letzten Tagen hatte ich versucht, wieder so etwas wie Normalität einkehren zu lassen, wo doch nichts mehr normal war. Im Film wird eine solche Situation meistens mit einer Szene dargestellt, in der die Leute, begleitet von einer schwülstigen Popballade, irgendwelche Sachen finden, die ihre verstorbenen Angehörigen zurückgelassen haben. Das alles wird ganz schnell abgespult, Trauer im Zeitraffer sozusagen, denn jeder würde das Kino fluchtartig verlassen, zeigte man das in aller Ausführlichkeit. Niemand hat Lust, diese Art von Schmerz geballt auf der Leinwand zu sehen und auch noch Geld dafür zu zahlen.

«Er würde bestimmt nicht wollen, dass du so traurig bist», sagte Robert.

«Er ist tot, und wir können ihn nicht mehr fragen.» Kaum waren die Worte ausgesprochen, tat es mir schon leid, sie gesagt zu haben, aber es hätte noch mehr weh getan, wenn ich sie zurückgenommen hätte. «Wie lange hast du es gewusst?»

«Was gewusst?»

«Dass er krank war. Er war schon eine ganze Weile krank, nicht wahr? Er hat mit dem Rauchen aufgehört. Und zwar mit allem, was er geraucht hat. Er hat weniger gearbeitet. Hat alte Freunde getroffen, wie Portia. Er hat es kommen sehen.»

Robert nickte. «Er war herzkrank. Das hatte er mir schon vor ein paar Jahren gesagt. Er wusste, dass seine Zeit begrenzt war. Aber er wollte sie auskosten bis zum Schluss. Aufgrund seiner finanziellen Situation ging er davon aus, dass er und das Dragonfly zur gleichen Zeit über den Jordan gehen würden. Dann habt ihr, Jason und du, den Laden noch mal richtig in Gang gebracht, und er begann, ihn als eine Art Vermächtnis zu betrachten. Deshalb beschloss er, sein Testament zu ändern und ihn euch beiden zu hinterlassen.»

«Wie geht's Charlene?», fragte ich, um das Thema zu wechseln. Über Hugo zu reden, fiel mir einfach noch zu schwer.

«Sie betet für dich. Wir beide tun es.»

«Ich bin nicht gläubig. Und Hugo war es auch nicht.»

«Das macht nichts. Wir beten trotzdem für euch.»

Bevor er ging, legte er mir kurz die Hand auf die Schulter. Ich schaute ihm nicht nach, als er das Café verließ.

Es war ein warmer Abend, und Mrs. Callahn hatte die großen Glastüren des Lokals geöffnet, um die Brise von der Bay hereinzulassen. Doch eigentlich war das Cuppa Joe schon geschlossen.

Nachdem auch sie ihre Pacht verloren hatte, war Mrs. Callahn langsam am Zusammenpacken. Ich war allein im Café, und ohne andere Menschen wirkte es leer und armselig. Es war einfach nur ein großer, hellbraun gestrichener Raum, der nach Kaffee roch, karg und nüchtern. Keine Bilder an den Wänden. Keine Pflanzen. Nur ein paar Möbel, die nicht zusammenpassten, und ein langer Tresen mit Kaffeemaschinen. Es kam mir vor, als wäre ich das allererste Mal hier.

«Was wirst du jetzt machen?», fragte Mrs. Callahn. «Wieder ohne Job.»

«Mal sehen. Vielleicht macht Jason ja irgendwo mit dem Laden weiter. Ich bin mir nicht sicher, ob ich das übers Herz bringe.»

Sie saß auf dem Stuhl mir gegenüber und nippte Kaffee aus einem hohen Glas, der in ihm wie Guinness aussah. Ich fragte mich, wie sie danach nachts schlafen konnte.

«Und was ist mit Ihnen? Ziehen Sie mit dem Cuppa Joe um?»

Sie schüttelte den Kopf. «Achtzehn Jahre sind genug. Es ist Zeit, was anderes zu machen. Noch mal von vorn anzufangen. Das solltest du auch tun.» Sie zeigte auf meinen offenen Rucksack und die Ausgabe von *Lady Chatterley*, die obenauf lag. «Was hast du damit vor?»

Ich verstand nicht. Was sollte ich damit vorhaben? Wusste sie von Rajhit?

«Was für ein Schwachsinn», sagte sie und nahm das Buch aus dem Rucksack. «Bescheuerte Hoffnungen.» Sie legte das Buch auf den Tisch, ohne es zu öffnen, presste flach die Hand darauf. Auf einmal schien sie vollkommen vergessen zu haben, dass ich im Raum war. «‹Sonntag ist der erste Sommertag. Treffen wir uns im Pioneer Park am Brunnen, zwölf Uhr mittags.› So ein Blödsinn.»

Sonntag ist der erste Sommertag. Treffen wir uns im Pioneer Park am Brunnen, zwölf Uhr mittags. Nur drei Leute wussten von dieser Nachricht. Ich, Rajhit und …

«Sie sind Catherine.»

Wir schauten uns an. Ich sah ihrem Gesicht an, wie es in ihr arbeitete, wie sie sich alles Mögliche überlegte, das sie mir sagen könnte, um mich davon abzubringen, doch ich kannte jetzt die Wahrheit.

Sie schob mir das Buch über den Tisch hinweg zu. «Das hier ist nie geschehen. Du bist kurz nach Robert gegangen, und es ist nie geschehen.»

Ich drückte das Buch an mich und versuchte an all die Dinge zu denken, die ich Catherine so gern gesagt hätte, wenn ich sie fand, doch ich war wie vor den Kopf gestoßen. Ich konnte nur noch einmal dumpf wiederholen: «Sie sind Catherine.»

Sie stand auf, wandte sich von mir ab, ging hinter die Theke und faltete Geschirrtücher zusammen.

«Geh», sagte sie.

«Ich werde es keinem erzählen», sagte ich. «Das würde ich niemals tun.»

Sie schaute mich nicht an, faltete einfach weiter. Nirgendwo wollte ich hingehen.

«Ich weiß, wer Henry ist», fuhr ich fort.

Sie hielt inne.

«Möchten Sie es wissen?»

Sie schüttelte den Kopf. Ihre Augen schlossen sich, und ihr Gesicht wurde starr, als wollte sie sich abschirmen.

Ich erhob mich und ging langsam zur Theke, denn ich wollte nicht, dass sie sich abschottete. «Ich hab mich schon die ganze Zeit gefragt, wer Catherine ist, seit ich entdeckt habe, dass die Notizen nicht von 1961 sind.»

«Jedenfalls hättest du sie nicht an die Öffentlichkeit bringen dürfen», sagte sie. «Das war falsch. Sehr falsch.»

«Da haben Sie recht», erwiderte ich. «Es tut mir leid.»

Sie hielt den Kopf gesenkt, weshalb ich ihr Gesicht nicht beobachten konnte, doch ich sah, wie zwei Tränen auf die Ladentheke tropften.

«Wir hätten nicht streiten sollen», sagte sie.

«Wer?», fragte ich.

«Hugo und ich. Er meinte, wir sollten Eierschalen auf die Erde der Tomatenpflanzen streuen. Ich war dagegen. Die Schalen müssten zuerst kompostieren. Aber er bestand darauf. Er führte mich sogar in die Gartenabteilung des Dragonfly, damit ich mir ein Buch anschaute. Er war gerade dabei, es mir zu zeigen, als Jason nach ihm rief. ‹Lies das›, sagte er. ‹Das musst du unbedingt lesen.› Er wies auf ein Buch. Und nachdem er fort war, sah ich mir das Buch an, von dem ich glaubte, er habe es gemeint.»

Und da wusste ich es. Hugo. Sie hatte gedacht, Henry sei Hugo. Diesen Namen hatte er eine Weile getragen, als er auf dem College war. Wie war da noch gleich die Geschichte gewesen? Irgendein Mädchen, dem Henry besser gefiel als Hugo, weil Hugo nach einem Kommunisten klang. Damals schon hatte er Mrs. Callahn gekannt. Doch wenn sie gedacht hatte, Henry sei Hugo, dann … dann bedeuteten die Nachrichten …

«Sie waren in Hugo verliebt», sagte ich. «Sie nahmen an, der Henry, der die Nachrichten hinterließ, sei identisch mit Hugo.»

In diesem Moment richtete sie ihre Augen auf mich. Sie waren voller Kummer.

«Aber Henry schrieb doch, Sie seien eine Fremde für ihn», sagte ich. «Sie und Hugo kennen sich aber seit vierzig Jahren.»

«Ich dachte, es sei ein romantisches Spiel, dass er diese Nachrichten verfasste, unter anderem Namen. Ich dachte, das brauche er, um unsere vorherige Geschichte zu löschen, damit wir uns neu begegnen konnten.»

Ich trat ein wenig näher und versuchte sie zu ihrem Stuhl zurückzubringen, doch sie blieb hinter der Theke stehen, als hätte sie dort Wurzeln geschlagen.

«Der erste Sommertag», sagte sie. «Ich hab ihn von gegenüber, aus dem Apollo, beobachtet, weil ich nicht die Erste am Brunnen sein wollte. Würde er das Dragonfly verlassen, so hatte ich mir vorgenommen, würde ich fünf Minuten verstreichen lassen und ihm dann folgen. Aber er machte sich nie auf den Weg. Er saß einfach nur in seinem Sessel und las. Es wurde Mittag. Dann halb eins. Eins. Er stand auf, streckte sich, ging ins Cuppa Joe, um dort etwas zu Mittag zu essen. Ich ging rüber und machte ihm einen Käsetoast.»

Ich sah sie vor mir, wie sie drüben vom Apollo aus alles beobachtete. Eine Stunde hatte sie gewartet, und mit jeder Minute, die verstrich, schwanden ihre Hoffnungen. Und dann war sie wieder in ihrem Laden erschienen und hatte ihm einen Toast gegrillt, ohne dass er wusste, was sie gerade durchgemacht hatte.

«Ich hatte all diese Worte in mir, die ich nie sagte, zu niemandem. Ich wollte, dass die Männer mich respektierten, ja, mich sogar ein wenig fürchteten. Männer kommen und gehen. Ich wollte mehr vom Leben, als nur die Ehefrau von jemandem zu sein. Ich war gern für mich. Aber ich wollte nicht einsam sein. Hugo war immer freundlich zu mir. Irgendwann fing ich an anzunehmen, dass diese Freundlichkeit etwas anderes zu bedeuten hatte. Und dann fand ich die Nachrichten. Wir fingen an, uns zu schreiben.»

«Es tut mir leid», sagte ich. Ich wusste nicht, was ich sonst sagen sollte. Es tat mir leid um all das, was ich getan hatte, um die Liebe, die sie nie bekommen würde, auch darum, dass ich mich in die Welt des Dragonfly eingemischt hatte.

Ich wandte mich zum Gehen, blieb vorher aber noch an meinem Tisch stehen, um die Papiere einzusammeln, die Robert zurückgelassen hatte, sowie meinen Rucksack. *Lady Chatterley* lag auf dem Tisch. Ich ließ es dort und ging zur Tür. Ich hatte mich daran gewöhnt, den Dingen ihren Lauf zu lassen.

Vierzehntes Kapitel

Nepenthe

Manchmal sehne ich mich
nach einem ruhigen Herzen,
sicher und stark.
CATHERINE

HUGO CARL SPANDORFF, EIN LANGJÄHRIGER UND ALLSEITS BELIEBTER BEWOHNER VON MOUNTAIN VIEW UND BUCHHÄNDLER, VERSTARB AM 12. SEPTEMBER. GEBÜRTIG AUS IDAHO, KAM HUGO ALS JUNGER MANN IN DIE BAY AREA UND STUDIERTE LITERATUR UND MATHEMATIK AN DER UNIVERSITY OF CALIFORNIA IN BERKELEY. NACH SEINEM UMZUG NACH MOUNTAIN VIEW 1982 ERWARB HUGO MCNEIL'S BUCHLADEN, MACHTE IHN ZU EINEM MODERNEN ANTIQUARIAT UND TAUFTE IHN IN DRAGONFLY UM. ER WAR AKTIVES MITGLIED IN MEHREREN VEREINEN, DARUNTER DER HISTORISCHEN GESELLSCHAFT VON MOUNTAIN VIEW UND DEN CALIFORNIANS FOR PEACE. ER WAR AUCH EIN BEGEISTERTER HOBBYGÄRTNER. ER WURDE NEUNUNDFÜNFZIG JAHRE ALT.
EINE TRAUERFEIER IST DEMNÄCHST GEPLANT.

Jason hockte im Schneidersitz auf einem der Lesesessel und zerknitterte dabei seine Khakihose, die er sich gerade gekauft hatte. Sie war ihm zu groß und beulte sich unter dem Ledergürtel. Er hätte besser meine Mutter zum

Shoppen mitgenommen. Auf den Knien hatte er einen Pappteller voller Lasagne, obwohl er seit der Trennung von Nimue nicht mehr viel gegessen hatte. Nimue hatte doch nicht bis zur Trauerfeier gewartet. Immerhin war sie dort erschienen und hatte die Rolle der besorgten Ex gespielt. Während alle anderen Gäste in den Farben von Hugos Lieblingsblumen gekommen waren, trug Nimue melodramatisches Schwarz, mitsamt Schleier, als würde sie nicht an einer informellen Trauerfeier teilnehmen, sondern an einem Staatsbegräbnis. Dafür war ihr Kleid so kurz, dass es ihr nur knapp über den Slip ging. Ich musste den Impuls unterdrücken, ihr einen Teller mit heißem Essen in den Schoß zu kippen, und überließ diese Aufgabe meiner Mutter.

«Dann war's das also», bemerkte Jason. «Kein Dragonfly mehr.»

«Das habe ich so nie gesagt. Ich hab gesagt, ich würde dir meinen Anteil verkaufen oder stiller Teilhaber werden. Was auch immer für dich besser funktioniert.»

Er stocherte lustlos in der Lasagne und schaute dann durch das Fenster auf das Nelkenarrangement, das die Handelskammer für Hugo geschickt hatte.

«Aber du wirst jetzt für Apollo arbeiten.»

«Nein. Ich bin mir nicht sicher, was ich machen werde. Aber was auch immer es sein wird, wahrscheinlich werde ich mir dafür einen anderen Ort suchen.»

Hugo hatte auch seine Doppelhaushälfte Jason und mir vermacht. Wir hatten bereits beschlossen, sie zu verkaufen, was mir genügend Geld verschaffen würde, um eine ganze Weile davon zu leben. Manchmal gab ich mich der Phantasie hin, einfach meinen Schlüssel und einen Zettel zu hinterlassen und mich aus dem Staub zu machen. Ich würde mir einen Rucksack und ein Busticket besorgen, in einer netten kleinen Stadt hängenbleiben und einfach so zum Spaß als Kellnerin arbeiten. Ich wäre das geheimnisvolle Mädchen mit einer Vergangenheit, über das sich die ganze Stadt den Kopf zerbricht. Vielleicht würde sich der Sheriff in mich verlieben, trotz oder gerade wegen meiner dunklen Vergangenheit. «Besitze nur so viele Dinge, wie du in fünfzehn Minuten packen kannst, für den Fall, dass du ganz schnell aus einer Stadt abhauen musst», hatte mir Hugo einmal gesagt. Langsam begann ich zu begreifen, wie klug das war.

«Ich bleibe hier so lange, bis ich fertig gepackt und eine neue Unterkunft gefunden habe», fuhr ich fort. «Ich helfe dir aber noch gern dabei, ein paar Lakaien anzustellen. Du wolltest doch immer Lakaien haben.»

Jason stellte den Pappteller auf den Boden. Fast wollte ich protestieren, weil ich dachte, Grendel könnte ihn klauen, aber ich konnte mich gerade rechtzeitig bremsen. Seit vier Wochen gab es keine Spur von dem Kater. Jason war seltsam verstummt seit jenem Tag, an dem er mir mitgeteilt hatte, dass der Stubentiger sich nicht mehr blicken ließ. Überhaupt war er sehr still geworden – ob es nun um Nimue ging, um Grendel oder um Hugo. Mir kam er ruhelos vor, ständig schlich er im Dragonfly herum wie ein alter Mann, der sich verlaufen hat und nicht mehr weiß, wie er nach Hause kommt.

Ich hatte angenommen, er würde böse auf mich sein, wenn ich ihm mitteilte, dass ich gehen würde. Ich hatte gedacht, er würde herumschreien, rot anlaufen und mich als Feigling und Verräterin beschimpfen. Damit hatte ich gerechnet. Ich hatte den Streit, den wir haben würden, bereits im Kopf. Ich hatte mir vorgestellt, wie ich ruhig, gelassen und stoisch bleiben und so Sachen sagen würde wie: «Ich verstehe, dass du wütend bist, und du hast auch jedes Recht dazu.»

Doch Jason sagte nur: «Du warst wegen Hugo hier.»

«Das stimmt nicht.»

«Ist auch egal.»

Ich wandte das Gesicht ab. Ich hatte mich daran gewöhnt, Menschen, die mir etwas bedeuteten, nicht anzusehen. Rasch widmete ich mich dem, was in der Zukunft auf mich wartete. Irgendwo ein neuer Job, ein neues Leben, neue Menschen, denen ich dann auch irgendwann nicht mehr ins Gesicht sehen konnte. Ich hatte die harten Zeiten in meinen Leben immer als Buch gesehen, das man am Ende zuklappen kann, um ein neues zu beginnen. Doch so ging das nicht. Die harten Zeiten hörten einfach nicht auf. So klar waren die Grenzen nicht gezogen. Sie vermischten sich mit den guten Zeiten und gingen mit weiteren schlechten Zeiten Hand in Hand. Und unsere Verluste wurden zu Steinen des Schweigens.

«Es wird alles gut», sagte ich.

«Hör auf, so zu tun, als würde das, was du machst, niemandem etwas bedeuten und ginge nur dich was an.»

Ich zog ihn an mich. Ich spürte, wie er seine Arme um mich legte und schwer schluckte. Dann schob er mich von sich weg und ging in Richtung Tür, blieb noch kurz stehen, um seinen Rucksack aufzuheben.

«So geht das nicht», sagte er. «Einfach ein paar tröstende Worte sagen und sich dann aus dem Staub machen. So kommst du mir nicht davon.»

Er ließ die Tür so schwer ins Schloss fallen, dass ich fest davon ausging, die Ladenklingel hätte für immer ihren Geist aufgegeben. Jetzt war ich mit meiner Mutter allein.

«Ist nur gut, dass du das hier loswirst», sagte sie und trat langsam näher. «Das ist eine Bürde, die du nicht brauchst, Margaret Victoria. Lass das alles hinter dir.»

Ich bin mir sicher, in ihren Ohren klang ihre Stimme beruhigend und mütterlich. Und wäre ich klug gewesen, hätte ich den Mund gehalten. Doch wenn es um meine Mutter ging, war ich nur selten klug.

«Das hier ist mein Zuhause, mehr als jeder andere Ort es war.»

Ich schloss die Augen und bedauerte meine Worte, kaum waren sie gesagt. Nicht, weil sie nicht der Wahrheit entsprachen, sondern weil sie verletzend waren.

«Gut zu wissen, was du mir und deinem Vater gegenüber wirklich empfindest», sagte sie und drückte den Rücken kerzengerade durch.

«Ich bleibe hier», sagte ich.

«Aber du hast doch gerade gesagt …»

«Ich meine nicht im Dragonfly. Das ist vorbei.»

«Dann sehe ich keinen Grund, warum du nicht nach Hause kommst.»

Ich blickte zu Hugos leerem Sessel und versuchte mir vorzustellen, was er wohl in diesem Moment gesagt hätte. Ich konzentrierte mich auf den nächsten Atemzug und wartete darauf, dass sich die Worte aus seinem mystischen Universum in meinem Kopf einstellen würden. Aber sie blieben aus.

«Wirklich?», sagte ich. «Du siehst keinen Grund, warum ich keine Lust habe, nach Hause zurückzukehren und wieder bei dir und Daddy zu leben?»

«Ich möchte einfach nur das Beste für dich.»

«Nein, das glaube ich nicht. Du möchtest nur, dass ich so leide wie du.»

Einen nicht enden wollenden Moment lang begegneten sich unsere Blicke. Ich roch Chanel No. 5 und Staub, und es war alles wieder da. Der kreidige Geruch ihres Lippenstifts, genau wie an dem Tag, an dem ich das von meinem Vater herausgefunden hatte. Ich sah ihr Gesicht, so wie es damals gewesen war, hart und ausdruckslos, wie eine Rüstung, und meine Wangen brannten wie einst vor Scham und Schmerz.

«Ich zweifle nicht daran, dass du ihn liebst», sagte ich. «Du liebst ihn mehr als die Welt, die er dir bieten kann. Du liebst ihn mehr als mich. Mehr als dich selbst. Aber ich weiß auch, dass dich deine große Liebe nach Strich und Faden betrügt und dass du nichts dagegen tust.»

Ich kann mich nicht mehr an den Gesichtsausdruck meiner Mutter erinnern oder ob sie die Tür hinter sich zuknallte, als sie hinausging. Ich weiß nur, wie ich hinterher auf den Knien lag und meine eigenen Worte in meinem Kopf widerhallten. Das Schweigen eines ganzen Lebens war innerhalb von ein paar Sekunden gebrochen worden. Jetzt war alles weg.

Ich schaute mich im Laden um, und langsam begann das Bild vom Dragonfly, das meine Mutter gehabt hatte, vor meinen Augen zu verblassen. Ich erinnerte mich daran, wie der Laden an einem Samstagabend vor nicht allzu langer Zeit gebrummt hatte. Ich erinnerte mich an eine Gruppe von Jungs – elf, vielleicht zwölf Jahre alt –, mit Pausbacken, zu großen Füßen, in die sie noch nicht reingewachsen waren, und nur einer Ahnung davon, welche Bedeutung bald Mädchen in ihrem Leben spielen würden, wie sie in der Abteilung mit den Comic-Romanen herumbalgten. Sie hockten über eines der Bücher gebeugt, zeigten, lachten, schubsten sich. Sie rannten zur

Ladentheke und zählten das Geld für das Buch in Münzen und zerknüllten Dollarscheinen aus einer Dose für Altoids-Pfefferminz ab. Eine Frau in einem geblümten Kleid stöberte mit einem Spitz an einer Strassleine und der neuesten Patricia Cornwell in der Armbeuge in der Abteilung für Tierbücher. Und dann war da Hugo, mit der Lesebrille ganz vorne auf der Nasenspitze, einen Roman auf dem Schoß.

Ich ging zu seinem Lesesessel. Darin hing immer noch ein Hauch von seinem Tabakduft, und ich spürte, wie mir die Tränen kamen. Damals hatten wir gedacht, wir würden das Dragonfly am Leben erhalten. Jetzt wurde mir bewusst, dass wir Hugo am Leben erhalten hatten. Aber es war nicht genug gewesen.

Ich hörte es an der Tür klopfen und erhob mich, wischte mir die Augen in der Erwartung, dass irgendjemand seinen Topf vom Buffet für Hugos Trauerfeier abholen wollte. Doch es war Rajhit. Er stand vor der Tür und spähte, die Stirn an die Scheibe gelegt, herein. Als er mich anschaute, waren seine Augen so müde wie meine.

Als ich die Tür aufschloss, trat er einen Schritt zurück. Einen Moment lang sahen wir uns an, während die abendlichen Passanten hinter ihm vorbeiflanierten, auf dem Weg zu einem Lokal, um in einer Bar etwas zu trinken oder im Apollo einzukaufen.

Ich hielt ihm meine Hand hin, und er nahm sie. Und dann umschlossen mich seine Arme. Tränen. Hugo. Das Dragonfly. Wir. Ich führte ihn ins Innere des Ladens.

Wir saßen in der Gartenabteilung, ich auf meinem Kik-Step-Hocker, Rajhit auf dem Boden, die Beine quer über den Mittelgang gestreckt. In der schummrigen Stille sah alles um uns herum so aus, als hätte man es vergessen.

«Ich wusste nicht, ob du mich bei der Trauerfeier dabeihaben wolltest», sagte er. «Ich dachte, vielleicht ist das alles zu schwierig. Und deine Mutter war da.»

«Alles ist schwieriger, wenn meine Mutter da ist», sagte ich. «Du hättest nicht fernbleiben müssen. Du hast ihn doch auch gern gehabt.»

Er zog die Knie hoch und schlang die Arme darum. Sein Haar war ein bisschen gewachsen. Er hatte sich neue Flip-Flops zugelegt, aus marineblauem Leinen mit dem geschwungenen Nike-Haken auf der Sohle.

«Danke, dass du sie am Flughafen abgeholt hast», sagte ich. «Ich hätte dir das schon längst sagen sollen.»

Er schüttelte den Kopf. «Du hattest so viel um die Ohren.»

«Trotzdem danke.»

Ich lehnte meinen Kopf an die Bücher hinter mir und versuchte, ihn nicht anzusehen. Ich wollte ihn nur spüren – ich wollte ihn nicht berühren, nicht küssen, gar nichts, einfach nur bei ihm sein.

«Ich war im Krankenhaus», sagte er. «Als du nicht dort warst. Ich hab Zeit bei ihm verbracht. Ich wollte, dass du das weißt.»

Auf einmal hatte ich das Gefühl, er stünde am anderen Ufer eines Flusses, und es würde sich eine Furt auftun, wenn ich nur die richtigen Worte fand. Doch ich saß nur stumm da, spürte all die Ecken und Kanten in mir.

«Ich gehe nach Amsterdam», sagte er. «Der Fahrradladen, von dem ich dir erzählt habe, hat mir eine Lehrstelle angeboten.»

«Wie lang wirst du weg sein?»

Er zuckte mit den Achseln. «Keine Ahnung. Mein Haus ist verkauft. Jetzt habe ich ein bisschen Geld, um eine Weile davon zu leben. Vielleicht ein bisschen zu reisen.»

«Und Fahrräder zu reparieren.»

«Genau.»

Wir erhoben uns und gingen nach vorne in den Laden. Ich war hin und her gerissen, ob ich es ihm mitteilen sollte. Als wir an der Ladentür angelangt waren, beschloss ich, es zu tun.

«Ich hab sie gefunden», sagte ich. «Catherine. Ich weiß, wer sie ist.»

Er schüttelte den Kopf und drückte leicht meine Hand. «Du bist meine Catherine.» Und dann war er fort.

Als das Taxi draußen vor der Tür meines Apartments hupte, durchbrach es das tiefe Schweigen, das meine Mutter und ich als Mittel zur Kriegsführung benutzten.

Sie stand auf, als sie es hörte, und ging zur Haustür. Ihr Gepäck ließ sie mitten in meinem Wohnzimmer stehen. Ich hob es hoch und folgte ihr.

Draußen schien die Sonne warm und golden, doch es war kühleres Wetter angesagt. Der Herbst stand vor der Tür. Mein Sommer im Dragonfly war vorüber.

Ich reichte dem Taxifahrer Mamas Gepäckstücke, eins nach dem anderen. Er legte sie in den Kofferraum und ging zur Fahrerseite. Meine Mutter strafte ihn mit einem verächtlichen Blick, weil er ihr die Tür nicht aufgemacht hatte. Ich griff nach der Klinke auf der Beifahrerseite, öffnete sie jedoch nicht. In wenigen Sekunden würde meine Mutter weg sein, und ich war froh, wieder für mich zu sein. Aber so wollte ich sie nicht gehen lassen.

Wir standen da und schauten uns an.

«Du musst noch nicht fahren», sagte ich.

Sie verzog keine Miene, legte den Kopf jedoch leicht auf die Seite.

«Du könntest bleiben ... na ja, vielleicht nicht gerade hier, aber irgendwo. Ich habe gehört, das Fairmont in San José ist ganz nett. Oder San Francisco. Ich meine nur, dass du noch nicht nach Hause fahren musst.»

Ich beobachtete, wie meine Mutter gegen das Lächeln ankämpfte, das sich in ihren Mundwinkeln breitzumachen versuchte. Sie beugte sich vor, legte den Zeigefinger unter mein Kinn, um es anzuheben, und presste ihre Lippen auf meine Wange. Flieder, Lippenstift, Chanel No. 5. Dann flüsterte sie in mein Ohr.

«*Du* bist meine größte Liebe.»

Und mit diesen Worten legte sie die Hand an die Autotür, öffnete sie selbst und schlüpfte auf den Rücksitz. Die Luft um mich herum roch immer noch nach Flieder, als ich auf der Straße stand und ihr hinterherschaute. Ein paar goldfarbene Blätter des Amberbaums segelten um mich herum zu Boden.

«Wann kommt der Umzugswagen?», fragte Jason.

«Wenn wir denen sagen, dass wir fertig sind.»

Wir lagerten die Bücher ein, zumindest, bis wir einen akzeptablen Käufer gefunden hatten, was sich als schwieriger herausstellte, als ich gedacht hatte. Jason und ich waren uns einig gewesen, dass wir unsere Bücher nicht einem dieser Online-Verkäufer überlassen wollten, die auf eBay oder Amazon ein Buch für einen Penny anbieten und dann ihr Geld mit dem Versand verdienen. Denen waren Bücher egal. Und ihnen waren auch die Menschen egal, die die Bücher kauften.

Ich saß auf dem Kik-Step-Hocker, beugte mich hinab und fuhr mit dem Finger über die dunklen Rechtecke auf dem Teppich, dort, wo früher die Regale gestanden hatten. Die Kunden hatten in den vergangenen zwanzig Jahren regelrechte Schneisen in den Teppich auf den Gängen des Dragonfly geschlagen, die jetzt aussahen wie die mit Kreide gezogenen Umrisse einer Leiche in einem Roman von Raymond Chandler. Hätten meine Erzeuger mir mitgeteilt, mein Elternhaus sei von der Windhose eines Tornados mitgerissen worden, hätte ich nicht trauriger sein können als jetzt.

«Ich brauche frische Luft», sagte ich zu Jason, der mich nicht hörte, weil er bereits in eines der Bücher von seinem Stapel vertieft war.

Ich schenkte mir die zweite Hälfte eines Biers in einen von Hugos Henkelbechern ein und trat nach draußen auf den Gehsteig. Dort lehnte ich mich mit dem Rücken an die Glasfront des Dragonfly und schaute mir das Apollo genauer an. Seit ich ihr Angebot abgelehnt hatte, hatte ich nicht mehr mit Avi gesprochen. Dizzy war schon vor der Trauerfeier nach Portland gezogen. Keiner von uns beiden hatte einen Hehl daraus gemacht, wie enttäuscht er vom anderen war.

Apollo – das Königreich, dessen Krone ich abgelehnt hatte – zog um. Große Schilder in den Schaufenstern verkündeten, dass die Buchhandlung in eine andere Location umsiedeln und alles zum Verkauf stehen würde. Bevor Dae-Jung mit Dizzy (der ihn am Ende doch noch gefragt hatte) nach Portland aufgebrochen war, hatte er mir erzählt, Apollo plane, für seine Filialen kleinere Läden zu suchen, um dem Ganzen einen nachbarschaftlicheren Anstrich zu geben. Und so waren wir am Packen, und Apollo war auch am Packen. Mountain View würde bald keinen Buchladen mehr haben.

Während ich mir den Buch-Koloss anschaute, nahm ich aus dem Augenwinkel eine Bewegung zwischen den gestutzten Zierhölzern wahr, die in Tontöpfen rechts und links vom Vorplatz der Großbuchhandlung standen. Das Ding war schwarz und flauschig und saß mit dem Rücken zum schmalen Stamm eines getrimmten Bäumchens. Nein, es saß nicht. Es hockte. Und es kackte. Es war eine schwarze Katze, die in die Blumentöpfe des Apollo kackte. Dann sah ich, dass bei dem einen Ohr eine Ecke fehlte. Es war Grendel.

Ohne den Kater aus den Augen zu lassen, klopfte ich an die Glasscheibe des Dragonfly hinter mir. Ich wagte es nicht, mich herumzudrehen, weil ich Angst hatte, Grendel aus dem Blick zu verlieren. Ich klopfte noch lauter, bis Jason endlich zur Tür kam.

«Was denn?»

Ich sagte nichts. Ich zeigte nur mit dem Finger.

Langsam und schweigend überquerten wir die Straße. Doch vergeblich – der Kater war weg, als wir zu dem Topf kamen.

«Der muss doch hier irgendwo sein», sagte Jason.

Wir betraten den Vorplatz des Ladens und bahnten uns einen Weg durch die Sonderangebote, um unter Tischen und Stühlen, hinter Pflanzkübeln und Displays nach Grendel zu suchen. Gerade hatte ich einen länglichen Blumentopf voller Schmucklilien im Visier, als mir eine Bewegung auffiel. Als ich durch die gebogenen Blätter spähte, sah ich eine schwarze Lakritznase, die sich im Grün kräuselte.

Grendel zog den Kopf ein und schlüpfte ins Gebüsch zurück. Vorsichtig zog ich meinen Pullover aus und folgte dem Geräusch, das er dabei machte.

Es muss etwas Vertrautes an meiner Stimme oder an meinem Geruch gewesen sein, das Grendel signalisierte, nicht mehr unter Fremden zu sein, denn zu meinem großen Erstaunen kam er direkt auf mich zu. Erst dann bemerkte ich, dass er einen Buckel machte und ein tiefes Knurren aus seiner Kehle drang. Von wegen, er kam auf mich zu – er pirschte sich an mich heran! Rasch machte ich einen Satz von den Schmucklilien weg, um seinem Angriff gerade noch auszuweichen. Er jagte mich über den gefliesten Teil des Hofes, durch eine Schar von lärmenden Schulmädchen hindurch, und drehte dann ab, zufrieden damit, mich abgeschüttelt zu haben. Doch da täuschte er sich, denn diesmal war ich bereit. Ich stürzte mich auf ihn, warf meinen Pullover über ihn und hob ihn hoch. Er zappelte wie verrückt, und ich hatte alle Mühe, ihn zu halten. Doch selbst als er eine seiner Pfoten befreien konnte und ich seine scharfen Krallen zu spüren bekam, ließ ich nicht los. Grendel gehörte zu uns, ob ihm das gefiel oder nicht.

«Du hast ihn!»

Jason streckte die Hand nach seinem Kater aus, der sich immer noch zu befreien versuchte, und einen Moment lang mussten wir ein Bild für Götter abgegeben haben: Jason zerrte an Grendel, der seine Krallen in meinen Finger schlug; ich schrie vor Schmerz, Jason vor Freude, und Grendel jaulte, als hätte sein letztes Stündlein geschlagen. Dann ließ die Katze endlich los, und ich konnte Grendel Jason übergeben.

Dieser verfluchte Stubentiger! Hatte es sich die ganze

Zeit im Apollo gutgehen lassen, während Jason krank vor Sorge um ihn war. Während wir drüben vor den Trümmern unseres Lebens standen, hatte sich dieser treulose Kater einfach auf der anderen Straßenseite ein neues Zuhause gesucht. Verräter!

Und dann sah ich es. So wie früher manchmal im Dragonfly sah ich das Apollo von oben, mit abgenommenem Dach, als könnte ich aus der Vogelperspektive beobachten, was darin vorging. Ich sah die Regale, prallvoll mit Büchern, nicht ordentlich sortiert, sondern wild verteilt. Ich sah Jason und mich vorne im Laden, wie wir Kunden anriefen, Leuten den Weg in bestimmte Abteilungen zeigten. Ich sah Gloria und ihren Mann und ihre Jutetasche. Ich sah die CIA-Bathroom-Männer, die in bequemen Lesesesseln hockten und über Gott und die Welt diskutierten, Erinnerungen nachhingen und mich nervten. Das alles konnte ich ebenso klar erkennen wie Grendel in Jasons Armen. Da wusste ich, dass ich diesen Kater für immer in mein Herz geschlossen hatte.

Fünfzehntes Kapitel

Finden, was verloren war

Es gibt Zeiten, in denen das alles nicht mehr zu ertragen ist.
CATHERINE

Jason und ich spielten gerade eine Runde Shakespeare Boggle und gönnten uns eine Pause vom Packen, als Avi durch die Tür kam. Später würde Jason sagen: «Plötzlich lag so ein Managermief in der Luft.» Und wäre Jason nicht gewesen, hätte ich sie einfach höflich begrüßt, so wie ein Erwachsener ein anderes menschliches Wesen begrüßt. Stattdessen sprang Jason von seinem Sessel auf und nahm sofort eine Verteidigungshaltung an, die an Grendel erinnerte. Der Kater selbst lag ausnahmsweise auf einem kleinen Stapel Bücherkisten an einem sonnigen Fleckchen und döste, plötzlich eine Schmusekatze, die unsere menschlichen Possen nur amüsierten.

«Was wollen Sie hier?», fragte Jason.

Ohne auf seinen angriffslustigen Ton zu achten, zeigte Avi ihr schönstes Designerlächeln. Sie trug ein spätsommerliches cremefarbenes Kostüm, und die Bluse in Rostorange kündete bereits vom Herbst, der vor der Tür stand. Zum ersten Mal fühlte ich mich ihr gegenüber selbst in meinen löchrigen Jeans und dem Dragonfly-T-Shirt, das ich über der Taille geknotet hatte, nicht wie die trampelige Cousine vom Lande. Ich fand, sie war diejenige, die nicht passte.

«Mal langsam mit den jungen Pferden, Cowboy», sagte ich zu Jason. «Ich hab sie eingeladen.»

Avi und ich gingen die Straße entlang bis zur Filiale von Starbucks, wohin die Übermäßig Tätowierten & Gepiercten abgewandert waren. Wir bestellten einen XXL-Mocha mit Schlagsahne (für mich) und einen Orange Zinger Tea (für sie). Während ich an der Theke auf die Getränke wartete und Avi sich an einem Tisch niederließ, sah ich Jason draußen vor der Fensterfront stehen und wütend auf die Übermäßig Tätowierten & Gepiercten einreden. Was er sagte, konnte ich nicht hören, mir aber denken.

Ein Finger zog eine Linie vom Starbucks zum Dragonfly: *Sie ist gerade in unseren Laden gekommen!* Arme wedelten in Richtung unseres Tisches: *Und Maggie geht einfach mit ihr mit, wie ein Zombie!* Ein anderer Finger wies demonstrativ von seiner Brust zum Dragonfly: *Ich muss wieder zurück, auf den Laden aufpassen.* Dann zeigte ein Finger auf die Übermäßig Tätowierten & Gepiercten, und beschwichtigend richteten sich die Handflächen nach unten: *Leute, ihr bleibt hier und passt auf Maggie auf!*

Ich stellte Avi ihren Tee hin und setzte mich zu ihr. Anschließend nahm ich einen großen Schluck von meinem Mocha, versuchte lässig zu wirken und überlegte, wo ich anfangen sollte.

Sie hielt die Augen auf mich gerichtet, während sie ihre Tasse auf den Unterteller zurückstellte. Ihre Lippen verzogen sich zu einem Lächeln.

«Es ist noch nicht zu spät für dich, Teil des neuen Apollo Books zu werden, Maggie.»

Ich schaute in die Reste meines Mochas, hielt mich am Strohhalm und an den Wänden meines Plastikbechers fest. Vielleicht war ja unter den Gästen eine Frau, die aus klebrigen Milchkaffeeresten die Zukunft lesen konnte. Aber vorerst musste ich mich auf mich selbst verlassen.

«Ich weiß zu schätzen, dass du das sagst», erwiderte ich.

«Ich habe lange nachgedacht und nach einer kreativen Lösung gesucht», erwiderte Avi. «So wie ich das sehe, kommst du deshalb nicht zu uns, weil etwas in unserem Angebot fehlt. Etwas, das du möchtest, das wir dir aber nicht geben.»

Die Stimmen um uns herum schienen anzuschwellen und dann ganz plötzlich zu verstummen. Zurück blieb ein Geräuschvakuum, ein Moment absoluter Stille, vergleichbar mit der, wenn ein Brecher in die Meeresfluten zurückgesogen wird. Bevor ich noch weiter darüber nachdenken konnte, platzte ich heraus: «Wie viel wollt ihr für das Gebäude hier in Mountain View?»

Avi machte sich gar nicht die Mühe, ihre Überraschung zu verbergen.

«Warum willst du das wissen?»

«Jason und ich möchten es für das Dragonfly kaufen.»

Avi nannte mir eine Zahl, die in meinen Augen den Punkt, an dem Geld noch real ist, weit überschritt. Für mich und Jason war Geld etwas, das man an der Kasse von Leuten bekam oder ihnen als Wechselgeld herausgab. Es ging – wie eine Schrottlaube, die man aus alten Teilen zusammengebaut hat – von einer Hand zur nächsten und klimperte, wenn man es in eine Sparbüchse warf. Die Zahlen, von denen hier die Rede war, waren zu flink, um ein Geräusch zu machen. Sie waren wie Lichtjahre, die man in einem Raumschiff durchquert.

Ich schluckte meine Nervosität hinunter und begann Avi zu erklären, dass das Ertragsniveau bei Einzelhandelsimmobilien niedrig sei, es aber dennoch eine ausgezeichnete Werbung für Apollo wäre, wenn man dem Dragonfly einen guten Preis machen würde. Avi sagte, sie müsse erst mit ihren Partnern darüber reden, auch eine Expertise über das Grundstück anfertigen lassen. Doch was sie sagte, rauschte an mir vorbei, während ich mir den Kopf über weitere Argumente zerbrach. Es gab keinen perfekten Job, zumindest nicht für mich. Es gab auch keine perfekte Liebe und kein perfektes Buch. Doch ich hatte im Dragonfly ein Leben, das ich liebte und das ich behalten wollte. Ich wollte schlechte Zeiten durchstehen und mich über gute freuen.

«Ihr werdet diese Stadt ohne einen Buchladen zurücklassen», sagte ich und zauberte damit mein letztes Argument aus dem Ärmel.

«Was könnt ihr bieten?», fragte Avi.

Ich nannte ihr eine Zahl, die fünfzehn Prozent unter dem lag, was wir zahlen konnten, wenn wir das Geld aus dem Verkauf von Hugos Reihenhaushälfte und den kleinen Startkredit, den uns Robert vermittelt hatte, zusammenlegten. Avi konterte mit einem anderen Betrag, und schließlich einigten wir uns auf einen Betrag, der fünf Prozent unter meiner Schmerzgrenze lag.

«Ich bin mir sicher, das kann ich meinen Partnern verkaufen», sagte sie.

Wir gingen auf die Straße hinaus und gaben uns die Hand.

«Aus dir hätte was Großartiges werden können», sagte sie.

«Aus dir auch», erwiderte ich.

Trauert man, dann geschieht in dieser Zeit etwas ganz Unerwartetes. Nach all den Tagen, an denen man felsenfest davon überzeugt war, dass man es nie mehr aus dem Bett schaffen wird, an denen man das Gefühl hatte, innerlich leer und hohl zu sein und eine Haut dünn wie Papier zu haben, kommt plötzlich die Erinnerung. Du erinnerst dich nicht an den Tod oder daran, wie ein geliebter Mensch in einem Krankenhausbett lag und an Schläuchen hing. Du erinnerst dich daran, wie er vorher war, als es ihm noch gutging und du noch unversehrt warst. Es ist dieses Erinnern, das dich einholt, und dann weißt du, der Mensch, den du verloren hast, ist gar nicht verloren, sondern er ist ein Teil von dir geworden und hat dich zu einem besseren Menschen gemacht.

«Weißt du noch, wie sauer er war, weil er nirgendwo organisch hergestelltes Schmalz auftreiben konnte?», fragte Jason.

Wir alle lachten, saßen um die Elchdecke herum, und der Geruch nach Holz mischte sich mit den Aromen unseres Ladenpicknicks – Samosas, Huhn Vindaloo, Naan und Currys in den verschiedensten Farbtönen. Jason, ziemlich alle Teilnehmer der Spielenacht, Mike, Mike und John von der CIA Bathroom und ich rochen nach Schweiß und Sägespänen.

«Da gab es doch auch noch irgendwas aus den Südstaaten, stimmt's?», fragte mich Jason.

«Hush Puppies», sagte ich. «Er hat sogar im Büro von *Southern Living* angerufen, um sich das Rezept für die knusprigen Maisbällchen zu besorgen, weil er nicht online danach suchen wollte. Aber er hat es nie über sich gebracht, die Dinger zu machen, weil er nicht sicher sein konnte, ob die Sau in organisch korrekten Verhältnissen gelebt hatte, bevor sie ihr Leben für die Produktion von Frittierfett ließ.»

Sie alle waren ins neue Dragonfly gekommen, um beim Aufbau der vielen Regale zu helfen, die wir für unseren beträchtlichen Bücherbestand brauchten. Jason und ich waren bei zahllosen Geschäftsauflösungen gewesen, hatten verlassene Lagerräume und Flohmärkte abgeklappert, um uns die Einrichtung für den neuen Laden zu besorgen, dessen Fläche fünfmal so groß war wie das frühere Dragonfly. Ich dachte an mein Gespräch mit Avi zurück und dass wir uns einig gewesen waren, kein Buchladen brauche eine Verkaufsfläche von fast dreitausend Quadratmetern. Und so hatten wir, statt alles mit Büchern zu füllen, Leseinseln geschaffen, Konferenzräume, die man anmieten konnte, und natürlich ein Café, das wir einigen von den Übermäßig Tätowierten & Gepiercten untervermieteten. Wir stellten Leute ein, darunter Sasha und ihre Freundin mit dem Pixie-Cut, und hofften, sie würden am Abend mit ihren Bekannten den Laden füllen. Das neue Dragonfly rüstete sich für die Zukunft.

Robert hatte uns zwei gerahmte Bilder geschenkt. Das eine zeigte Hugo, der vor dem alten Dragonfly stand. Das muss in den Achtzigern gewesen sein, kurz nachdem er den Laden gekauft hatte. Er sah darauf so jung aus. Seine Geheimratsecken waren gerade erst dabei, sich zu entwickeln, und sein Bart war noch fast schwarz. Auf dem anderen Foto waren wir drei abgebildet, Jason und Hugo in den beiden Lesesesseln, ich auf dem Boden, an Hugos Beine gelehnt, und alle drei mit den Nasen tief in einem Buch versunken. Wie sehr hätte es Hugo gefallen, das neue Dragonfly zu sehen! Ich war mir sicher, er hätte es als Triumph empfunden, Apollo Books & Music aus der

Stadt vertrieben zu haben, und wir hätten nie versucht, ihn eines Besseren zu belehren. Ihm hätten auch die neuen Regale gefallen, das neue Büro. Er hätte es geliebt, wieder all seine Schäfchen um sich zu scharen. Er hätte alles wunderbar gefunden.

Ich glaube, ich hatte mich immer davor gefürchtet, was die Liebe für mein Leben bedeuten könnte, weil ich Angst davor hatte, sie könnte Kontrolle über mich ausüben und ich müsste zu viel dafür aufgeben. Doch in Wahrheit sind die Opfer, die man der Liebe bringt, gar keine Opfer. Sie sind Notwendigkeiten. Und es wäre ein Verbrechen, würde man sie aus den falschen Gründen bringen.

Während die anderen die Überreste unseres Picknicks aufräumten, ging ich ins Büro, um für Robert ein paar Papiere zu holen. Unsere erste Post war gekommen, die neue Anschrift war nicht zu übersehen. Zusammen mit Rechnungen und Katalogen war da auch ein an mich adressiertes Päckchen dabei. Ich öffnete es und zog Henrys und Catherines *Lady Chatterley* heraus. Drinnen lag eine Karteikarte.

ZEIT, WEITERZUZIEHEN.
MIKO CALLAHN

In jener Nacht saß ich in meinem Papasan-Stuhl am Fenster des kleinen Apartments über dem Dragonfly, in das ich umgezogen war, nachdem wir Hugos Reihenhaushälfte verkauft hatten. Es war eigentlich zu kalt, um am offenen Fenster zu sitzen, doch ich mochte es, zu hören, wie sich die letzten Besucher der Castro Street auf den Nachhauseweg machten, und die Schwaden aus dem Thai-Restaurant von gegenüber aufzusaugen, während sie sich in der

Nacht verzogen. Nachdem ich all die Jahre Tür an Tür mit Hugo gelebt hatte, hätten die Stille und das Fehlen von köstlichen Gerüchen aus seiner Küche bestimmt ein Gefühl der Einsamkeit in mir geweckt.

Ich schlug *Lady Chatterley* auf und las noch einmal alle Nachrichten durch, so wie in jener ersten Nacht, als ich sie entdeckt hatte. Dann stand ich auf und setzte mich mit einem Bogen Papier und einem Stift an den Küchentisch. Ich hielt das Blatt ganz gerade und begann zu schreiben. Tinte floss und bildete Buchstaben, Worte, Gedanken.

Ich wusste nicht, wie Rajhits Leben in Amsterdam war. Ich wusste nicht, ob er eine andere Liebe gefunden hatte oder immer noch an mich und an unsere sonderbare Affäre dachte. Er existierte irgendwo, nur außerhalb meiner Koordinaten. Trotzdem schrieb ich an ihn, wandte mich an in, an sein ungekanntes Herz. Denn am Ende hatte er recht behalten. Ich war seine Catherine.

Nachdem ich den Brief geschrieben hatte, faltete ich ihn zusammen und adressierte ihn an den Laden in Amsterdam, von dem er mir erzählt hatte. Dann ging ich unter den Lichtern der Nacht zum Briefkasten gegenüber vom Dragonfly, öffnete die Klappe und ließ den Brief hineingleiten, ohne lange darüber nachzudenken. Ich hatte eine Dekade im Software-Bereich gearbeitet stand mit den Bits und Bytes von E-Mail, Facebook Posts, Tweets und SMS auf Du und Du, doch ein Blatt Papier in einen Umschlag zu stecken, in einen Briefkasten zu werfen und sich vorzustellen, dass es nur wenige Tage später am anderen Ende der Welt ankommt – das war pure Magie.

Sechzehntes Kapitel

Nur Möglichkeiten bleiben für immer

Endlich muss ich mich all meinen Fragen stellen.
MAGGIE

Als ich aufwache, steht Maya neben meinem Bett und sieht mich an. Sie hat es sich erst seit kurzem zur Gewohnheit gemacht, den Schlüssel zu meiner Wohnung zu stibitzen, den wir unten im Büro des Dragonfly aufbewahren. Die Aussicht, in ein paar Wochen mit der Vorschule anzufangen, findet sie aufregend, aber in letzter Zeit ist sie doch sehr anhänglich geworden, als würden wir alle wie durch Zauberhand verschwinden, wenn sie lesen und schreiben lernt. Ihre Mom lacht nur darüber und sagt, das liege an all den Kinderbüchern über Waisenkinder, die ihr Jason vorliest. «Sie wird es irgendwann begreifen», sagt Aslay, «dass wir bleiben, wo wir sind.»

Ich stehe auf, und Maya bringt mir das Telefon, als es klingelt. Ich sitze auf dem Bett und plaudere mit Dizzy, der heute in die Stadt kommt und mich zum Mittagessen eingeladen hat. Wir möchten uns in dem hypermodernen indischen Restaurant treffen, das sich dort befindet, wo früher das Finnegans Wake war. Er versucht mich zu umwerben, damit ich mich seiner neu gegründeten Firma anschließe, die irgendwas mit Handys macht, was ich aber nicht ganz kapiere. Bei Apollo Books & Music hat er es nicht einmal ein Jahr ausgehalten. Es stellte sich heraus, dass das Recyceln von etwas, das er schon einmal entwickelt hatte, für ihn nur halb so aufregend war wie etwas Funkelnagelneues. Was auch immer seine Firma herstellt, Dizzy ist der Chefstratege und nennt sich Future Feature Strategist, abgekürzt FFS. Dieser Titel ist der größte Mist, den ich je gehört habe, aber Dizzy ist unglaublich stolz darauf, und ich tue so, als wäre ich es auch. Manchmal reicht es, die Leute in seinem Leben mit so einfachen Sachen glücklich zu machen.

Als ich das Gespräch mit Dizzy beendet habe, zieht mich Maya in Richtung Treppe. Ich sage ihr, sie soll sich anziehen, wir würden heute viel vorhaben. Wenn ich das Dragonfly aufgeschlossen und einige kleinere Dinge erledigt habe, müssen Maya und ich nämlich für ihren ersten Schultag ein neues Outfit auftreiben, auch neue Schuhe. Ihre Mutter und Jason halten abgeschnittene Jeans und löchrige Turnschuhe für vollkommen ausreichend. Das sehe ich anders.

Wir gehen nach unten in den Laden, wo Jason am Schreibtisch sitzt und die Verkaufszahlen des letzten Monats überprüft. Die langen Öffnungszeiten im Sommer haben uns gutgetan, aber wir hoffen, dass die Weihnachtszeit noch besser läuft. Auch Aslay ist da. Sie ist Frühaufsteherin und hat warme Scones und frischgepressten Orangensaft mitgebracht. Sie arbeitet in einer Bio-Bäckerei und ist für meinen Geschmack ein bisschen zu militant, was die Verwendung von Reismehl angeht. Doch ich mag sie. Jason und sie haben sich an Thanksgiving kennengelernt, ein paar Monate nach unserer Wiedereröffnung, als sie in den Laden kam, um nach Büchern für Maya zu suchen. Vor ein paar Monaten sind sie zusammengezogen. Aslay ist sechsundzwanzig und damit ein paar Jahre älter als Jason, aber durch sie wirkt er seltsamerweise auch älter. Für Weihnachten planen sie im Dragonfly ihre Hochzeit. Ich möchte ihnen gern sagen, dass sie dafür noch sehr jung sind, dass sie sich noch nicht lange genug kennen. Ich mache mir ein wenig Sorgen um sie. Aber wer von uns ist schon jemals wirklich reif für etwas?

Maya kniet neben Jason auf ihrem Stuhl und berichtet, dass sie letzte Nacht von einer Schildkröte geträumt hat. Er erzählt ihr von einem Bärenjungen, das unter der Mondsichel in einem umgedrehten Schirm wohnt. Aslay versucht ihn ständig zu ermuntern, all diese Geschichten, die in seinem Kopf herumspuken, doch einmal aufzuschreiben, und ab und zu notiert er sich auch etwas in einem Spiralblock, den wir neben dem Telefon im Laden liegen haben. Dann sind die Scones gebuttert, und mein Tee ist fertig, und während ich mich setze, weiß ich, dass es ein guter Tag wird.

Als Maya und ich den Laden betreten, hat Sasha bereits die Morgenschicht hereingelassen und die Kaffeebar in Betrieb genommen, sodass der ganze Raum von himmlischen Kaffeedüften erfüllt ist. Im Cuppa Joe des Dragonfly gibt es keine verbrannten Bohnen, unseren Kaffee kann ich sogar schwarz trinken. Aber als wir ankommen, wartet dank Sasha bereits ein Hammerhead Mocha auf mich und ein Saft auf Maya. Maya nimmt Sasha an der Hand, um ihr dabei zu «helfen», das frische Gebäck am Tresen zu drapieren.

«Keine Donuts», sage ich. «Sie hat schon gefrühstückt.»

Beide ziehen eine Schnute, und als sie glauben, ich würde nicht hinschauen, wendet Sasha betont den Kopf ab, und Maya schiebt sich schnell einen Donut-Kringel in den Mund.

«Maya», sage ich.

«Das ist kein Donut. Das ist ein Loch», sagt sie.

Ich werfe ihr einen «Das kannst du deiner Großmutter erzählen»-Blick zu und hoffe, dass es damit erledigt ist, weil ich mich für eine Sitzung mit der Morgenschicht im Konferenzraum vorbereiten muss. Es geht um das neue Suchprogramm für Bücher, das Dizzy nebenbei geschrieben hat. Wir sind seine Vortester. Wenn alles klappt, will er es im App Store verkaufen. Gut für ihn. Ich bin vor allem froh um die neuen Computer, die Teil seines Deals waren.

Noch immer bin ich der festen Überzeugung, dass knapp dreitausend Quadratmeter Grundfläche viel zu viel für einen Buchladen mitten in der Stadt sind. Wir vermieten Konferenzräume, Geschäftszimmer und mehrere Großraumbüros im Obergeschoss an Hoffnungsträger des Silicon Valley, die fest davon überzeugt sind, dass sie das neue Facebook in der Pipeline ihrer Festplatte haben. Diese Leute lieben es, mit Büchern unter einem Dach zu arbeiten, und noch toller finden sie es, dass es bei uns auch Kaffee und Snacks gibt. Wir verlangen gerade so viel von ihnen, dass wir mit den Umsätzen aus dem Buchgeschäft nur etwa die Hälfte der Hypothek aufbringen müssen. Buchverkäufe schwanken, doch an Träumen vom nächsten großen Coup in Silicon Valley besteht nie ein Mangel.

Maya tritt zu mir an die Hauptkasse, wo ich einen Stapel Briefe durchsehe, zum größten Teil Rechnungen. Ich bin fast durch, als die Kleine mich am Ärmel zupft und mir eine Postkarte hinhält.

«Das Fahrrad finde ich toll», lispelt sie.

Ich nehme die Karte in die Hand. Darauf ist ein Fahrrad abgebildet, das mitten in einem Feld von gelben Tulpen steht. Und noch bevor ich die Karte umdrehe, weiß ich, von wem sie ist.

Es hat zwei elend lange Monate gedauert, bis Rajhit mir nach meinem ersten Brief geantwortet hat. Doch als ich dann endlich meinen Namen unter holländischen Briefmarken sah, hielt ich den Umschlag einfach nur in der Hand, fuhr mit den Fingern über die Furchen, die sein Stift ins Papier gedrückt hatte, Papier, das von Rajhit berührt worden war. Es war der erste Brief von vielen, die wir uns in den folgenden Monaten schrieben. Wir versprachen uns nichts, und es gab auch keine Liebesschwüre. Es waren einfach nur Briefe. Briefe, in denen wir uns von unserem Alltag erzählten. In denen wir uns besser kennenlernten. Briefe nur für uns.

Ich drehe die Fahrrad-Postkarte um und rechne mit noch mehr bunten holländischen Briefmarken, doch das kleine rechteckige Feld, in das man sonst die Postwertzeichen klebt, ist leer. Darunter steht einfach nur «Maggie». Die Karte ist nicht mit der Post gekommen. Links steht: «Triff mich im Pioneer Park, unter deinem Lieblingsbaum, morgen um die Mittagszeit.» Rajhit ist wieder zu Hause. Und ich muss mich endlich all meinen Fragen stellen.

«Was ist?», fragt Maya und nimmt mir die Karte aus der Hand.

«Ein Freund von mir ist in der Stadt.»

«Dizzy?»

«Nein, ein anderer Freund.»

Ich lasse die Karte in meine Tasche gleiten, zwischen mein Notebook und eine Ausgabe von *Düstere Schatten*. Ich muss also noch einen Tag und zwei Stunden herumbringen, ehe ich ihn sehen kann. Ich schaue durch die offene Tür dabei zu, wie das Dragonfly langsam in die Gänge kommt. Es wartet auf mich jede Menge Arbeit, um mir die Zeit zu vertreiben.

Buchläden sind romantische Wesen. Sie verführen dich mit ihren Waren und brechen dir das Herz mit ihren Problemen. Alle großen Leser träumen davon, selbst mal einen zu besitzen. Sie denken, es würde die größte Erfüllung sein, wenn sie den ganzen Tag von Büchern umgeben sind. Aber sie wissen noch nichts von all der Arbeit, die ein Buchladen macht – das Prüfen der Ein- und Ausgänge, das viele Schleppen und In-die-Regale-Stellen der Bücher, das gar nicht gut für den Rücken ist, und die Tatsache, dass nur wenig Geld damit zu verdienen ist. All diese Leser denken nur an die schönen Momente, an die Hochzeit, ohne auch nur einen Gedanken an die Ehe zu verschwenden. Bücher sind eine schwere Last, daran ist einfach nicht zu rütteln.

Ich mache mir in dem Maße Sorgen um meine Zukunft, wie es angebracht ist. Rente, Altersvorsorge, Versicherung. Als Inhaber vom Dragonfly müssen Jason und ich kämpfen. Wenn wir gute Zahlen schreiben, lassen wir eine Party steigen. Schreiben wir schlechte Zahlen, leben wir eine Weile nur von Erdnussbuttersandwiches, um einem Dutzend Angestellten ihren Lohn zahlen zu können. Jeden Tag gibt es einen Augenblick, an dem ich mich frage, ob ich Avis Angebot nicht doch hätte annehmen sollen. Dann würde ich jetzt vielleicht in einem Massagestuhl sitzen, Piña colada trinken und beschließen, welche Bücher in den Verkaufsregalen des Apollo wo positioniert werden. Doch wenn ich dann diese jungfräulich neuen Bücher vor mir sehe, weiß ich, dass ich die richtige Entscheidung getroffen habe. Die Bücher bei Apollo sind wie

Menschen ohne Vergangenheit, die keine Geschichte zu erzählen haben. Die Bücher im Dragonfly sind durch viele Hände gegangen und werden durch weitere gehen. Sie riechen nach menschlicher Berührung und nach all den Möglichkeiten, die eine solche mit sich bringt.

Während der Tag fortschreitet und das Licht milde über den Regalen liegt, strotzt der Laden nur so vor Menschen, die umherschlendern und nach etwas suchen, von dem sie noch gar nicht wissen, dass sie es brauchen. Die Leute, die ins Dragonfly kommen, besitzen Bücher nicht einfach nur; diese Leute brauchen sie, sie hungern und dürsten danach und können ohne sie nicht atmen. Sie kommen, weil sie den Laden lieben, mit all seinen abgewetzten Schmökern und Geschichten, die erst noch erzählt werden müssen. Sie kommen, weil sie gern über die Leute rätseln, denen die Bücher vorher gehört haben. Sie kommen, weil die Menschen, deren Wege sie kreuzen, wie die Bücher sind, die sie finden: Ein bisschen verschrammt an den Ecken warten sie nur auf die richtige Person, die sie aufschlägt, ein wenig in ihnen liest und sie dann mit nach Hause nimmt.

Dank

Ich danke meiner Agentin Stéphanie Abou und meiner Lektorin bei Grand Central Publishing, Emily Griffin; beide haben an mich geglaubt und gaben mir den Mut, diesen Roman zu dem zu machen, was ich mir gewünscht hatte. Danke auch Ellen Sussman und Tom Parker, in deren Schreibwerkstatt ich nicht nur lernte, wie man eine Geschichte erzählt, sondern auch vielen anderen Schriftstellern begegnete, die mich auf meinem Weg unterstützt und ermuntert haben. Zwei dieser Autoren sind Tracy Guzeman und Christine Chua, die freundlicherweise mehrere frühere Fassungen des Romans lasen, mir halfen, ihn besser zu machen, und mir die Hand hielten, als es Zeit wurde, ihn loszulassen. Dank gilt allen wundervollen Mitgliedern meiner Schreibgruppe – Gordon Jack, Eileen Brody, Rich Register, Cheyenne Richards, Mary Taugher, Beth Sears, Katy Motley, John Foley, Lolly Winston und Julie Knight –, mit denen ich viele Runden kritischer Erörterungen meiner Texte und noch mehr Runden fragwürdiger Speisungen aus chinesischen Take-aways überlebt habe. Aufrichtiger Dank gebührt auch Robert Wendin dafür, dass er mir anspornende E-Mails schickte, bis ich den Roman endlich fertig hatte. Ich danke Will Schuur dafür, dass er mich daran erinnert hat, wie es sich anfühlt, als Mittzwanziger in Silicon Valley zu leben, und für all die köstlichen Essen, die er mir gekocht hat. Dank geht an Matthew Williams und Rebecca Laincz für all die spätnächtlich gebackenen Waffeln und die Geschichten aus der Wildnis moderner Antiquariate. Ich danke meinen ergebenen und liebevollen Eltern, Virginia und Harold Gilbertson, die rein gar nicht so sind wie die Eltern in diesem Roman – und meinem Bruder John und seiner Frau Ethel, für all ihre Liebe, ihre Unterstützung und die Gastfreundschaft in ihrem wunderschönen Haus am Teich, dem besten Rückzugsort zum Schreiben, den man sich wünschen kann. Und zu guter Letzt danke ich meinem Mann John dafür, dass er mir dabei geholfen hat, den Frieden und die Ruhe in meinem Herzen zu finden, die ich brauchte, um die Schriftstellerin zu werden, die ich immer sein wollte.

ZITATNACHWEISE

Zitat auf S. 7 aus: D. H. Lawrence: Lady Chatterley. Rowohlt Taschenbuch Verlag, Reinbek 2010, S. 26.

Zitat auf S. 36 aus: T. S. Eliot: Gesammelte Gedichte. Hrsg. von Eva Hesse, Suhrkamp, Frankfurt a. M. 1988, S. 295.

Zitat auf S. 39 und S. 62 aus: D. H. Lawrence: Lady Chatterley. Rowohlt Taschenbuch Verlag, Reinbek 2010. S. 472/473.

MIX
Papier aus verantwortungsvollen Quellen
FSC® C083411

Das für dieses Buch verwendete Papier ist FSC®-zertifiziert.